JN191125

台湾文学の発掘と探究

下村作次郎

Shimomura Sakujiro

The discover and research of Taiwanese literature

田畑書店

台湾文学の発掘と探究 ◎ 目次

Ⅲ　日本語文学――純文学と「大衆文学」

台湾文学の発掘と探求

はじめに

本書は、『台湾文学の発掘と探究』と題したが、多数の新出資料に基づいて考察した論考が多く、台湾文学における資料発掘と探究の足跡を反映している。

構成は三部十六章からなり、Ⅰ部は「台湾における頼和と魯迅、そして高一生」（全五章）、Ⅱ部は「台湾人『内地』留学生たちの文学――『フォルモサ』」（全五章）、Ⅲ部は「日本語文学――純文学と『大衆文学』」（全六章）である。

日本統治時代の「一九三〇年代~四〇年代前半」から戦後初期の「一九四五年~四九年」を扱っている。

Ⅰ部は、魯迅がキーワードである。筆者にとって台湾文学との出会いは、一九八二年に、当時の台湾大学中央図書館でたまたま見つけた『台湾文化』（第一巻第二期、一九四六年十一月）で組まれた「魯迅逝世十周年特輯」がひとつのきっかけとなっている。このことは、筆者の最初の著書である『文学で読む台湾』（田畑書店、一九九四年）で取りあげたが、本書では、当時は気づかなかった台湾人知識人にとっての魯迅文学の意味を新たに考えることができた。と同時に、日本における早期の魯迅の翻訳についても振りかえって、一九三七年出版の『大魯迅全集』（全七巻、改造社）の第一巻が、どのように翻訳・編集されているかについて明らかにし、さらに台湾における魯迅受容には、佐藤春夫・増田渉訳『魯迅選集』（岩波文庫、一九三五年）が大きな役割を担ったことなどを論じた。

頼和については、頼和はいつごろからだれによって「台湾の魯迅」、あるいは「台湾文学の父」と称されるようになったのか、あるいは魯迅の「藤野先生」と、同じ医学部の恩師を描いた頼和の「高木友枝先生」について、両者の比較を通じて、翻訳と検閲の問題、さらに中国人作家と台湾人作家の絶望の深さについて考察した。

高一生とはツォウ族の知識人で、日本名は矢多一生、民族名はウォグ・ヤタウユガナと呼び、白色テロで犠牲となった。論考は、白色テロは原住民エリートにも襲いかかったこと、および理蕃政策のなかで育てられた原住民エリートに見る近代化について考察した。

Ⅱ部は、台湾の「内地」留学生が、一九三〇年代に帝都・東京で行った文学活動や演劇活動について論じたものである。台湾人の日本「内地」における文化運動は、一九二〇年代の社会運動から、プロレタリア文化運動期を経て三〇年代を迎えるが、この時期に日本の文芸復興運動の影響を受け、プロレタリア文学路線から「合法無難」な純文学路線に舵を取ったのが台湾芸術研究会である。該会は、一九三三年に日本語の文芸雑誌『フォルモサ』を創刊した。このⅡ部では、中国白話文学最盛期に、日本語文学の発展を促した『フォルモサ』全三号の創刊から解体までの過程を、三〇年代のダイナミックな文学運動のなかで考察した。また、本研究で初めて明らかになった「北村敏夫」などのペンネームで活躍した呉坤煌が、中国左翼作家連盟東京支部の中国人留学生や、同じ植民地の朝鮮人留学生たち、そして『詩精神』の日本人詩人、および秋田雨雀や村上知義らの劇作家と行なった、幅広い詩の創作活動や演劇活動を掘り起こした。さらに、戦後はほとんど忘れ去られていた朝鮮人の舞踏家、崔承喜の台湾公演の足跡を跡づけた。

Ⅲ部は、一九三七年に台湾人としてはじめて『改造』の文学賞を受賞した龍瑛宗の「パパイヤのある街」の考察と、同じ植民地の作家でかつ『文芸首都』の同人として活躍した金史良の龍瑛宗宛書簡の発掘と研究、さらに龍瑛宗の発禁書『蓮霧の庭』（一九四三年発禁）の分析を通して、植民地の作家としての龍瑛宗の「絶望と希望」について論じた。

また、一九二三年の関東大震災後に起こった円本ブームのなかで生れた日本の大衆文学が、台湾にどのような影響を与えたか、と同時に、最初の台湾の大衆文学として書かれた林輝焜の『争えぬ運命』（一九三三年）は、結局は読者不在の「大衆文学」であったこと、さらに戦後の一九四六年に書かれた葉歩月の科学小説『長生不老』と探偵小説『白昼の殺人』は、国民政府による日本語禁止によって舞台を失った「大衆文学」に終わったことを考察した。

最後の章では、「佐藤春夫の台湾」について論じたが、佐藤春夫は植民地台湾に生きる台湾人の思想生活感情をはじめて近代文学のテーマに取りあげ、さらに台湾原住民族をはじめて近代文学の素材に取りあげた近代文学者であることを述べた。

以上、本書は佐藤春夫と高一生を除いて、主に台湾人文学者の台湾文学について論じたものである。一九二〇年代に生れた近代の台湾文学は、白話文、台湾話文、日本語、そして母語などの言語と格闘し、時代に翻弄され、体制に利用され、時に抑圧され、さらに政府に否定され、そして禁圧されながら生きてきた文学である。その過程で、多くの記録と、そして記憶が失われてきた。本書をまとめていると、これまでお会いした台湾人日本語作家の顔が眼に浮かんでくるが、そうした作家たちの声が本書に少しでも反映されていることがささやかな願いでもある。

I

台湾における頼和と魯迅、そして高一生

第一章　日本人の印象のなかの台湾人作家・頼和

一　〈台湾新文学の父〉あるいは〈台湾の魯迅〉

台湾新文学史上、頼和は〈台湾新文学の父〉あるいは〈台湾の魯迅〉と称されている。頼和の文学が、台湾でいかに高い評価を受けているかがよく示されているといえよう。ところで、このような呼称はいつから生まれたのであろうか。また、頼和がこれほどまでに高い評価を受けているにもかかわらず、頼和の文学が日本にほとんど伝えられていないのはなぜか。

頼和は一九九四年に生誕一〇〇年を迎えた。台湾割譲の前年、すなわち一八九四年、日清戦争（中日甲午戦争）開戦の年に生まれ、太平洋戦争勃発の翌々年に亡くなっている。このように頼和は、日本統治期台湾の半世紀をほぼまるごと生きた作家であり、日本との関係を無視できない台湾人作家である。しかしながら、日本人、とりわけ日本人作家（当時の「内地人」を含む）との交流についてみてみると、彼らと頼和との接触はきわめて稀薄であることがわかる。

標題のテーマは、冒頭に述べた二つの疑問について考えるなかから生まれたものではあるが、筆者はさらに台湾文学あるいは台湾文学史に関わる問題としてとらえかえしてみたい。

二　戦前の台湾文学史論

戦前の台湾では、いつごろから台湾文学史がまとめられようとしていたのだろうか。そして、その構想は誰によって企てられようとしていたのか。まず、この点を洗いなおすことからはじめてみよう。

周知のように、頼和、楊雲萍らが中国白話文を創作言語として使用し、小説の実作をもって台湾新文学の方向を打ち出したのは一九二六年のことである。以後、『台湾民報』を拠点に郷土文学論争（一九三〇年）などの文芸大衆化論争をへながら日中戦争前夜まで白話による台湾新文学が書きつづけられた。しかしながら、その一方で統治者の言語、日本語が普及し、日本語を文学のための言語として使用する世代が台頭する。そのもっとも顕著なあらわれが、一九三三年七月に留学先の東京で『フォルモサ』を創刊した、台湾芸術研究会のメンバーの世代であろう。このいわば東京留学第二世代の文学関係者は、ほぼ十年まえに『台湾青年』を創刊した先輩格の第一世代ほどには、中国語と日本語とのあいだでの葛藤がない。否、むしろ創作言語としての日本語を積極的に前面に押し出している。すなわち、

　和文の文芸的表現！　これはわれらの将来の最も大いに活躍すべき唯一の武器である、特殊事情のもとにある台湾、その文芸も又こゝに始めて偉大なる著作、創作が生れ出るであらう。

そして、さらに、

将来の真の文芸的分野は恐らくこの圏内にのみ属することになるかも知れない

とまで述べている。

発言の主は楊行東であるが（「台湾文芸界への待望」『フォルモサ』創刊号、一九三三年七月）、この時期はまた楊が同論文のなかで「最近目覚しく発達を遂げて来た白話文学をわれわれは歓迎するものである」と述べるごとく、白話文による台湾新文学の発展期に当たっている。しかしながら、その後の展開をみると、白話文による台湾文学は、これ以降一部の作家の活躍を除いて急激に衰退に向かい、実のところこの時期がほとんどピークであった。つまり、日本語文学は白話文による台湾新文学の発展の最中に、白話文の退潮現象を引き起こすような形で台頭してきたのである。頼和の作家としての最盛期もちょうどこの時期に当たり、代表作「惹事」の発表は一九三二年一月である。

さて、先に引いた楊の論文は「台湾文芸とは如何」という問題設定で、台湾文芸の概念について論じている。このように台湾文芸の概念を論じはじめるのは、おそらく楊あたりが最初であろう。それまでは、雑駁なとらえ方をすれば、新旧文学論争にみるような台湾新文学の〈建設〉論に力点が置かれていた。言い換えれば、中国語、および日本語による文学作品が一定量蓄積された三〇年代初期にいたってようやく、過去の台湾文芸界を振りかえることが可能となったといえよう。それが、楊や、それにつづく劉捷や楊逵らの文学評論である。そして、その数年後には、早くも台湾文学を史的な観点から考察しようとする評論があらわれはじめている。本章の最後に掲げた「戦前台湾文学史関係論文（およびその周辺記事）一覧」（以下「論文一覧」と略称）のなかで○印を付した論文が、そのような観点から書かれた（少なくとも史的記述が含まれた）ものである。ここでは逐一その内容に立ち入ることはしないが、早期に台湾文学史を文学的観点から考察を試みようとした論文の執筆者としては、劉捷の名前をあげておかねばならないだろう。特に、一九三六年に発表された「台湾文学の史的考察」（『台湾民報』一九三六年四月～六月）は、劉の台湾文学史執筆への意欲を感じさせる論文である。また、同じく台湾人文学者としては、楊雲萍の『台湾小説選』の「序」（一九四〇年一月執筆）が注目される。ただし、これは『台湾小説選』が発禁となってしまったために、この「序」が発表されたのは戦後である（一九四六年九月、若干の修正が加えられて『台湾文化』創刊号に発表された。論文名は「台湾新文学運動的回顧」）。日本人の執筆にかかる論文としては、台湾文学を「外地圏文学」としてとらえた島田謹二の「台湾の文学的過現未」（『文芸台湾』第二巻第二号、一九四一年五月）がよく知られるが[補1]、台湾における文学を台湾人の文学に視点を当てて論述した論文としては、東方孝義の「台湾習俗――本島人の文学」（『台湾時報』一九三五年二月～三六年六月）が早い時期に発表されている。

黄得時　於中国大飯店

最後に、黄得時の論文をあげねばならない。本格的に台湾文学史の題名を冠して書かれた論文は、管見するところ、黄得時の「輓近の台湾文学運動史」（『台湾文学』第二巻第四号、一九四二年十月）が最初であり、つづいて発表された「台湾文学史序説」（『台湾文学』第三巻第三号、一九四三年七月。続編「台湾文学史（二）」『台湾文学』第四巻第一号、一九四三年十二月）は、オランダ統治時代から稿を起こし、本格的な台湾文学史を意図したものである[1]。しかし、発表されたのは、結局、「序説」および「第一章　鄭氏時代」、「第二章　康熙雍時代」までで、予告された「第三章　乾隆嘉慶時代」以降は戦前には完成をみなかった。このようにみてくると、台湾文学史の構想は日本語文学台頭の初期から萌芽がみえ、四〇年代にいたってはじめて本格的な台湾文学史が黄得時によってまとめられようとしていたといえよう。

三　戦前期における頼和文学の定位

ここで戦前期における頼和文学の位置づけについてみてみよう（「論文一覧」の中の◎印を付した文章が、頼和に言及のあるものである）。

頼和の文学を最初に文学史的に位置づけた論文は、張深切の「対台湾新文学路線的一提案」（『台湾文芸』第二巻第二号、一九三五年二月）と劉捷の「続台湾文学鳥瞰」（『台湾文芸』第二巻第三号、一九三五年三月。以下、「鳥瞰」と略称）であり、ともに一九三五年に発表された。そして、両者は台湾文学が本格的なスタートを切ったのは、『台湾民報』が週刊化され、台湾での発行が可能となって以降としている。ところで、『台湾民報』が台湾発行に移されるのは一九二七年七月のことである。前節でも触れたように、一九二六年一月には台湾新文学の実作が発表されており（頼和「闘鬧熱」と楊雲萍「光臨」。本節末「関係論文一覧」参照）、台湾新文学の出発はすでに『台湾民報』の台湾発行以前にはじまっている。この点から言えば、記述は正確さを欠いているが、しかしながら『台湾民報』の「島内発行許可」が台湾新文学発展の大きな転換点であったことをよく伝えている。そして、この二編の論文には、台湾新文学の「鼓吹」者の名前があがり、とりわけ劉の場合は頼和と楊雲萍を「白話文創作」の第一走者として位置づけている。では、劉のこうした評価が、先述した「台湾文学の史的考察」（以下、「考察」と略称）においてさらに詳しく展開されているかどうかということになるが、題名に示されるように文学史的な考察に重点が置かれ、頼和に関してはわずかに二編の作品名があげられているにすぎない。しかも、「鳥瞰」が発表された時点とは違って、「考察」が発表される二、三か月前には、頼和の「豊作」が楊逵訳によって日本の『文学案内』（一九三六年一月）に掲載されていた。[補2]こうした点からも、もう少し頼和の文学をもちあげてもよさそうに思うが、「考察」はかえって「鳥瞰」ほどには頼和の位置づけが明確ではない。発表誌が総督府情報課の機関誌『台湾時報』であったゆえであろうか。あらためてさまざまな要因を勘案しながら考察する必要を感じるが、一つの要因として「考察」が日本語文学の台頭期から発展期にいたる時期に書かれたことがあろう。言うまでもなく、劉捷は『フォルモサ』グループの主要メンバーであった。

楊雲萍　於自宅

これに対して、同じく前節で取り上げた楊雲萍の「序」は、台湾新文学運動の発展とその展開についてきわめて明快にまとめている。前述したごとく、戦前は、『台湾小説選』が発禁となり公表できなかったが、戦後いち早く発表されて台湾新文学運動の評価はこれによって示されたといってよい。ただ、全編白話文作品のアンソロジーとして編まれた『台湾小説選』の「序」として書かれたために、白話文による台湾新文学運動を中心とした記述となっており、今日からみれば、台湾新文学運動の断面史に終っている。楊雲萍はまた、頼和の「闘鬧熱」と楊自身の「光臨」の二編を最初の「創作小説」としながらも、「世に『光臨』をもって台湾新文学運動以来、些か一読に値する創作の第一作とされる」としている。台湾新文学の第一作に楊自身の「光臨」を位置づけているわけであるが、その当否はともかく、そのあとで頼和のその後の文学活動を高く評価し、「台湾創作界のリーダー」となったとする。

以上によって頼和文学の位置づけがいつごろからはじまったかが理解できるが、では〈台湾新文学の父〉あるいは〈台湾の魯迅〉といった評価は、どのようにして出てくるのだろうか。管見するところでは、両者はいずれも王詩琅の「頼懶雲論——台湾文壇人物論」（筆名王錦江、『台湾時報』一九三六年八月）にその源をたずねることができそうである。

王詩琅　於自宅

王詩琅は、この論文のなかで頼和を台湾新文学の「一方の育ての親である」と表現している。王がこれを書いた三六年には「論文一覧」に一部分掲げたが、楊逵の「新聞配達夫」（一九三四年十月）を皮切りに日本語文学が日本「内地（あるいは中央）文壇」へ「進出」[2]するまでに発展していた。王詩琅はそのことを「和文作品の素晴らしい進展」と表現しているが、後発の日本語文学がいまや無視できない「もう一方」の台湾新文学であることを言外に容認したうえで、上記のような表現をした。これによって、頼和を少なくとも台湾における白話文学の「親」だと評価したのは、王詩琅であることが理解できる。

このような「親」論が、次にあらわれるのは頼和の没後、すなわち『台湾文学』（第三巻第二号、一九四三年四月）に掲載された朱点人と楊守愚の追悼文のなかである。（「論文一覧」参照）朱点人は、王詩琅と同様、頼和を評して「台湾新文学の育ての親」と述べている。これはおそらく王の評価を踏襲したものであろう。さらに楊守愚になると、頼和は「台湾新文芸畑の開墾者であり、同時に台湾小説界の育成の保姆である」と評している。以上の三者は、いずれも白話文作家として評価の高い人々である。頼和を台湾新文学の「親」とする評価が、彼ら白話文作家によってなされたのは自然なことであろう。頼和を〈台湾新文学の父〉とする評価は、以上のような「親」論を土壌にしてできあがったものと考えられる。しかも、注目すべきことは、この評価が四〇年代の皇民文学の最盛期になされたことである。このことの意味は小さくない。つまり、一九三七年以降の一種の中国語禁止措置によって新文学活動の拠り所を奪われた白話文作家にとっては、頼和に対するこうした評価は彼らの一種の抵抗の表現にほかならなかった[3]。あえていえば、それは「奔流」のごとく押し寄せた時代の一大潮流、皇民文学に対する反皇民文学とも表現し得る抵抗であっただろう。しかも、その抵抗は絶望的な状況を知りつくしたうえでのきわめて精神的なそれであった。

では、〈台湾の魯迅〉という評価についてはどうだろう。頼和の小説、あるいは風貌から受けた印象を述べた文章のなかに魯迅を引き合いに出したものがある。頼和の小説については、さきに取りあげた「頼懶雲論」で王詩琅は「(注、『惹事』)から受ける感銘は、たとえば夏目漱石の『坊ちゃん』のユーモラスと、魯迅の辛辣を稍薄くして加えたやうな味である」と書いている。風貌については、楊逵の追悼文「頼和先生を憶ふ」(一九四三年四月「論文一覧」参照)のなかに「無論写真に依つてではあるが」と断ったうえで、「魯迅から受けたやうな印象が浮かんで来る」と語られている。ふたりは魯迅の文学から大きな影響を受けた台湾人作家である[4]。さらに、頼和との親交も深い。このようなふたりが、頼和の印象を語るに際して魯迅を引き合いに出している。そのほか、黄得時の「輓近の台湾文学運動史」(前掲)には「台湾の魯迅と云はれる方に彰化の頼和氏がゐる」とある。とすると、戦前から頼和の文学について語るとき、〈台湾の魯迅〉という表現が台湾文学関係者のあいだでかなり普遍的に使われていたことが理解できる。残された資料からは、誰がずばり〈台湾の魯迅〉という言葉をもって頼和を評価したかが今のところ定かではないが、〈台湾新文学の父〉といった評価の源がそうであったように、頼和を魯迅と比較して評価しようとした発想の源は、王詩琅の「頼懶雲論」にあったと考えられる。

ところで、頼和から同じような印象を受けた人が日本人のなかにもいた。中村哲の「台中日記」(『民俗台湾』一九四二年五月)、「台湾の頼和氏」(『知識階級の政治的立場』小石川書房、一九四八年一月。ただし第二版には収録されていない)、および「台湾人作家の回想」(上・下。『新日本文学』一九六二年八月・九月)にそうした記述が残されている。これについては次節で述べることにしよう。

四　頼和と日本人、日本人作家と頼和

頼和の作品のなかには、日本人の巡査、すなわち〈大人〉を描いた作品がいくつかある。たとえば、初期の作品「一桿『称仔』」(秤)や「辱」、さらに代表作とされる「惹事」などで〈大人〉の非人間性が鋭くえぐり出されている。頼和の文学は、ある意味で台湾統治の象徴的存在である〈大人〉をこれらの作品の中で正面から描くことによって、抵抗の文学としての高い評価を受けてきた。文学にみる頼和と日本人の関係は、その意味では深い関係にあるといえる。

では、頼和は、日本人作家とどのような関係にあったのだろうか。あるいは、頼和は日本人作家をどのようにみ、日本人作家はまた頼和をどうみていたのか。これらの問題は、頼和の文学を考えるうえで興味深いものがあると同時に、台湾文学の問題としても興味深い。しかし、『台湾文学』(別所孝二編、一九三二年八月創刊)など未見の資料もあり断定はできないが、管見するところ記録はほとんど残っていない。ただ、新しく出た林瑞明の「頼和の漢詩――小逸堂時代から治警事件前後まで

――[補3]」によって、頼和と日本人漢詩人との交流が明らかにされ、さらに今後の研究が俟たれることとなったが、新文学に限っていえばそれほど状況は変らない。

そうした状況のなかで、次に取りあげる中西伊之助および中村哲の文章は貴重な資料である。まず、中西伊之助の『台湾見聞記』（実践社、一九三七年十月）からみてみよう。中西は一九三七年に「約二箇月の全島視察旅行」を試み、そのときの見聞記をまとめたのがこの書物である。はじめから見聞記を出版する予定で取材旅行が計画されている。中西については、植民地統治下の朝鮮に題材をとった『赭土に芽ぐむもの』（一九二二年二月）がよく知られているが、該書については研究者のあいだでもほとんど注目されていない[5]。このことは本稿とは直接関わらないが、ほとんど顧みられることのなかったこの書物のなかに頼和に関する記述がある。これをみると、中西は頼和を実際に訪ねているわけではない。取材旅行の途中で彰化を訪れたときに、頼和の小説、「善訟的人的故事」（『台湾文芸』第二巻第一号、一九三四年十二月）を思い出したというだけである。この作品には清朝時代に彰化で起こった訴訟問題が描かれているが、作品の舞台である彰化に立ち寄ったときに、そこに住む作家、頼和に関心が寄せられている。その部分を引いてみよう。なお、引用文のなかに出る懶雲とは、頼和のペンネームである。

> 「あの故事の主人公の、林先生の家はどの辺かね？」
> 「家は判らないが、彼が作戦の根拠にした観音亭の禅房といふのは、さつき通つたあの賑やかなところのあつた廟の中です。さつき見て来たよりも、何十倍か何百倍の民衆が、その辺で、林先生を返せと叫んだわけだ」
> とY君が説明する。

「争ひの山がこれだといつたね?」

「さうです。あつちにちよつと見えるでせう、藪が。その向ふの一帯が、今でも公共墓地として残されてゐますが、百姓達は今そこで山羊や牛を飼つてゐるんです」

と右の方を示された。藪の向ふに見えるのはちよつとした起伏のみだつた。

「石碑は今でも行方が判らないですか」

「判らないでせう」

「どの辺に建つてゐたといふんです」

「東門外といふからこの辺でせうが、懶雲氏なら大体の位置を知つてゐるかも知りませんが、作者の家はそらその辺です」

とすぐ近くにある灯影を指した。


このような描写に接すると、なぜ翌日も訪ねることにしなかったのだろうと考えてしまうが、結局は会わなかった。時期は、別の箇所で「あちこちに稲刈が始つて」、「今度の収穫が済むと、すぐさま田を耕して田植にはいるので、百姓たちは今が一ばんいそがしいとき」(該書収録「八卦山の朝の美観」)とあるから六月ごろのことであろうか。

ところで、中西の台湾旅行はこのときが最初であった。このことを題字および跋(「敢て全島の識者に訴ふ」)を書いた蒲田丈夫(当時朝日新聞台北通信局長)が、その跋のなかで「著者は南北支那、満州、朝鮮等に取材した幾多の著書を発表してゐるが、台湾は今度が最初である」と記している。このような中西が、頼和の作品を取りあげているのである。では、中西は台湾の文学界とどの程度の接触があったのだろうか。

『台湾見聞記』によると、中西は頼和の「善訟的人的故事」を『台湾文芸』で読んでいる。当然、中西はこれを日本（内地）で読んでいるわけである。どのようにしてこの雑誌を入手したのか、その経路はわからない。ただ、「日本の文壇に鮮彩な植民文学の独歩的位置を建設して新興文学のために気を吐いた人」（前掲、蒲田跋）として著名であった中西のもとに、台湾文学関係の雑誌が届いていたとしても不思議ではない（なお、『台湾見聞記』は「著者自ら経営する実践社の出版」という。前掲、蒲田跋）。実際、一九三五年十二月に発行された『台湾新文学』創刊号には、「台湾新文学に所望すること」の総タイトルのもとに寄稿を求められた日本人作家（そのなかには張赫宙が含まれている）のひとりとして中西の名前があり、「大衆と共に」が掲載されている。ただし、文面はほとんど伏せ字となっている。この事実は、中西がはじめての「台湾視察旅行」以前から、台湾文学関係者と少なからぬ関係をもっていたことを十分に裏づけるものである。

とまれ、中西によって残された頼和の作品に対する批評は、皆無に近い日本人の頼和文学評のなかにあっては貴重なものといえよう。

次に取りあげる中村哲の三編の随筆は、前節で述べたように、頼和の印象を魯迅と比べて語ったものである。まずそれを引いてみよう。中村が伝える頼和の印象はこのようである。

翌朝、巫永福君と鹿門荘を辞して帰途を彰化にとり、医師頼和先生を訪れた。案内を乞へば現れたのは白い仕事着をつけたる中老の人であつて、おそらくこの家の薬剤師かと思はれた。応接間に通され、時を待つ間もなく自ら名乗つて現われたる頼和先生であつた。みればさきほどの薬剤師先生が国民服を着て現われたのである。風貌は写真にみる魯迅の如く、その特徴ある髭は孔子廟の屋根に天を嘯く龍の髭に似たり。頼和先生はこの地の人望厚き名医であるばかりでなく、

懶雲と号して、かつて台湾白話文学の第一人者であった。(「台中日記」一覧表参照)

以上の引用文は戦前のものであるが、ここに語られた印象は、戦後の頼和印象記のなかでも変っていない。続けて引く。

漂々とした感じの風貌は魯迅と野坂参三氏をつきまぜたような人で、言葉少なであったが、人なつこい感じの人であった。(「台湾の頼和氏」)

さらに、

初対面で筆者は魯迅を想像した。医者であったことと風貌が小柄で漂々としていることも、そう思った理由である。(「台湾人作家の回想」)

と。

中村の頼和評価は、すこぶる高いものがある。とりわけ、戦後二二八事件後の早い時期に書かれた「台湾の頼和氏」は、頼和を「台湾の民族運動の先覚者」であった林献堂以上に高く評価し、戦前の台湾知識人を代表する人物として日本の文化界にはじめてその人となりを紹介したものである。そこに記された頼和像は、これまでみてきた台湾人文学者の伝えるところと基本的に変らないが、「植民地解放運動に関係していた人々」のあいだで「信望」の篤かった文学者としての側面を前面に出し、さらに次のように書いている。

……頼和氏は、かつて懶雲と号して、台湾における白話文学の開拓者であつて、戦争によつて官憲の圧迫をうけながらも、最後まで日本帝国主義に対し消極的な抵抗をつづけた人である。

と。

ここにみるような表現は、戦後はじめて可能となったものであろう。

ところで、中村が頼和を訪ねたのは、「昭和十七年（一九四二年）の春」のことととなっている。「たまたま台湾の中部を旅行することがあって」会うことができたという。このときに林献堂にも会っている。なお、昭和十七年の春といえば、頼和は出獄したばかりのころである。頼恒顔・李南衡合編「頼和先生年表簡編」(6)によれば、前年の「十二月八日（真珠湾事変の翌日）に逮捕され（前掲、中村「台湾人作家の回想」によれば、「日米戦争で保護収容をうけ」とある）、この年の「一月に重病により出獄」とある。いわば、自宅療養中に中村は頼和に会ったわけである。ふたりのあいだでこの戦争のことが話題にのぼったのかどうか記載はないが、いずれにしても中村の頼和に対する理解はたいへん深い。中村は、当時台北帝国大学教授であった。赴任は、彼の記載によれば、「筆者が台北大学(ママ)に赴任したのは日中戦争の勃発した昭和十二年で、大学の裏にある松山飛行場から南京爆撃の急襲が開始されたのであった。これは夏休み東京から帰って間もなくのことであった」（前掲「台湾人作家の回想」）という。そして、このころの文学状況はといえば、「昭和十二年以来、筆者の知っている時代には、地方には、先にふれた漢詩人がいたが、完全な日本文学の影響の下にあった」（同）時代である。白話文学は『台湾新文学』の停刊とともに一部の大衆文学を残してその姿を消し、頼和は文学活動をまったく停止していた。こうした時代状況の最中に台湾に赴任した中村であるが、戦前に発表された何編かの台湾文学論をみると（「論文一覧」参照）、台湾文学をその発展・展開の相においてとらえ、しかも極力台湾人作家たちの文学的営為を中心にみる視点で書かれている。たとえば、頼和と会見したちょうどそのころ、中村は「昨今の台湾文学について」（『台湾文学』第二巻第一号、一九四二年二月）のなかで、

> ……なお、ここに「台湾新文学」当時の作者、頼和、楊貴（注、楊逵）などの新しい作品を希望したいが、年少気鋭の本島出身者の出現を思ふこと切である。

と述べ、頼和や楊逵につづく台湾人作家の出現をうながしているのである。このようにみてくると、「台湾の頼和氏」は回想文とはいえ、深い同情に支えられた頼和論だといえよう。なお、これによると、頼和を訪ねた日本人は、「氏の家業とする医学関係のこと以外では」、中村が「最初」であったという。頼和はその翌四三年の一月三一日に亡くなった。とすると、生前頼和に会った日本人文学関係者は漢詩人を除いて中村が「最初」であり、しかも最後となった可能性が高い。

台湾新文学者のあいだで、あれほど信望があり、少なからぬ良質の作品を残した頼和が、ほとんど日本人作家との接触がなかったというのは不思議なほどである。このことをどう考えたらよいのだろうか。その要因のひとつとしては、在台日本人の文学は台湾人の白話文学、さらには日本語文学より遅れて起こり、四〇年代に西川満を中心とした在台日本人の文学が隆盛をみたときには、すでに頼和は台湾文芸界の表舞台から姿を消していたということがあるのかもしれない。それだけにまた、中村哲の台湾文学観は異彩を放つものとなっているのだが……。

頼和は最初に述べたように、日本植民地統治の半世紀をほぼまるごと生きた文学者である。にもかかわらず、上述したごとく日本人作家との接触がきわめて稀薄であるということは、頼和の文学の本

質に関わる現象だといえよう。すでにこのことが理解できた今、我々に残された頼和文学へのアプローチの方法は、作品論の積み重ねによるしかないのかもしれない。

五　頼和の博愛会厦門医院時代

ここで頼和のもうひとつの顔である医学方面に目を転じてみよう。頼和は台湾総督府医学校の第十三期生である。医学校関係の恩師については、入学時の校長、高木友枝先生と、卒業時（？）の校長、堀内次雄先生に関する記事がある。後者は前述した朱点人の追悼文のなかで、「堀内次雄先生の在職二十五周年祝賀会」に列席した頼和の記録がわずかに残されているにすぎない。このとき、頼和は「独り台湾服姿」であったという。これに対して、高木先生については頼和自身の随筆が残されている。すなわち、遺稿として発表された「高木友枝先生」[7]（『台湾文学』第三巻第二号、一九四三年四月）である。これは頼和が書いた唯一の日本人論である。頼和と日本人を考えるうえで見逃せない随筆である。ただ、今の筆者にはこの随筆を読み込むだけの用意がない。第一に医学校について、第二に高木友枝その人についてほとんど知るところがない。つまり、頼和描くところの作品「高木友枝先生」の文学性を追求しうる段階までに筆者の理解はまだいたっていないということである。魯迅の「藤野先生」とも読み比べることをしてみたが、文学性解明の手がかりとはならなかった[補4]。そのことを断ったうえで、最後に頼和の博愛会厦門医院時代に言及してむすびに代えたいと思う。

中村孝志「厦門及び福州博愛会医院の成立——台湾総督府の文化工作」[8]によれば、博愛会厦門医院は一九一八年二月二十六日に開院の準備がすすめられ、「三月二十日に病院開院式、同日から二十四日にいたる五日間衛生展覧会、活動写真会が開催され」ている。そして、この創立当初のスタッフのうち台湾人医師は五名で、新潟医専卒一名、台湾医学校卒四名とあるが、この台湾医学校卒四名のなかに頼和が入っていると考えられる。すなわち、『厦門博愛会厦門医院満五週年念誌』[9]の中に、頼和が一九一八年二月に就職し、翌年七月に退職していることが記載されている。依願退職であった。これによって従来定説がなかった頼和の博愛会厦門医院時代が確定されたといっていいだろう。さらに、前記中村論文には、「開院式当日には中国官憲を刺激する虞のある警視総長の参列は見合されたが、それでも医務関係者として中央研究所長高木友枝、督府技師倉岡彦助、稲垣台北医院長、医専校長堀内次雄、鈴木衛生課長のほか台中観光団荒巻鉄之助、坂本素魯哉ら官民二十五名、台湾人三十二名が参列した。……」とある。ここに二人の頼和の恩師の名前がみえる。頼和が台湾新文学運動に身を投じるのは、もう少し後年のことである。このころはまだ二〇年代半ばの青年医師であった。しかしまた、時代は「この博愛会医院の成立した大正の中期、中国では、所謂山東問題を契機として五・四運動の勃発による中国ナショナリズム、反帝運動の昂揚期で、漸く排日、抗日運動が全国的基盤で燃えあがろうとする時期でもあった[10]」

頼和の文学を考えるうえで、従来取りあげられることのなかった、随筆「高木友枝先生」のもつ意味と博愛会厦門医院時代の再考が求められるのではないだろうか。

【注】

（1）黄得時の論文には、資料の利用の仕方の点で、楊雲萍「糊と鋏と面の皮――黄得時「台湾文学史序説」を読む」（『文芸台湾』第六巻第五号、一九四三年九月）のような批判がある。そのほか、「輓近の台湾文学運動史」でも「台湾に於ける文学運動が一つの運動として人々の意識に上ったのは、昭和七、八年以後のことである」と述べて、その理由に「一、日本内地の文壇に於ける文芸復興の刺戟、二、中国に於ける新文学運動の影響、三、ジヤアナリズムの勃興、四、インテリールペンの現実逃避」の四点をあげているが、この分析は黄得時の独創ではない。劉捷「台湾文学の鳥瞰」（本文前掲）が初出である。

（2）ここに使用した「進出」という用語は、楊逵の「新聞配達夫」がナウカ社の『文学評論』（一九三四年十月）に掲載されたとき、頼明弘が使った言葉である。これについては、拙著『文学で読む台湾』（田畑書店、一九九四年）の序章の中の一節「台湾作家の日本『内地』文壇への『進出』」でふれた。その後、同時期の文献の中でよく見かけ、この言葉が当時の台湾人文学関係者のあいだでよく使われていたことがわかった。

（3）張恒豪に次のような指摘がある。

「在中日戦火激烈之時、在皇民化気炎盛囂之際、朱点人不畏強暴、敢如此正面肯定頼和的民族精神和文学地位、足見其道徳勇気、民族意識之不可撼揺」（「麟児的残夢──朱点人及其小説」『台湾作家全集　王詩琅、朱点人合集』前衛出版社、一九九一年）。

（4）Ｉ部第五章参照。

（5）森山重雄「中西伊之助論」（東京都立大学人文学部『人文学報』№八十、一九七一年三月）にも言及されていない。

（6）李南衡編『頼和先生全集』（日拠下台湾新文学・明集1）明潭出版社、一九七九年所収。

（7）中国語遺稿は、『頼和先生全集』に収録されている。なお、林瑞明が「頼和与台湾新文学運動」（『台湾文学与時代精神──頼和研究論集』允晨文化、一九九三年）の中ですでに指摘しているように、発表された日本語訳は一部訳されていない箇所がある。

（8）『南方文化』第十五輯、一九八八年十一月。

（9）本文献に記載された頼和の記事については、早くから中村孝志氏よりご教示をいただき、文献の複写もお貸しいただいた。先生はすでに故人となってしまわれたが、ここにそのことを記して、先生のご霊前に深くお礼申し上げたい。

なお、本文献は頼和研究において従来誰もふれてこなかったものである。以下に、本文献に記載された頼和関連記事を抄録しておきたい。なお、傍線は筆者が付した。

『厦門博愛会厦門医院満五週年念誌』厦門博愛会、大正・中華民国十二年七月三十一日発行

二、写真

三、沿革抄　　　　　　　　　　　　　　　　　　　一

第五、創立以後重要記事

七年二月二十五日　台北ヲ出発シ翌二十六日厦門ニ着セシ本会医院職員一同ハ当時ノ本会長西岡英吉氏領事矢田部氏ノ尽力ニテ仮事務所兼宿舎用トシテ臨時ニ借リ置カレタル本会評議員葉崇禄氏ノ鼓浪嶼別荘ニ落付ケルコト開院記事ニ既述セルガ如シ而シテ此家ヨリ一部職員ハ改造中ノ医院ニ一部職員ハ元居留民会立ノ医院跡ニ通ヒツ、外来患者ノ診療其他ノ事務ニ従事セリ

……

七年四月一日　医局各科同移転ヲ了ス

本日職員全部集会アリ翌日ヨリ愈々本院庁舎ニ於テ診療開始ニ際シ院長ヨリ実務上ニ関シ訓示スルトコロアリ主要ナルモノ左記ノ如シ

一、中国人ニ対スル態度ハ特ニ丁寧ナルベキコト
二、医師ノ診断記録ハ日本学府主義ヲ採リ和文ヲ用フルコト
……
八年四月二十三日　厦門分院創設工事漸ク成レルヲ以テ開院広告ノ為メ市街掲貼広告印刷ヲ倍文ニ来ル二十八日ヨリ五月四日ニ至ル一週間新聞紙広告ヲ江声日報社全新日報社ニ依頼ス
……
八年四月三十日　厦門分院勤務方法ヲ定メ医師ハ一同ニテ午前午後交代看護婦ハ隔日交代主任ハ医局頼医員薬局荘調剤員補庶務課吉岡書記ト定ム
八年五月一日　予定通リ金新河街厦門分院ニ於テ診療ヲ開始ス
……
八年七月二日　頼医員依願退職ス
六、本会各職員及旧職員（五表）
「博愛医院旧職員」（大正十二年三月末調）
（職名）医員（氏名）頼和（就職年月）七年二月（退職年月）八年七月（摘要）現在台中州彰化街
（10）同注（8）参照。

【補注】
（1）島田謹二『華麗島文学志――日本人の台湾体験』明治書院、一九九五年六月収録。
（2）筆者「台湾の作家・頼和の「豊作」について――一九三六年一月号『文学案内』の「朝鮮・台湾・中国新鋭作家集」より――」、『天理大学学報』百四十八輯、一九八六年三月参照。『文学で読む台湾』

田畑書店、一九九四年一月収録。

（3）筆者訳、『よみがえる台湾文学』東方書店、一九九五年十月収録。林瑞明の編著作に『台湾文学與時代精神　頼和研究論集』（允晨文化、一九九三年八月、同二版二〇一七年七月）、『頼和漢詩初編』（彰化県立文化中心、一九八四年六月）、『頼和全集　漢巻』（上・下、前衛出版、二〇〇〇年）、『頼和手稿集　漢詩巻』（台湾省文献委員会、頼和文教基金会、二〇〇〇年五月）などがある。頼和研究は、二〇〇〇年代に大きく進展したが、その代表的著作には、陳建忠著『書写台湾・台湾書写　頼和的文学與文学思想研究』（春暉出版社、二〇〇四年一月）がある。

（4）本部第二章参照。

【戦前台湾文学史関係論文（およびその周辺記事）一覧（一九二六年～四五年）】

（文学史関係論文には○印、頼和に言及のある随筆・論文には◎印、小説には◇印を付した）

（発表年月日）	（著者）	（論文名）	（掲載誌名）
◇二六・一・一	懶雲（頼和）	「闘鬧熱」	台湾民報
◇二六・一・一	雲萍生（楊雲萍）	「光臨」	台湾民報
三一・八・一	（評論）	「台湾文学的整理和開拓」	台湾民報
三三・七	楊　行東	「台湾文芸界への待望」	フォルモサ（東京）
三三・一二	呉　坤煌	「台湾の郷土文学を論ず」	フォルモサ（東京）
三三・一二	劉　捷	「一九三三年の台湾文芸」	フォルモサ（東京）
◇三四・一〇	楊　逵	「新聞配達夫」	文学評論（東京）

三四・一一	劉　捷	「台湾文学の鳥瞰」	台湾文芸
三四・一二	楊　逵	「台湾文壇一九三四年の回顧」	台湾文芸
◇三五・一	張　文環	「父の顔」（未掲載）	中央公論（東京）
◇三五・一	呂　赫若	「牛車」	文学評論（東京）
◎○三五・二	張　深切	「対台湾新文学路線的一提案」	台湾文芸
○三五・二〜三六・六	東方孝義	「台湾習俗――本島人の文学」	台湾時報
◎○三五・三	劉　捷	「続台湾文学鳥瞰」	台湾文芸
三五・五	郭　天留（劉捷）	「台湾文学に関する覚え書」	台湾文芸
○三五・一〇	楊　逵	「台湾の文学運動」	文学案内（東京）
三五・一一	楊　逵	「台湾文壇の近情」	文学評論（東京）
三五・一一	楊　逵	「台湾文壇の現状」	文学案内（東京）
◇三六・一	頼和・楊逵訳	「豊作」	文学案内（東京）
三六・二	川崎　寛康	「台湾の文化に関する覚書（二）」（楊逵、郭天留の論文引用）	台湾時報
◎○三六・四〜六	劉　捷	「台湾文学の史的考察」	台湾時報
三六・六	楊　逵	「台湾文壇の明日を担ふ人々」	文学案内（東京）
三六・八	座談会	「台湾文学当面の諸問題」	台湾文芸
三六・一二	楊　逵（司会）	「台湾文学総検討座談会」	台湾新文学
◇三七・四	龍　瑛宗	「パパイヤのある街」	改造（東京）
◎○四〇・一	楊　雲萍	「序」（ただし発表は戦後）	『台湾小説選』所収（発禁）

四〇・四・一　中村地平・紅筆訳　「台湾文学界的現状」　華文大阪毎日（大阪）

四〇・六・一五　余　若林　「台湾文学界補」　華文大阪毎日（大阪）

四〇・七　中村　哲　「外地文学の課題」　文芸台湾

四一・五　黄得時・池田敏雄　「台湾に於ける文学書目」　愛書

○四一・五　島田謹二　「台湾の文学的過現未」　文芸台湾

◎○四一・六　中村　哲　「台湾の文学について」　大陸（東京）

四一・九　黄　得時　「台湾文壇建設論」　台湾文学

◎四二・二　中村　哲　「昨今の台湾文学について」　台湾文学

◎四二・五　中村　哲　「台中日記」　民俗台湾

四二・七　楊　逵　「台湾文学問答（評論）」　台湾文学

◎○四二・一〇　黄　得時　「輓近の台湾文学運動史」　台湾文学

四二・一二　楊　雲萍　「台湾文芸界この一年間」　台湾時報（未見）

四三・一　矢野　峰人　「台湾の文学運動」　台湾時報（未見）

四三・一　中村　哲　「台湾文学雑感」　台湾文学

四三・一・三一　頼和逝去

◎四三・四　〈頼和先生追悼特輯〉　台湾文学

楊　逵　「頼和先生を憶ふ」

朱　石峰（朱点人）　「懶雲先生の思ひ出」

（楊）守愚　「小説と懶雲」

頼和・張冬芳訳　「私の祖父」

◎四三・四　頼和・張冬芳訳　「高木友枝先生」（ただし目次には記載がない）

四三・四　楊　雲萍　「頼和氏追憶」　民俗台湾

四三・四　西川　満　「台湾文学通信」　新潮（東京）

四三・六　西川　満　「台湾文学通信」　新潮（東京）

◎○四三・七　黄　得時　「台湾文学史序説」　台湾文学

○四三・一二　黄　得時　「台湾文学史」　台湾文学

四四・二　窪川　鶴次郎　「台湾文学半ケ年」　台湾公論

第二章　虚構・翻訳そして民族——魯迅「藤野先生」と頼和「高木友枝先生」

はじめに

頼和の「高木友枝先生」は、頼和の死後、「頼和先生追悼特輯」を組んだ『台湾文学』（第三巻第二号）に掲載された。発行は、一九四三年四月である。

周知の通り、頼和は生涯にわたって、文学活動のうえでは日本語で創作を行うことはなかった。いずれの作品も北京語か台湾語、あるいは漢文によって発表されている。しかし、「高木友枝先生」は、頼和の遺作として張冬芳の日本語訳で発表された。

当時は、一部の恋愛小説などの作品が、中国語で発表されてはいたものの、[補1]新聞・雑誌における中国語の使用は、廃止されていた。したがって、純文学雑誌『台湾文学』も同様で、頼和の作品が原文のまま掲載されることはすでにありえなかった。

このように「高木友枝先生」は、最初は日本語訳で発表された。原文が発表されるのは、のちに詳述するが、戦後になってからで『政経報』に掲載されたのである。

本稿は、頼和の「高木友枝先生」と魯迅の「藤野先生」についていささか思うところを述べてみようとするものである。両作品とも翻訳が出されているが、「高木友枝先生」は「藤野先生」から何らかの影響を受けているのか、またそれぞれの翻訳にどのような問題があるのかなどの面から、頼和の「高木友枝先生」について考察してみたい。

一　「藤野先生」と「高木友枝先生」の作品世界

まず、魯迅の「藤野先生」についてみてみよう。

「藤野先生」は、一九二六年十二月発行の『莽原』（第二十二期）に発表され[1]、のち『朝花夕拾』（未名社、一九二八年九月）に収録された。作品の時代背景は、魯迅が一九〇四年九月から一九〇六年三月まで滞在した仙台での医学専門学校時代であり、その二十年後に書かれたことになる。

作品世界は、次のようである。

作品は上野の桜の風景描写からはじまり、多分に小説的な導入となっている。また、東京を離れるときに印象深い地名として日暮里の描写があるが、藤井省三によると、魯迅が仙台に向かった当時はまだ日暮里駅は存在せず、一九〇五年四月にできたという[2]。こうした点から、本編は事実にもとづいた回想というよりは、小説的な虚構性に彩られた風格を持つ文学作品だといえる。

仙台に着いた筆者は、仙台には「まだ中国の留学生がいなかった」こともあり、学校では学費は免除となり、職員もなにくれとなく親切にしてくれた。講義がはじまると、ふたりの解剖学の先生のうちのひとりが藤野厳九郎先生であった。最初教室で先生が自己紹介されたとき、留年した学生の何人かが笑った。そのような学生からいささか軽くみられるようなところのある先生だったが、留学生の筆者には格別親切であった。藤野先生は、骨学、血管学、神経学に関する筆者のノートを一年にわたって懇切丁寧に目を通し、訂正して返してくれた。成績が発表されると、筆者の成績はクラスの中くらいで、落第点がなかった。このことが、同級生の疑惑を呼び、藤野先生にみてもらっていたノートには試験の答えが書かれていたのではないかと疑われたのである。

このようなことがあってのちまた、いわゆる幻灯事件が起きる。日露戦争でロシアのスパイとなった中国人が、同じ民族の中国人が見物するなかで銃殺される。それをみた教室の同級生らは、「万歳！」と手をたたいて歓呼する。筆者が仙台での勉学を放棄することになった要因には、日清戦争以来の日本人の中国や中国人蔑視と、日露戦争で戦勝気分が高揚する時代風潮が背景にあった。筆者は第二学年がおわると医学の道を捨てて、藤野先生とも別れることになる。「藤野先生」は、このような作品である。

次に、頼和の「高木友枝先生」について、魯迅の「藤野先生」と比べながら作品内容についてみてみよう。

「高木友枝先生」は、冒頭に述べたように、頼和の死後、「頼和先生追悼特輯」を組んだ『台湾文学』に掲載された。該誌に発表された「高木友枝先生」は、張冬芳による日本語訳であった。原文は、二年半後の一九四五年十二月、『政経報』（第一巻第五号）に「遺稿　獄中日記（四）」の附録という形で、「我的祖父」と一緒に掲載されたのである。[3]

この原文は、頼和研究者の林瑞明によると、一九四〇年に執筆されたという。[4]作品の時代背景は、頼和が一九〇九年五月から一九一四年四月まで、第十三期生として学んだ総督府台北医学校時代であり、それからほぼ二十六年後に書かれたことになる。

作品は、次のような描写からはじまる。（日本語版「高木友枝先生」は、張冬芳訳による。以下同）

高木友枝先生は私の時代の台湾医学校長であった。

そして、本編は、先生について伝記めいたことや逸事を書くのではなく、「只筆者の心の中に印象づけられた、大して重要ではないが、しかし特に筆者を深く感じさせた、些細な事柄について記録しようと思うだけである」とつづく。

筆者は、さきに「藤野先生」は「事実にもとづいた回想というよりは、小説的な虚構性に彩られた風格を持つ文学作品だといえる」と述べたが、これに比して「高木友枝先生」は、虚構性の希薄な写実的な作品である。

「高木友枝先生」は、次のような作品である(5)。

筆者（すなわち頼和）が入学した第二学期末、洋行から帰った高木友枝先生の歓迎会は大変盛大で、これによって筆者は、先生は学生たちから大変崇拝されていることを知る。筆者が先生から教えを受けたのは、専門の医学の講義ではなくて修身であった。あるとき、講義中に「一隊のチントンチントンが教室の側を通りがかった」。学生たちは、それに気を取られて一斉に窓のそとに目を向けた。このとき、先生は怒りもせずに、あれは「なんといふのかね」とたずね、同級生の杜聡明君が「道廻（みちまはり）といひます」と答えた。このような態度に、筆者は「先生は公学校の先生とは大分違ふ」と感じる。

作品は、その後、医学専門学校(6)への昇格運動や酒に酔った学生が起こした刑事事件、各地で活躍する卒業生との関係、さらに後藤新平元民政長官の演説における発言や板垣退助の同化会などについて、高木友枝先生が取った対応や発言を紹介しており、修身の講義に力を入れ、台湾人子弟教育に専心する高木友枝先生像が描かれている。

しかし、高木先生の講話がその後、「漸次政治法律に関係」するものに変わっていくにつれて、植民地官僚の顔がのぞくようになる。そのような一面を語るエピソードが加藤先生のビンタ事件である。この事件は、高木先生の発言に敏感に反応した学生側の謝罪によって決着するが、このことによって高木先生と台湾人学生たちとのあいだの力関係が描かれている。実は、のちに詳しく考察するが、このエピソードのまえには、当時発生した苗栗事件と辛亥革命に対する高木先生の見方を語る部分が、原文では書き込まれていたのである。しかし、張冬芳の日本語訳では「(中略)」として未訳出となっている。

作品の最後は、筆者の頼和が東京に旅行して、同窓生と共に先生を自宅に訪ねたときの描写で、次のような言葉で締めくくられている。

先生は老いても、まだなかなか御健康で、よく色々のお話をされた。

このとき、高木友枝先生は、八十二歳であった。

二　両作品の共通点と相違点

頼和は、なぜ「高木友枝先生」を書いたのだろうか。題名から、容易に魯迅の「藤野先生」を連想する。はたして、頼和は魯迅の「藤野先生」をモデルとして、「高木友枝先生」を描いたのだろうか。その執筆動機はなんだったのだろうか。

王詩琅は、台湾の文学者として頼和を高く評価していた。王詩琅は、王錦江のペンネームで一九三六年八月「頼懶雲論―台湾文壇人物論」を『台湾時報』に発表しているが、そこで頼和の作品を評して、「吾々はこの作品（注、「惹事」）から受ける感銘は、例えば夏目漱石の『坊ちゃん』のユーモアラスと、魯迅の辛辣を稍薄くして加えたやうな味である」と述べている。ところで、頼和を「台湾の魯迅」と、いつごろから言いはじめたのかについて、筆者は本部第一章「日本人の印象の中の台湾人作家・頼和」[7]で考察したが、そこで最初に頼和の作品の風格を魯迅のそれと比べたのは、この「頼懶雲論」が最初であることを指摘した。

当時、頼和と王詩琅は親しい関係にあり、おそらく頼和は王の文章を読んでいる。だからといって、頼和は魯迅の影響を受けて、「高木友枝先生」も「藤野先生」をモデルに描いたとする論証にしようというつもりはない。王詩琅の「頼懶雲論」をここに引いたのは、当時、すなわち頼和在世のころから、頼和の作風を魯迅のそれと比較して論じる文学者がいたことを指摘しておきたいからにすぎない。

頼和は、周知のように中国の五四運動以来の新文学に強い関心を寄せ、その影響を深く受けた文学者である。一九一四年四月に総督府医学校を卒業すると、まず台北で実習を行い、その後嘉義に赴いて嘉義医院に勤め、一九一七年六月に彰化にもどって頼和医院を開設した。しかし、翌年二月には、大陸の厦門で新しく開院された博愛会厦門医院に就職し、一九一九年の七月まで勤めている。頼和は、この博愛会厦門医院での在職期間中に、中国大陸で繰り広げられた五四運動に接することになった。残された頼和の蔵書には、医学書や世界の思想、文学書に混じって多数の中国新文学関系の雑誌や単行本がある。そのなかには、もちろん魯迅の作品集も含まれている[8]。

このように頼和にとっては、魯迅は文学上の影響を深く受けた中国人文学者である。ここで、両作品の共通点と相違点について検討を加えてみよう。

共通点としては、次のようなことがあげられる。

・恩師を描いた作品である。
・舞台は、医学校である。
・登場人物は先生と学生である。
・作品はかなり時間が経ってから（「藤野先生」二十年後、「高木友枝先生」二十六年後）回想の体裁で描かれている。
・時代背景は、それぞれ日露戦争と辛亥革命・苗栗事件（但し、張冬芳訳ではこの両事件について述べた部分は未訳出となっている）といった大きな社会的事件が起こった時代である。
・問題視されるのは、留学先の日本における中国人学生や日本植民地下台湾における台湾人学生である。
・作品の背景には、中国人は「低能児」（中国語）で、台湾人は「身分不相応の望を抱いてはならない」というような、日本人学生のほうが優秀であるという社会風潮が存在している。
・藤野先生も高木先生も中国人学生・台湾人学生を理解しようとする先生として描かれている。但し、両者には、のちに述べるような大きな差異も存在する。
・作品の背景には、日本人の異民族蔑視の問題が横たわっている。

相違点はどうか。次のようなことがあげられるだろう。
・「藤野先生」は小説的な虚構性に彩られているが、「高木友枝先生」は写実的で小説的な虚構性が希薄である。
・先生の地位の違い。藤野先生は一人の解剖学の教授、高木友枝先生は医学校校長という植民地官僚。両先生と学生の距離は同じではない。
・「高木友枝先生」には、「藤野先生」にみるような、先生との個人的な触れ合いの描写がほとんどどみられない。
・先生の講義は、「高木友枝先生」が修身、「藤野先生」が解剖学である。
・「共通点」のところで述べたように、両作品ともかなり時間が経ってから回想の体裁で書かれている。しかし、「高木友枝先生」の場合は、頼和が恩師に二十数年振りに東京で再会してのちに書かれている。
・同じく「共通点」のところで述べたように、藤野先生も高木先生も中国人あるいは台湾人学生を理解しようとする先生として描かれているが、高木先生の場合は総督府の高官でもあり、為政者としての異民族観を体現している。その点、一介の医学校教授とは異なるものがある。

以上のように、両作品における共通点と相違点をみてくると、頼和の「高木友枝先生」には、作品構成と内容において魯迅の「藤野先生」の影響がみられると断じてもさしつかえないと考えられる。先述したように、「高木友枝先生」は、林瑞明によれば一九四〇年に執筆された。とすれば、作品の最後にある「昨年の春東京に行った時」とは、一九三九年の春である。林瑞明編「頼和先生年表」（前掲『頼和全集六　評論巻』収録）によると、東京へは次のような事情から旅行に出ている。(9)

三月、患者が傷寒の初期症状に感染し、法定伝染病規則によって関係当局に申告しなかったために、業務停止半年の厳罰に遭った。この間の暇な時間を利用して、楊木（雪峰）と日本に赴き、満洲に回り、北京に遊んだ。

引用文にみる「傷寒」とは、腸チフスなどの高熱をともなう急性疾患を指すようだが、その伝染病を関係当局に届けなかったために、頼和は半年間の医療業務停止の処分を受けた。頼和は、この間友人の楊木と「日本に赴き、満洲に回り、北京に遊んだ」のである。林瑞明編『頼和影像集』（財団法人頼和文教基金会・台湾省文献委員会、二〇〇〇年五月）には、奈良公園で鹿と撮った頼和の写真（六十六頁）が掲載されている。

次に執筆動機とその意図についてみたいが、そのまえに「藤野先生」と「高木友枝先生」に期せずしておこった翻訳の問題について述べておきたい。

三　翻訳の問題

翻訳の問題とはなにか。まず、「藤野先生」からみてみよう。

「藤野先生」を最初に日本語に翻訳したのは、増田渉である。増田渉が佐藤春夫と共訳で、一九三五年六月に『魯迅選集』（岩波書店）を出したときにはじめて訳された。飯田吉郎著『現代中国文学研究文献目録　増補版』（汲古書院、一九九一年二月増補版）によると、『魯迅選集』は、魯迅の作品を広く日本に紹介した最初の作品集である。（補2）収録された作品は、「孔乙己（小説）」、「風波（小説）」、「故郷（小説）」、「阿Q正伝（小説）」、「家鴨の喜劇（小説）」、「石鹸（小説）」、「高先生（小説）」、「孤独者（小説）」、「藤野先生（回憶）」、「魏晋の時代相と文学（講演）」、「上海文芸の一瞥（講演）」の計十一編である。これらの作品のほか、一九三二年四月号の『改造』に掲載された増田渉著「魯迅伝」と、佐藤春夫および増田渉の「あとがき」が収められている。なお、この「魯迅伝」は、頑銕訳で一九三四年十二月発行の『台湾文芸』（第二巻一号〜同四号）に連載された。

ところで、この選集のなかになぜ「藤野先生」が含まれることになったのだろうか。このことについては、作品のあとに「附記」として次のように記されている。

「魯迅選集」を出すに際して、如何なる作品を選ぶがよいかと、一應魯迅氏の意見をき、合せたところ、適宜に選んでもらつてよい、だが「藤野先生」だけは是非入れてもらひ度いといふ返事であつた——増田。

このような経緯から、日本における魯迅の最初の翻訳集に収められることになった「藤野先生」だが、実は一部分訳出されていない箇所がある。その箇所を含む場面の原文と訳文を次に引いてみよう。

【原文】（『莽原』掲載初出より引用。〔　〕内、筆者校訂）

有一天，本級的學生會幹事到我寓裏來了，要借我的講義看。我検出來交給他們，却只翻検了一通，並沒有帶走。但他們一走，郵差就送到一封很厚的信，拆開看時，第一句——

「你改悔罷！」

這是新約上的句子罷，但經託爾斯泰新近引用過的。其時〔實〕正值日俄戰爭，託老先生便寫了一封給俄國和日本的皇帝的信，開首便是這一句。日本報紙上很斥責他的不遜，愛國青年也憤然，然而暗地裏却早受了他的影響了。其次的話，大〔略〕是說上年解剖學試驗的題目，是藤野先生講義上做了記號，我預先知道的，所以能有這樣的成績。末尾是匿名。

【訳文】（増田渉訳）

或日、同級の學生會幹事が僕の下宿へやつて來て、僕のノートを見たいと云つた。僕は取出して彼等に渡した、するとたゞ一通りそれを査べたゞけで、持つて行きはしなかつた。然し彼等が歸つて、間もなく一封の厚つぼたい手紙が郵送された、開けて見ると、第一句は、

「汝悔い改めよ！」とあつた。

これは新約聖書の中の語であらう、だがトルストイが最近に引用したものであつた。（原文の傍線部削除箇所）其の次の語は、大たい前學年の解剖學試驗の問題は、藤野先生が僕のノートに記號をつけてくれ、僕が預めそれを知つてゐた、だからこそあのやうな成績をとることが出來たのであると言つてあつた。最後は匿名であつた。

なぜこの傍線部分が削除されたのだろうか。よく知られているように、魯迅が仙台に留学の拠点を移したころは、日露戦争の時期だった。そのことを、阿部兼也は『魯迅の仙台時代―魯迅の日本留学の研究』（東北大学出版会、二〇〇〇年三月改訂版）のなかで、「魯迅が仙台医学専門学校に留学した、一九〇四（明治三十七）年は、日露戦争の始まった年だった（二月十日、宣戦布告）。魯迅が来た九月初めには、仙台も戦時色にすっかり染められていた」（三十頁）と書いている。この日露戦争に、トルストイは反対して、「寫了一封給俄國和日本的皇帝的信（ロシアと日本の皇帝に一通の手紙を書いた）」という。このことを報道した新聞記事は未見だが、『仙台における魯迅の記録』（平凡社、一九七八年二月）に収録された「在仙時代の周樹人年譜」には、一九〇四年八月二十七日の項に「平民新聞がロンドン・タイムスの日露戦争に関するトルストイの論文を訳載」とある。

トルストイの反戦思想が述べられた箇所がなぜ削除されたのか、不明である。翌年に松枝茂夫によ

って訳された「藤野先生」では、削除されることなく訳出されている。松枝訳は、一九三六年四月出版の『大魯迅全集第二巻』（改造社）に収められた。ちなみに、戦前に翻訳された「藤野先生」はこの増田訳と松枝訳の二編のみである。

この削除部分を含む作品の前後は、本編のもっとも重要な箇所である。仙台ではただ一人の「中国人留学生」であった主人公が、医学専門学校で日本人同級生から理不尽ないじめに遭う、よく知られた場面である。

下宿を訪ねてきた学生会の幹事からノートが検閲されたあと、主人公のもとに届けられた「一封の厚つぽたい手紙」の冒頭に、「汝悔い改めよ！」とあった。この言葉は、新約聖書のなかの言葉だが、最近トルストイが使った言葉だとして、先にあげた削除部分が述べられている。

トルストイの反戦思想が述べられると同時に、魯迅の諷刺がよく効いた場面である。一九三五年当時の時代背景にあっては、削除は出版の検閲を恐れた措置だとも思えない。一つ考えられることは、トルストイが「日本的皇帝」に「汝悔い改めよ」という手紙を送ったという箇所に問題があるのかもしれない。日本人なら当時は不敬罪に当たる言動である。しかし、翌年に出た松枝茂夫訳では、削除されずに訳出されていることを考えれば、削除理由はやはり判然としない。しかも、場面はきわめて重要な箇所である。

「藤野先生」をはじめて訳出した『魯迅選集』は、台湾人作家もよく読んでいる。魯迅の作品を愛読した龍瑛宗なども該書によって最初に魯迅の作品を読んだ。はたして何刷されたのか不明だが[補3]、筆者所蔵版は、「昭和十四年六月二十五日第八刷」である。日本および台湾で広く魯迅を普及させた翻訳書であることは間違いないが、「藤野先生」には、上述のような翻訳の問題が存在したのである。

このような翻訳の問題が、奇しくも頼和の「高木友枝先生」にも存在する。次にその問題を取りあげてみたい。
まず、問題の箇所を含む場面の原文と訳文を引いてみる。

……「據自己也不敢以為否否，不過官廳方，似尚無有此意思，設施後日會趨向和官廳對立的狀態，恐有點不允當。」

【原文】（『政経報』掲載）

此後，先生的講話，漸有關於政治法律，後來於學課上，設一課衛生行政學，使我們於政治法律，有些少知識。

當苗栗事件發生時，連累者中，有一醫生學校的退學生在內，先生曾對我們說，他到總督府時，被同僚們嘲笑，說，受過我教育的人，也會做壞事，我回答他說。

「那是退學生，未受到我完全的教化，那纔會那樣。」[10]

我此時感到「纔會那樣」的一句，另有一點餘味。

當辛亥中國革命時，學生中，有為募集軍資者，事為當局所知，想是到學校來調查，因此，校長集學生於一堂，有所訓示。

「像這樣事，在我是與看相撲一樣，看客可以互賭，雖有此事，也是一種賭金的性質，無什麼關係，但是各人要覺悟，有萬一的時，不可後悔流淚，那樣就真笑殺人，不如勿做較好。」

有一次，是我們學生中，有一位被加藤先生打一下嘴巴。

加藤先生諸先生中算是最無言辭最厚直的，能使他生氣，那學生也可算有點頑皮，但是學生還是顧著學生。

「我們已不是小學生，還用體罰，那還了得。」級長就去告訴給校長高木先生。

【訳文】（張冬芳訳）

「自分もその可否を決定することは出来ない。只官庁方面では、まだこんな気持はないようである。只心配なのは、将来、会〔注、板垣退助の同化会〕の方向と官庁のそれとが、対立状態になった場合である。」

此の後、先生の講話は、漸次政治法律に関係を有するものに変って行った。後になって、学課に、衛生行政学という課目を設けるようになったのは、我々にも政治法律に関する些少な知識を与えてくれたい為に外ならなかった。（中略）〔注、傍線筆者〕[11]

又ある時、我々学生の中で、加藤先生に一つビンタをはられた男がいた。

加藤先生は諸先生の中でも最も言葉数の少ない、最も温厚実直な人であったが、彼を怒らせた程のものであるからには、その学生も相当な代物（シロモノ）であったに相違ない、しかし学生達はやはりその学生の味方であった。

「我々はもう小学生ではない、まだ体刑をつかうとは何事だ。」

級長はすぐ高木先生にそのことを告げた。

右に掲げた原文の傍線部分が翻訳されていない箇所である。張冬芳は、この箇所を「（中略）」としており、注意深い読者なら、この部分の原文がなんらかの理由で省略、つまり訳出されていないことに気づくだろう。

「藤野先生」同様、この未訳部分を含む作品の前後は、本編のもっとも重要な箇所である。張冬芳は、なぜ故意に「（中略）」として削除したのであろうか。

場面は、原文にみるように、苗栗事件と辛亥革命に言及した部分である。頼和が総督府医学校に通った時期は、先述したごとく、一九〇九年五月から一九一四年四月までの五年間である。この間、大陸では一九一一年に孫文の辛亥革命が起り、台湾では一九一二年に林圯埔事件、一九一三年には辛亥革命の影響を受けた苗栗事件が起った。リーダーは羅福星で、一九一三年十二月八日に逮捕され、翌年三月三日に処刑された。呉密察監修の『台湾史小事典』（遠流出版公司、二〇〇〇年）[12]によると、この事件で逮捕された者は、一、二二一人にのぼり、そのうち二二一人が死刑の判決を受けた。翌年には、台湾における最後の武装抗日事件とされ、逮捕者が一、九五七人、八六六人が死刑判決を受けた噍吧哖（タバニ事件、あるいは余清芳事件、西来庵事件ともいう）が起ったが、苗栗事件はこれに比するほどの台湾社会を震撼させた武装抗日事件であった。

頼和にとっては、いずれも民族革命として、共感を覚える革命事件であった。それに対する高木先生の反応は、頼和の心をとらえるものではなかった。高木先生は、総督府医学校のまともな学生ならこのような事件に加わらない、「自分の教化をまともに受けていない」退学生だから「ああなるのだ」と述べる。（なお、未訳部分の訳文は後掲する〔附二〕参照）頼和は高木先生のこのような言葉に、「少し別の違った気持ちを持った」のである。

苗栗事件に対する高木先生の発言はまた、高木先生の辛亥革命に対して行った訓示を頼和に思いおこさせる。辛亥革命が起ったときに、革命を支持する軍資金を拠出する医学校生がいるとの連絡を受けとった高木先生は、当局の調査が入るまえに、学生を集めて訓示を行ったが、そのときに辛亥革命の軍資金を、「在我是與看相撲一様（筆者には相撲を観ているのと同じ）」と相撲の賭け金になぞらえた。このような苗栗事件や辛亥革命に対する高木先生の見方・捉え方は、台湾人知識人の歴史観と決して相容れるものではない。それゆえ、この部分をこのまま訳出して発表すると、「内地」人教育者、高木友枝先生の印象が悪くなる。同時に、頼和の慎重な筆致で描写しているとはいえ、批判的な一面をうかがわせるエピソードの挿入は、一九四三年の次点ではふさわしくない。張冬芳はそのように判断して「(中略)」としたのではないだろうか。そのような措置を取らずに、この部分をそのまま訳出しても、上記のような内容からみて、当局の検閲で発禁や削除処分を受けることは、おそらくなかったのではないかと思われるが、そうしなかったのは、やはり頼和が描く高木友枝先生像から批判的な面を薄めようとする作為が働いたからであろう。

四　執筆動機とその意図

以上、頼和の「高木友枝先生」をめぐる問題について考察してきた。最後に、「高木友枝先生」の執筆動機とその意図について述べてみよう。

頼和はなぜ「高木友枝先生」を書いたか。その執筆動機はなにか。既述したごとく、頼和は、一九三九年春に高木友枝先生を東京の自宅に訪問したが、そのことが作品の執筆の大きな動機となったと考えられる。頼和は、このとき医療業務停止処分を受けていた。そうしたなかで、医学校時代の恩師を同窓生と一緒に訪ね、久闊を叙している。話題は自然、総督府医学校時代のことになっただろうし、先生の担当科目「修身」の話題にもおよんだだろう。さきに指摘したように作品の最後には、新渡戸稲造博士の人格論について書かれているが、おそらくこうした話題が作品に挿入されるのは、先生との会話のなかで、頼和の医療業務停止についても話題にのぼり、医師としてのモラルのあり方などについて話されたからではないか。作品の最後は、「先生は老いても、まだなかなか御健康で、よく色々のお話をされた」という言葉で結ばれているが、頼和も先生との会話のなかで、医学校時代の先生を色々と思い出していたに違いない。

では、執筆意図はどこにあったのだろうか。執筆動機にみたように、頼和ははじめての東京訪問で、恩師の高木友枝先生を自宅に訪ねた。そして、八十歳を過ぎても「まだなかなか御健康」な旧師からさまざまな話を伺った。このとき頼和の心のなかに、先生を慕う気持ちや懐かしさと同時に、「内地人」と「本島人」の民族的感情の落差、さらには植民地官僚としての恩師の思想や歴史認識への違和感などがわきおこったと推測される。頼和はこのときの印象をもとに、帰国後、高木友枝先生を記念して作品を書く準備をする。執筆意図は、作品の冒頭にさりげなく語られていたように、医学校時代、そしてこの東京訪問であらためて「筆者の心の中に印象づけられ」、「特に筆者を深く感じさせた」高木友枝先生を描くところにあった。

しかしながら、この執筆は発表のあてもないものであった。作家が発表のあてもなく作品を書く。これは一体どういう行為だろうか。それでも頼和はなぜ書いたのか。頼和は厦門で五四運動にふれて以来、一貫して台湾の新文学運動に従事し、台湾文学界をリードしてきた文学者である。しかし、時代は、すでに日本語文学が主流となり、大きな世代交代が起こっていた。そのため、頼和はすでに舞台を失った中国語作家となっていたが、それでもまだ当時の台湾を代表する文学者には違いなかった。頼和はなぜ「高木友枝先生」を書いたのか。その深い執筆意図はなにか。それは、台湾における「藤野先生」を描くことにあったのではないか。日の目をみるかどうかもわからないなかで、恩師・高木友枝先生への印象を曲筆することなくありのままに描いたのである。

魯迅の「藤野先生」は、既述したごとく、未名社発行の『莽原』に発表された。未名社は、いわゆる五四退潮期に魯迅の弟子にあたる若い文学青年たちが結成した文学結社である。同人には、李霽野、韋素園、台静農らがいた。[13]「藤野先生」は、このような若い文学青年たちが、自ら資金を工面しながら発行していた文学雑誌に発表され、のち『朝花夕拾』に収録された。魯迅の執筆意図は、日本留学時代に指導を受けた藤野厳九郎先生を記念して若い世代に伝え、日中の交流を描くことにあったと考えられる。

これに対して、頼和の場合は悲惨である。書いても発表の舞台がない。それでも頼和は「高木友枝先生」を書き残した。また、遺作として発表されたときは、頼和が描いた「高木友枝先生」は、翻訳時に一部省略されてしまい、そのため頼和の執筆意図は充分に伝わらなくなってしまった。二つの作品を読み比べると、自ずとその相違点が明瞭に浮かびあがってくる。頼和の恩師は、藤野先生同様に民族を異にする学生に深い理解を有する良き教師であったが、その半面、総督府の植民地官僚として台湾人学生を監督する為政者でもあった。民族観において、ふたりのあいだの距離には、大きな溝が横たわっていたといえよう。そうしたことを、原文「高木友枝先生」から読み解くことができるのである。

頼和は、医者であると同時に筋の通った文学者であった。前掲の『頼和影像集』には、医学校関係の写真が収録されているが、頼和の在学中はまだ衛生学を教えていた第二代堀内次雄校長が、一九三六年二月九日に彰化を訪問した際の歓迎会に参加したり、一九三八年二月に開催された台湾総督府医学校一九一四年班第一回同級会や、一九四一年二月二日開催の第二回同級会などにも出席している。また、一九四一年六月二十二日に、台湾人の卒業生たちが堀内次雄元校長に、住宅を贈呈した記念式にも列席している。これらの写真には、よくひとりで民族服を着た頼和の姿が写っているが、そこには頼和の民族への誇りが表現されているといえるだろう。頼和は、文学のうえでは、前章でみたように、一部の漢詩人をのぞいて、「内地人」文学者と交流することは皆無に近かった。在台日本人作家もまた、頼和と文学交流を行うことはほとんどなかった。しかし、医学校時代の恩師や同窓生との集まりには、上記のように熱心に出席しているのである。

頼和は、抑制の効いた筆致で、淡々と筆を曲げることなく「高木友枝先生」を書き残した。作品には、頼和の文学精神が反映されている。「高木友枝先生」は、頼和が描いた唯一の日本人知識人像である。本稿が、「高木友枝先生」研究に新たな視角を提供することになれば幸いである。
最後に、頼和原作と筆者が修訂した張冬芳訳の「高木友枝先生」を付録として掲げておく。

〔附一〕頼和「高木友枝先生」『政経報』（第一巻第五号、一九四五年十二月）

高木友枝先生

高木友枝先生，是我的時代底臺灣醫學校長，他一生的傳記，若是現在臺大醫學部有存在的一日，他也不能泯滅的。我在這裏不是要敘他一生，也不是要記述他的軼事，只是記錄他印象在我心目中的一些不關緊要的而感我特深的小事情而已。

我初入學時，先生尚洋行中，記得是在第二學期末，纔由西洋歸臺，那歸來的歡迎會是真盛大的，這使我印象猶深，始覺到學生們對于先生的宗敬，在我是猶未听到先生一句話，亦未見到先生的面影。

歸臺后，先生所擔任是什麼事務，我不知，但是若沒有特別事情的阻碍，每週總有點鐘來教我們修身。但是先生的講義却不由書籍上的文字講解，只是講些世間的事情，但听的我們每恨一點鐘的容易過。

一日，方先生在講話中，適有一隊進東進東（チントンチントン）由窓外過，一時學生的視線皆轉向窓外去，先生似也覺到，一時停不講。我覺得先生已察及，急把視線收歸，更坐端正，想先生看到學生這樣不規矩，雖不生氣，也空訓話，豈料竟出意外，待「進東進東」過去后，纔問我們。

「剛纔由大路過去的，叫做什麼？」

我們大都不知，只有杜聰明君一人起來答應說「叫道廻（みちまはり）」這一次使我始覺得先生不知公學校的先生一樣。

記得是當我們三年的時代，由卒業生所唱起的是學校的昇格運動，把醫學校昇為醫學專門學，這時，校長曾對我們大家說。

「學校的昇格，若論現在這學校，就內容，先生和學生的質，外觀——建築，設備等是不輸內地任何專門學校。但是要進入專門學校，須要中學卒業生，現在臺灣只有內地人一個中學而已，要招生，須向內地去，若如諸君等，尚未有入學的資格。且諸君等，卒業后，也無有到內地開業的必要，就這資格，臺灣，滿洲，中國皆可開業，何用昇格，全無必要，昇格於諸君是未有益處，諸君細想便悉，但是若我還在做校長時，於諸君無益的事，斷沒有做，諸君可勿愁。」

我們的醫學校不僅昇格為專門學校，是臺大的醫學部了。於我們有益無益，現在々學諸君，一定是知道的。不僅是愛護看我們學生，對于卒業生，若先生做得到的，也很盡力。

曾有一位前輩，因為酒的亂性，犯了刑法，在公判時，先生也做了特別辨護人，出為辯護，這是在法庭未曾有的事。那先輩亦因此得了執行猶豫的特典。

對于卒業生的「働（はたらき）」，先生也很關心，曾到地方去，看見卒業生的社會地位向上，心中很歡喜，歸來便講給我們听。

後藤男爵在做民政長官的時代，是和醫學校有特別關係的，他自己原是醫生，且和高木校長也特別有交情的樣子，所以他辭官后，再來臺灣時，便為我們醫學校生特別做一次的訓話，大意是講：

「本島人諸君，要自己省察，我們只有二十餘年，對於帝國盡忠誠的歷史，內地人已是有二千餘年歷史，所以不應奢望，若權利待遇，有些不似內地人，不宜就說不平。」

向來我們大家都以為是浴在一視同仁的皇恩之下，不感到有何等的差別，經過後藤的一番訓戒，纔會自省，就中也就多少生出議論，高木先生也似有感覺，便有機會，便集全校生於一堂，為後藤男爵辨明，說，他是特別愛顧着我們，纔肯那樣說，要我們不要誤會。

本來對先生的訓話，大家都是肅靜恭听的，獨々這次有的踢地板，有的故意高聲咳嗽，以亂其說話，有點使我疑惑。

這中間有一事，使臺灣平靜的社會掀起小々波瀾，就是板垣伯所主唱的同化會。那時亦曾集全校生徒於一堂，有所講話，先生對此也沒有什麼批評，說曾有卒業生來問及，可否允其參加，先生說「据自己也不敢以為否々，不遇官廳方，似尚無有此意思，設使后日會趨向和官廳對立的狀態，恐有點不允當。」此后，先生的講話，漸有關於政治法律，后來於學課上，設一課衛生行政學，使我們於政治法律，有些少知識。

當苗栗事件發生時，連累者中，有一醫學校的退學生在內，先生曾對我們說，他到總督府時，被同僚們嘲笑，說，受過我教育的人，也會做壞事，我回答他說。

「那是退學生，未受到我完全的教化，那會那樣。」

我此時感到「纔會那樣」的一句，另有一點餘味。

當辛亥中國革命時，學生中，有為募集軍資者，事為當局所知，想是到學校來調查，因此，校長集學生於一堂，有所訓示。

「像這樣事，在我是與看相撲一樣，看客可以互賭，雖有此事，也是一種賭金的性質，無什麼關係，但是各人要覺悟，有萬一的時，不可後悔流淚，那樣就眞笑殺人，不如勿做較好。」

有一次，是我們學生中，有一位被加藤先生打一下嘴巴。

加藤先生在諸先生中算是最無言辭最厚直的，能使他生氣，那學生也可算有點頑皮，但是學生們還是顧着學生。

「我們已不是小學生，還用體刑，那還了得」，級長就去告訴給校長高木先生。先生也以為是不祥事，集了全校生，有所訓話，講話中有說。

「不肖的心中，是不存有內臺人的成見……」

訓話后，較上級的學生都感不安起來，因為向來先生每訓話，多是如父親在向兒子說話一般。今天自說「不肖」，心中一定很不爽快，所以就趕緊推舉代表去向先生謝不是，求其勿為此勞心。

先生常說，他要擔任學校長時，曾求教於新渡戶博士，他說：養成人格為先務，所以在每期卒業式的訓話上，總說：

「要做醫生之前，必前做成了人，沒有完成的人格，不能盡醫生的責務。」

所以講義的時，總是講到世間的事情，關係完成人格的話較多。

昨年春到東京去，和同窓之幾位，曾去拜訪，先生猶尚老健善談。（完）

〔附二〕賴和作／張冬芳訳・下村作次郎修訂「高木友枝先生」（『台湾文学』第三巻第二号、一九四三年四月原載）

＊筆者は張冬芳の未訳部分を訳出した。それ以外は張冬芳訳である。なお、表記は現代かなづかいに直した。

高木友枝先生

高木友枝先生は私の時代の台湾医学校長であった。

彼の一生の伝記は、もし現在の台大医学部が存在する限りは、決して消滅するものではない。

私は此処で先生を叙述しようとするのでもなければ、又先生の逸事を記述しようとするのでもない。只私の心の中に印象づけられた、大して重要ではないが、しかし特に私を深く感じさせた、些細な事柄について記録しようと思うだけである。

　私が入学した時、先生はまだ洋行中であった。西洋から帰って来たのはたしかに第二学期末と憶えているが、帰って来た時の歓迎会は誠に盛んなものであった。これは私に最も深い印象を与えた。先生の言葉をまだ一句もきかない中から、又先生の面影を見ない中から私は学生達の先生に対する尊崇の念を感じとったのであった。

　帰朝後、先生の担任されたのはどんな事務であったかはよくしらないが、しかし、特別の事情の障碍さえなければ、毎週、兎に角一時間は修身を教えてくれたものであった。だが先生の講義は書籍に書いてある文字を解釈することではなしに、世間の事情をいくらかずつ講義するのであった。それで私達はいつも一時間の余りに短きを歎じたのであった。

　ある日、恰度先生の講義中に、たまたま、一隊のチントンチントンが教室の側を通りがかった。一時に学生の視線は皆窓外に集中された。先生も感じられた様で、しばらく話を途切らせていた。私は先生が気づかれたことを察して、急いで視線を返して、もと通り端坐した。そして心の中でひそかに、先生が学生達のこの不規律な有様を見た上は、たとえ腹を立てなくても、お説教の一鎖はするに違いないと、考えていた、所が豈計らんや、例のチントンが通り過ぎるのを待って、始めて私達にきかれた。

「今大通りを通って行ったのは、なんというのかね。」

　私達の大部分は知らなかった。只杜聡明君[補4]一人だけが立ち上って、「道廻（ミチマハリ）といいます」といって答えただけであった。

このことがあって以来、私は始めて先生は公学校の先生とは大分違うなということを感じたのであった。私達の三年のころと覚えているが、卒業生から学校の昇格運動——即ち医学校を医学専門学校に昇格する——が唱え出された。此の時、校長先生は私達に向ってこう言われたことがあった。

「学校の昇格は、もし現在の此の学校に就いて論ずれば、即ち内容——先生と学生の質、外観——建築、設備は、内地の如何なる専門学校に比べても決して負けをとらない、しかし、専門学校に入るには中学校を経なければならない。現在台湾には只内地人の中学が一つあるだけだ。生徒募集にははるばる内地まで出かけなければならない。諸君等の如きは未だ入学の資格がない。その上諸君達は卒業後、内地に行って開業する必要もない、又此の資格で、台湾、満洲、中国等何処でもみな開業することが出来るのである。昇格する必要が何処にあろう、少しもないのだ。昇格は諸君にとってもためにはならない。諸君自身よくよく熟考すればわかることである。兎も角私が校長である間は、諸君にとって無益な事は、断じてしないつもりである。諸君、心配するには及ばない。」

　我々の医学校は、専門学校に昇格したばかりではなく、現在は台大の医学部にさえなっている。我々にとって有益であるか無益であるかは、現在在学しておられる諸君が、きっとよく知っているに相違ない。先生は只に我々学生を愛護して下さったばかりではなく、卒業生に対しても、手の届き得る限り、非常に力を尽してくれたのであった。

　嘗て先輩の一人が、酒に酔って、刑法を犯したことがあった。公判の時には、先生も特別弁護人として立たれ、弁護されたのであった。これは法廷に於いては未曾有の事であった。かの先輩も亦此の為に、執行猶予の特典にあずかることが出来たのであった。

卒業生の働（はたらき）に対しては、先生も非常な関心を払われていた。地方に行って、卒業生達の社会的地位の向上を見て来ては、心中喜びを禁じ得ないで、帰来されると私達に言いきかしてくれるのであった。

後藤男爵が民政長官でおられた時代[補5]、医学校とは特別の関係があった。彼自身もともと医者であり、その上高木先生とも特別に昵（ジッ）懇の間柄であったので、彼が退官の後、台湾にもう一度来られた時、我々医学校生の為に、特に一場の訓話をされたことがあった。その大意は大体次の如きものであった。

「本島人諸君はもっと自己省察をする必要がある。即ち、我々の、帝国に対して忠誠を尽した歴史は僅々二十数年にしかなっていない、しかし内地人は既に二千数年の歴史を持っている。それ故身分不相応の望みを抱いてはならない、万一権利待遇に於いて、少しばかり内地人に似ないものがあったからとて、すぐに不平を言い出すことは宜しくない。」

今まで私達は皆一視同仁の皇恩に浴していると考え、何等かの差別を受けていると感じたこともなかったのであるが後藤さんのこの一場の訓戒を受けて始めて自省することが出来た。中でもいくらか議論が出た様であったが、高木先生もそれを覚られた様であった。それで機会のあったときに、すぐ全校生を一堂に集めて後藤男爵の為に弁明をされたのであった。

「彼は我々を特に可愛いがってくれるから、ああいうことを言うのである。要は我々がそれを誤解しないことである。」

これまでは先生の訓話に対しては、皆静粛にして恭々しくきくのが常であったが、只今度だけは、床板を強く蹴る者、故意に高声で咳払いをする者等がいて、その話の邪魔をするのであった。私には飲みこめない点が少しあった。

此の間中にもう一つ事件があった。それは平静なる台湾の社会に些細なる波瀾をひき起したのであった。即ち板垣伯の主唱する同化会(補6)というものであった。その時も全校生徒を一堂に集めて、講話をされたことがあった。先生は之に対しても何等批評を加えなかった。只卒業生が参加の可否を訊きただして来たことがあるが自分はこう答えたと言ったことがある。

「自分もその可否を決定することは出来ない。只官庁方面では、まだこんな気持はないようである。只心配なのは、将来、会の方向と官庁のそれとが、対立状態になった場合である。」

此の後、先生の講話は、漸次政治法律に関係を有するものに変って行った。後になって、学課に、衛生行政学という課目を設けるようになったのは、我々にも政治法律に関する些少な知識を与えてくれたい為に外ならなかった。

苗栗事件が起った時、関係した者に、医学校の退学者が一人いて、先生はこんなことを言ったことがあった。先生が総督府に行くと、我々の教育を受けていながら、なんたることだと同僚のみんなに笑われたが、自分はこうやりかえしたと。

「あれは、退学者であって、自分の教化をまともに受けていないから、ああなるのだ。」

私は、その時「ああなるのだ」のひと言に、少し別の違った気持ちを持った。

辛亥の中国革命の時、学生の中には軍資金を集めるものがいた。その事が当局に知られるところとなり、学校に調査が入るだろうと予想された。それで、高木先生は、学生を一堂に集め、次のような訓示を言いわたされた。

「こんなことは、私には相撲を観ているのと同じで、客が観戦して賭けをしているようなものだ。そのようなもので、どんな賭け金だろうと中身はなんの関係もないが、しかし、各人は覚悟しなければならない。万一のことが起った時には、後悔して泣いてもはじまらない。そのようなことになれば実にばかげたことで、やらないに越したことがないのだ。」

又ある時、我々学生の中で、加藤先生に一つビンタをはられた男がいた。

加藤先生は諸先生の中でも最も言葉数の少ない、最も温厚実直な人であったが、彼を怒らせた程のものであるからには、その学生も相当な代物（シロモノ）であったに相違ない、しかし学生達はやはりその学生の味方であった。

「我々はもう小学生ではない、まだ体刑をつかうとは何事だ。」

級長はすぐ高木先生にそのことを告げた。先生も不祥事件と思われ、全校生徒を集めて、訓話することになった。講話の中にこう言う言葉が一句あった。

「不肖の心中は、内台人という偏見を持っているものではない……。」

訓話の後、比較的上級の学生は皆不安を感じ出して来た。というのは今まで、先生のどの訓話も、皆父親が息子に説ききかせているようなものばかりであったが、今日自分で「不肖」という言葉をつかわれたのは、心中必ずや非常に不愉快なものがあったに相違ないと考えた。そこで急いで代表を推挙して先生に誤り（ママ）、又此の為に心を煩わされることのないように頼んだのであった。

先生はいつもこう言うことをいっていた。彼が学校長をひきうける時、新渡戸博士（補7）に教を請うたことがあった、博士はこう言われた。「人格の養成を先務とすべきである。」と、それ故毎年の卒業式の訓話に於いてはいつもこう言った。

「医者になる前に、先ず人間を完成したまえ。完成された人格なしには、医者の責務を尽すことは出来ない。」

それ故講義の時には、大部分世間の事情に話が及ぶが、人格完成のことに関係した話が最も多かった。

昨年の春東京に行った時、同窓の方と幾人かで、先生をお訪ねしたことがあった。先生は老いても、まだなかなか御健康で、よく色々のお話をされた[14]。

【注】

（1）「藤野先生」のテキストは、この『莽原』掲載の初出のものを使った。

（2）藤井省三著『魯迅事典』（三省堂、二〇〇二年四月）参照。

（3）同報の前号では、「賴和先生的遺稿（小品文）1　我的祖父　2　高木友枝先生」として予告が載っている。

（4）『賴和全集二　新詩散文巻』（前衛出版社、二〇〇〇年六月）に収録された「高木友枝先生」には、「編按」があり、そこには「作於一九四〇年」（二百九十頁）と記されている。

（5）本文の最後に、筆者が修訂を加えた中国語原文と日本語版「高木友枝先生」を付した。

（6）魯迅が学んだのは、仙台医学専門学校である。

（7）本稿の中国語訳は、曾麗蓉訳「日本人印象中的台湾作家——従戦前台湾文学之歴史性記述中思考起」として、『賴和全集六　評論巻』（前衛出版社、二〇〇一年十二月）に収録。日本語版は、「日本人の印象の中の台湾人作家・賴和」と題して『よみがえる台湾文学』（東方書店、一九九五年十月）に収録されている。

（8）林瑞明編著『賴和全集三　雑巻』（前衛出版社、二〇〇〇年六月）所収「賴和蔵書（期間目録）」参照。

（9）このときの日本「内地」旅行は、一回目である。二回目は、一九四一年三月で長男・頼燊が駒澤大学予科に留学したときに同行している。
（10）原文は、「那纔會那様」であるが、すぐあとに「纔會那様」とあるので、ここは誤植と判断して、「那」に改めた。
（11）この削除箇所は、訳出し、さらに誤植・誤字などを修訂して本稿の附録として掲げた。
（12）該書は、二〇〇七年二月、中国書店から横澤泰夫編訳で翻訳版が出版された。二〇一〇年九月には、増補改訂版が出ている。
（13）下村作次郎「『莽原』という小雑誌をめぐった」『咿唖』（一九七八年六月）参照。
（14）ここに掲載した訳文は、張冬芳訳に未訳出部分を訳出して加えたほか、誤植、脱字を訂正し、旧字体を新字体に改め、さらに、旧仮名遣いを新仮名遣いに改めた。

【補注】
（1）『風月報』を指す。河原功は「『風月報』復刻にあたって」（『風月・風月報・南方・南方詩集総目録・専論・著者索引』南天書局、二〇〇一年）のなかで、「『風月報』は、『風月』停刊後の一年半経過して、体裁も内容も大きく変えて刊行された。一九三七年四月一日をもって日刊紙の漢文欄全廃（台湾人経営の唯一の日刊紙『台湾新民報』は六月一日）となった直後の、漢文欄の代替えとして、『風月』を継承して、刊行された」と述べている。編輯顧問謝汝銓、編輯兼発行人簡荷生、編輯呉漫沙、林錫牙、嘱託林玉山、施学習、呂漢生が名を連ねていたとある。『風月』『風月報』『南方』『南方詩集』が復刻されている。全十巻。
（2）魯迅の作品が単行本で出たのは、一九三一年九月出版の松浦珪三訳『阿Q正伝』（白揚社）が最初である。この本には「阿Q正伝」のほかに「孔乙己」「狂人日記」の二編が収められている。本部第五章参照。

（3）龍瑛宗はその作風から、魯迅の愛読者であることに間違いはないが、ここに書いたように『魯迅選集』を読んでいたかどうかは不明であることをお断りしておきたい。龍瑛宗蔵書に見る限りでは、『大魯迅全集』（全七巻、改造社、一九三六―一九三八年）を所蔵している。『魯迅選集』の発行部数については、一九六四年七月号の『図書』に掲載された「魯迅雑記」のなかで、増田渉は「だいたい十万部くらい、売れたと思う」と述べている（『魯迅の印象』角川書店、一九七〇年収録）。本部第五章参照。なお、龍瑛宗蔵書は現在、国立台湾文学館に所蔵されている。この調査に当たっては、該館研究助理の陳慕真さんにご協力いただいた。なお、王恵珍著『戰鼓声中的殖民地書写――作家龍瑛宗的文学軌跡』（国立台湾大学出版中心、二〇一四年六月）には、『大魯迅全集』（全七巻）の書影が収録されている。

（4）杜聡明（一八九三―一九八六）は、一九〇九年に台湾総督府医学校を卒業した。

（5）後藤新平（一八五七―一九二九）は、一八九八年三月から一九〇六年十一月までの八年間にわたって民政長官を務めた。

（6）一九一四年末、板垣退助は台湾を訪問した際に、林献堂、蔡培火らの支持を得て、台湾同化会を設立した。但し、台湾人にも日本人同様の権利待遇を与えることとの主張を危険視した台湾総督府によって一か月後には解散させられた。

（7）札幌農学校に勤めていた新渡戸稲造（一八六二―一九三三）は、同郷の後藤新平より招聘され、一八九九年から一九〇一年まで台湾総督府の技師に任命された。在任中児玉源太郎総督に『糖業改良意見書』を提出した。

第三章　文学から台湾の近代化をみる――頼和そして高一生

はじめに

近代文学の視点からみると、台湾の植民化と近代化は、相互にかなりの軋みを生みながら進展していった。

台湾における近代文学に的を絞って考察してみると、総督府が台湾統治の最初から国語伝習所を設けて日本語の普及につとめていった結果、一九二〇年代には植民地台湾に謝春木の「彼女は何処へ（悩める若き姉妹へ）」（『台湾』第三年第四～七号、同年七月～十月）のような日本語による近代文学が生まれた。その一方で、漢文による作品も当然のことながら書かれた。

植民化は、軍隊による武力制圧と警察による治安維持、そして学校教育における日本語の普及を通じて行われ、それが台湾全島の近代化につながっていった。それと同時に、被植民化に抵抗する主流となった台湾白話文学運動は、張我軍のような北京からの五四文化運動の移入派と、東京で『台湾』『台湾青年』『台湾民報』を拠点に啓蒙運動に従事した日本留学派、さらに頼和のような島内覚醒派（但し、頼和は厦門で五四思想に接触）が混在して展開されていった。

以上のような理解をふまえて、筆者は頼和の随筆「高木友枝先生」を読み、台湾における植民化と近代化の問題について述べてみたい。方法論は、魯迅の「藤野先生」との比較による分析である。なお、これについては、彰化文学国際学術大会で発表した筆者の論考に基づいている。[1]

ところで、頼和は、霧社事件が起こったとき、詩編「南国哀歌」（一九三一年四月～五月）を書き、蜂起したセイダッカへの同情を表明した。こうした行為は、当時の台湾人作家のなかでは稀有な存在として今日よく知られている。

霧社事件はどのようにして起ったのか。山地の植民化は理蕃政策のもとで行われ、その結果、山地社会にも広く深く近代化が進んでいった。

そのような山地における近代化のなかから高一生という人物が生まれた。彼はどのように植民化と近代化に対応したのだろうか。

以上のようなことについて、以下に感ずるところを述べてみよう。

一　頼和の「高木友枝先生」にみる植民化と近代化の軋み

頼和の「高木友枝先生」は、頼和の死後、「頼和先生追悼特輯」を組んだ『台湾文学』（第三巻第二号）に掲載された。発行は、一九四三年四月である。周知の通り、頼和は生涯にわたって、文学活動のうえでは日本語で創作を行うことはなかった。いずれの作品も北京語か台湾語、あるいは漢文によって発表されている。しかし、「高木友枝先生」は、頼和の遺作として張冬芳の日本語訳で発表された。

その後、戦後になって、中国語原文が、一九四五年十二月発行の『政経報』（第一巻第五号）に「遺稿　獄中日記（四）」の附録という形で「我的祖父」と一緒に掲載された。[2]

「高木友枝先生」は、林瑞明によると、一九四〇年に執筆された。[3]作品の時代背景は、頼和が一九〇九年五月から一九一四年四月まで、第十三期生として学んだ総督府台北医学校時代であり、ほぼ二十六年後に書かれたことになる。

「高木友枝先生」は、魯迅の「藤野先生」の影響を受けて執筆されている。このことについては、注（1）に掲げた報告のなかで論証したので、ここでは繰り返さない。

本報告では、随筆「高木友枝先生」から読みとれる、台湾における植民化と近代化の問題について述べてみたい

前述したごとく、該編は一九四〇年に書かれている。なぜ二十数年もまえの思い出をこの時期に書いたのか。その執筆動機と意図について、前章での考察に基づいてまとめると次のようになる。

頼和は、一九三九年三月に、伝染病を保健所に届けなかったために、半年間の医療業務停止の処分を受けた。そのため仕方なく頼和は、医学校時代の同窓生と日本、満州、北京への旅に出た。このときに、東京の自宅に高木友枝先生を訪問したのである。

話題は自然、総督府医学校時代のことになっただろうし、先生の担当科目「修身」の話題にもおよんだと思われる。作品には、最後の部分で新渡戸稲造博士の人格論について書かれているが、おそらくこうした話題が作品に挿入されるのは、先生との会話のなかで、頼和の医療業務停止についても話題にのぼり、医師としてのモラルのあり方などについて話されたからではないか。作品の最後は、「先生は老いても、まだなかなか御健康で、よく色々のお話をされた」という言葉で結ばれているが、頼和も先生との会話のなかで、医学校時代の先生を色々と思い出していたに違いない。このことが作品執筆の大きな動機となった。

では、執筆意図はどこにあったのだろうか。執筆動機にみたように、頼和ははじめての東京訪問で、恩師の高木友枝先生を自宅に訪ねた。そして、八十歳を過ぎても「まだなかなか御健康」な旧師から

さまざまな話を伺った。このとき頼和の心のなかに、先生を慕う気持ちや懐かしさと同時に、「内地人」と「本島人」の民族的感情の落差、さらには植民地官僚としての恩師の思想や歴史認識への違和感などがわきおこったと推測される。頼和はこのときの印象をもとに、帰国後、高木友枝先生を記念して作品を書く準備をする。執筆意図は、作品の冒頭にさりげなく語られていたように、医学校時代、そしてこの東京訪問であらためて「筆者の心の中に印象づけられ」、「特に筆者を深く感じさせた」高木友枝先生を描くところにあった。

しかしながら、この執筆は発表のあてもないものであった。作家が発表のあてもなく作品を書く。これは一体どういう行為だろうか。それでも頼和はなぜ書いたのか。頼和は厦門で五四運動にふれて以来、一貫して台湾の新文学運動に従事し、台湾文学界をリードしてきた文学者である。しかし、時代は、すでに日本語文学が主流となり、大きな世代交代が起こっていた。そのため、頼和はすでに舞台を失った中国語作家となっていたが、それでもまだ当時の台湾を代表する文学者には違いなかった。

頼和はなぜ「高木友枝先生」を書いたのか。その深い執筆意図はなにか。それは、台湾における「藤野先生」を描くことにあったのではないか。日の目をみるかどうかもわからないなかで、恩師・高木友枝先生への印象を曲筆することなくありのままに描いたのである。

魯迅の「藤野先生」は、一九二六年十二月、未名社発行の『莽原』（第二十二期）に発表され、のち『朝花夕拾』（未名社、一九二八年九月）に収録された。作品の時代背景は、魯迅が一九〇四年九月から一九〇六年三月まで滞在した仙台での医学専門学校時代であり、日露戦争の勝利に日本中が沸く時代であった。作品は、その二十年後に書かれたことになる。「藤野先生」は、若い文学青年たちが資金を工面しながら発行していた文学雑誌に発表されたが、魯迅の執筆意図は、日本留学時代に指導を受けた藤野厳九郎先生を記念して若い世代に伝え、日中の交流を描くことにあったと考えられる。

これに対して、頼和の場合は悲惨である。書いても発表の舞台がない。それでも頼和は「高木友枝先生」を書き残した。

「高木友枝先生」と「藤野先生」を読み比べると、自ずと相違点が明瞭に浮かびあがってくる。頼和の恩師・高木友枝先生は、藤野厳九郎先生同様に民族を異にする学生に深い理解を有する良き教師であった。しかしその半面、総督府の植民地官僚として台湾人学生を監督する為政者でもあった。民族観において、ふたりのあいだの距離には、大きな溝が横たわっていたといえよう。

実は、このことは、日本統治時代末期に張冬芳が訳して発表した日本語版「高木友枝先生」からは読み取ることができない。それはなぜか。張冬芳は、この歴史観や民族観にかかわる部分を訳文のなかで「中略」と書き、訳出しなかったのである。その箇所を次に掲げる。

當苗栗事件發生時，連累者中，有一醫學校的退學生在內，先生曾對我們說，他到總督府時，被同僚們嘲笑，說，受過我教育的人，也會做壞事，我回答他說。

「那是退學生，未受到我完全的教化，那會那樣。」

我此時感到「纔會那樣」的一句，另有一點餘味。

當辛亥中國革命時，學生中，有為募集軍資者，事為當局所知，想是到學校來調查，因此，校長集學生於一堂，有所訓示。

「像這樣事，在我是與看相撲一樣，看客可以互賭，雖有此事，也是一種賭金的性質，無什麼關係，但是各人要覺悟，有萬一的時，不可後悔流涙，那樣就眞笑殺人，不如勿做較好。」

（苗栗事件が起った時、関係した者に、医学校の退学者が一人いて、先生はこんなことを言ったことがあった。先生が総督府に行くと、我々の教育を受けていながら、なんたることだと同僚のみんなに笑われたが、自分はこうやりかえしたと。

「あれは、退学者であって、自分の教化をまともに受けていないから、ああなるのだ。」

私は、その時「ああなるのだ」のひと言に、少し別の違った気持ちを持った。

辛亥の中国革命の時、学生の中には軍資金を集めるものがいた。その事が当局に知られるところとなり、学校に調査が入るだろうと予想された。それで、高木先生は、学生を一堂に集め、次のような訓示を言いわたされた。

「こんなことは、私には相撲を観ているのと同じで、客が観戦して賭けをしているようなものだ。そのようなもので、どんな賭け金だろうと中身はなんの関係もないが、しかし、各人は覚悟しなければならない。万一のことが起った時には、後悔して泣いてもはじまらない。そのようなことになれば実にばかげたことで、やらないに越したことがないのだ。」（筆者訳）

右に引いた箇所は、本編のもっとも重要な箇所である。張冬芳は、なぜ故意に「（中略）」としたのか。場面は、苗栗事件と辛亥革命に言及した部分である。頼和が総督府医学校に通った時期は、先述したごとく、一九〇九年五月から一九一四年四月までの五年間である。この間、大陸では一九一一年に孫文の辛亥革命が起り、台湾では一九一二年に林圯埔事件、一九一三年には辛亥革命の影響を受けた苗栗事件が起った。リーダーは羅福星で、一九一三年十二月八日に逮捕され、翌年三月三日に処刑された。呉密察監修の『台湾史小事典』（遠流出版公司、二〇〇〇年）によると、[4]この事件で逮捕された者は、一、二二一人にのぼり、そのうち二二一人が死刑の判決を受けた。翌年には、台湾における最後の武装抗日事件とされ、逮捕者が一、九五七人、八六六人が死刑判決を受けた噍吧哖（タバニ）事件（あるいは余清芳事件、西来庵事件ともいう）が起ったが、苗栗事件はこれに比するほどの、台湾社会を震撼させた武装抗日事件であった。

頼和にとっては、いずれも民族革命として、共感を覚える革命事件であった。それに対する高木先生の反応は、頼和の心をとらえるものではなかった。高木先生は、総督府医学校のまともな学生ならこのような事件に加わらない、「自分の教化をまともに受けていない」退学生だから「ああなるのだ」と述べる。頼和は高木先生のこのような言葉に、「少し別の違った気持ちを持った」のである。

苗栗事件に対する高木先生の発言はまた、高木先生の辛亥革命に対して行った訓示を頼和に思いおこさせる。辛亥革命が起ったときに、革命を支持する軍資金を拠出する医学校生がいるとの連絡を受けとった高木先生は、当局の調査が入るまえに、学生を集めて訓示を行ったが、そのときに辛亥革命の軍資金を、相撲の賭け金になぞらえた。

このような苗栗事件や辛亥革命に対する高木先生の見方・捉え方は、台湾人知識人の歴史観と決して相容れるものではない。しかし、頼和はありのままに、このように恩師・高木友枝先生を描いた。筆者は、魯迅の「藤野先生」と読み比べて、頼和の「高木友枝先生」により深い絶望感を読み取る。それは魯迅の場合は侵略の脅威にさらされる中国ではあっても、植民地である台湾とは根本的に異なり、出口のない絶望には陥らないからである。台湾では時代が進み、社会が発展するにつれて、植民化がいっそう深く進み、近代化とのあいだで抜き差しならない関係が生まれて激しい軋みが生じる。頼和の「高木友枝先生」には、そのような植民化のまえにあくまで抵抗の姿勢をみせる文学者の姿が反映されている。と同時に、頼和は台湾社会の近代化の推進者でもあった。そうした姿は、頼和が医学界との関係を重視していたことから理解できる。林瑞明編『頼和影像集』（財団法人頼和文教基金会・台湾省文献委員会、二〇〇〇年五月）には、医学校関係の写真が収録されているが、頼和は、在学中はまだ衛生学を教えていた第二代堀内次雄校長が、一九三六年二月九日に彰化を訪問した際の歓迎会に参加したり、一九三八年二月に開催された台湾総督府医学校一九一四年班第一回同級会や、一九四一年二月二日開催の第二回同級会などにも出席している。また、一九四一年六月二十二日に、台湾人の卒業生たちが堀内次雄元校長に、住宅を贈呈した記念式にも列席している。これらの写真には、よく、ひとり、民族服を着た頼和の姿が写っているが、そこには頼和の民族への誇りが表現されているといえるだろう。頼和は、文学のうえでは、一部の漢詩人をのぞいて、「内地人」文学者と交流することは皆無に近かった。在台日本人作家もまた、頼和と文学交流を行うことはほとんどなかった[5]。しかし、医学校時代の恩師や同窓生との集まりには、上記のように熱心に出席しているのである。

二　高一生という存在――もう一つの近代化

高一生とはだれか。台湾では白色テロの犠牲者として、さらにツォウ族の音楽家として多くの人々に知られるようになった。それはテレビドラマ「台湾百年人物誌―高山船長高一生」(台湾公共電視台、二〇〇三年)、「台湾百合」(台湾電視事業公司製作、二〇〇六年)や「緑島人権音楽祭」(行政院文化建設委員会ほか主催、二〇〇五年五月十六日~十八日)などマスコミの報道が大きい。さらに、昨年(二〇〇六年)五月十九日には、「鄒之春神　高一生　音楽・史詩・歌聆聴森林深処的音楽会」(国立伝統芸術中心主催、文建会など後援)が紅楼劇場で開催されていっそう有名になった。

一方、日本では一部の研究者には知られるようになってきたが、一般にはまだ無名の存在といわざるをえない。

ここで簡単に高一生についてみておこう。

高一生は、一九〇八年七月五日に阿里山のトフヤに生まれた。高はウォグ・ヤタウユガナ（Uongu Yatauyongana）という民族名をもつツォウ族であるが、日本統治時代には矢多一生を名乗った。

高一生は、代表的な原住民族エリートである。学歴を高英傑論文[6]によってみておくと、次の通りである。

一九一六年　嘉義郡タッパン蕃童教育所入所
一九二二年五月十一日　嘉義尋常小学校尋常科四年編入
一九二四年三月　嘉義尋常小学校尋常科卒業
　　　　四月十四日　台南師範学校入学
一九二九年　台南師範普通科五年課程を終え、演習科一年課程に進学
一九三〇年三月十七日　台南師範学校卒業
　　　　四月十一日　台湾公学校甲種本科正教員免許状（証書）を受ける
　　　　　　　　　　台南州巡査に派遣され、故郷に戻って仕事をする

上記の学歴をみると、高一生は一九一六年に嘉義郡タッパン蕃童教育所に入所以来、一九三〇年に台南師範学校を卒業するまで、十四年間学校教育を受けている。この間、一九二一年に原住民族子弟の尋常小学校での「共学許可」が公布されると、「南部台湾でイの一番に共学を願い出し」（「内地人を凌ぐ蕃童矢多一生」一九二一年七月二十三日付「台湾日日新聞」第七版）て、蕃童教育所より転入し、尋常小学校で学ぶ原住民族子弟の魁となった。こうして嘉義尋常小学校尋常科を卒業すると、台南師

範学校に進学した。この台南師範は、現在の国立台南大学である。戦前、台南師範にはかなりの人数の原住民族子弟が在籍した。最初に入学した学生は、パイワン族の楠一郎と内藤八郎で、一九二一年に入学している。高一生が在籍していた一九二六年には、高を含め六名の原住民族学生が在籍している[7]。なお、高一生がネフスキーの調査活動に協力したのは、台南師範在籍中の一九二七年のことである[8]。

高一生は、台南師範学校を卒業すると、「タッパン警察駐在所の主管、福島警部補の部下の立場」[9]で、巡査兼教育所の教師の任に就き、その後生涯にわたって阿里山のツォウ族の発展に尽くした。以上、高一生の学歴についてみたが、実は高一生研究は遅れた研究分野だと指摘せざるをえない。その遅れはどこからきたのだろうか。

それは言うまでもなく、台湾における戦後の社会状況に起因する。台湾の戦後は、一九四五年の日本敗戦にはじまった。しかし、その後の中華民国国民政府編入、二二八事件、蒋介石の国民政府の遷台、そして続く白色テロによって、台湾の戦後は一般民衆からの脱植民地、脱帝国主義へと向かわず、独裁政権による強権政治、恐怖政治のもとに置かれた。それゆえ台湾の戦後は、一九八七年に戒厳令が解除されるまで封印・凍結・密閉されてきた。

戒厳令が解除されて九〇年代に入ると、漢民族系の二二八受難者、白色テロ受難者の口述歴史の記録作りがはじまり、政府および民間から多数の刊行物が出版された。こうした動きに影響を受け、原住民族のなかからも原住民族の二二八受難者、白色テロ受難者の口述歴史の記録作りがはじまった。最初に口述歴史のフィールドワークを行ったのは、『猟人文化』（一九九〇年—九二年）を発行したワリス・ノカンとリカラッ・アウーである。ふたりは、「部落回帰運動」のなかでワリス・ノカンの故郷であるタイヤルの部落に帰ってのち、精力的に調査を行い記録していった[10]。

さて、言うまでもなく、台湾研究は九〇年代に入り長足の進歩を遂げた。とりわけ文学の領域に限っていえば、新文学運動期の作家から皇民文学作家という重いレッテルを貼られていた台湾人作家まで、広く取りあげられるようになった。その視点・視角のキーワードは、台湾人作家における植民化と近代化の問題である。

ところが、原住民族に関する研究では、原住民族エリートたちにおける植民化と近代化の問題は、従来は欠落した視点であった。そうした研究があるとしたら、日本人や外国人研究者への協力者としての優秀な原住民であったり、模範的な〝蕃人〟であったりするだけで、原住民族としてのエリート、あるいは知識人といった視点はなかった。

近年の国史館や中央研究院、そして全島の大学研究機関での活発な学術研究によって、高一生をはじめとする原住民族エリートの研究は大幅に発展したと目される。筆者はここでこのような発展に寄与し、新しい視角を提供した存在として、原住民族内部すなわち原住民族自身による研究に注目したい。そして、その例として高一生（矢多一生）研究会発行の『高一生（矢多一生）研究』に注目してみたいと思う。

高一生（矢多一生）研究会は、二〇〇五年七月五日に日本で生まれた小さな研究会だが、会誌『高一生（矢多一生）研究』を創刊し、最新号の第七号はこの九月一日に発行された（補1）。

該誌には、毎号、高一生の次男高英傑氏の随筆（補2）と末女馬場美英さんの「高一生（矢多一生）からのメッセージ」が連載されている。その他、高一生の長女の高菊花さんの口述記録や塚本善也、浦忠成、陳素貞、楊智偉、汪明輝各氏の研究論文が掲載されている。毎号四十頁前後の小冊子だが、高一生研究の一つの研究動向を反映している。なお、該誌は、来年二〇〇八年の高一生生誕百年記念を目標に創刊された。

さて、本報告で述べてみたいのは、高一生における植民化と近代化の問題であるが、該誌の創刊号（二〇〇五年七月五日創刊）に掲載された高英傑の随筆「下り列車」は、この問題を考えるうえできわめて貴重な内容となっている。

「下り列車」をみてみよう。原文と日本語訳の全文は本稿末尾の【資料】に掲げた。ここに述べられていることで、指摘したいのは次の三点である。

（一）五〇年代初期、作者が台中第一中学初中部に学んでいるときに、バイオリンの女の先生が、音楽好きの「山地の学生」であった作者にみせた露骨な反応。

（二）一九八三年の段階における教育界の高一生理解の実態。

（三）家族からみた父・高一生像。

上記の前者二点から言えることは、原住民族の人々や社会における近代教育への無理解、つまり原住民族の近代化は「ありえない」という一方的理解である。そして、このような理解はまた、〝われわれ〟の理解と相通じている。

第三点は、今後の原住民族研究の一つの視点を提供している。原住民族のエリートが、部落や家庭においてどのような立場に置かれ、どのような民族観や家族観を有し、そしてどのような夫であり、父であったかが語られている。このような高一生像は今後の原住民族理解にきわめて有意義だと指摘したい。高一生はまた、そのような先駆者でもある。ツォウ族のために作った多数の歌曲と家族のために獄中で残した五十六通の手紙は、高一生の近代性の証そのものであるといえよう。

以上、高一生の近代性をみるために、高英傑の随筆「下り列車」を取りあげた。次に、該誌七号（二〇〇七年九月一日）に掲載された二編の論文にもとづいて、高一生の近代性についてみてみたい。この二編の論文は、はからずも、原住民族の旧慣である屋内埋葬の廃棄と頭骨埋葬について、とくに高一生が果たした役割について論考した論文である。以下、両者の論考について、その論点を紹介してみよう。

笠原政治「屋内埋葬の慣習が廃棄された頃——日本統治時代の記録に残る高一生（矢多一生）の発言をめぐって——」[11]

笠原論文は、標題にみるとおり、屋内埋葬の慣習が廃棄されたころに、高一生がどのような役割を担ったかについて、『理蕃の友』（第四年十一月号、一九三五年）に残された記録によって考察したものである。

笠原の調査によると、「屋内埋葬の廃棄が最も早く文書記録に現れたのは一九一八年（大正七年）、タイヤル・屈尺の場合であり、一番遅かったのは一九三八年（昭和十三年）、ルカイ（当時の民族分類では「パイワン」）・ライブアンの事例である。慣習の完全な消滅までに、およそ二〇年の時間が費やされたことになる。」という。

この間、どのような過程をへて、屋内埋葬の慣習がなくなっていったのか。笠原は次のように述べる。

「総督府が埋葬習慣を改めさせるために採ったのは、ふつうは現場の警察官が各村の頭目や長老、有力者などを説得して口頭で圧力をかけるという方法であった。古来の慣習に執着する人たちとの間で、警察に説得された頭目などが板ばさみの状態に陥ったことは、当時の文書にも何ヵ所か記されている。また、その指導にあたった警察官側の苦心談もやはり一部が書き残されている。この埋葬慣習は決してスムーズに消滅の道を歩んだわけではなかった。廃棄を求める側も、どうやら強圧的な態度だけではあまり効果がないと判断していたようだ。

そうしたなかで、昭和期に入ると、頭目や有力者などを介さずに、日本統治下で育成されてきた原住民族の青年リーダーたちが屋内埋葬の廃棄を促す主役になる所も出てきた。地元青年が旧慣の改善に立ち上がった場面がどれだけ各地で見られたのか、文献記録の上ではなかなか確認するのが難しいが、一つだけかなり具体的に慣習廃棄の経緯が語られた例がある。それが、ツォウ・タパンにおける取り組みについて述べた矢多一生の発言である。

ここに述べられた「矢多一生の発言」、すなわち高一生の発言は、一九三五年十月に台北で開催された「高砂族青年団幹部懇談会」の席上でなされている。この日、青年団幹部として全島から三十二名が出席し、ツォウ族からは矢多一生（タパン）と安井猛（ニヤウチナ）が出席した。

高一生の発言は次の通りである。

次に屋内埋葬を改めた事に就いてお話します。人が死ねば之を屋内に埋葬して死霊と一緒に生活しようといふのが同族一般の信念であります。然しどう考へても斯んな非衛生極まる陋習は打破せねばと、之が廃止を説いたのですが、社衆はそんな事をすれば村全体が死滅してしまふ、と言ってテンデ聞き入れません。恰度昭和七年に或勢力者が死んだので、共同墓地へ埋葬しようとしたところ、遺族は窃に屋内に埋葬してしまった。此の儘に放っておいては何時まで経っても改善は出来ないと思って、青年達を連れて行ったが、家族が泣いて阻止するので已むを得ず、其の翌朝家人の留守を見計って、臭気鼻を衝く屍体を掘り起して共同墓地へ埋葬してしまひました。普通なら単に屍体に手を触れる事さへ極度に嫌ふのに、青年団員が此の腐敗した屍体を掘り起し、運搬したのは余程辛かった事でせう。ところが、遺族を初め社衆は、青年団はヒドい事をする、屍体を掘り出して死骸に恥をかかせる、こんな事をされてはたまらない、といふ心から、其後は全部屋外埋葬が実行される様になって来ました。（四―五頁）

高一生は台南師範を出て、一九三〇年にタッパン駐在所に赴任すると、福島警部が創設した青年団の初代団長に就任した。霧社事件はこの年に起こっている。見方を変えれば、霧社事件も植民化と近代化の軋みのなかから発生した。花岡一郎、二郎の姿は高一生の姿でもありうる。霧社事件は、部落の近代化の推進母体である青年団の団長となった高一生にどのような影響があったのだろうか。上記の高一生の発言のなかに「昭和七年（一九三二年）」に強行手段で屋内埋葬をやめさせたという発言がある。こうした経験をへて、高一生は初代青年団団長として屋内埋葬の廃棄を推進し、山地社会の近代化に歩を進めていった。

次に、頭骨埋葬について論じた魚住悦子「矢多一生（高一生）と頭骨埋葬」についてみてみよう。魚住論文は、標題の通り矢多一生（高一生）が頭骨埋葬で果たした役割について明らかにしている。魚住が依拠した資料は、一九三六年六月十八日付で『朝日新聞』「台湾版」に掲載された「蕃地の夏を行く　タッパン社」の記事である。[12] この記事によると、タッパン社とトフヤ社では、この年の四月に、クバ（男子集会所）に保存してきた頭骨が埋葬されたが、それには高一生が大きく関わったことが報道され、彼の言葉も伝えられている。

魚住は、論文のなかでこの記事への驚きを次のように述べている。

「筆者は霧社事件をめぐる翻訳や研究に長く携わってきたが、霧社地区では、その二十年以上前の明治末期、すなわちタイヤル族セデック系の霧社群が日本側に「帰順」してまもなく、頭骨の埋葬が行われていたからである。

もうひとつ意外だったことは、清朝時代に通事呉鳳の犠牲によって首狩をやめたと伝えられているツォウ族が、日本による台湾領有後、四十年余りたっても、出草して得た頭骨を保存していたことである。」

筆者は、うかつにも魚住論文を読むまでツォウ族の頭骨埋葬についての問題にまったく気づかなかった。魚住論文でも指摘しているごとく、高英傑「ケユパナの思い出（3）」（『高一生（矢多一生）研究』五号、二〇〇六年十二月）では、頭骨埋葬のことが書かれた部分を訳し、トフヤを訪ねた際には、頭骨が保存されていたクバを見、そのクバから多数の頭骨が運ばれてアコウ樹のしたに埋められたという話を聞いていた。しかし、そのときはまったく呉鳳の話との矛盾に気がつかなかった。

上記の魚住論文の発見は、呉鳳研究に大きな一石を投じたといえよう。[13]と同時に、頭骨埋葬においても高一生は大きな役割を担ったことが明らかになった。

一九二九年ころに、阿部警部が頭骨埋葬を試みたときには失敗している。続いて赴任した福島警部が一九三〇年に青年団を創設し、高一生が初代青年団団長になると、先にみたようにまず一九三五年に屋内埋葬が廃棄された。そうして次に、一九三六年に頭骨埋葬が実行されたのである。

「〃埋葬せよ、埋葬せよ〃とそれからも筆者は機会あるごとに仲間に説得をつゞけて来ましたが何分にも前にあゝしたこともありいっかな共鳴を得ず、或るときなどは仲間から異端者扱ひを受けて背後から石を投げられる、傷つけられる、そればかりでなく、暗殺をはかられたことさへあり、これは事前にわかって危く難を避けたことも一度や二度ではありませんでした」と、高一生は頭骨埋葬が命がけの仕事であったと語っている。

以上、『高一生（矢多一生）研究』第七号に掲載された二編の論考から、屋内埋葬の廃棄と頭骨埋葬において果たした高一生の役割を具体的に知ることができた。

笠原は、前掲の論考のなかで、「屋内埋葬の廃棄には、福島をはじめとする警察当局の意向が強くはたらいていたのであろう。矢多たちはそのような警察の意向に合わせて行動したと解する方がいい。

現在の年輩者たちによれば、屋内埋葬が行われなくなった後、タパンなどの葬儀にはよく遠い阿里山寺から僧侶が来て読経をしていたという。共同墓地の造成、屋内埋葬の廃棄、そして日本式死者習俗の導入という一連の道筋は、まちがいなく統治者側が当初から描いていた生活改善のためのシナリオであった。タパンの青年たちは、そのシナリオのうち住民がとくに強く抵抗する場面に登場し、自ら望んでその場面の主役を演じたことになる。」と述べて、高一生らは総督府側の「シナリオ」に「自ら望んでその場面の主役を演じた」と解釈する。

一方、魚住は「頭骨埋葬は、矢多一生がめざすツォウ族の近代化が成功をおさめた、その一例であるが、同時に、新しい教育を受けた若い世代が育って部落の中堅層となり、古い伝統に固執する頭目たち老世代に取って代わりつつあることも示している。ツォウ族の歴史のなかで、新しい時代の到来を象徴する出来事と言えよう。」と解釈している。

筆者が先に述べたように、原住民族エリートにおける植民化と近代化の問題は、研究の端緒についたばかりである。ここに取りあげたふたりの研究は、実にタイミングよくあらわれた研究だといわねばならない。そして、両者の解釈の微妙な差異は、植民化と近代化の軋みのなかで、高一生をどちら側にウェイトを置いてみるかによって生じる差異であり、高一生にとってはどちらも真実の姿だといえる。(14)

高一生は、総督府の理蕃政策によって行われた山地の植民化のなかで、原住民族のエリートとして山地の近代化を目指した人物として今後いっそう注目されよう。総督府が行なった台湾の植民化と近代化は、漢民族社会に止まらず、原住民族社会にも深く浸透していたのである。

【注】

（1）「虚構・翻訳そして民族―魯迅『藤野先生』と頼和『高木友枝先生』――」二〇〇七年六月八―九日開催「第十五屆彰化詩學會議―彰化詩學與文學國際學術研討會」於彰化師範大學。本部第二章参照。

（2）同報の前号では、「頼和先生的遺稿（小品文）一　我的祖父　二　高木友枝先生」として予告が載っている。

（3）『頼和全集二　新詩散文巻』（前衛出版社、二〇〇〇年六月）に収録された「高木友枝先生」には、「編按」があり、そこには「作於一九四〇年」（二九〇頁）と記されている。

（4）該書は、二〇〇七年二月、中国書店から横澤泰夫編訳で翻訳版が出版された。

（5）本部第二章参照。

（6）高英傑「土地、民族、愛情―高一生の歌と手紙（上）―」『高一生（矢多一生）研究』第七号、二〇〇七年九月一日。

（7）資料『理蕃誌稿』第四巻、一六二頁および同一〇九八―一〇九九頁参照。

（8）塚本善也「高一生ノート（Ⅳ）―台南師範学校時代：妻春子、ネフスキーとの出会い―」『高一生（矢多一生）研究』四号、二〇〇六年八月三十一日。

（9）高英傑論文（注7）参照。台南師範学校を出た高一生は、総督府判任官の甲種巡査であった。なお、文中に出る福島警部補とは、福島軍二であり、この人物について、笠原政治は注（11）の論文のなかで、次のように伝えている。「ところで、いまでもツォウの年輩者たちは、かつて阿里山に駐在していた福島軍二という警部のことをしばしば口にする。相当やり手の人物であったらしい。タパンに青年団が結成されたのはその福島が勤務していた期間（昭和六―九年）のことであり、結成された青年団の初代団長は矢多一生であった。」

（10）魚住悦子「台湾原住民族作家たちの『回帰部落』とその後」『日本台湾学会報』七号、二〇〇五年五月、一四九―一六五頁参照。

（11）作者によると、該論は「屋内埋葬――日本統治期における台湾原住民の旧慣消滅をめぐって――」『Batanes Islands and Taiwan』（平成十五―十八年度科学研究費補助金研究成果中間報告書、森口恒一編）二五三―三二一頁、静岡大学人文学部、二〇〇五年）の「ツォウに関連する部分を取り出して紹介し、必要に応じて記述の内容を補足・修正」して、まとめたものである。

（12）『理蕃の友』（第五年六月号、一九三六年六月）掲載の「【理蕃ニュース】阿里山蕃遂に〝首〟を埋む」では矢多一生の名前が明記されていない。

（13）下村は、この二〇〇七年六月に『「呉鳳」関係資料集　日本統治期台湾文学集成』（緑蔭書房）「一」「二」を出したばかりである。呉鳳に関する解説を書いたが、このことにはまったく思いおよばなかった。

（14）笠原論文、魚住論文が掲載された『高一生（矢多一生）研究』七号には、高英傑「土地、民族、愛情―高一生の歌と手紙（上）―」が翻訳されて掲載されており、そこでは高一生が青年団団長として、農業改良にも取り組んだことが、取り上げられている。次のように述べる。「水稲栽培は、気温や地形、用水路を管理することが容易でないことから、収穫がみこめない。そこで高一生は麻竹の栽培を大々的に進め、自ら種を植えた。そして、一九三五年には全台湾高砂族青年幹部懇談会でその成果を発表した」。高一生のツォウ族社会の近代化への取り組みの全体像は、今後いっそう明確になるであろう。なお、高英傑が依拠した文献は、『理蕃の友』第四年十一月号、四頁である。

【補注】
（1）高一生（矢多一生）研究会は、会誌を全十号出版し、二〇〇八年四月十八日・十九日に天理大学を会場に「高一生（矢多一生）とその時代の台湾原住民族エリート―高一生生誕一〇〇周年記念国際シンポジウム―」を開催した。その成果の一部は下村作次郎・孫大川・林清財・笠原政治共編『台湾原住民族の音楽と文化』（草風館、二〇一三年十二月）に収録されている。
（2）随筆は、『高一生（矢多一生）研究』の創刊号（二〇〇五年七月）から九・十合併号（二〇〇八年四月）までの該誌に毎号掲載された。筆者訳。「下り列車」（創刊号）、「警部官舎」（第二号）、「ケユパナの思い出」（一）～（八）として、第三号から第十号に掲載。なお、本随筆は、高英傑著『拉庫斯回憶――我的父親高一生與那段歳月』（玉山社、二〇一八年七月）に収録されている。

【付記】
本稿は、亜東関係協会編『2007年台日学術交流国際会議論文集　殖民化與近代化―険視日治時代的台湾』（外交部出版、二〇〇七年十二月）に収録時には、頼和「高木友枝先生」の原文と訳文も収録したが、この二編は前章に収録したので本章では割愛した。

【資料】
高英傑著・下村作次郎訳「下り列車」（『高一生（矢多一生）研究』創刊号、二〇〇七年七月五日）
父が逮捕された年（一九五二年）の九月初め、筆者は十人のツォウ族の少年と台中師範簡易先修班

（補習班）で学んでいた。クラスにはツォウ、タイヤル、ブヌンなどの台湾西部の山地地区に住む原住民学生を含めて四十人余りのクラスメートがいた。このクラスは台中師範が原住民教育にたずさわる小学校教師を養成するために設置した予備班で、一年で台中師範簡易科（四年制）に進み将来地元に帰って教職につくことができた。学校の広報欄には、毎日政治に関するニュースがあった。たとえば、原住民のスパイ、汚職、反乱などの事件も時々刻々貼りだされていた。父の事件もそのなかに並んでいた。そのため、先生やクラスメートから異様な目つきで見られたり、あるいはわざと無視する態度をとられ、筆者が置かれた状況と立場を否応なく思い知らされた。学校の成績はよかったこともあって何人かの先生にはよくしていただいたが、それでもクラスメートからの侮辱や排斥は避けることができなかった。

一九五三年に先修班はなくなり、成績順に学校を振り分けられたが、幸い筆者は台中第一中学（日本統治時代の台中一中）の初中部に配属された。当時の一中は、優秀な台湾籍の学生が中部各地より試験を受けて進学してきたほかに、外省籍の子弟や華僑の学生、山地籍の学生のために指定された学校でもあった。学校では多くの人たちと接触するが、クラス担任の先生を除いて、政治に関する話題はもうほとんど語られることはなかった。日本語を話すことは厳禁だったが、そんななかでも台湾籍と山地籍の学生は平気で日本語を話し、日本の歌をうたった。そのなかの何曲かは父が筆者に教えてくれた童謡で、口ずさむうちにいつも家を離れて一年余りになる父を恋しく想う気持がこみあげてきた。

学校に中国人とロシア人のあいだの混血の女の先生がいて、夕方になるとよく教室でバイオリンを弾いていた。筆者はいつも数人のクラスメートと聞きに行き、いつか先生のようにバイオリンを弾くことができればどんなにいいだろうと夢見ていた。たぶん筆者がよくそばで聞いていたからだと思うが、あるとき一度突然想像もつかないようなひどい口調で、君のような山地の学生がどうして西洋音楽なんか好きなのかしらと聞いてきた。筆者は、僕はクラシックが好きなだけじゃありません。いま昼休みに流れているベートーベンの第二交響曲も僕が山から持ってきたものですと答えた。すると、先生は驚いた顔をしながら信じられないといった表情をみせたが、このことは当時の学校の先生たちの原住民をとりまく環境への理解が、まだまだこの程度であったことをよく物語っている。

父を想う気持は、学校の忙しさで消えることはなかった。無罪で釈放されてほしいという期待は心のなかに渦巻いていた。自転車を借りて、学校から二キロある台中駅のプラットホームで、下り（南下）列車を見送ることが、毎日曜日の日課となり、そのようにして父の面影を見たいと願っていた……。この願いは空しく潰え去ったが、父が筆者に残した思い出は永遠に筆者の心のなかに刻まれていった。

一九六一年、筆者は台湾省立嘉義師範学校を卒業し、小学校の先生になった。地元に帰って仕事に着けなかったが、休日に部落にもどったとき、感覚がこれまでと違ったものとなっていた。多くの部落の長老の人たちと話すようになり、かつて筆者を排斥した同年齢の人たちもこれまでと違った態度で接してくれるようになった。部落に住む客家人は正直に恐れることなく、父は無実で人に陥れられたのだと率直に語ってくれた。このような人は苛酷な統治時代には極めて少数であり、しかも大変な勇気を要することでもあった。このころ、政府および学校では、筆者と三男の英輝にその行動と言論をまだまだ制限していたのである。しかしながら、台湾の環境は、次第に変化の兆しを見せはじめていた。

一九八三年、学校で懇親会が持たれたとき、招かれた外省籍の校長が、来賓と原住民、および先生方をまえにして、阿里山郷の遅れは高一生が作りだしたものだ、彼はなんの教育も受けていない、政府は彼に郷長の地位を与えたにもかかわらず政府に背こうとしたと述べたのであった。その場にいた来賓の多くは、筆者が高一生の息子であり、しかもこの学校の教務主任をしていることを知っていたため、大変気まずい雰囲気となった。筆者はその人に、高一生は日本統治時代に台南師範を卒業したと述べたところ、彼は日本統治時代の原住民教師は数ヶ月の講習を受ければそれでよかったと答えた。

このことがあって以来、筆者と三番目の弟、英輝は父に関係する資料を集めはじめた。台北の陳素貞先生もちょうどこのころフィールド調査をはじめた。こうしたなかで父の卒業証書が見つかり、入学と卒業年度が詳しく書かれていて誤りのないことがわかった。その後、コピーを教育界の人々に送り、ややもすると、某大学卒業だが、卒業証書は戦乱のなかで失ったといった人事にいささか反省をうながしたのであった。続いて台湾公共テレビが「台湾百年人物誌―高山船長高一生」を撮影したときにまた、父自身が毛筆で書いた入学願書とその他の貴重な資料が台南師範で見つかり、父の学歴についていっそう詳しい理解が得られるようになったのである。

父は大正五（一九一六）年に台南州嘉義郡阿里山蕃タッパン蕃童教育所に入り、大正十一（一九二二）年嘉義尋常高等小学校尋常科四年生に入学して、大正十一年四月十四日に台湾總督府台南師範學校普通科五年演習科一年に入り、昭和四（一九二九）年四月に卒業した。その後すぐにタッパン蕃童教育所教師兼駐在所巡査となったのである。

父が残したわずか一冊の日記と三冊の失われた「どん底時代の日記」（「潦倒時代手記」）に残された写真から想像できるのは、父は日本統治時代の十六年間、ツォウ人、日本の警察官、教育所の先生などの三通りの役割を演じたが、それはいかほど困難なことであったかということである。そのころ、家族内にあっては、一番目の兄、英生（hideo）が腎臓病にかかり一進一退の病状が続いており、加えて大勢の親戚縁者の面倒をみなければならなかった。家の外にあっては、部落文化と行政との衝突があり、そのうえ部落の人々の迷信をなくし、家屋内での埋葬を止めさせることなど、父は両者の板ばさみとなっていた。戦後になると、二二八事件に関係し、またツォウ族の人々を指導して新美、茶山などへの移民を推し進め、さらに高山族自治権を構想しその連絡にあたったが、数多くの困難や挫折に遭遇したことが想像できる。筆者は、あれほどの忙しさのなかにいた父が、何曲もの山登りや狩猟、励ましや移民などの歌を作ったことが本当に信じられない思いがする。子供たちのまえで母と一緒に「荒城の月」や「月の砂漠」、「浜辺の歌」などの歌をうたい、やさしいいつもと変わらぬ表情からは、あのころ、心身ともに苦労が積み重なっていた父が、あのような屈強な精神力を保持していたことが本当に想像できない。筆者は父が子供たちのために書いた「蛙先生」（青蛙先生）をうたうとき、筆者の心は感謝の気持ちでいっぱいになる。恋しい、恋しい父よ！　台中駅で下り列車を見送った日々が狂おしく想い出される。列車はゴットンゴットンと響く車輪と汽笛の音のなかで目のまえからゆっくりと消えていく……。

第四章　戦後初期台湾文壇と魯迅

はじめに

　周知のように、台湾では一九八七年七月に三十八年にも及んだ戒厳令が解除されたが、それにともなって文学界にも大きな変化が現われはじめた。その象徴的な出来事のひとつとして、五〇年代以降、公的には禁止されてきた魯迅の作品が、書店や巷の路上販売の書攤（露店）に堂々と並びだしたことがあげられる。はやくも、三種類の「魯迅全集」が、谷風出版社、唐山出版社、風雲時代出版社から先を争うように出版されている。[1]

　かつて魯迅がタブーであったころの一九八〇年から一九八二年にかけて、台湾の書攤で、魯迅の小説集を何冊か買い求めたことがあった。いわゆる地下出版の海賊版である。老舎や巴金、張天翼、銭鍾書の作品集に混じって、『魯迅選集小説選』『魯迅選集雑文選』『魯迅散文選』（本書は香港、新文芸出版社のリプリント本）、それに著者、つまり魯迅の名前を消した『中国小説史略』（書名も『中国小説史』と改題してある）などがあった。さらに、当時、東豊書店から『小説月報』の復刻本（全八十六巻）が、大陸の新華書店に先駆けて出されていたが、魯迅のペンネームは一見してそれと見分けがつかないようにことごとく消されたり、部分的にカットされたりしていた。それは、魯迅がタブーであることを如実に物語るものであった。また、そのころ知り合った台湾人の文学研究者の何人かの蔵書をみせてもらう機会があったが、先述した類の地下出版本が数多く集められていた。また古本屋でも、戦前から密かに残されてきたものとおぼしき古色蒼然たる中国新文学のオリジナル本が、秘蔵されているのをみかけたこともある。（もちろん購入することもできたが、破格の値段がついていた）そのなかにも、魯迅の作品が混じっていた。

こうしたことからも、台湾の文学界に魯迅文学がなんらかの影を落としてきたことがわかる。とはいっても、それはごく一部の文学関係者に限られよう。広い読書界にあって、魯迅文学は全く存在しなかったというのが、戒厳令解除以前の現実であった。

一　魯迅文学受容の試み

長く戒厳令下にあった台湾では、前述したように魯迅の文学は一般には読むことができなかった。したがって、正当に研究の対象とされることもなかった。しかし、その一方でいわゆる「反魯文人」による公然たる評価が部分的にせよ行われてきた。その代表的な著作としては、蘇雪林の『我論魯迅』（伝記文学出版社、一九六七年三月初版、七九年五月再版。初版は未見）があり、台湾における魯迅像の形成に大きな影響を与えて、後述する〝魯迅コンプレックス〟形成の一翼をになう結果をもたらした。「反魯」とは、蘇雪林の前掲書に収められた「自序」にある言葉であり、作者自ら認めるところである。「自序」によれば、台湾・香港では魯迅没後を記念する年を迎えるたびに、「波が起こる」という。該書はその「三〇周年」に合わせて編まれている。と同時に、このころ「捧魯」つまり「魯迅を持ち上げる」風潮が起こり、「台湾で魯迅の著作の再版を呼びかける」声もあがっていたという。いわば、一種の危機感からこの書は成り立っている。

また、梁実秋には『関於魯迅』（愛眉文芸出版社、七〇年十一月初版）がある。該書収録の「関於魯迅」によると、梁は多くの青年から、「魯迅に関する文章を書くように求められ」、彼らがそのように求める動機を、次の三点に分析している。

一　台湾では今日、魯迅の作品は禁書となっており、一般の人は、読めない。読めなければ、ますます好奇心がわき、そこでこの人物のことを知りたくなる。

二　大部分の青年は大陸にいた時、魯迅という人物の名前を聞いたことがあり、あるいは彼の作品を少し読んだことがあって、無意識のうちに彼についての共産党およびその同行者の宣伝の影響を多少なりとも受け、そのために、この人物に対していくらかの幻想を抱いているのかもしれない。

三　筆者は、かつて魯迅と論争したことがあり、それである人は筆者に当事者として再度登場して語るように望むのである。

梁実秋の文章は、かつての論敵を立場の違いをはっきりさせながら比較的冷静に分析している。さらに『阿Q正伝』の作品としての価値を認め、とりわけ『中国小説史略』の学術的価値を高く評価する。この点は、蘇雪林と大きく異なっている。

さて、先述した〝魯迅コンプレックス〟だが、それが形成されてきた背景は梁の分析した一、二によく示されている。タブーであることによって「精神形成の抑制」[2]が強いられ、一種の屈折と〝コンプレックス〟が台湾の文化界に形成されてきたのであろう。

しかし、それは五〇年代以降のことに属する。台湾においても、戦後初期の一時期に、魯迅を中国近代における著名な作家として位置づけ、その代表作が祖国中国の、近代文学の「名作」として、受け入れられようとしていた一時期があったのである。それが本稿で扱う戦後初期である。

なお、ここにいう戦後初期とは、一九四五年八月十五日の日本敗戦から、同年十月二十五日の祖国復帰（この日を「台湾光復節」とする）を経て、四九年十二月七日の国民政府遷台までを指す。

この時期、台湾の文化界は、社会体制の激変にともなって起こってきた物価の急騰や、食糧不足、難民、失業などの深刻な社会問題に直面し、同時に極端な紙不足などの悪条件下におかれていたにもかかわらず、出版活動は活発な一面をのぞかせていた。ちなみに、当時発行された新聞・雑誌は、葉芸芸の調査では、四十三種類にのぼり、政治、経済、文化、文学などの文化現象全般にわたっている。発行されたこれらの新聞、雑誌は『新生報』や『台湾文化』を除いて[3]、ほとんどが短命に終わっているが、少なくとも新しい時代をむかえて活発な精神活動を展開しようとしていたことはみて取れる。文学においても、たとえば田野は次のように記す[4]。

この四年（四五年から四九年）は、台湾史において、そして台湾文学史において、いずれも一九五〇年以後と同日に論ずることはできない。この四年間は、「二・二八」事件の暴力的な破壊と政治迫害により、また光復初期にあっては、台湾にもともといた本土作家は、まだ完全に中国語で創作できなかったという制限により、「台湾文壇はかなり沈滞しており」、「影響力を有する純文学雑誌は数えるほどで」、同時に「優秀な文学作品の発表は少なかった」というこれらのことは事実である。しかし、この四年は、現代台湾文学史の上では、むしろ唯一の、台湾文学界と祖国大陸の文学界が最も直接的な、最も密接な繋がりと交流をもった四年なのである。

事実、このころ大陸からは多くの文学者が台湾に渡った。とりわけ、許寿裳を中心とする大陸の作家と、楊雲萍を中心とする台湾作家が共同して創刊した『台湾文化』[5]をみれば、田野が伝える交流の一端がうかがえる。そして、該誌は、第一巻第二期（一九四六年十一月）において「魯迅逝世十週年特輯」を出す。ほかに、『台湾新生報』[6]や『中華日報』[7]などでも、魯迅に関する記事がみられるが、一九四六年が時あたかも魯迅没後十周年にあたっていたことが、戦後初期の台湾で一種の魯迅ブームが形成された要因の一つとも考えられよう。

次に、この時期に出版された文学関係の単行本を掲げ、そのなかで魯迅の文学がどのように受容されようとしていたかみてみることにする。なお、（日）、（中）、（中・日）とあるのは、それぞれ（日本語）、（中国語）、（中国語・日本語の対照）で書かれていることを指している。

一九四五年　林熊生（全関丈夫）『龍山寺の曹老人』東寧出版社、十一月（日）
　　　　　　呉漫沙『愛情小説　花非花』五憲書局、十二月（中）
一九四六年　楊逵『鵞鳥の嫁入』三省堂、三月（日）
　　　　　　楊逵『新聞配達夫（送報伕）』台湾評論社、七月（中・日）
　　　　　　呉濁流『胡志明』一～三篇、国華、九～十一月／四篇、民報社、十二月（日）
　　　　　　陳恵貞『漂浪の子羊』陳恵貞文芸出版後援会、十月（日）
　　　　　　葉歩月『（科学小説）長生不老』台湾芸術社、十一月（日）
　　　　　　葉歩月『（探偵小説）白晝の殺人』台湾芸術社、十二月（日）
　　　　　　頼和『善訟的人的故事』民衆出版社、未見（中）

一九四七年　魯迅著・楊逵訳『阿Q正伝』東華書局、一月（中・日）
魯迅著・王禹農訳『狂人日記』標準国語通信学会、一月（中・日）
龍瑛宗『女性を描く』大同書局、二月（日）
許寿裳『魯迅的思想與生活』台湾文化協進会、六月（日）
郁達夫著・楊逵訳『微雪的早晨』東華書局、八月（中・日）
魯迅著・藍明谷訳『故郷』現代文学研究会、八月（中・日）
楊逵著・胡風訳『送報伕』東華書局、十月（中・日）
茅盾著・楊逵訳『大鼻子的故事』東華書局、十一月（中・日）
林萬生『純情小説　都市的黄昏』青年文芸出版社、十二月（中）
張深切『在広東発動的台湾革命運動史略（附、獄中記）』中央書局、十二月（日）
一九四八年　魯迅著・王禹農訳『孔乙己　頭髪的故事』東方出版社、一月（中・日）
魯迅著・王禹農訳『薬』東方出版社、一月（中・日）
呉濁流『ポツダム科長』学友書局、五月（日）
一九四九年　沈従文著・黄燕訳『龍朱』東華書局、一月（中・日）

こうしてみると、魯迅の作品には、『阿Q正伝』『狂人日記』『故郷』『孔乙己　頭髪的故事』『薬』があり、魯迅の名作は一応紹介されているといえる。

二　中日対照本について

ところで、先にあげた単行本のうちには中日対照本が十冊あり、そのなかの五冊、つまり半数が魯迅の作品で占められている。比重は甚だしく大きいといわねばなるまい。

出版社は三社に分かれるが、あたかも作品の出版を互いに分担し合ったかのように、それぞれ別の作品を選んでいる。

最初に魯迅の作品を出したのは、東華書局である。この楊逵訳による『阿Q正伝』(8)には、訳者の「魯迅先生」と題する一文が収録されていて、次のように魯迅を捉えている。

楊逵　於東海花園

（省略）一九三六年十月十九日午前五時二十五分、先生が五十六を以って生涯を終へるまで、先生は常に迫害されるもの丶一人として、被圧迫階級の友として常に血みどろの戦闘生活を重ねられ、時には手で書くより足で逃げるのに忙しいと云はれたりしたのであった。逃げると云ふと、何だか卑怯のやうであるが、ペンで鉄砲との戦ひ、作家と軍警との戦ひは、結局逃げることの多いゲリラ戦法をとらざるを得ぬ。

而して、この不撓不屈なる先生の生涯の闘争を通じて、迫害されるものの意識は強められ、組織は堅められて来たのである。

吶喊又吶喊、真理的叫喚；
針対悪勢力、前進的呼声！

敢罵又敢打、青年的壮志；
敢哭又敢笑、青年的熱腸；

一声吶喊、万声響応；
如雷又如電、閃々、爍々！

魯迅未死、我還聴著他的声音！
魯迅不死、我永遠看到他的至誠与熱情！

以上は先生の逝世十週年を紀念して和平日報に発表した拙作であるが、こゝに再録して偽らざる筆者の心境をお伝へする。

こゝに訳した「阿Q正伝」は先生の代表者（ママ）であって、詛ふべき悪勢力と保守主義に対する死刑の宣告である。切に味読をお願ひしたい。かゝる悪勢力と保守主義を揚棄しない限り、吾々は一歩も前進し得ないであらう。

楊逵（一九四七・一・二〇記）

楊逵は社会運動家としてもよく知られ、台湾文化協会や農民組合運動を拠点として活動し、そのために日本植民地時代には十度逮捕され、通算して三か月獄につながれたという。上に引いた『和平日報』に発表されたという詩には、そうした楊逵のストレートな魯迅像が如実に表われている。

楊逵のこのころの活躍にはめざましいものがある。自作の出版以外に、前記の『阿Q正伝』を合む中国新文学の作品は、すべて楊逵の手によって東華書局から出されているのである。

次に、王禹農訳註による『狂人日記』『孔乙己　頭髪的故事』『薬』をみてみよう。出版社は最初、標準国語通信学会となっているが、第二輯からは東方出版社と変わっている。共に「現代国語叢書」のなかに入っており、第三輯の『薬』以降も「以下魯迅短篇創作等継続刊行」の予定であったようだが、実現しなかった。この三輯には、いずれも巻頭に「魯迅について」と題する前言が収録されている。この前言は、「魯迅（周樹人）の名が世界的になつたのは『阿Q正伝』が確か二十一、二年前にロマン・ロランの主宰してゐた雑誌『ヨーロッパ』に仏訳されてからのことである。ロマン・ロランはそれに対する感激的批評を魯迅の下へ送つたと謂はれてゐる」といった書き出しではじまり、先にみた楊逵の魯迅観とは全く異なって、魯迅の小説家としての面に重点をおいて紹介する。そして、次のように結ばれている。

一九三六年（民国二十五年）の秋十月、上海の寓居で物故され、当時全国挙げて抗戦開始の最中であり乍ら、全国的に黙禱を捧げた程である。今年はその十週年紀念でもあり、又本省の光復後満一週年にもなるので、此の機会に我が偉大なる作家の作品を紹介し、以て国語の妙味を研鑽しつゝ、国語文学の鑑賞をも兼ねた本叢書を台湾の読書界に送るのも強ち無意味ではなからう。訳註は平易を旨としたが、誤りなきを保しがたい。偏へに斯界よりの御叱正を乞う次第である。

（三十五〈筆者注—民国暦、西暦一九四六年〉、十二、十一、識于台北）

訳者、王禹農についてはまだよくわかっていない。該書に刷り込まれた（表紙二の）広告によると、王はまた「原文拼音日文訳註　標準国語講義録」（全八冊）を出している。[補1]

次に藍明谷（奥付による。表紙の訳者名は藍青となっている）訳『故郷』に付された前言、「魯迅と『故郷』」をみてみよう。藍明谷は、激動の中国近代史を生きた一人の作家として、魯迅を次のように位置づけている。

太平天国運動を中国近代史の初歩的発足だとすれば、五四運動は中国の近代史的意義への急激な意識的自覚であると言へる。中国はいふまでもなく今日までずつと帝国主義と封建勢力の二重の桎梏の下に置かれて来た。

斯る背景を持つた国家に於て、反帝、反封建運動がかくも大多数の民衆、殊に目覚めたインテリ青年層によつて熱烈に支持され広汎且つ熾烈に展開された所以も決して偶然ではなかつた。従つて此の運動を率ゐて立つた指導者の演じた歴史的役割も極めて大なるものがあつたのである。が今一度「五四」以来の歴史に目を向けるならば、帝国主義者の「代言人」たる封建軍閥の凶刃の下に倒れたもの丶外、数多くの所謂指導者又は自ら指導者を以て任ずる人々が中途で敵と妥協し、或は意気沮喪して「安全地帯」に逃避した者があるのを見受ける。

けれども中途節を変せず徹頭徹尾反帝、反封建運動に身を投じた人もないではなかつた。魯迅は即ちその中の一人である。

そして、魯迅は「戦線の後方で単に命令を発する口だけの指導者ではなく、民衆の間に伍し、民衆を理解し、民衆と共に闘って行つた文字通りの『小卒』なのである」と捉える。

この訳者についてもほとんどわからない。研究の立ち遅れは、冒頭に述べたような政治的要因に帰されよう。しかし、この時期の研究も二二八研究の進展と共に次第に進んできており、今後明らかになっていくものと期待される。(補2)

引用したところにみる限り、訳者の魯迅理解はかなりレベルが高いといえよう。ここではそのことを押さえておくしかない。訳者はまたこの前言のなかで、小田嶽夫の『魯迅伝』についてふれ、「近来その国訳本も出てゐる」と指摘している。小田嶽夫の『魯迅伝』とは、一九四一年三月筑摩書房発行のものであり、「国訳本」とは、一九四六年九月開明出版社から出された范泉訳の『魯迅伝』を指す。(該書は、一九七八年二月、爾雅社より復刻された。「魯迅研究資料叢書」の一つに収録)なお、訳者の范泉は、このころ、上海の権威出版社から出されていた『新文学』(半月刊、孔另境主編)に「論台湾文学」(一、一九四六年一月。未見)や「論朝鮮作家」(同二、一九四六年一月。未見)などを発表しており、日本植民地下の朝鮮、そして台湾の文学にも関心をもっていたことがわかる。(9)

小田嶽夫の『魯迅伝』が、このように中国語に訳されるとすぐに台湾に渡り、またその訳者が時代の変化に機敏に対応して植民地統治下にあった台湾の文学に関心を寄せる。こうしたつながりをみると、先に引いた田野の証言でみたように、この時期の台湾文壇がいかに活発な状況にあったかが一層ふくらみをもって理解できる。ひるがえって、魯迅文学の普及に関してみても、陳漱渝が「坍塌的堤防—魯迅著作在台湾(崩れる堤防——台湾における魯迅著作)」(『出版史料』一九九〇年四月)のなかで、藍明谷訳の『故郷』をもとに、「筆者が手にしたこの『故郷』は、台北の東方出版社から一九四八年八月に出版されたもので、新竹市文昌書局発売。元の所有者は、新竹女子中学三年の学生、陳照美である。こうしてみると、この本は台湾で広く流行したことがわかる」と述べるのも過言ではないといえよう。ちなみに、筆者の蔵する『故郷』は、民国三十七年、つまり一九四八年六月再版のものである。陳漱渝がここに挙げたそれは、同年八月出版とあるから、第三版とも考えられ、少なくともこの時期、台湾でも魯迅が次第に受け入れられつつあったことは確かであろう。

ところで、なぜこのような中日対照本が存在したのだろうか。このことを今一度考えておきたい。一九九〇年に日本で上映された台湾映画、侯孝賢監督の『悲情城市』のなかに、次のようなシーンがあった。林家の四男の恋人寛美が看護婦として勤める病院で、先生が「頭痛（トウトン）」と発音して、生徒がそれをまねながら北京語を学んでいる場面である。このシーンこそが、こうした中日対照本が存在した台湾戦後初期の時代状況なのである。

当時、自らも『怎様学習国語和国文』（台湾書店、一九四七年四月）を著し、中国文化の建設に力を注いでいた許寿裳は、許広平に宛てた一九四七年四月十九日付け書信のなかで、次のように言っている[(10)]。

当地は仕事が困難です。その最大の障害は言葉の溝です。と言いますのも、台湾の同胞はみな日本語を話し、日本文を読み、国語（注、北京語）、国文についてはは程度が大変低いのです。現在、この事に力を注いでおりますが、効果はまだほとんどありません。

日本敗戦末期、決戦下にあった台湾では、苛烈な皇民化運動が展開されて、台湾社会はほとんど日本語の世界にあった。それ故、許寿裳が伝えるように、「みな日本語を話し」北京語を話せる台湾人はごく少数で、しかもその多くは大陸帰りの台湾人であった。『悲情城市』に描かれていたように、戦後の混乱期に台湾には上海語、広東語など多種多用な言葉が一時に流れ込んできたが[(11)]、全体的には、日本語、そして母語である台湾語の世界であったのである。

こうした時代の激変に対応し、祖国の言語、そして文化を学ぶために編まれたのが、この中日対照本である。その作業は台湾人が中心となって進められた。すでに取り上げた東華書局発行の「中日文対照中国文芸叢書」には、巻頭に蘇維熊執筆による「発刊序」（なお原文は中国語）が掲げられており、そこにはその目的を次のように明確に記す。

光復以来、半年ばかりになるが、本省同胞の国語学習に対する態度は、真摯で、その成果はまた豊かなものがある。そして、学習する大衆もまた広範に及んでいる。

想うに、全国の国語普及運動の上で、本省同胞の収穫は、確かに誇示し、自ら慰めることができる。

しかしながら、一切の一切はまさに今日から始まる。なぜなら、五〇年の隔絶を受けてきたのであるから、今後祖国の文化を正しく理解しようとすれば、あるいは一層正確に学習しようとすれば、我々六百万余の同胞は、更に努力して学習に拍車をかけなければならない。正しく祖国の文化を理解し、認識するだけでなく、それを育てて、より一層高尚に、より一層輝かしいものとして、その本当の精華を全世界に宣揚しなければならない。

この目標を達成するのに、筆者は敢えて大胆にいうと、過去本省で発行された幾種かの書籍は、まだまだ満足できないところがある。この度、東華書局が大いに感ずるところがあって、決然と中国文芸叢書を出版する計画を立てることになったのである。

このように「中日文対照中国文芸叢書」は、「国語普及運動」の一環として「祖国の文化を理解し、認識」し、さらに「育てる」ために出版された。先にみた、「現代国語叢書」も、さらに藍明谷訳の現代文学研究会刊行本もほぼ同様の目的で編まれている。つまり、国語つまり北京語学習のためのテキストとして出されている。ただ、目的はそれだけにとどまらない。「中日文対照中国文芸叢書」に採られた作家と作品には楊逵の文学観が強く反映されているし、王禹農は「我が偉大なる作家の作品」として、そして藍明谷は「我が近代文学」の「名作」として魯迅の文学を捉えている。

つまり、ここにみてきた中日文対照本は、祖国の共通語を学ぶテキストであると同時に、祖国の近代文学の名作の共有を試みたものと受け取れるのである。

ここで、教育界に目を転じてみよう。

中華民国三十五年、つまり一九四六年八月に台湾書店から『初級中学適用　初級国語文選』が出ている。[12]編者は台湾省行政長官公署教育処である。ここは当時、日本植民地時代の台湾総督府の機構を踏襲した、陳儀を長官とする最高権力機関である。また、出版元の台湾書店の前身は、中華民国比較教育学会主編『各国教科書比較研究』（台湾書店、一九八九年十二月初版）収録の呉正牧著「台湾書店業務現況暨改進教科書配発作業芻議」によると、台湾総督府文教局「台湾書籍株式会社」で、日本敗戦後接収され、一九四六年六月一日に今日の「台湾書店」と改組された。その後、戦後一貫して教育部の教科書を一手に出版してきた書店である。

さて、この教科書には、「初級国語文選編輯大意」が掲載されている。それによると、「中等学校」用の国文教科書として編まれ、特に、中国語の習得並びに中国文化思想の涵養に重点がおかれたようである。さらに、次のような指導指針にみる表現は、当時の文化事情をみるうえからも見逃せない資料となっている。少し長くなるが、一部分訳出してみる。

本書は、時間迫促、資料欠乏の情況下に在って、匆匆に編成され、欠憾殊に多し。補救の道は、教者の本書を使用せし時、左列の二事を注意されんことを願う。

1 語文の学習は、其の進歩、之を上課（授業）に於いて得る者少なく、之を課外の自習に於いて得る者多し。故に、教者は正課の余に於いて、多多学生が各作家の作品を閲読するよう指導されんことを望む。例えば、老舎の文を授けて後、もし学生を指導して『老張の哲学』『二馬』『趙子曰く』『牛天賜伝』『趕集』『猫城記』『駱駝の祥子』『火葬』『帰去来兮』『我が生涯』などが閲読できるならば、日積月累の自動閲読の中に在って、学生始めて能く逐漸と語文の法則を領悟し、語文を養成通過して、以て一切の能力を了解す。

2 本省の語史教学上に在って、更に一つの特殊な困難有り。即ち、日語の影響を受けるに因りて、字義詞義において理解は正確を易からずし、語文文法において亦容易に是に似て非なりとす、務めて教者は教学に在りし時、たまたま日語の中に在りて亦通用の字と詞有れば、詳しく国語の中に在りし意義と用法を闡釈することを為し、並びに随時文法を比較して、本国語文を用いて思想を表達する各種の基本方式を指示せんことを望む。

そして、上海聯合日報の「日本の無条件降伏」を伝える「重慶欣聞捷報時」を巻頭に配し、全編九十編、孫文、蒋中正、陳儀ら政治家の文章のほかに「近代文人」の作品が多数採録されている。郭沫若、田漢ら旧創造社系統の作家の名はないが、中国近代文学史上、著名な作家の名前がずらりと並んでいる。そのなかには、もちろん魯迅も入っているのである。作品は『家鴨の喜劇』である。

以上のことから、はじめに述べたように、魯迅の文学が中国近代文学の名作として受容され、またこのように教科書[13]にも採録されていた時期が、戦後の一時期に存在したことが理解できるのである。

三　魯迅文学受容の土壌

ところで、苛烈な皇民化運動が展開された直後の戦後台湾で、魯迅の作品がなぜかくも受け入れられようとしたのだろうか。戦後初期の状況については、すでにみてきたところであるが、さらに次のことが考えられよう。つまり、魯迅文学受容の土壌は、日本植民地時代に展開した台湾新文学運動のなかで、すでに根強く、そして深く醸成されていたということである。

日本植民地時代に活躍した「中文作家」で、「台湾新文学の父」と呼ばれた頼和は、また「台湾の魯迅」とも称された。こうした呼称が存在すること自体、台湾新文学にとって、魯迅が一つの象徴としての意味をもっていたことがわかる。事実、一九九一年彰化に完成した頼和紀念館に架蔵された頼和蔵書を閲覧すると、頼和がいかに魯迅をはじめとする中国新文学にふれていたかがわかる。もちろん、それらの書物の多くは、日本ルートに拠らない、中国ルートの原書である。また、魯迅が死亡したときに、王詩琅によって書かれた「魯迅を悼む」（『台湾新文学』第一巻第九号、一九三六年十一月）によって、当時の台湾人知識人の魯迅観を垣間みることができる。いわく、

　曩にマキシム・ゴーリキイを失つて悲しみ尚新らたな吾々は、こゝに又魯迅が十月十九日持病の心臓性喘息病でこの世から去つたことを報ぜられた。文学に携つてゐる吾々は僅か三箇月間にして、この尊敬すべき二人を失ふことは何といふ不幸な事であらう。

頼和や王詩琅らは、白話文で創作した「中文作家」の代表的な人物であり、頼和は一貫して中国語を使用し、王詩琅の場合も引用文のように評論は日本語で書いたものの、小説はすべて中国語を使った。そして、中国語が禁圧されてからは（一九三七年四月）、小説を書く筆を折っている。つまり、彼ら「中文作家」にとっては、中国語は民族的な抵抗の表現手段であった。魯迅の文学が彼らになんらかの影響を与えていたことは、上記の例からもみて取れよう。

では、日本語で創作を行った「日文作家」の場合はどうだろうか。作品における影響関係を論証するのは甚だ難しい。しかし、頼和（一八八四年生）から一世代後に生まれ、一九三〇年代後半に日本の「内地」文壇に登場した、楊逵（一九〇五年生）や龍瑛宗（一九一一年生）らの世代では、魯迅はかなり意識されていた。すでにみたように、楊逵が戦後すぐに『阿Q正伝』の訳書を出したことはその良い例である。そして、龍瑛宗の場合も植民地下の台湾人作家として、作家魯迅の文学を意識していたであろうことは察せられる。

たとえば、芥川賞候補作（一九四〇年上半期）となった「光の中に」で知られる金史良は、龍瑛宗に宛てて次のような手紙を東京から出している[14]。内容は本稿の論述と直接関係しない部分が多く占めるが、日本植民地下の朝鮮、台湾の作家の交流を知る貴重な資料であるところから全文を引用する。なお、資料の性格上、使用されている旧字体も原文のままにした。

今朝、御手紙有難く拝受致しました。同じく遙か遠い別々な所で生れながら、よその言葉でものを書いたりするため、貴兄と新しく友達になり得たことが、何より嬉しい気持です。小生は小學中學時代から臺灣といふ所が好きで、又少年的な熱情で臺灣を注目して来たものです。今も臺灣に行つてみたいといふ気持が、大きいのです。兄も云つてゐられる通り、南方の夢多い臺灣は筆者達にとつて、或はギリシャであるかも知れません。そこへ出掛けることは、ローマへの旅であるかも知れません。そんなことまで考えたりしてゐます。それから、又何より兄の民族の感情にひたり、生活になずん（ママ）で来たいといふ欲望もあるのです。今年などは、夏ころでも樺太へは行つて来るかも知れません。そちらに行つてゐる同胞の生活を見たいと思つてゐるのです。臺灣にも大部朝鮮の人が行つてゐることと聞きました。いつかはきつと一度參る積りです。兄も暇を作つて朝鮮へ来てみて下さい。けれど自慢の出来るのは今の朝鮮ではありません。兄の慧眼は凡てを観て下さるでせう。僕のくにも藝術の國です。

或は兄は臺灣出身の詩人呉炳煌（ママ）（注、呉坤煌）君を御存じでせうか。同君とは計らずも或る（注、三字あるいは四字不明）の中で会つたのですが、眉目秀麗な人で印象深いものです。先年北京に行つて天津へ帰る時、

龍瑛宗宛金史良書簡

天津驛のフォームで遇然會ひました。それから、今から書いてゐる中に思い出しましたが、小説を書いてゐられたやうに思ふが、張文環とかいふ方はもう書いてゐないのでせうか。どこかで讀んだやうな氣がするのです。兄なども文學の上でいろいろお悩みのことと思ひます。傳統といふものですね。これはどうにもならないものですね。自分に（注、二字不明）はれたもの、自分の血に流れてゐる傳統的な精紳といふものはどうにもならないものですね。そう云へば結局大事なものですね。それを意識的にも拒んではならない。それを忠實に生かしながら、新しい自分の文學を打立てるべきでせうね。僕なども痛切に感じてゐるのです。やはり貴兄は臺灣人の文學をやつてゐるし、又やるべきだし、僕は朝鮮人の文學をやつてゐるし、またやるべきだと思ふのです。當り前のことのやうだけれど大事なことでせうね。貴兄の「宵月」を讀んで僕は非常に身近なものを感じました。やはり貴兄のところも僕のところも現實的には變はらないやうで慄然としましたよ。あの作品は勿論現實暴露のものでもなく、極めて當り前風に書かうとなさつた作品です。だが、僕はその中に貴兄のふるへてゐる手をみたやうです。或は僕の濁斷かも知れません、感傷かも知れません、恕して下さい、恕して下さい。

貴兄はあの茅盾とか書く作家をどう思ひます。さう優れた作家ではないかも知れぬが、確かにいい作家のやうですね。魯迅は僕は好きな方です。彼は偉かつたですね。貴兄こそ臺灣の魯迅として自分を築き上げて下さい。いやさういふふうに云つては失礼かも知れません。唯、魯迅のやうな、汎文學的な仕事をして下さいといふ程の意味なのです。僕も成るべくいい作品を書きたいと、あせらず、健實にやつて行く積りです。後からでも暇の時は又書きませう。兄もどしどしいい仕事をして下さい。御互ひ勵まし助け合ひませう。「光の中に」の兄の御批評尤もだと思ひます。僕もいつの日かその作品の改訂し得る時が來ることを心から待つてゐるのです。好きな作品ではありません。やはり内地人向きです。僕もはつきり分つてゐます。それが餘りはつきり分つてゐるので、恐しいのです。

手紙の日付は「二月八日」となっているが、年度の記載がない。ただ中でふれている龍瑛宗の「宵月」は、『文芸首都』の一九四〇年七月号に載り、金史良の「光の中に」は、それよりはやく前年の同誌十月号に掲載されている。これから推測すると、手紙は一九四一年ころのものであろう。(補3)

龍瑛宗によるとふたりは全く面識がなく、金史良からの手紙もこれ一通だという。彼らは日本「内地」文壇の『文芸首都』を通じて互いの作品を読み、批評し合っている。そして、「『宵月』を讀んで僕は非常に身近なものを感じ」て「貴兄のところも僕のところも現實的には變はらないやうで慄然としました」と語り、龍の作品に「ふるへてゐる手をみたやうだ」と共感する。そして、金の持ち出す作家が魯迅である。

はたして、「臺灣の魯迅」あるいは「魯迅のやうな」「仕事を」と求められた龍瑛宗が、そのことをどう思ったかはわからない。しかし、当時の朝鮮、台湾の作家たちが、魯迅を読んでいたことだけは確かである。ちなみに、龍瑛宗は、同じ『文芸首都』の一九四〇年十二月号に「二つの『狂人日記』」を発表、そして、戦後の魯迅没後十周年の時にも「中国近代文学の始祖――魯迅逝世十週年記念日に際して――」などを発表している。(15)

以上、みてきたところから、魯迅の作品が戦後すぐに台湾文壇で受け入れられる土壌は、すでに日本植民地時代から台湾人作家自身のなかでは醸成されていたことが理解できたように思う。

【注】

（1）『国文天地』（第七六期、一九九一年九月）収録の編輯部「出版《魯迅全集》業者有話説」による。ちなみに該号は「魯迅在台湾」を特集している。

（2）蔡源煌「魯迅と現代台湾文学――『魯迅生誕百十周年仙台記念祭』によせて」参照。魯迅生誕一一〇周年仙台記念祭公開国際セミナー講演資料による。

（3）「試論戦後初期的台湾智識份子及其文学活動」（『文季』十一、一九八五年六月）参照。

（4）「評在大陸出版的第一部《現代台湾文学史》」（『台声』一九八九年第三期）参照。

（5）一九四六年九月創刊。数年前に傳文文化事業有限公司より復刻版が出た。

（6）朱嘯秋「魯迅孤僻嗎?」（『台湾新生報』一九四六年十一月四日）参照。

（7）龍瑛宗「（名作巡礼）阿Q正伝」（『中華日報』一九四六年五月二十日）、同「中国近代文学の始祖　魯迅逝世十週年記念日に際して」（『中華日報』一九四六年十月十九日）

（8）海外版『聯合報』一九八二年九月二十二日）掲載の「三十年代文学問題対談如果魯迅不死」のなかに「光復後、楊逵らが編んだ中英対照の選集のなかにも『阿Q正伝』が入っている」とあるが、恐らく「中日」の間違いであろう。

（9）徐迺翔、欽鴻編『中国現代文学作者筆名録』（湘南文芸出版社、一九八八年十二月）によれば、「一九一六年生まれで、江蘇省金山の人」。

（10）「許寿裳先生書簡鈔」（『新文学史料』一九八三年第二期）による。

（11）鍾肇政は、混乱した戦後初期の言語状況を近作『怒濤』（前衛出版社、一九九三年二月）において巧みに表現した。拙論「（海外文学ノート）《怒濤》の台湾文学」（『群像』一九九四年八月号）参照。

なお、『怒濤』は、澤井律之訳で「台湾郷土文学選集Ⅱ」として研文出版より二〇一四年九月に出版された。

(12) 前田均氏蔵。一九九二年一月一九日、天理大学において開催された台湾文学研究会で、「戦後初期台湾における魯迅受容の試み」のテーマで研究発表を行ったときに、前田均氏よりご教示いただいた。

(13) 注(8)にあげた「対談」のなかで、「日拠時代、台湾の小学校教科書のなかに『阿Q正伝』の文章が入っている」とあるが、不詳。

(14) 龍瑛宗氏所蔵。なお、公表することを許可して下さっていることをお断りしておきたい。

(15) 注(7)参照。

【補注】

(1) 近年の研究に、楊傑銘「魯迅思想在台伝播與弁証(一九二三―一九四九)―一個精神史的側面」(国立中興大学台湾文学研究所碩士論文、二〇〇九年八月)、黄美娥「戦後台湾文学典範的建構與挑戦：従魯迅到于右任―兼論新／旧文学地位的消長」(『台湾史研究』第二十二巻第四期、二〇一五年十二月)などがある。王禹農についてはよくわからない。

(2) 藍明谷は、本名藍益遠で一九一九年に高雄市岡山に生れる。一九四二年に北京に行き、鍾理和と知り合う。戦後、台湾にもどると、鍾浩東校長のもとで基隆中学に勤めたが、白色テロのなかで共産党員として一九五一年四月二十九日に処刑された。近年、白色テロ研究のなかで藍博洲や許雪姫ほかの研究が多数出ている。二〇一四年に国史館より謝培屏・何鳳嬌編輯『戦後台湾政治案件　藍明谷案史料彙編』が出版された。但し、未見。

(3) 一九九五年四月二十日、二十一日の両日、国立台湾師範大学で開催された国際学会(「第二届台湾本土文化学術研討会——台湾文学与社会」）で発表した拙論「龍瑛宗の『宵月』について——『文芸首都』同人、金史良の手紙から」のなかで金史良の手紙の発信年が「一九四一年」であることを論証した。本部第二章参照。

第五章　戦前日本における魯迅の翻訳と戦後初期台湾

はじめに

中国の著名な近代作家として知られる魯迅は、一九三六年十月十九日に上海で亡くなった。その十年後に、台湾で発行された総合文化雑誌『台湾文化』（第一巻第二期、一九四六年十一月）で「魯迅逝世十週年特輯」が組まれたことは、台湾文学史ですでによく知られている。

筆者がはじめてこの「魯迅逝世十週年特輯」を組んだ『台湾文化』の存在を知ったのは、一九八一年前後のことで、たまたま当時の台湾大学中央図書館の開架式閲覧室で目にした。表紙の右三分の一ほどに縦書きで「台湾文化」と大きく書かれた雑誌名と、ほぼ真ん中に表紙を飾った魯迅の写真を見て驚いたのを覚えている。「台湾で魯迅特集が組まれている。どうして？」というのが、そのときの率直な感想だった。

当時は、世界一長いといわれた戒厳令下の只中にあって、魯迅文学はタブーであっただけに、この雑誌と

『台湾文化』掲載の魯迅の写真

の出会いはその後の戦後初期台湾文学への関心へとつながっていった。ただ、『台湾文化』は台大には全期揃ってはおらず、その全貌を知るには、その後、数年にわたる調査が必要だった。[1]

ところでいま述べたように、『台湾文化』の表紙は魯迅の写真で大きく飾られている。よく見かける髭をはやした魯迅の風貌だが、この写真の出典はどこか。

本稿ではこの写真の出典を明らかにするなかで、日本における魯迅文学の翻訳について再考し、そこから波及する台湾文学と魯迅との関係についていささか感ずるところを述べてみたい。

一　戦後初期の台湾文学研究をめぐって

ふりかえれば、筆者が台湾文学に関心を抱きはじめたころ、中国における台湾文学研究が一斉にはじまった。その契機は、一九七九年一月一日に発表された全国人民代表大会常務委員会「告台湾同胞書」[2]である。この書簡の発表のあと、一九七九年三月に聶華苓の台湾現代小説「愛国奨券」が『上海文学』にはじめて転載された。そして、その年の十二月に『台湾小説選』[3]が人民文学出版から出版された。その後、一九八〇年代には多数の台湾文学の単行本が、中国のさまざまな出版社から出版されるようになった。

出版は小説の単行本だけに限らなかった。台湾文学史や台湾文学辞典の類の研究書も刊行された。かつて「戦後初期台湾文芸界の概観―一九四五年から四九年」[4]をまとめたときに管見したものには、次のような台湾文学史関係の研究書があった。

封祖盛著『台湾小説主要流派初探』（福建人民出版社、一九八三年）、黄重添等編著『台湾新文学概観』（上冊、鷺江出版社、一九八六年）、王晋民著『台湾当代文学』（広西人民出版社、一九八六年）、白少帆等編『現代台湾文学史』（遼寧大学、一九八七年）、包恒新著『台湾現代文学簡述』（上海社会科学出版社、一九八八年）、張毓茂主編『二十世紀中国両岸文学史』（遼寧大学出版社、一九八八年）。さらに、作家論には汪景寿著『台湾小説作家論』（北京大学出版社、一九八四年）、辞典には、徐迺翔主編『台湾新文学辞典』（四川人民出版社、一九八九年）があった。

以上にみるような台湾文学研究書は、一九九〇年代になると発行がぴたっと止まり、その後は、一九九〇年六月に出版された、陳遼主編『台湾港澳与海外華文文学事典』（山西教育出版社）の書名にみるように、「台湾文学」は「華文文学」の一環として研究されるようになり、今日にいたっている。(5)

一方、台湾で一九八〇年代までに書かれた文学史は三冊のみである。かつて台湾文学史を書こうとした台湾人文学者には黄得時、楊雲萍、王詩琅たちがいたが、一書にまとめるまでにはいたらなかった。書かれた三冊の文学史とは、尹雪曼総編纂『中華民国文芸史』（正中書局、一九七五年）、陳少廷著『台湾新文学運動史』（聯経出版、一九七七年）、葉石濤著『台湾文学史綱』（文学界雑誌社、一九八七年）である。

ただ、この三冊のうち、『中華民国文芸史』は「附録一」として王詩琅執筆にかかる「台湾光復前的文芸概況」が収録されているだけであり、『台湾新文学運動史』も戦前の台湾文学しか扱っていない。台湾文学の誕生から戦後の現代台湾文学までを扱っているのは、葉石濤の『台湾文学史綱』のみである。

筆者は、右にあげた台湾・中国発行の台湾文学史に関して、前掲した論考で、戦後初期の台湾文学界の記述の仕方について検討を加えたことがある。そして、これらの多くの台湾文学史は、戦後初期の台湾文学界を「文化砂漠」あるいは「空白期」とみなしているのに対して、包恒新の『台湾現代文学簡述』と葉石濤の『台湾文学史綱』は、その種の論述とは正反対の見解を示していることを指摘し、戦後初期の活発な文学状況について検証を試みた。
ここに改めてふたりの結論をまとめておくと次の通りである。
包恒新は次のように述べている。

一九四五年から一九四九年までは、台湾文学は前の時代を継承して新たな発展を遂げようとする時期にあった。この時期、新世代の中国語作家はなお乳呑み児の状態にあり、台湾文学の新局面を切り開く責任は、主に老世代の台湾省籍作家と大陸から渡台した作家の肩にかかり、楊逵と許寿裳はまさにこのふた通りの作家の代表である。かれらが悲運に遭遇してから、当時の台湾文壇は〝文化砂漠〟になったのである。（一四三頁）

なお、ここにいう楊逵と許寿裳の「悲運」とは、「和平宣言」（上海『大公報』）発表による一九四九年四月六日の楊逵の逮捕事件、その前年の一九四八年二月十八日に起こった許寿裳殺害事件を指す。そして、葉石濤は包の記述よりさらに具体的に次のように述べている。（第三章「四〇年代の台湾文学――涙ながらに種を蒔き、歓喜して収穫を待つ！」）

一九四六年の中華日報日本語版文芸欄の廃刊以降、全省のあらゆる新聞の副刊はすべて中国語一色に変わった。日本語作家の大多数は文学の創作の道を放棄し、作家の生涯を閉じざるを得なかった。四〇年代は未だ新鋭の作家を生むにいたらず、逆に多くの頭角を現わしたばかりの作家たちが創作の道を放棄したので、戦前の新文学運動と戦後の台湾現代文学とのあいだに断層と大きな溝を作ってしまい、あらゆる日本植民地時代の新文学の遺産は、すっかり歴史の墳墓のなか

に埋もれてしまうところであった。（七十五頁〜七十六頁）

大多数の台湾作家は中国語に習熟していないことから、『橋』副刊の編集責任者は人を頼んで日本語の作品を翻訳して掲載せざるを得なかったのである。林曙光と潜生（龔書森）の貢献が最も大きい。林曙光は歴史研究者で、のち故郷の高雄地方史の研究で独特な成果をあげた。潜生はのちに台南神学院の教授となった。（以下、具体的な作品を取りあげている。省略）残念ながら、これらの優れた作家たちは、その後ある者は捕らえられて獄に繋がれ、ある者は台湾を逃れて異郷に骨を埋め、ある者は堅く沈黙を守って苦しい日々を送り、伝統の中断によって、彼らの愛と死の物語は歴史の墳墓に埋葬されてしまったのである。（七十七頁〜七十九頁）

今日では戦後初期の台湾文学界は、一度は一九四七年の二二八事件で頓挫し、さらに翌年二月十八日の許寿裳殺害事件では、台湾文学界全体が深い闇を体験しながらも、文学活動は根強く展開され、台湾文学界が全き沈黙に陥ったのは、一九四九年の四六事件後に迎えた一九五〇年代の白色テロ以降のことであることがよく知られるようになった。そして、多くの研究論文や研究書が出版されるようになり、楊逵のもとに集った銀鈴会の文学活動などについても詳細な研究が公にされるようになった[6]。

さて、台湾文学史の記述にもどると、台湾では葉石濤の文学史のあと、彭瑞金著『台湾新文学運動四十年』（自立晩報、一九九一年三月）と陳芳明著『台湾新文学史』（聯経出版、二〇一一年十月）が出た[7]。

ここで戦後初期の台湾文学に関して、陳芳明の『台湾新文学史』に次のような興味深い論述がみられるので、いささか長いが引いてみよう。

最も典型的な例（注、日本語経験を持つ台湾作家）は、台湾新文学運動の先駆者、楊雲萍である。楊は一九四六年に『台湾文化』が組んだ「魯迅逝世十周年特輯」（一巻二期、一九四六年十一月）で、「魯迅を記念する（紀念魯迅）」を発表した。この文章のなかで、楊は二つの重要な見解を述べている。第一に、「台湾の光復について、地下の魯迅先生はきっと喜んでいると信じる。ただ、先生が昨今の本省の現状を知られたら、いかなる感想を持たれるだろうか。おそらく先生の『喜び』は、悲しみに変わり、悲憤に変わるだろう」と。第二に、楊は、台湾の知識人は、日本統治時代に、魯迅の作品に触れたことがあるという事実をあげている。「当時の本省の青年は、多く日本語を通じて世界最高の文学と思想に触れ、かなりの批判力と鑑賞力を備えた。それゆえ魯迅先生の真価については、当時の我が国、国内の多くの人たちは、比較的正確に理解していた」と。楊雲萍は魯迅を記念するという形で、戦後の台湾人の悲哀と悲憤を表わしたのである。さらに注目すべきことは、台湾人が使う日本語を「奴隷化」と侮蔑されたとき、楊雲萍は敢えてこのような文化差別に反論し、台湾の知識人は、日本語教育を通じて世界文学を鑑賞する能力を備えるようになったと強調していることである。楊雲萍の意図は、台湾作家の文学的視野は、来台の大陸作家より明らかに広い点を強調することにあった(8)。

さて、本稿ではこの陳芳明の論述について、次節でもう少し詳しく検討してみよう。

二 『台湾民報』にみる魯迅

楊雲萍は『台湾文化』の「魯迅逝世十週年特輯」の巻頭を飾る文章「魯迅を記念する」（前出）で、このように語っている。

民国十二、三（一九二三、四）年ころに、本省は日本帝国主義の支配下にありながら、「啓蒙運動」の大きな波が一度巻き起こったことがあった。この運動に直接的、間接的に最も大きな影響をおよぼしたのは、魯迅先生であった。彼の創作、例えば「阿Q正伝」などが早くから本省の雑誌に転載され、さまざまな批評、随想など、当時の青年に愛読されないものは一編もなかった。

我々はあのときの興奮をいまだに記憶している。そのひとつの原因は、我々の当時の置かれた環境による。もうひとつの原因は、当時の本省の青年は、多く日本語を通じて世界最高の文学と思想に触れ、かなりの批判力と鑑賞力を備えていたことによる。だから魯迅先生の真価については、当時の我が国〔注、中国を指す〕、国内の大部分の人たちに比べて、かなり正確に深く理解していたのである。我々はいま感慨無量、そうして些か得意にこのようなことを回想する……

前節の最後に引いた陳芳明の引用文では、ここに引いた楊の引用文の前半部分については触れていない。しかしながら、台湾文学史と魯迅との関係をふりかえっておくためにここで簡単にみておきたい。

戦後初期の台湾の文学界をふりかえると、楊雲萍には台湾新文学を代表する文学者としての自負心があった。その証左に『台湾文化』の創刊号には、「台湾新文学運動的回顧」（以下、「回顧」とする）を発表している。この文章は「回顧」の「附記」でも編集「後記」でも触れられているように、一九四〇年に発禁された李献璋編『台湾小説選』の「序」として書かれたものに、少し修正を加えた

ものである。「序」の執筆日は、一九四〇年一月十二日となっている。(9)

楊はこの「回顧」で台湾新文学運動の発生と展開について述べ、張我軍が果たした役割のひとつとして、胡適の評論「文学革命運動以来」や魯迅の「故郷」、謝冰心の「超人」などの中国新文学の作品を転載したことをあげている。そして、こうした台湾新文学運動の営為のなかから、一九二六年にいたって台湾新文学の第一作が生まれたとして、その第一作に『台湾民報』新年号に発表された頼和の「闘鬧熱」と自身の「光臨」をあげている。ここに楊の自負心が見てとれる。

すでによく知られたことだが、初期に『台湾民報』に転載された中国新文学の作品名を掲げてみよう。(10)

胡　適「終身大事」（一九二三年四月五日～五月一日）
魯　迅「鴨的喜劇」（一九二五年一月一日）
馮沅君「隔絶」（一九二五年二月十一日～三月十一日）
魯　迅「故郷」（一九二五年四月一日～十一日）
謝冰心「超人」（一九二五年四月二十一日）
魯　迅「狂人日記」（一九二五年五月二十一日～六月一日）
許地山「慕」（一九二五年八月十六日）
郭沫若「牧羊哀話」（一九二五年十月二十五日～十一月八日）
魯　迅「阿Q正伝」（一九二五年十一月二十九日～一九二六年二月七日）

こうしてみると、「狂人日記」や「阿Q正伝」などの代表作が転載されており、魯迅作品の転載が目立つ。当時の『台湾民報』は、台湾総督府より台湾島内での発行は許されず、日本「内地」東京でのみ発行されていたことに留意する必要があるが、楊雲萍が「魯迅を記念する」で述べているごとく、「啓蒙運動」への魯迅の影響が強くあらわれ、台湾人知識人の魯迅への注目度が高かったことがわかる。

次に「魯迅を記念する」の後半部分についてみてみよう。後半部分では、楊雲萍はなにを語っているのだろうか。それは陳芳明が指摘するように、当時の台湾人知識人を襲った日本語「奴隷化」論である。

では「奴隷化」論はいつごろ、どのようにして起こったのか。すでに多くの研究があるが、それらをもとにまとめるとおおよそ次の通りである。

『台湾文化』を創刊したのは、台湾文化協進会だが、該会は一九四六年六月十六日に成立した。『台湾文化』創刊号に掲載された「台湾文化協進会成立大会宣言」によると、結語のことばとして、「建設民主的台湾新文化！（民主的な台湾新文化を建設しよう！）　建設科学的新台湾！（科学的新台湾を建設しよう！）　粛清日寇時代的文化的遺毒！（日寇時代の文化的遺毒を一掃しよう！）」が掲げられ、最後に「三民主義文化萬歳！」と締めくくられている。

ここで注目すべきことは、「日寇時代の文化的遺毒を一掃しよう」というスローガンである。短絡的にいえば、戦後の日本語禁止措置は「光復一周年」を機として一九四六年十月二十五日に実施されたが、この「日寇時代の文化的遺毒」とは日本語に他ならない。これが「奴隷化」論につながっている。その証左に日本語禁止前夜、蘇新や王白淵たちのあいだで「談台湾文化的前途」（『新新』七号、一九四六年十月）と題する座談会が開かれて、性急な日本語禁止措置の理不尽さについて語られたり、呉濁流「日文廃止に対する管見」（『新新』七号、一九四六年十月）や王白淵「文化編」（台湾新生報社編『台湾年鑑』一九四七年六月）、蘇甡（蘇新）「也漫談台湾芸文壇」（『台湾文化』第二巻第一期、一九四七年一月）などで、いわれなき「奴隷化」論への反論が書かれている。[11]

楊雲萍の「魯迅を記念する」は、このような時代背景のなかで書かれた。そのことを台湾文学史に位置づけたのが陳芳明である。実に的確に分析し、葉石濤の台湾文学史をより広く、より深く発展させた台湾文学史観を構築している。

先に一九二〇年代の台湾新文学の黎明期に、台湾人知識人のあいだで魯迅への関心が強かったことを述べたが、次に陳芳明が述べた「当時（注、日本統治時代）の本省の青年は、多く日本語を通じて世界最高の文学と思想に触れ、かなりの批判力と鑑賞力を備えた。それゆえ魯迅先生の真価については、当時の我が国（注、中国）、国内の多くの人たちに比べて、かなり正確に理解していた」についてみてみよう。

三　早期日本における魯迅文学の翻訳再考

唐突の感がまぬがれないが、まず井上紅梅訳の『魯迅全集』から述べてみよう。この井上訳『魯迅全集』は、一九三二年十一月に改造社より出版された。魯迅の小説『吶喊』（「不周山」収録）と『彷徨』を全訳した最初の翻訳書である。該書には解説の類はないが、その代わり「魯迅年譜」が附されている。その末尾で当時の翻訳状況について、次のように述べている。

此年（注、一九三一年）、日本にては松浦珪三氏訳「阿Q正伝」「狂人日記」「孔乙己」等を一冊にして白楊社（注、白揚社の誤記）より発行、それと相前後して林守仁氏訳「阿Q正伝」四六書院より出づ。

一九三二年、佐藤春夫氏訳「故郷」と「孤独者」は「中央公論」に現はれ、並に増田渉氏の「魯迅論」「改造」に掲載さる。魯迅氏は現在上海に居住し、五十二歳の男盛りである。

以上は魯迅氏の希望に依り、増田渉氏の「魯迅論」、佐藤春夫氏訳「故郷」の後記「原作者に関する小記」に拠るところ多し。

ここで、飯田吉郎編『現代中国文学研究文献目録—増補版（一九〇八—一九四五）—』（汲古書院、一九九一年）によって当時の魯迅作品の翻訳状況をみると、一九二二年一月四日に「孔乙己」、翌年一月一日に「兎と猫」の二編が『北京週報』に訳されたのを皮切りに、その後『大調和』（「故郷」）、『文章倶楽部』（「家鴨のたはむれ」「白光」）、『支那』（「白光」「孔乙己」）、『満蒙』（「阿Q正伝」）などの雑誌に訳出されている。その後まとまった翻訳書としては、井上が述べる通り、一九三一年九月に松浦珪三訳『阿Q正伝』（白揚社）が出版され、魯迅の代表作「阿Q正伝」「孔乙己」「狂人日記」の三編が収められた。

この松浦訳『阿Q正伝』は「支那プロレタリア小説集1」として出版され、さらに「支那プロレタリア小説集2」として『上海の怒号』（林疑今著）が翌年二月に出版されている。松浦はこのころ、他にも『満蒙と日本帝国主義』（許興凱著、白揚社、一九三二年）を翻訳しているようだ。（『阿Q正伝』以外いずれも未見）

松浦珪三についてはよくわからないが、『支那語発音五時間』（大学書林、一九三二年）や『文語口語対照現代日本語文法』（文求堂、一九三六年）を著した語学者である。『支那語発音五時間』の著者としての肩書きは、「北京陸軍軍官学校教官」となっている。

さて松浦訳『阿Q正伝』には、附録として「一、『阿Q正伝』に対する諸家の評」、「二、著者の著作目録」、「三、著者の略伝」が収録されており、本格的な訳書として位置づけることができる。ただ、「訳者序」には、「只、訳者甚だ不才、然かも原文は支那に於ても難解難語を以て有名なる土語と方言の郷村文学である。果してよく原文の持つ微妙の情調を伝え得たるか否かは、訳者が甚だ以て懼るゝところである」とあり、謙虚に文学が専門でないことを述べている。また該書には「著者の画像」が収録されているが、ただ誰の筆になるものかの記載はなく、出処はよくわからない。しかしながら、松浦訳『阿Q正伝』は、日本ではじめて発行された翻訳書として、疑うことなく翻訳史に位置づけられる。

次に出たのは、井上の記す如く、林守仁訳『支那小説集　阿Q正伝』である。該書は松浦訳『阿Q正伝』から一か月遅れて十月に四六書院から出版された。扉に李偉森、殷夫、馮鏗、宗暉の四人の写真が掲載され、その扉裏には「国民党の『血の政策』の犠牲となつた同志李・徐・馮・胡・謝の霊に[12]。白色テロ下に果敢な闘争を続くる中国左翼作家聯盟に捧ぐ」と書かれている。つまり、一九三一年二月七日に処刑された柔石、李偉森、胡也頻、殷夫、馮鏗のいわゆる「左連五烈士」の霊に捧げられているのである。

該書には標題の「阿Q正伝」の他に四編の作品が収められているが、白川次郎（尾崎秀実のペンネーム）の執筆にかかる「緒言」によれば、作品の訳者は、魯迅の「阿Q正伝」は林守仁、胡也頻の「黒骨頭」は白何長、柔石の「偉大なる印象」、戴平萬の「村の黎明」、馮鏗の「女同志馬英の日記」の三編は田佐夫と記されている[13]。そして、魯迅の「阿Q正伝」の訳は「原作者魯迅の厳密なる校閲を経てゐる」と述べている。この訳者林守仁は、ジャーナリスト（のち同盟通信社勤務）の山上正義のペンネームで、増田渉も「魯迅の印象」のなかで「筆者が上海にいたとき山上君はもういなかったが、彼の翻訳原稿を魯迅が校閲したということを魯迅から聞いた[14]」と伝えている。

山上正義およびその『阿Q正伝』に関しては、丸山昇に詳細な研究があり、中央公論出版『ある中国特派員―山上正義と魯迅』（一九七六年）と一九九七年に田畑書店より出版された同書の増訂新版に詳しい。とくに本稿との関連で言えば、当時新しく発見された山上正義宛の魯迅の手紙が重要である。手紙の日付けは、一九三一年三月三日である。

山上正義様

訳文ヲ拝読致シマシタ。誤訳ト思フ所、参考トナル可クト（ママ）思フ所、大抵書トメテ置キマシタ、別ノ紙デ、且ツ両方トモ番号ヲツケテ、今、訳文ト一所ニ送リ上ゲマス。[15]（以下、省略）

なお、ここに言う修正箇所は「八十五項目」におよんでおり、その全文は丸山の解説付きで一九七五年七月号の文芸雑誌『海』に掲載されている。なお、二人が知り合ったのは、魯迅が厦門大学から広東の中山大学に移ったのちの一九二七年二月十一日のことで、山上が中山大学に魯迅を訪ねている。[16]

さて、このように上記二冊の単行本が出て、そのほぼ一年後の一九三二年十一月に出たのが井上紅梅の『魯迅全集』である。該書は、前述した通り、魯迅の二冊の小説集『吶喊』と『彷徨』を全訳した本邦初の翻訳書で、全小説集である。出版社は当時の大手出版社の改造社であった。

井上の魯迅への関心はかなり早い。飯田吉郎の文献目録では見落とされているが、前掲の井上の「魯迅年譜」の記載によれば、『魯迅全集』出版までに「一九二七年、本全集の譯者（注、井上自身を指す）は、『薬』『風波』『在酒楼上』（『酒屋の二階で』）を訳し、東京の雑誌に寄せたるも認むる者無し。又此前年満洲の雑誌のために『狂人日記』を訳したるも紛失せり。／一九二八年、本全集の譯者は、上海日々新聞社の依頼に応じ、『阿Q正伝』『社戯』(『村芝居』)等を訳して同紙上に掲載。尚ほ『薬』以下二篇は上海の雑誌に発表」[17]とある。こうしてみると、井上は早くから魯迅の小説に関心を持ち、全小説の翻訳出版は彼の念願だったことが理解できる。

ここで井上紅梅についてみてみよう。井上はどのような人物で、魯迅とはどのような関係にあったのだろうか。近年の研究に、勝山稔「井上紅梅の研究——彼の生涯と受容史から見たその業績を中心として——」(『小説・芸能から見た海域交流』汲古書院、二〇一〇年)と「改造社版『魯迅全集』をめぐる井上紅梅の評価について」(『東北大学中国語学文学論集』二〇一一年十一月)がある。それによると、井上は文学創作や『支那風俗』など中国風俗関係の著作、『今古奇観』などの中国古典文学や魯迅などの中国近代文学の翻訳、報道関係など多方面にわたって活躍した人物であることがわかる。中国には一九一三年から一九一七年(上海)、一九二一年から一九二四年(南京)、一九二四年から一九二五年(蘇州)、一九二六年から一九二九年(上海)、一九三二年から一九三四年(上海)とあいだを置きながらも、十数年にわたって滞在している。生年は魯迅と同じ一八八一年で、没年は定かでなく一九四九年から一九五〇年のころだという。

さて、このような中国事情通[18]で魯迅の文学に強い関心を寄せていた井上だが、魯迅にはあまりよい印象をもたれていなかった。魯迅は井上から郵送されてきた『魯迅全集』を受け取ると、次のような不満を一九三二年十二月十九日付けの増田渉宛の手紙のなかで漏らしていた[19]。

井上氏訳の『魯迅全集』が出版して上海に到着しました、訳者からも僕に一冊くれました、ちょっと開けて見ると其誤訳の多に驚きました。あなたと佐藤先生の訳したものをも対照しなかったらしい、実にひどいやりかただと思います。

魯迅は、自身の二冊の小説集の翻訳が全集の形で出たのに、なぜこのような不満を私信で増田に漏らしたのか。ここで魯迅が述べている「あなたと佐藤先生の訳した」作品とは、次の四編を指す。（年代順に列記）

増田渉訳　「家鴨の喜劇」（『古東多万』2、一九三一年十一月）
佐藤春夫訳　「故郷」（『中央公論』四十七―一、一九三二年一月）
佐藤春夫訳　「孤独者」（『中央公論』四十七―七、一九三二年七月）
増田渉訳　「風波」（『古東多万別冊』、一九三二年九月）

増田訳の掲載誌は『古東多万』（やぽんな書房）であるが、該誌は一〇〇〇部限定で佐藤春夫が個人で出した文芸誌であり、一九三一年九月創刊から一九三二年九月別冊刊行まで全九冊（含別冊）出された。

一方、佐藤春夫の訳は『中央公論』に掲載されている。春夫は当時すでに名だたる作家で、中央文壇の雑誌に掲載された春夫の翻訳は、魯迅を日本に紹介するうえでは大きな役割を担った。魯迅の春夫への信頼も大変厚いものがあった。

魯迅と佐藤春夫、そして増田渉の関係は後述するが、魯迅は井上訳『魯迅全集』は、これらの二人の翻訳を「対照」していないと不満を述べたのである。実際のところ、井上訳には先にあげた二人の訳はほとんど反映されていない。但し、「魯迅年譜」作成にあたっては、「増田渉氏の『魯迅論』、佐藤春夫氏訳『故郷』の後記『原作者に関する小記』（以下、「小記」）に拠るところ多し」と述べている。

ここにあがった増田の「魯迅論」は、「魯迅伝」を指していると思われるが、一九三二年四月の『改造』に掲載された。佐藤春夫のものは、その三か月まえの一九三二年一月に『中央公論』に発表された。井上は、この二つの資料を示すに際して、「以上は魯迅氏の希望に依り」と断り書きをつけ、「魯迅年譜」作成にあたっては魯迅からの希望が出ていたことを述べている。しかしながら、井上の「魯迅年譜」の記述をみる限りにおいては、佐藤春夫と増田渉が伝える魯迅像を十分に伝えるものとはなっていない。

春夫の「小記」は、「阿Q正伝」により、いまやロマン・ロランによってフランスにも紹介されて世界的な作家となり、さらに「我国の高級読者層の大勢力として自他ともに許す」『中央公論』に、作品を掲載できるようになった「大作家」を「我等の作家として遇」すると、魯迅を「支那最大の小説作者」として評価し、小文ながらその活躍ぶりを華々しく伝えている。交友のある著名な日本の作家の春夫が書いたこの「小記」に、魯迅はおそらく満足したであろう。

一方、増田の「魯迅伝」は、日本の文壇に魯迅の全体像をはじめて伝えた本格的な伝記であり、魯迅「自身から当時筆者がきいたことを基礎にしてつゞり、出来上がつてから更に彼に目をとほしてもらつたものである」[20]。このようにして発表された伝記を、魯迅は大いに喜んだと思われる。「魯迅伝」は『改造』に発表されたが、これには春夫の強力な推薦があって実現した。

しかし、井上の「魯迅年譜」は、このような二人の魯迅伝を十分に生かしているとは言いがたい。しかも、当時の魯迅の心境を反映しているとも言いがたい。先にみたように、一九三一年二月七日に柔石をはじめとする「左連五烈士」が、白色テロで逮捕されて処刑された。増田の「魯迅伝」には、「彼（注、魯迅）はさういつて彼が率ゐる左翼作家聯盟一部分の青年についても心配してゐることを筆者に語った。（中略）昨年二月七日、有力な左翼作家聯盟員の五人が逮捕されて秘密に××された」[21]

と書かれているが、井上は「一九三一年、国民政府の弾圧の下に、左翼作家聯盟員五名は逮捕されたるも、氏は辛くも免る」と記し、そして「かかる中にも氏の名声は益々高まり、其夏、ニューヨーク労働者文化聯合大会に於て、支那側名誉主席に推さる」と書いている。あたかも魯迅は「左翼作家聯盟員五名」の犠牲のうえに、出世しているかのような印象を与える記述となっている。

これをみる限り、魯迅にとっては、井上の「魯迅年譜」は魯迅の現状を反映するものではなかったと認識したことが想像される。増田宛の手紙で魯迅が不満をもらしたのは「誤訳の多（さ）」だが、春夫と増田が伝える魯迅を十分に反映していないこのような「魯迅略歴」にも、あるいは不快感を覚えたのではないかと推測できるのである[22]。

しかしまた、井上にしてみれば、彼自身、先にみたように早くから魯迅の作品を翻訳してきた自負心があったであろう。魯迅の小説集を全集の形で出すのは訳者としての喜びであり、当然作者も喜んでくれるであろうと考えるのが自然である。しかし、魯迅は愛弟子増田渉にあのような不満を伝えていた。一方、井上はそのころそのような魯迅の不満をまるで知らなかった。否、おそらく井上は、生前にそのことを知ることはなかったであろうと思われる。それはどういうことなのか、そのことを述べるまえに、先に、次に出た魯迅の翻訳書についてみておこう。

次の翻訳書は『大魯迅全集』全七巻である。この全集は魯迅の生前に企画されて、一九三六年四月に最初に第二巻の出版がはじまり、魯迅没後に全巻の出版が完成した。最後に出たのは第五巻で、一九三八年八月のことである。井上訳『魯迅全集』と同じ改造社から出た。なお、このような規模の全集は中国に先駆けて出版された。ちなみに、中国での最初の『魯迅全集』は、竹内好によれば「中国側の全集は一年おくれて、三八年に上海で出ています。一九三七年七月に盧溝橋事件が起り、戦線が全中国に拡大した時期に、アングラ出版の形で全二十冊の全集が出ました[23]」という。

『大魯迅全集』は、編輯顧問として茅盾、許景宋、胡風、内山完造、佐藤春夫の五人の名前があがっている。そして、各巻にはそれぞれ翻訳者がいる。[24]

ここで『吶喊』と『彷徨』を収めた井上訳『魯迅全集』と『大魯迅全集』第一巻の翻訳が、どのような関係になっているのかみてみよう。『大魯迅全集』第一巻は『吶喊』、『彷徨』、そして他二編（「筆者の場合」「阿金」）と「解題」からなる。翻訳者として、井上紅梅、松枝茂夫、山上正義、増田渉、佐藤春夫の五名の名前があがっている。但し、松枝にはこの巻では具体的な翻訳作品はない。では、その他の四人の翻訳は、どのように扱われているのだろうか。井上訳の『魯迅全集』にみせた魯迅の不満は、はたして解消されているのだろうか。

そのことを検証するまえに、あと二冊の翻訳書をあげておかねばならない。

一九三三年三月に改造社から出た佐藤春夫訳『世界ユーモア全集（12）支那篇』と、一九三五年六月に岩波書店から出た岩波文庫版の佐藤春夫・増田渉共訳『魯迅選集』である。前者には「阿Q正伝」と「幸福な家庭―許欽文に擬して―」、後者には「孔乙己」「風波」「故郷」「阿Q正伝」「家鴨の喜劇」「石鹸」「高先生」「孤独者」の九編の小説と「藤野先生」「魏晋の時代相と文学」「上海文芸の一瞥」の三編が収録されている。ここで注意を要するのは、『世界ユーモア全集（12）支那篇』が佐藤春夫訳となっていることである。しかし、該書には佐藤春夫の「ユーモア全集支那篇のをはりに」という断り書きがあり、そこにはこの作品集の翻訳者は行きがかり上、佐藤春夫の名前になっているが、実際の翻訳者は増田渉であると記されている。[25]

以上のことを踏まえて、井上訳『魯迅全集』と『大魯迅全集』第一巻に収められた『吶喊』と『彷徨』の翻訳は、どのような関係にあるのかみてみると、次のようなことが明らかになった。

佐藤春夫、増田渉、林守仁（山上正義）の訳のある作品は、『魯迅選集』収録の増田訳「孔乙己」

を除いて、それらの訳を使い、それ以外は「孔乙己」を含めて井上紅梅の訳を使っているということである。「孔乙己」は大幅に修正されており、にわかには井上訳と判断しがたいほどだが、一人称を「乃公（おれ）」と表記する点や、会話部分を改行するなどの特色（原文は改行なし。増田訳は原文の改行通りに訳出）や訳文の類似により、井上訳と判断できる。次の通りである。

【『吶喊』収録作品十五編中四編】
「家鴨の喜劇」「風波」
『古東多万』掲載および『魯迅選集』収録の増田訳を使用
「阿Q正伝」
『支那小説集　阿Q正伝』収録の林訳[26]を使用
「故郷」
『中央公論』掲載および『魯迅選集』収録の春夫訳を使用

【『彷徨』収録作品十一編中四編】
「幸福な家庭」
『世界ユーモア全集（12）支那篇』収録の増田訳を使用
「石鹸」
『魯迅選集』収録の増田訳を使用
「高先生」
『魯迅選集』収録の増田訳を使用

「孤独者」

『中央公論』掲載および『魯迅選集』収録の春夫訳の使用

右に列記した作品以外は、『吶喊』収録作品では十一編、『彷徨』収録作品では七編の計十八編が井上訳を使用している。いずれの作品も小幅と大幅の違いがあるが、修正が加えられている。前掲した勝山の研究によれば、井上はこのころ東京にいたということであるから、[27] 井上自身の手で修正を加えたのではないだろうか。

春夫訳、増田訳の作品についてみると、いずれも最初の掲載作品に若干の修正が加えられている。春夫訳の二編は、春夫の『魯迅選集』の「あとがき」によれば、該選集収録時に増田によって「旧稿からも改めるべき箇所を指摘」されて修正していたが、『大魯迅全集』収録に際しても若干の語句の修正がみられる。

「阿Q正伝」は林(山上)訳が使われている。該編も修正が加えられているが、字句だけに止まらず、文章の修正も行われている。この修正はだれの手によるものなのか説明がない。訳者の林守仁(山上正義)による修正なのだろうか。注25にあげた『世界ユーモア全集(12)支那篇』収録の増田渉訳「阿Q正伝」とも比べてみたが、増田による修正かどうか判断がつかなかった。

以上、『大魯迅全集』第一巻の訳者は右記の通りだが、全体の編集は増田が行ない「解題」を執筆した。それだけではなく、増田は収録作品の全編にわたって「註」を附している。井上訳『魯迅全集』と佐藤・増田訳『魯迅選集』には、「註」はまるでなかった。但し、林(山上)訳「阿Q正伝」には訳注が付いている。これは該編は「原作者魯迅の厳密なる校閲を経て」いることの反映だと思われるが、『大魯迅全集』に収録されたときには、さらに訳注が増加している。このように『大魯迅全集』

では訳注が全編にわたって付されているが、これは増田が魯迅から学んだことを反映していると考えていいだろう。よく知られるように、増田は内山書店で魯迅に会って以来、『中国小説史略』の著者である「彼（注、魯迅）について勉強しよう」と、最初は内山書店で紹介された『朝花夕拾』や『野草』を読んでその疑問点をたずねていたが、その後「魯迅の宅に直接出かけ」て『中国小説史略』を教材に、毎日、「一日、三時間くらい」「午後の二時あるいは三時ごろからはじめて夕方の五時から六時ごろまで」、「およそ三か月はその本一冊の講読」を受けている。『中国小説史略』の「講読」が終わると、さらに『吶喊』と『彷徨』を読んだ。(28)

増田はこのように魯迅から学んだことに基づいて、編集者として井上訳、春夫訳、林（山上）訳、そして自身の訳を検討し、さらに「註」を附したのである。このようにみてくると、『大魯迅全集』第一巻の編集にあたって、増田はかつて魯迅が漏らした井上訳への不満を知っていながらも、井上訳『魯迅全集』を軽視するようなことは決してなかった。否、そればかりかかなり気を遣っていたことが、次のことから理解できる。

増田は、上海から帰国後、頻繁に魯迅と手紙のやり取りを行っているが、増田涉宛魯迅書簡が、最初に公表されたのは、魯迅逝去（一九三六年十月十九日）にともなって組まれた『改造』（一九三六年十二月号）での「特輯　魯迅悼惜」でのことである。このとき、増田は「魯迅書簡集」として十六通公表したが、前掲した井上訳の魯迅の不満を漏らした一九三二年十二月十九日付けの手紙は入れていない。(29)この手紙が最初に公にされたのは『大魯迅全集』第七巻で、増田涉宛「書簡（抄）」として公にされた。但し、魯迅が井上紅梅訳に不満を漏らした前掲の引用部分は、そっくり削除されて、次のような形で公にされているのである。

拝啓、十日の御手紙は今日拝見致しました、質問をば今に送帰します。「ユーモア」の部数は実に余り少ないです、時は不景気で人々はもう「ユーモア」などを読む暇を持たない為だろーと思ひます。

僕は母親の病気の為に先月一度北京へ行きました、二週間立つと病気が直りましたから又上海へもどりました、スチームはもう通つて居ますが併し天気は未そう寒くない。秋から子供が時時病気にかゝつて困りました、今にも尚薬をのまして居ます。腸カタルが慢性になつたらしい。今の住居は空気はそう悪くないが太陽が這入らないから大変よくないと思ひます。来年少しくあたゝかくなつて転居でもしよーかと思つて居ます。

（注、前掲した削除部分はここに入る）

御家族一同の幸福を祈ります。々頓首

魯迅上

（一九三二年）十二月十九日夜

増田兄

この手紙は、引きつづき一九四八年十一月発行の大日本雄辯会講談社発行の『魯迅の印象』、さらに、一九五六年七月発行の大日本雄辯会講談社のミリオン・ブックス版『魯迅の印象』（再版）においても公にされてきたが、問題の箇所は、右記の引用文と同じく削除されている。本書簡が、このように削除されずに元の手紙のままで公にされたのは、一九七〇年十二月に発行された三版の『魯迅の印象』（角川選書）になってからである。[30] ちなみに、中国では、一九七五年一月に文物出版社から出版された『魯迅致増田渉書信選』に書簡の書影と訳文が収められ、はじめて公になった。

このようにみてくると、増田は魯迅が井上の翻訳に不満を抱いていたことを、長らく伏せていたことがわかる。以上にみてきたように、増田は『改造』の「特輯　魯迅悼惜」でも、井上と一緒に翻訳した『大魯迅全集』でも、井上没後に出された一九五六年再版の『魯迅の印象』でも、さらに一九五六年出版の『魯迅選集』[31]（岩波書店）でも一貫して手紙の全文を公にしてこなかった。従って、一九四九年から一九五〇年ころに亡くなったと言われる井上は、生前には魯迅の不満を知らなかったことになる。増田は井上に対してそのような配慮をしていたのである[32]。

四　一枚の写真から――岩波文庫版『魯迅選集』の普及

増田渉は改造社版『大魯迅全集』全七巻の編集に大きく関わった。一九三一年に上海で面識を得て以来、魯迅への師事は上海滞在中も帰国後も変わらずつづき、増田を魯迅の作品や『中国小説史略』の翻訳、さらに「魯迅伝」の執筆へと向かわせた。増田にとって、いつの間にか、魯迅は研究対象そのものとなっていた。当時、増田（一九〇三年生れ）は、三十歳前後のまだ若き青年であった。

このような増田が魯迅と出会うきっかけを作ったのは、よく知られるように佐藤春夫である。増田は春夫を故郷の和歌山県紀南の下里町の実家に訪ねた折に、内山完造への紹介状をもらい、上海の内山書店で、内山を通じて魯迅の面識を得た。その後、魯迅の住居のラモスアパートで魯迅の「講解」を受けたことは前述した通りである。

増田は上海滞在中から魯迅の作品を翻訳し、「家鴨の喜劇」と「上海文芸の一瞥」を春夫が発行している『古東多万』第二号（一九三一年十一月）に発表している。さらに、増田は、上海から帰国後、「魯迅伝」をまとめ、『改造』（一九三二年四月）に発表したが、これには春夫の強力な後押しがあった。春夫は「増田君は外に約八十枚の未発表の力作魯迅伝の稿があるが甚だ興味深く且つ有意義な研究でもあり好読物でもあるから早晩発表の好機会を得られるものと信じてゐる」[33]と書いている。このあと増田はしばらく故郷の島根に帰り、魯迅の作品や『中国小説史略』[34]、さらに春夫に頼まれた『世界ユーモア全集（12）支那篇』に収録する作品の翻訳などを行っている。次の通りである。

「風波」（『古東多万別冊』、一九三一年九月）
佐藤春夫訳『世界ユーモア全集（12）支那篇』（改造社、一九三三年三月）
（この作品集には、魯迅の作品では「阿Q正伝」と「幸福な家庭―許欽文に擬して―」が収められている）[35]
佐藤春夫・増田渉共訳『魯迅選集』岩波文庫、一九三五年六月
増田渉訳『支那小説史』サイレン社、一九三五年七月[36]

増田はこのように翻訳に忙殺されながら、一九三六年四月から翌年八月にかけて出版された『大魯迅全集』全七巻の翻訳と編集に従事したのである。魯迅に出会ってから五年の歳月が経っていた。まさに生活が不安定ななかで魯迅文学に没頭する日々であった。

さて、ここで本節のテーマに入りたいと思う。
魯迅の邦訳は、これまでみてきたように、一九三〇年代に入って加速された。松浦珪三と林守仁の二人の翻訳集、『改造』や『中央公論』にみる魯迅文学への関心（とくに佐藤春夫）、井上紅梅の『魯迅全集』、佐藤春夫と増田渉共訳の『魯迅選集』、増田渉の『支那小説史』、『大魯迅全集』全七巻[37]……。
こうしてみてくると、魯迅没後の一九三七年には、魯迅の主な作品は、ほぼ日本語で読むことができ

るようになっていた。そして、先述したように、不完全ながらも中国より先に規模の大きな魯迅全集が出ていたのである。

はたして、これらの魯迅の翻訳書がどれだけ普及していたのかその実態はよくわからない。ただ佐藤春夫・増田渉共訳の岩波文庫版『魯迅選集』だけは、多くの版を重ねて読まれていることがわかっている。天理大学附属天理図書館蔵の『魯迅選集』は「昭和十六年十月十五日第九刷発行」である。(38) 増田渉は、『魯迅選集』が岩波文庫に入れられたいきさつと、その売れ行きについて、「岩波文庫に魯迅の作品を入れたいという話が、岩波から佐藤氏のところへ持ちこまれたのは、それから（注、増田渉「魯迅伝」発表から）数年後である。筆者も佐藤氏から相談があったので文庫の『魯迅選集』をつくることに協力したが、この文庫がやや広く魯迅を日本に紹介するに役立ったかと思う。正確には覚えないが、だいたい十万部くらい、売れたと思う」と述べている。(39) この話はよく知られており、藤井省三は『魯迅事典』（三省堂、二〇〇二年）のなかで、『魯迅選集』は「約一〇万部売れて魯迅を日本および日本植民地統治下にあった台湾・韓国にも普及させるのに大いに寄与した」と述べているところである。

『魯迅選集』の収録作品を改めて列記してみよう。

「孔乙己」「風波」「故郷」「阿Q正伝」「家鴨の喜劇」（以上『吶喊』）「石鹸」「高先生」「孤独者」（以上『彷徨』）「藤野先生」（『朝華夕拾』）「魏晋の時代相と文学」（文学史研究）「上海文芸の一瞥」（『二心集』）および「魯迅伝」である。

「故郷」と「孤独者」が佐藤春夫の訳で、それ以外は増田渉の訳である。増田がこの選集ではじめて訳したのは、「孔乙己」と「藤野先生」(40) のみで、その他はすべて発表済みのものである。

「あとがき」は二人で別々に書いている。春夫は『世界ユーモア全集（12）支那篇』の「ユーモア全

『魯迅選集』収録の魯迅の写真

集支那篇のをはりに」で「本書が名実ともに増田渉君の業である点を明瞭にして置きたい」と語り、『魯迅選集』の「あとがき」でも「前記二篇（注、「故郷」「孤独者」）の外は増田君の訳稿であり予は単に微力な連帯責任者である」と語り、翻訳の中心人物は増田渉であることを何度も断っている。当時の出版社にとっては、増田はまだ「無名」であり、出版に際しては佐藤春夫の名前に負うところが大きかったのである。

　ところで、この『魯迅選集』には巻頭に一枚の写真、つまり魯迅の肖像画が掲げられている。髭を生やし引き締まった端正な顔立ちで眼が輝いている。一度見たら忘れない顔である。この写真は、どこかで見たことがある。そう、まさに冒頭に述べたあの「魯迅逝世十週年特輯」号の『台湾文化』の表紙を飾った写真である。

　この写真の提供者は一体誰か。確証はないが、おそらく『台湾文化』の創刊号で「台湾新文学運動的回顧」を書き、次号の「魯迅逝世十週年特輯」で「魯迅を記念する」を書いた楊雲萍であろう。つまり、筆者がここで言いたいのは、楊雲萍が「魯迅を記念する」で「（注、我々は）多く日本語を通じて世界最高の文学と思想に触れ、かなりの批判力と鑑賞力を備えていた」、「だから魯迅先生の真価については、当時の我が国（注、中国を指す）、国内の大部分の人たちに比べて、かなり正確に深く理解していたのである」と書いていたように、台湾の知識人たちは、一九三〇年代以降になると、この『魯迅選集』や『大魯迅全集』全七巻、あるいは『魯迅全集』など、日本で出された翻訳書を通じて、魯迅文学を理解していたのである。この一枚の写真はその傍証のひとつとなろう。
佐藤春夫は、『魯迅選集』収録の写真の裏にこのように書いている。「魯迅先生の肖像は本国でも珍しいものとされてゐる。政治的迫害の手を遁れるためには肖像は流布しない方が便利だからだと云ふ。ここに掲げられたものは訳者等が最近のものをとの乞を容れて特に與へられたものであるが、最近といつても一昨年の撮影ださうである。わが二葉亭の風貌と一脈相通ずるものを見るのはその文学と照応して一奇を覚えるではないか」と。この春夫のことばから、『台湾文化』の表紙を飾った魯迅の写真は、まぎれもなく日本経由でもたらされたものであることがわかる。楊雲萍の蔵書は、いま国立台湾大学図書館の楊雲萍文庫に収蔵されているが、そこには初版の『魯迅選集』が収められている。[41] なお、『大魯迅全集』第一巻でも巻頭にこの写真が使われており、[42] 同書経由も考えられないわけではないが、上述の楊雲萍文庫には収蔵されていないので、『魯迅選集』経由がやはり有力である。[43]
いずれにしても台湾人知識人の魯迅理解は、このように日本語の翻訳書を通しても十分に得ることができたのである。

以上、陳芳明の文学観に触発されて、一枚の写真から日本統治時代の台湾人知識人の魯迅理解について再考し、さらに日本における翻訳にみる魯迅文学の受容についてみてきた。まさに陳芳明が述べるように、楊雲萍が「魯迅を記念する」を書き、日本で流布した魯迅の写真を掲げたのは、台湾文学界に広がる日本語「奴隷化」論を一蹴し、「台湾作家の文学的視野は、来台の大陸作家より明らかに広い点を強調することにあった」のである。

【注】

（1）筆者「『台湾文化』（台湾文化協進会出版）目録稿自第一巻第一期（一九四六年九月十五日）至第六巻第三・四合刊期（一九五〇年十二月一日）」（『天理大学学報』第百五十五号、一九八七年九月）。のち『文学で読む台湾　支配者・言語・作家たち』（田畑書店、一九九四年）に収録。その後、『台湾文化』は傳文文化事業より復刻された。出版年は未記載。

（2）『中國政府對台灣的政策』（生活・讀書・新知三聯書店香港分店出版、一九七九年四月）収録参照。

（3）参考までに収録作品をあげると、次の通りである。呉濁流「先生媽」、楊逵「送報夫」、鍾理和「貧賤夫妻」、林衡道「姉妹会」、白先勇「永遠的尹雪艶」、於梨華「姐姐的心」、陳映真「将軍族」、王禎和「嫁粧一牛車」、王禎和「小林来台北」、黄春明「青番公的故事」、黄春明「鑼」、楊青矗「低等人」、楊青矗「上等人」、楊青矗「昇」、王拓「炸」、王拓「金水婶」、王拓「奨金二〇〇〇元」、曾心儀「彩鳳的心願」、馮輝岳「逆旅」、宋澤萊「打牛湳村」、方方「陸軍上士陶多泉」、奚淞「呉李錦鳳的礼拝天」

（4）『咿唖』二十四・二十五合併号、一九八九年七月掲載。のち『文学で読む台湾』（注1参照）に収録。

（5）管見するところ、二〇〇〇年代に入っても「台湾文学」を冠した文学史の出版は皆無ではない。たとえば、陸卓寧『20世紀台湾文学史略』（民族出版社、二〇〇六年）がある。また、王景山は、二〇〇〇年七月に『台港澳曁海外華文作家辞典』（人民文学出版社）を上梓している。

（6）日本における銀鈴会研究の嚆矢は、上村ゆう美「銀鈴会の投稿活動」（『日本台湾学会報』第六号、二〇〇四年五月）である。なお、銀鈴会の中心メンバーの朱實氏（俳号、瞿麦）は、一九九三年四月から二〇〇〇年三月まで、岐阜経済大学教授を務めたが、上村論文は朱實氏への聞き取りが反映されている。『岐阜経済大学論集』三十四巻一号（二〇〇〇年六月）参照。朱實氏については、他に「跨越歴史的相會 專訪「銀鈴會」成員朱實先生」（『台灣文學館通訊』三十三号、二〇一一年十二月）がある。なお、「銀鈴会」（一九四二―一九四九）の同人誌は、近年、現存するものについては翻刻して出版されている。周華斌主編『銀鈴会同人誌（一九四五―一九四九）』（上・下、国立台湾文学館、二〇一三年十一月）。その他の主な研究書には、次のようなものがある。曾健民・陳映真編『一九四七―一九四九台灣文學問題論集』（人間出版社、一九九九年）、『天未亮―追憶一九四九年四六事件（師院部分）』（晨星出版、二〇〇〇年）、『麦浪歌詠隊―追憶一九四九年四六事件（台大部分）』（晨星出版、二〇〇一年）、藍博洲著・間ふさ子ほか共訳『幌馬車の歌』（草風館、二〇〇六年）、丸川哲史著『台湾における脱植民地化と祖国化―二・二八事件前後の文学運動から―』（明石書店、二〇〇七年）、鐘明宏著『一九四六・被遺忘的台籍青年』（沐風文化出版、二〇一四年）、藍博洲著『台灣學運報告 1945―1949』（ＩＮＫ、二〇一五年）、黃恵禎『戰後初期楊逵與中國的對話』聯經出版、二〇一六年）など。

（7）これらの文学史はいずれも邦訳されている。葉石濤著、中島利郎・澤井律之訳『台湾文学史』（研文出版、二〇〇〇年）、彭瑞金著、中島利郎・澤井律之訳『台湾新文学運動四〇年』（東方書店、二〇〇五年）、陳芳明著、下村作次郎・野間信幸・三木直大・垂水千恵・池上貞子訳『台湾新文学史』（上・下、東方書店、二〇一五年）

（8）陳芳明著『台湾新文学』（聯経出版、二〇一一年）二百十六頁。邦訳書（上冊、注7参照）二百二十九頁。

（9）「台湾新文学の一断面―一九四〇年発禁、李献璋編『台湾小説選』から」参照。『咿唖』二十一・二十二合併号、一九八五年十二月掲載。のち『文学で読む台湾』（注1参照）収録。

（10）中島利郎「日本統治下の台湾新文学と魯迅―その受容の概観」（『台湾新文学と魯迅』東方書店、一九九七年）、および劉海燕『台湾新文学運動の初期的展開―一九二〇年代植民地知識人の近代探索―』（二〇一三年名古屋大学博士学位論文）参照。
（11）早い時期の論文として、陳芳明「台湾における魯迅」（『台湾新文学と魯迅』注10参照）がある。
（12）本文に後掲する丸山昇の『ある中国特派員―山上正義と魯迅』（田畑書店版）によれば、謝は謝宗暉である。
（13）田佐夫は、同注12の『ある中国特派員―山上正義と魯迅』によれば、尾崎秀実である。
（14）『魯迅の印象』（角川選書、一九七〇年）四十九頁参照。
（15）同注13『ある中国特派員―山上正義と魯迅』（田畑書店版）百七十九頁参照。
（16）同注12『ある中国特派員―山上正義と魯迅』（田畑書店版）九十一頁参照。
（17）勝山稔の研究によれば、この他にも魯迅の次の作品が『上海時論』に掲載されている。紅梅訳（魯迅作）「天鵞絨の花簪」（『上海時論』二巻十二号、一九二七）、紅梅訳（魯迅作）「鳥臼木」（『上海時論』三巻三号、一九二八）、紅梅訳（魯迅作）「赤い饅頭」（『上海時論』三巻六号、一九二八）。「井上紅梅の研究」（本文後掲）二百三十頁の注二百四十参照。
（18）本文では「中国事情通」としたが、井上は一時期「『支那通』として脚光を浴び」ていた。勝山稔「井上紅梅の研究」（本文前掲）二百二頁参照。
（19）一九三二年十二月十九日付け増田渉宛書簡。増田渉著『魯迅の印象』（角川選書、一九七〇年）百六十頁参照。
（20）同注19『魯迅の印象』四十九頁参照。
（21）岩波文庫版『魯迅選集』では、『改造』に発表されたときにあった伏字はもとの原稿の表記が回復されており、ここの「××」は「虐殺」となっている。

（22）魯迅が具体的に何に不満をもらしたのかは、やはり推測の域を出ない。勝山論文は「井上紅梅の研究」（本文前掲）で「五一二頁に及ぶ巨冊を、果たして魯迅はどれだけ真剣に読んで判断したのか疑問が残る」と述べている。しかし、本文で見たように、山上正義訳の「阿Q正伝」をあれほど丁寧にみて意見を述べ、増田渉訳の「家鴨の喜劇」と「風波」についても身近で読んで修正し、さらに『吶喊』も『彷徨』も増田と逐一文字を追い日本語で解釈しながら読み、魯迅の頭のなかでは日本語になっていた。もちろん佐藤春夫の訳文も読んでいる。このようにして自分の作品を読んでいた当時の魯迅にとっては、井上訳『魯迅全集』を「ちょっと開けて見」ただけで、あのような感想をもったとしても、それほど不思議ではないように思う。付言するならば、『魯迅全集』の訳文については、井上自身が『大魯迅全集』第一巻出版に際して大幅に見直している。

（23）竹内好「日本における魯迅の翻訳」（『文学』一九七六年四月）六頁参照。松枝茂夫・竹内好編『魯迅選集』（一九五六年第一版第一刷、一九六四年改訂版第一刷、一九七三年第四刷発行）所収の「魯迅著作書目録」によれば、次の通りである。『魯迅全集』二十巻、魯迅先生紀念委員会編、一九三八年六月、魯迅全集出版社。

（24）『大魯迅全集』の翻訳に関わったのは、井上紅梅、松枝茂夫、山上正義、増田渉、佐藤春夫、鹿地亘、日高清磨瑳、小田嶽夫の八名である。なお、増田は第一巻収の「吶喊」「彷徨」の一部、第二巻の「故事新編」、第六巻の「中国小説史略」「魏晋の時代相と文学」の翻訳を行っている。

（25）いきがかり上というのは、春夫の言うところをかいつまんで述べると、春夫は「はじめ改造社から本書の計画を僕に相談され」たが、「その任ではなく、且つ折からの多忙で受諾出来ないといふ」ことで、増田渉を推薦。ところが「改造社も快く認めてくれたが、但君が全然無名の士である点を惧れて、君のために僕にも仕事の一半を負へといふのであつた」という経緯を指す。

（26）増田には、「『世界ユーモア全集（12）支那篇』に収録された阿Q正伝」の訳があるが、その訳文を使わずに、林（山上）訳を使っている。

（27）勝山稔の「井上紅梅の研究」（本文前掲）によれば、当時、井上紅梅は東京に住んでいたが、困窮した生活を送っていたらしい。「紅梅の貧窮は眼を被うばかりで『大魯迅全集』の翻訳陣に加わった一九三八年ころは、『本郷菊坂のあまり立派とはいえぬ長屋に一人住み……三、四冊の本と一升ビンのころがっている荒寥たる部屋で、酒と執筆に明け暮れていた』という」（百四十八頁）とある。

（28）『魯迅の印象』（本文後掲、角川選書版）十七頁―十八頁参照。書き込みについての研究には次の論考がある。林敏潔「増田渉直筆注釈本による『吶喊』『彷徨』の新研究―魯迅の短篇小説「孤独者」「傷逝」および翻訳『労働者シェヴィリョフ』を中心に―」（『東京大学中国語中国文学研究室紀要』第十七号、二〇一五年一月）

（29）公表された手紙は、一九三二年一月十六日、同五月十三日、同五月二十二日、一九三三年三月一日、同六月二十五日、同七月十一日、十一月十三日、一九三四年一月八日、二月二十七日、同五月十九日、一九三五年一月二十五日、同四月九日、同六月十日、一九三六年二月三日、三月二十八日、同九月十五日付けの計十六通。なお、一九三三年六月二十五日の手紙のなかには井上紅梅への言及があり、「井上紅梅君は上海に来て居ります。こんなテロを調べて何か書くのでしょう。併しそれは中々たやすくわかるものではない」とある。なお、「テロ」は原文通りである。

（30）勝山論文でも「削除箇所が復元されたのは増田渉『魯迅の印象』（角川書店、一九七〇年）から」と述べている。

（31）岩波版『魯迅選集』（注22参照）では、この手紙の全文が未収録である。

（32）勝山稔も「改造社版『魯迅全集』をめぐる井上紅梅の評価について」（本文前掲）で、増田渉は井上の生前にはこの手紙を公表していないことを指摘している。なお、井上紅梅に不満をもった魯迅の手紙で、増田がその箇所を削除して公表しなかった手紙はもう一通ある。問題の手紙の前便にあたる一九三二年十一月七日付けの手紙である。井上紅梅の生前には削除されて公表されなかった箇所は次の通りである。「井上紅梅氏に拙作が訳されたことは事は僕にも意外の感がしました。同氏と僕とは道がちがひます。併し訳すと云ふのだから仕方がありません。先日の同氏の『酒、阿片、麻雀』と云ふ本を見たら、もー一層慨嘆しました。併しもう訳したのだから仕方がありません。今日『改造』に出た広告をも拝見しましたが作者（魯迅自身）は非常にえらく書かれて居ます。これも慨嘆すべき事です。つまりあなたの書いた『某伝』（『魯迅伝』）は世の中はどんな妙な事でしょう。／僕は『小説史略』もあぶないと思ふ（誰かが先に訳して出版するかもしれないという意味）」。この引用文の（　）内のことばは増田の注記である。もう一点、ここで「僕は『小説史略』もあぶないと思ふ」という魯迅のことばに、増田が注意書きしていることについて、勝山稔は「これも前後の文脈から見るに『小説史略』の翻訳の恐れがあるのは、井上紅梅ただ一人を指すに他ならない」と述べているが、はたしてどうなのだろうか。この点については、井上泰山に「増田渉と辛島驍～『中国小説史略』の翻訳をめぐって～」（『関西大学東西学術研究所紀要』第四十五輯、二〇一二年四月）があり、井上泰山はここで魯迅が想定していた人物は、増田と東京帝国大学文学部支那文学科で同級生だった辛島驍ではないかと推論している。辛島は魯迅とも面識があった。「増田渉よりも先に、一九二六年に早くも北京で魯迅と面会し、その後、京城大学に職を得た後にも二回にわたって上海で魯迅と会い、『中国小説史略』の翻訳を申し出てその許可を得ていた」（三十四頁）とある。ここに見る増田自身の注記は、井上紅梅や辛島驍を含め、当時、『中国小説史略』に関心をもち、翻訳しようとしていた人たちがいたということを述べているにすぎない。

(33) 佐藤春夫訳「故郷」のあとがき「原作者に関する小記」(『中央公論』一九三二年一月)百八十二頁参照。さらに、春夫は「改造社社長の山本実彦に直々送りつけて掲載許可をかちと」る、「未曾有の努力をした」と伝えられている。三宝政美「佐藤春夫の隠れた功績――増田渉のこと」(『定本佐藤春夫全集(第二十九巻)』月報十一、臨川書店、一九九九年二月)参照。

(34)『中国小説史略』翻訳時に、増田渉が受け取った魯迅の手紙は、次の書物に収録されている。伊藤漱平・中島利郎編『魯迅・増田渉師弟答問集』(汲古書院、一九八六年)。例言によると、「本書は、増田渉がサイレン社版『支那小説史』および改造社版『世界ユーモア全集』第十二巻支那篇等を邦訳するに当たり、昭和七年(一九三二年)から同十年にかけての数年間に、師と仰ぐ魯迅との間に取り交わした質疑応答書の現存するもの約八十点を影印し、これに釈文を附したものである」。本書には、松枝茂夫「序」、さらに詳細な中島利郎の「解説」、伊藤漱平の「跋―『魯迅・増田渉師弟答問集』成書の縁起」が収録されている。

(35) 魯迅の作品以外では、郁達夫「二詩人」、張天翼「皮帯」「お手軽恋愛嘶」、さらに「今古奇観」「儒林外史」「笑林広記」「民間伝説」から作品が一、二編選ばれて訳されている。

(36) 同書の翻訳について、増田渉は「訳者の言葉」で、次のように述べている。「此の反訳について一言すれば、訳者は嘗て上海に於いて、著者からその訂正版の原稿により小説史の講義をうけたのであるが、毎日約そ三時間を著者の寓居に過して数ヶ月を要し、且つ講義を聴き且つ釈訓をノートした。いまそのノートに基づいてこの反訳文を試みたが、反訳中にまた疑問を生じた場合、一々之を通郵を以て著者に正し、かくて凡そ二ヶ年にして訳文の完稿を見るに至つた」(七頁)。また、同書の最後の頁には、出版までの苦労を次のように述べている。「此の訳注書の印刷校正は甚だしく面倒なもので、余は一人これが為めに忙殺され、屡々校正のすすまざるを嘆じた。その時畏友法政大学講師松枝茂夫兄は余を鼓励して校正のことを助けられ、その間また訳文及び注釈の修訂に関しても毎に有益な助言を與へられた」と。魯迅との出会いから数年、増田が魯迅の翻訳や研究、そして出版にいかに忙殺されていたかが伝えられている。

(37) これ以降、戦前に出された魯迅の主な翻訳書および研究書には、次のようなものがある。増田渉訳『支那小説史』(天正堂、一九三八年)、井上紅梅訳『阿Q正伝』(新潮社、一九三八年)、小田嶽夫著『魯迅伝』(筑摩書房、一九四一年三月)、竹内好著『魯迅』(日本評論社、一九四四年十二月)。

(38) 筆者所蔵版は、一九三九年六月第八刷発行である。

(39) 初出は一九六四年七月『図書』。「魯迅雑記」(『魯迅の印象』角川書店、一九七〇年収録)参照。

(40)『魯迅選集』所蔵の「藤野先生」について、筆者は次の論考を発表した。「虚構・翻訳そして民族―魯迅「藤野先生」と頼和「高木友枝先生」―」(『中国文化研究』第二十四号、二〇〇八年三月)。本部第二章参照。

(41) 楊雲萍文庫の調査については国立台湾大学図書館の阮紹薇さんにお世話になった。記してお礼申し上げる。

(42)『大魯迅全集』は、龍瑛宗や楊逵が所蔵していたことが知られているし、国立台湾大学図書館にも所蔵されているので、台湾人にとっては入手が困難ななかでも、知識人層のあいだでは一定の普及があったと考えられる。なお、楊逵の手元にあった魯迅関係書は、日本人警察官入田晴彦の遺品のなかにあった。張季琳「楊逵と入田春彦～台湾人プロレタリア作家と総督府警察官の交友をめぐって」(『日本台湾学会報』創刊号、一九九九年五月)参照。

(43) 筆者の管見するところでは、『魯迅選集』、『大魯迅全集』の他に、この写真が巻頭を飾る魯迅関係書には、次の書がある。小田嶽夫著『魯迅伝』（筑摩書房、一九四一年。改訂版、乾元社、一九五三年）、増田渉著『魯迅の印象』（大日本雄弁会講談社、一九四八年版未見。講談社ミリオン・ブックス、一九五六年）、『魯迅選集』第一巻（岩波書店、一九五六年初版、一九七三年改訂版第八刷）、小田嶽夫著・范泉訳『魯迅伝』（爾雅社出版、一九七八年。本書は一九四六年開明書店出版の復刻版）。但し、小田嶽夫著『魯迅伝』とその范泉訳『魯迅伝』は、「魯迅肖像及内山完造氏宛絶筆」として二枚重ねて巻頭に飾られている。『台湾文化』を飾った一枚の写真とは考えられない。

【補注】
陳慕真さんの協力を得て、国立台湾文学館の『魯迅選集』と『大魯迅全集』の所蔵状況を調査して頂いた。次の通りである。『魯迅選集』は、陳火泉（高山凡石）と黄得時より寄贈されており、前者は昭和十三年一月第六版、後者は昭和十年六月初版本である。『大魯迅全集』は、龍瑛宗より全七巻寄贈されている。

II

台湾人「内地」留学生たちの文学——『フォルモサ』

第一章　台湾芸術研究会の結成——『フォルモサ』の創刊まで

はじめに

一九三〇年代に東京で台湾人留学生が中心となって発行した『フォルモサ』は、台湾文学史のうえではよく知られた文芸雑誌である。ただし、号数からいえばわずか三号発行されたにすぎない。創刊は一九三三年七月で、第三号の発行は翌年六月である。『フォルモサ』は、このように短命であったが、その評価はすこぶる高いものがある。たとえば、河原功は「台湾新文学運動の展開」のなかで、東京での『フォルモサ』の「活動が外的刺激となって、一九三三年十月に台北で「台湾文芸協会」の結成をみ」、「さらに台湾芸術研究会と台湾文芸協会の活動が要因となって、三四年五月台中に画期的な全島的文芸組織『台湾文芸連盟』が結成されるに至り、台湾新文学運動の最盛期を迎え」たとして、「台湾芸術研究会の果たした役割は、決して小さくない」と述べている。河原がこれを書いた時点では「創刊号は未見」となっている。その後、『フォルモサ』全三号は、東方文化書局から復刻『新文学雑誌叢刊』として出版され、今日では容易にみることができるようになっているが、河原の見解は正鵠を射ている。ただ、前述したごとく創刊号がみられるようになったいまでは、より詳細な考察が求められよう。[1]

さて、河原によって上記のような評価がなされた『フォルモサ』であるが、その後、研究はほとんど進んでいない。『フォルモサ』をめぐる文学活動は、いまなお十分に明らかにされず、漠然とした理解のもとに置かれている。ここでは、管見する資料をもとに、まず『フォルモサ』グループの東京における活動を跡づけてみよう。なお、ここに使用する『フォルモサ』グループとは、『フォルモサ』の発行に同人として関わったメンバーを便宜上総称して指していることを断っておきたい。

『フォルモサ』グループの足跡については不明な点が多い。原因は、『フォルモサ』を発行した中心人物である、蘇維雄(補1)や張文環(補2)、呉坤煌(補3)らが、関係者の一人一人について詳細を語っていないことによる。あるいは台湾文学が時代の激動に翻弄されるうちに、その機会が半ば永遠に失われてしまったともいえよう。しかしながら、『フォルモサ』の同人でジャーナリストであった劉捷が、近年『我的懺悔録』(2)を出したこと、また、台湾文学とも具体的に関わりのあった中国詩人、雷石楡に視点をおいた、檜山久雄と北岡正子らによる左翼作家連盟東京支部に関する研究(3)が発表されたことなどによって、従来の漠然とした理解から一歩踏みだした推論が可能になった。さらに最近、盛岡在住の宮沢賢治研究家、板谷栄城によって盛岡時代の王白淵についての研究(4)が発表されたことも大きな収穫である。以上のような研究状況を前提として、以下『フォルモサ』グループの足跡を辿りながら、『フォルモサ』の創刊までを追ってみたい。

一　台湾芸術研究会の結成

よく知られるように、『フォルモサ』は台湾芸術研究会の機関誌として創刊されたが、この研究会は当時不穏な団体として警視庁から徹底的に監視されていた。つまり、台湾人留学生の左翼運動の一環を成す団体として監視を受けていたのである。当時の『特高月報』[5]（内務省警保局保安課）には、一九三三年四月号に「在留朝鮮（台湾）人の運動状況　二、台湾芸術研究会状況」として、以下の記事がある。

在京台湾人呉坤煌、王白淵、施学習は客年八月（注、一九三二年八月）警視庁に於て検挙壊滅に瓩したる「東京台湾文化サークル」の再建に関し其後奔走協議中の処最近十数名の同志を獲得し、三月二十日台湾芸術研究会の名称の下に発会式を挙げ帝大生蘇維熊を責任者に任命すると共に会則草案並同志諸君と冒頭せる機関紙「フォルモサ」発行に関する檄文を印刷各方面に配布せるが部門及委員等未決定なり。

さらに、同報翌月号の同欄には、該会の委員が次の通り決定されたことが記載されている。

在京台湾人により三月二十日結成せる台湾芸術研究会（四月々報参照）は五月十日呉坤煌、王白淵外八名本郷区西竹町七張文環宅に集合協議会を開き予て未決の委員等左の如く決定す。尚機関紙「フォルモサ」の発行は九月迄延期することとなれり。

委員　編輯部長　蘇維熊　　部員　張文環　　会計　施学習　同　呉坤煌

以上の引用から、台湾芸術研究会は、「東京台湾文化サークル」の再建として結成されたことがわかる。このことは『台湾総督府警察沿革誌』[6]（以下、『警察沿革誌』と略称）にも、……文化サークル再建に奔走し居りし、魏上春、張文環、呉鴻秋、巫永福[補4]、黄波掌等は、合法組織として台湾芸術研究会の結成に努め、会員の募集に努めたる結果、昭和八年三月二十日、蘇維態を責任者として発会式を行ひ、次の如き会則案及宣言書を発表せり。（「東京　台湾芸術研究会の結成」）

と、ほぼ同様の記載がみられる。

では、「東京台湾文化サークル」の再建運動とはなにか。『警察沿革誌』によると、「東京台湾文化サークル」（以下「文化サークル」と略称）は、一九三二年三月二十五日に「日本プロレタリア文化聯盟（コップ）指導下」の文化サークル組織として最初結成された。その後、文化サークルは、「昭和七年七月暑中休暇に入るや王白淵（注、当時、岩手県女子師範学校教諭。王については後述する）は再び上京し、サークルの活動に関し奔走し、七月三十一日呉坤煌、林兌、張文環等と会合し、差当りニュースの発行を行ひ、宣伝活動に進出し、同志を獲得すると同時に機関紙発行基金の募集を行ふべく決定し、ニュース発行担当者を呉坤煌とし、八月十三日創刊号七十部を作成して在京同志、台湾人留学生、並びに島内同志に頒布せり」と活発な活動を開始した。この時発行された『ニュース』創刊号は、今日では『警察沿革誌』で主要記事のみみることができる。「吾々の文化サークルを大きくしよう」と題された以下の記事は、文化サークル結成の目的について次のように述べ、台湾青年に檄を飛ばしている。

吾々の文化サークルは文芸（文学、美術、映画、音楽、演劇）等に興味を持ち、台湾の文化問題に興味を持ちつゝ、ある東京台湾青年の集りだ。だから文芸に興味を持つ台湾青年は、続々吾がサークルに加入すべきである。勿論京都とか岩手とかの如き地方の台湾青年も加入することを大歓迎する。そして斯くの如き地方の台湾青年がそこでもサークルを作つたらこの上なきことである。（中略）……吾々は吾々の手に依つて台湾の真の文化を建設して行かなければならぬ。我々東京台湾青年文化サークルの結成はさう言つた現実の要求からでもある。

吾々は延いては台湾に於ける正しいプロレタリア的文化組織の結成を促進し、助成するであろう。在東京台湾人学生はどしどしこのサークルに入れ、そして我々の文化サークルを大きくしよう。同郷会にも各学校の台湾人会にもサークルのニュースを持ち込んで兄弟達の話題に上せ！

以上の引用からもわかるように、文化サークルはプロレタリア文化活動の一翼をになう非合法組織であった。だが、文化サークルの活動はこの『ニュース』創刊から三週間も経たないうちに「検挙壊滅」させられてしまうことになる。先に引いた『特高月報』の「客年八月警視庁に於て検挙壊滅に皈した」とはこの間のことを指すが、「検挙壊滅」は正確には「八月」ではなくて、以下に引くように（同『台湾総督府警察沿革誌』）「九月」であった。

台湾文化サークルは斯くて組織の発展、ニュースに依る宣伝に努めしが、九月一日震災記念日に際し反帝デモを敢行中の数十名の労働者は板橋憲兵隊員に逮捕せられ、其一人は葉秋木なること判明し、葉秋木を取調べたる処、台湾文化サークルの存在発覚し、林兊、呉坤煌、張文環、張麗旭等を追求の結果、サークルの状況略判明し、殊に呉坤煌は昭和七年二月日本共産党資金局の活動に参加し台湾人学生を対象に活動し、且つ赤旗（日本共産党機関紙）を広く配布し居りし事実判明せり。

此の検挙の為に台湾文化サークルの活動も萌芽にして摘取らる、結果となりたり。

結局、文化サークルの活動は、「第二回ニュースは呉坤煌の手により八月二十日本郷西竹町張文環方に於て編輯会議を開きしが、九月一日反帝デモに参加せる葉秋木の検挙により本組織発覚し、遂に発行にいたらざりき」ままに「検挙壊滅」させられたのである。

しかし、このときの「検挙壊滅」は、「壊滅」とはいっても一時的なもので、文化サークル再建の動きはほとんど時を置かず再び開始され、台湾芸術研究会の結成へと向かうのである。ここで、引用文中にみる葉秋木の検挙から台湾芸術研究会の結成にいたる過程を、『警察沿革誌』によって時系列で追ってみよう。[7]（特に『特高月報』にみるものはその旨『特』と注記した）なお、『警察沿革誌』のなかに文化サークルのメンバーとして名前があがっている人名は、王白淵、林兌、呉坤煌、葉秋木、張麗旭、張文環、林衡権、翁廷森、張水蒼、呉遜龍、謝栄華の十一名である。

（一九三二年）

九月一日　震災記念反帝デモ。葉秋木逮捕され、台湾文化サークルの存在発覚。

九月二十二日　林兌、呉坤煌、張文環検挙取り調べ。同日、岩手県で王白淵逮捕。[8]（『特』昭和七年十月号）

十月十四日　王白淵釈放（『特』昭和七年十月号では、釈放の予定となっている）、教諭を免職となる。

十月下旬　林兌、呉坤煌、張文環釈放。

これをみると、林兌、呉坤煌、張文環の三人は九月二十二日に検挙され、十月下旬まで約一か月拘禁された。釈放ののち、林兌は「昭和四年四月十六日、日本共産党台湾民族支部日本特別支部員として検挙せられ」「昭和六年三月保釈出所とな」っていたことが判明して、保釈取り消しとなり、十一月四日に再逮捕されてしまう。[9] しかし、呉坤煌と張文環のふたりはほどなく文化サークル再建の準備に従事している。

十一月十三日　文化サークル再建準備。第一次再建準備会、於神田神保町中華第一楼。林添進、魏上春、巫永福、柯賢湖、呉鴻秋、呉坤煌、張文環参加。

十一月十五日　第二次再建準備会。於本郷区西片町、巫永福の下宿先。魏上春、柯賢湖、呉鴻秋、巫永福、張文環、荘光栄、陳某の七名が参加。[10]

十一月二十五日　第三次再建準備会。於巫永福の下宿先。

十一月二十七日　教諭を免職され上京した王白淵の慰安会。於淀橋区相木町[11] 黄宗葵経営料理店[12] 林添進、張文環、呉坤煌、呉鴻秋、魏上春、黄波堂らが参加。

再建の準備は、上記の如く十一月中に一気に進められている。この間の事情については、ここに引いた『警察沿革誌』の記事より詳しいものは管見するところ見当たらない。また、関係者の証言からも目新しいものはなにも出ていない。それゆえ、『警察沿革誌』の記事に依拠せざるを得ないが、文化サークル再建の準備は最初から対立が表面化している。すなわち、十三日の最初の会合で、「文化サークルは『コップ』に所属せしめ、非合法組織として結成すべし」と主張する魏上春、柯賢湖、呉鴻秋らの非合法路線派と、「再び非合法組織として吾々が之に参加するに於ては、直ちに弾圧を受くるのみならず、一般台湾人学生も之に参加を躊躇すべし、故に当面の暫定方針としては合法組織となし、其発展の間に於て非合法の実質的活動を併行せしむべきなり」と主張する呉坤煌、張文環らの合法路線派が対立したのである。両者の論争は翌々日の十五日に持ち越され、非合法路線派の強硬姿勢はつづいたが、結局、「論争の結果、過渡的形態として合法組織を以て結成準備を進行するに決定」したのである。第三次再建準備会では、早くも合法組織の結成に向けて具体的な討議が行われている。ただ、対立のくすぶりは、二十七日の王白淵慰安会の場で林添進[13]が張文環を批判するという形でつづき、王白淵が「客観状勢と主観勢力の関係を説き、暫定的に現方針を以て進むべき旨を力説し」たにもかかわらず「意見対立の儘散会」した。結局、文化サークル再建は激しい意見の対立をみながらも、「日本プロレタリア文化聯盟（コップ）指導下」の非合法の文化サークルから大きく方向転換して、合法的な文化活動を強く打ち出したのである。

このようにして文化サークル再建の準備が進められ、ちょうど一年後に台湾芸術研究会が結成されることになった。なお、会の名称は第一次再建準備会の段階から呉坤煌、張文環らによって準備されていたものである。

その後よく知られるように、張文環は会の資金調達のためにトリオという喫茶店を経営し、同時にそこを活動の拠点とした。なお、トリオは最初神田の表猿楽町で開業したが、その後本郷西竹町に移った。

二　『フォルモサ』の創刊

『フォルモサ』の創刊について、『警察沿革誌』は次のように記す。先に引いた『特高月報』と重複する箇所もあるが全文引用してみよう。

昭和八年五月十日本郷区西竹町張文環経営喫茶店トリオに於て、呉坤煌、王白淵、張文環、巫永福、蘇維熊、施学習、陳兆栢[14]、王継呂、楊基振、曾石火等十二名会合し、編輯部員の選挙を行ひ、部長蘇維熊、部員張文環、会計施学習、呉坤煌を選出し、研究会機関紙「フォルモサ」発行に関する協議を進め、十八日編輯部員会同して創刊趣意書を作成し、広く之を頒布せり。其創刊趣意書は曩に発表せる宣言書と殆んど同様の内容のものなりき。

斯くして張文環、施学習、蘇維熊等原稿の蒐集、発行資金の調達に奔走し、昭和八年七月本郷四ノ一七平野書房に於て「フォルモサ」創刊号五〇〇部を印刷し、在京主要新聞社、図書館、各会員、島内同志等に頒布したるが、合法無難の刊行に格別の注意を払ひたる為、内容に宣伝煽動的色彩比較的乏しきものとなりたり。（「台湾芸術研究会の活動」）

引用文にみるように、「合法無難の刊行」として、昭和八年、すなわち一九三三年七月についに発行をみた『フォルモサ』創刊号は、如何なる内容だろうか。次に目次を掲げてみる。

これをみると、「創刊之辞」のほかに評論三編、詩歌八編、小説四編（翻訳ものを含む）が登載されている。言語は、詩歌の「自殺行」「春夜恨」「唖口詩人」「―詩―」の四編を除いて、いずれもみな

施学習

日本語が使われている。このことは『フォルモサ』の大きな特色である。

さて、執筆陣をみると、創刊号には五月十日の喫茶店トリオでの会合に集まったメンバーがほとんど顔をそろえている。目次に名前がみえないのは王継呂ただ一人で、彼らの『フォルモサ』創刊にかける期待がいかに大きなものであったかが理解できよう。ここにはほかに、同人では陳伝纉、呉天賞の名前があり、寄稿者として楊行東、翁鬧の名前があがっている。『フォルモサ』グループはこれでほぼ出揃い、劉捷と第三号から同人となった呉希聖のふたりが加われば全メンバーということになる。

次に『フォルモサ』の同人について、彼らの留学先をみてみよう。蘇維熊（一九〇八〜六八年、新竹県新竹生まれ）は、東京帝国大学への留学で当時は英文科の学生であった。張文環（一九〇九〜七八年、嘉義県梅山生まれ）は、東洋大学文学部に籍を置いていたようだが、学校にはほとんど顔を出していない。[15] 呉坤煌（一九〇九〜九〇年、南投県南投生まれ）は、日本大学（芸術）や明治大学（文学）になんらかの形で在籍していたようだが詳細は不明である。[16] 巫永福（一九一三年、台中県埔里生まれ）は、明治大学大学専門部文科に学んでいた。王白淵（一九〇二〜六五年、彰化県二水生まれ）は、後述するように東京美術学校を卒業して岩手県立女子師範学校教諭の職にあったが、文化サークル摘発事件に関連して免職となり、このころ無職だった。施学習（一九〇六〜九七年、彰化県鹿港生まれ）は日本大学中文科、[17] 曾石火（一九〇九〜四〇年。南投県南投生まれ）は東京帝国大学英文科、陳伝纉（不詳）

は早稲田大学[18]、呉天賞（一九〇九～四七年、台中県台中生まれ）は青山学院英文科にそれぞれ在籍している。そのほか、楊基振[補5]（一九一一～一九九〇年、台中県清水生まれ）は早稲田大学政経学科で、陳兆柏は不詳、王継呂（生没年不詳。新竹県新竹生まれ）は立教大学に在籍していた[19]。『フォルモサ』グループとしては後発の参加となった劉捷（一九一一年、屏東県屏東生まれ）は、後述するように、このころ、目白商業学校（現、目白学園高等学校）を卒業して台湾に帰っていた。呉希聖（一九〇九年、台北県淡水生まれ）は台湾にいて、留学経験はない。『フォルモサ』グループのなかでは唯一の留学未経験者である。最後に翁鬧（一九〇八～三九年ころ没[20]、彰化生まれ）であるが、彼は当時、日本大学に在籍していた。創刊号では寄稿者となっているが、その後『フォルモサ』の同人となった[21]。もう一人の寄稿者、楊行東についてはその人物がまだはっきりしていない。

以上『フォルモサ』の同人の留学先をみると、ほとんどが文科系で、しかも文学部に籍を置くものが多数を占める。このことは日本植民地時代の台湾人の内地留学について考察するとき、特に際立った現象だと指摘することができる。ちなみに、劉捷はこの現象について次のように分析している。（なお、原文の誤記と思われるところは訂正して訳出した）

「台湾芸術研究会」は一九三三年三月二十日成立し、メンバーは当時の日本留学生、呉坤煌、張文環、蘇維熊らで『フォルモサ』三期を発行した。葉石濤が『台湾文学史稿』のなかでこれらの日本留学生が芸術研究会を組織し、純文芸雑誌を発行したのは台湾新文学運動の「成熟期」であると記載しているのは正しい。なぜなら、この留学生グループの大部分は文学愛好者で、たとえば蘇維熊（東大英文科）、曾石火（東大仏文科）、施学習（日本大学中文科）、巫永福（明大文芸科）、王白淵（東京美術学校）、張文環（東洋大文科）など、正式に大学で文学を専攻した青年たちであるからである。かつての台湾留学生が学んだ学問は法律（卒業後弁護士）、医学（卒業後開業医）で、経済力で社会的地位を得ることを目的としていた。ただこのグループだけが文学を志し、張文環、呉坤煌、曾石火、巫永福らのように日本文壇の作家となることに志を置いていた人々もいた。こうしてみると、時代の転換によって、台湾人の思想文化は政治の現実からさらに飛躍して、精神文化を追求する新しい段階に踏み込んだともいうことができよう。（前掲書『我的懺悔録』）

劉捷はここで、『フォルモサ』グループの留学の志向をかつての台湾人留学生のそれと比較して、顕著な特色がみられること、すなわち法学、医学といった実学から、「精神文化を追求する」文学へと大きな変化がうまれたことを指摘している。さらに重要なことには、劉捷はこの現象に「時代の転換」をみているのである。

では、どのような経緯で彼らは『フォルモサ』に集まったのだろうか。以下、主要メンバーの王白淵、張文環、呉坤煌、巫永福、劉捷らが知り合った過程をみてみよう。

『フォルモサ』グループのなかで最も先輩格なのは王白淵である。東京への留学も王が最初で、一九二五年四月に台北師範学校を卒業し、その後東京に留学した。本稿の冒頭に述べた板谷栄城の調査によると、王は「一九二六年三月に東京芸術大学の前身である東京美術学校図書師範科を卒業している」。その後、岩手県女子師範学校教諭となったことはこれまでも知られていたが、板谷によると、同校への着任はその年の「一九二六年十二月十五日」ということである。[22] ついで来日の早い順番に述べてゆくと、張文環が比較的早い時期に日本に来ており、二七年に岡山中学に入学している。[23] 次は劉捷で、屏東公学校高等科を卒業してすぐに『台湾新聞』の高雄支局で見習い記者をしていたが、二八年の夏に来日し、目白商業学校夜間部（五年制）の三年に編入している。呉坤煌と巫永福の来日は翌二九年で、おそらく呉坤煌のほうが少し早い。呉の来日の経緯については『大阪朝日新聞』「台湾版」（一九三七年三月十二日付け）に「台中師範に在学中民族解放運動に身を投じて卒業間際に退校処分に付され、昭和四年三月上京」とみえる。巫永福はこの年、台中一中を卒業、名古屋五中（現、愛知県立瑞陵高等学校）に進んだ。[24] こうして二九年には上記五名の全員が来日している。

台湾では交流のなかったと思われる彼らが、来日後、交流をはじめるのはいつごろからであろうか。はっきりしているのは、『警察沿革誌』にみる次の記載である。

此頃（昭和五年春）岩手県女子師範学校教諭の職にありたる王白淵は詩集「荊棘の道」（注、正確には『蕀の道』）を出版し、左翼文壇に名を知らるゝに至り、在京左翼青年林兌、呉坤煌等と文通を初め、自然両者の間にプロレタリア芸術運動に関する意見交換せられ昭和七年二月台湾プロレタリア文化聯盟結成に関する計画を提案する迄に発展せり。

これによると、まず王白淵と林兌、呉坤煌とのあいだで交流がはじまっている。彼ら三人の交流は、王の詩集が出版されてのちに文通の形ではじまった。『蕀の道』（盛岡、久保庄書店）の出版は三一年六月であるから、それ以降ということである。なお、引用文には、王は詩集の出版で「左翼文壇に名を知らるゝに至」ったとあるが、「左翼文壇」がなにを指すのかは不明である。これに関して、当時のプロレタリア文学系の雑誌（詩雑誌を含む）をいくつか調べてみたが、いまのところ詩集の書名すら見いだせない。ただ『蕀の道』に「序」を執筆した（日付は「一九三一年一月十七日」）のは、よく知られるように謝春木である。謝は当時、台湾新民報社編集部にいて在京台湾人の間で名の通ったジャーナリストであったから、詩集の出版が林兌らに知られるのは容易であったとも考えられる。その

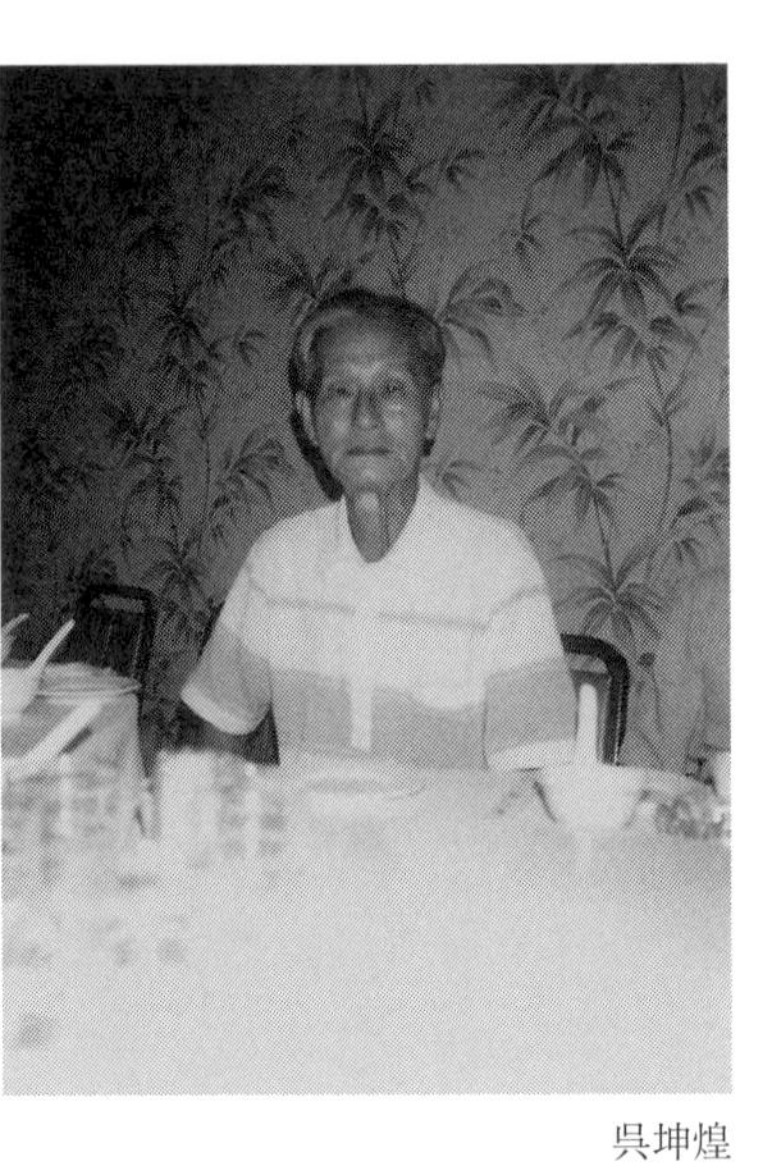
呉坤煌

後、彼らが「台湾プロレタリア文化聯盟結成に関する計画」の件で実際に会するのは、同じく『警察沿革誌』によると、翌年三月で、王白淵が「仙台より上京して」林兌と会い、「更に三月二十五日」には「林兌、葉秋木、呉坤煌、張麗旭と会同し」ている。[25]

では、林兌と呉坤煌はどういう関係にあったのだろうか。先に『警察沿革誌』から文化サークル検挙の際の記載を引いたなかに、呉は「日本共産党資金局の活動に参加し台湾人学生を対象に活動し」たとの記事がみえるが、林は「日本共産党台湾民族支部日本特別支部員」(『特高月報』昭和七年十一月)として活動していたことから、ふたりは王白淵と知り合う以前からの旧知の間柄であったと考えられる。

張文環と呉坤煌はどのようにして出会ったのだろうか。張は一九三一年に岡山中学[補6]から東洋大学文学部に進んでいる。彼らが知り合ったのは呉坤煌によると「筆者は南投の同郷で一緒に下宿していた荘光栄の紹介により、民国二一年(注、一九三二年)の初春の頃に東京本郷区一丁目西竹町の文環兄の岳父の家で知り合った」とある。[26]岳父の家とは張文環の妻、定兼ナミの実家を指す。ふたりを引き合わせた荘光栄は、やはり呉坤煌によると呉や曾石火、巫永福と同じ台中一中に学び[補7]、卒業後日本歯科医学専門学校に留学した。先にあげた文化サークルの第二次再建準備会参加者七名のなかに彼の名前があがっているが、それは呉坤煌の誘いによるという。

巫永福は三二年に名古屋五中を卒業すると、のちほど改めて述べるが、再建された明治大学大学専門部文科に入学している。巫永福と『フォルモサ』の関係は張文環との出会いから生まれた。明治大学に入学し文芸雑誌の発行を夢見ていた文学青年の巫は、張と知り合った経緯を「筆者が彼と知り合ったのは民国二一年（注、一九三二年）の年初で、筆者は彼が同好の士であることを知って、彼を東京市本郷区元町の寓居に訪ねてからのことである[27]」と書いているが、このとき雑誌の発行を相談したようである。ただ、三二年の「年初」というのはどう考えるべきなのだろうか。少なくとも巫が上京してからのことであろうから、明治大学での新学期がはじまったころと理解できないだろうか。ともあれ、巫永福は結果的には張文環に誘われ文化サークル再建の当初から準備に加わることとなった。グループでは、最年少でちょうど二十歳になったばかりのころであった。

劉捷が『フォルモサ』と深い関係を持つようになるのは、創刊号の発行以降のことである。三二年三月に文化サークルが結成されていよいよ活動がはじまろうとしていたころ、劉は目白商業学校での学業を終え、その年の夏に帰台した。本来ジャーナリストの劉は、先述したように帰台後台湾新聞に戻り、屏東支社の記者となっている。『フォルモサ』での劉の文筆活動については注目すべきものがあるが、『フォルモサ』創刊までの役割においては、劉には注目すべき点はなにもない。

以上、まだまだ不明な点や不確かなことが残されているが、台湾芸術研究会の結成から『フォルモサ』の創刊までの経過を述べてきた。同時に『フォルモサ』に集まったメンバーの動きについても管見する資料をもとに素描してみた。最後に、先述した巫永

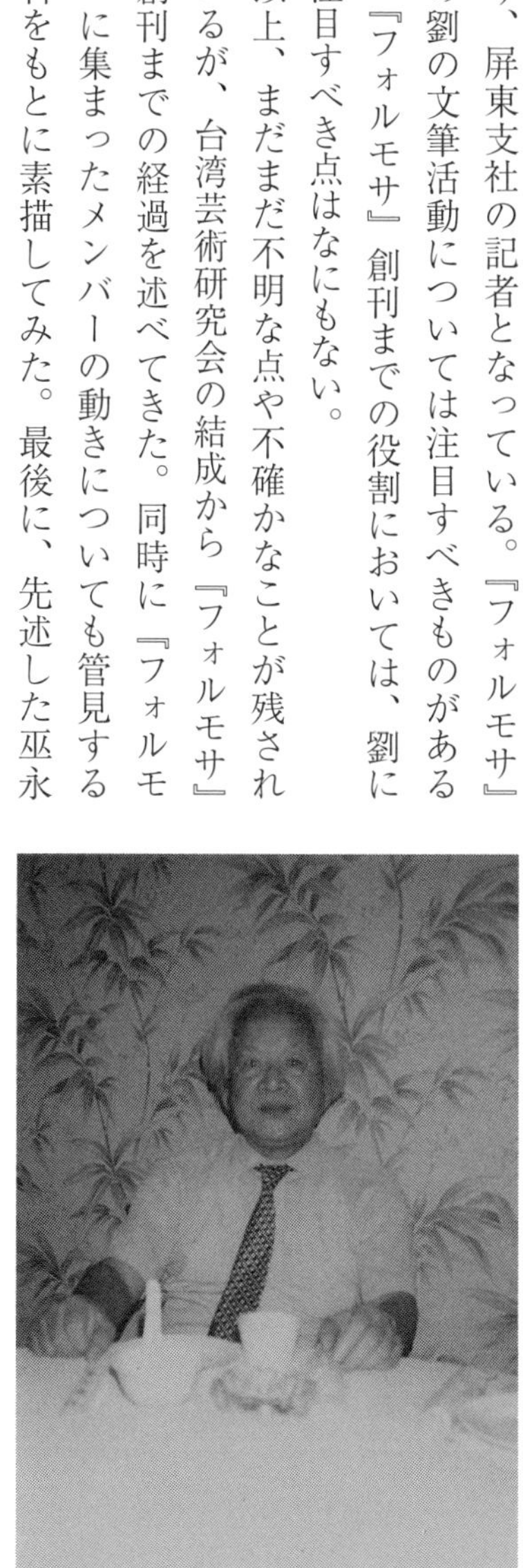

巫永福

劉捷

福の明治大学大学専門部文科入学に関して少し触れ、本章の締めくくりとしたい。

巫永福は、「悼張文環兄回首前塵」（『張文環追思録』参照）のなかで、次のように述べている。（原文は日本語）

> 当時の明治大学文芸科の科長は日本の有名な大小説家山本有三でその名はかつて一世を風靡した。名高い小説家菊池寛が講義にきたし、その他たくさんの有名な人士がいた。たとえば、小説創作の教授に里見弴、横光利一、舟橋聖一、戯曲の創作と理論の教授に岸田国士（戦争中日本政府の文科部長に任じた）、豊島與志雄、新詩の教授に室生犀星、萩原朔太郎、評論の教授に小林秀雄、阿部知二、フランス文学は辰野隆教授、ロシア文学は米川正夫教授、ドイツ文学は茅野教授、英米文学は吉田教授、相対性理論は石原純教授、音楽は山田耕筰教授より概論を、その他生物学などは当時の日本の権威ある学者によって教えられたが、こうしてみると、その時の山本科長の抱負がいかほどであったかがわかる。しかも彼は実地の教育を重んじ、正規の授業時間中にわたしたちは教授につれられて「築地小劇場」の参観に行ったり、チェホフの「桜の園」や菊池寛の「父帰る」などを観劇したり、また歌舞伎の「勧進帳」や「忠臣蔵」などをみたことがある。

巫は、彼が学んだころの明治大学、とりわけ専門部文科の教授陣がいかに錚々たる陣容にあったかを強調しているが、彼が入学した一九三二年、すなわち昭和七年は明治大学に専門部文科がちょうど再建された年にあたる。『図録・明治大学百年』[28]によると、明治大学では「明治三六年、明治法律学校から専門学校令による明治大学に改称された時、商学部と共に文学部は新設をみたが、時運に抗しがたく二・三年で中止にな」り、「昭和七年晴れて復活」したとある。ここにいう「復活」がすなわち専門部文科の再建にほかならず、それは「昭和六年、本学五十周年記念祝典を契機に」起こったとある。こうして再建なった専門部文科は「文芸科は一部に史学科は二部で出発した」。巫永福はこの再建早々の文芸科に入ったのである。参考までに当時の文科専門部文芸科の教授陣をみると、『明治大学・１９５６』[29]に「専門部時代の文芸科は、他の大学の文科と異って、作家やジャーナリストの養成という特殊な目標をかかげ、初代科長山本有三氏をはじめ当時の文壇の第一線に教壇に立ってもらった」とある通り、確かに先に巫永福があげた文学者の名前がずらりと並んで偉容を誇っている。[30]こうした状況は、『フォルモサ』の文学を考察するうえで見逃せない時代的な雰囲気でもあるのである。

【注】

（１）「台湾新文学運動の展開―日本統治下台湾における文学運動①―」（『成蹊論叢』十七、一九七八年十二月）参照。該論は、河原功著『台湾新文学運動の展開　日本文学との接点』（研文出版、一九九七年十一月）に収録されている。

（２）劉捷著『我的懺悔録　一個歴経日拠時代、中日戦争、台湾光復、反共戒厳時期所遭遇的台胞之手記』農牧旬刊社。発行日は記載されていない。「序文」の日付は一九九四年一月である。さらに、一九九四年に春暉出版社より『台湾文化展望』が出版された。

（3）檜山久雄「日本語詩人雷石楡のこと―日中近代文学交流史の一断面について―」（『中国文学の比較文学的研究』汲古書院、一九八六年三月収録）、北岡正子「『日文研究』という雑誌（上）―左連東京支部の縁辺―」（『中国―社会と文化』第三号、一九八八年六月）、同「『日文研究』という雑誌（下）―左連東京支部文芸運動の暗喩―」（同第五号、一九九〇年六月）。さらに、一九九七年十月に北岡正子「雷石楡『沙漠の歌』」（『日本中国学会報』第四十九集）が発表された。

（4）小川英子・板谷栄城「盛岡時代の王白淵について」（中島利郎・野間信幸編『台湾文学の諸相』緑蔭書房、一九九八年九月収録）

（5）一九七三年、政経出版社復刻参照。

（6）『台湾総督府警察沿革誌（三）』（南天書局、一九九五年六月）参照。該書は一九三九年七月に台湾総督府警務局から発行された『台湾社会運動史』の複刻版。全5冊。

（7）李筱峯著『二二八消失的台湾菁英』（自立晩報社文化出版部、一九九〇年二月）によると、葉秋木は一九〇八年に屏東で生まれ、中央大学卒業となっている。二二八事件での犠牲者の一人である。但し、「葉郭一琴女子訪問記録」（許雪姫記録『口述歴史第三期　二二八事件専号』一九九二年二月）によると、葉秋木は、一九〇七年九月二十四日に屏東に生れ、中央大学法学部に学んだとある。そして、戦後、屏東市参議員となるが、二二八事件で、三月十二日に屏東市の郵便局の前で銃殺された。

（8）注（4）に掲げた小川・板谷論文には、『岩手日報』（一九三二年九月二十五日付け）に掲載された王白淵逮捕の記事が全文引用されている。それによると、王の逮捕理由は呉坤煌らの文化サークルの運動への資金援助が当局に探知されたものとして次のように記されている。なお、同記事中にみる「呉文惶」は、いうまでもなく「呉坤煌」である。

「（前略）本年八月一日『台湾民族解放運動文化サークル』（注、「東京台湾文化サークル」を指すものと思われる。このサークルの結成は本文中に述べたように三月二十五日で、『ニュース』の創刊は八月十三日である。）なる秘密結社を作りパンフレットの出版その他に着手したが運動資金に欠乏を来たした為め親交ある岩手県盛岡市天神町字久保田三一岩手県立女子師範学校講師台湾人王白淵（三一）から資金数百円を数度に亘つて援助を受けながら連絡をとると共に屡々拡大強化に暗躍せんとした矢先この程に至り警視庁に探知されたものである。（後略）」

また、この時の王の検挙について、板谷栄城氏は王の女子師範学校時代の教え子をたずね歩き、聞き取り調査の結果を次のように伝えている。

「この検挙は教室での授業中に生徒の面前でなされたものであり、その場面を記憶していた生徒鎌田輝（一九三五卒業）氏が『私服の特高が一人で来て呼出し、王先生は教室から出て行かれた。あんなひどいことをしなくても……』といって声をつまらせていた。なおその事実について学校からは何の説明もないまま休講となり、生徒間で『王先生はアカで引っ張られたそうだ』という噂が飛びかったという。また王白淵から詩集『蕀の道』を貰ったある生徒は『寄宿舎で上級生から、そんな本を持っていると警察に睨まれる、といわれて破棄した』と語っていた。」

（9）内務省警保局保安課『特高月報』昭和七年十一月号によると、林兌は台中州の出身で、当時林衆生を名乗り、二十六歳であった。

（10）陳某とは陳水蒼であろう。呉坤煌「懐念文環兄」（『台湾文芸』総八十一号、一九八三年三月）によると、陳水蒼は呉坤煌に誘われてこの第二次準備会に参加したとある。呉の国民小学校時代からの友人で、台中一中に学び、東京帝国大学の法学部に留学した。

（11）「相木町」は「柏木町」の誤植。

（12）黄宗葵は、のち台湾芸術社を設立し、大衆娯楽雑誌『台湾芸術』を刊行している。河原功「雑誌『台湾芸術』と江肖梅」（『台湾文学研究の現在』緑蔭書房、一九九九年三月）および同「『台湾芸術』『新大衆』『藝華』総目次」（『成蹊論叢』三十九号、二〇〇三年三月）参照。二〇一七年十月に、河原功編著『『台湾芸術』とその時代』が村里社から出版された。

（13）『警察沿革誌』によると、林添進は台湾共産党東京特別支部指導下の学術研究会（一九二八年十二月結成）のメンバーで、この組織での立場は「東京台湾無産者新聞擁護同盟」委員長である。

（14）「陳兆栢」は「陳兆柏」の誤り。

（15）野間信幸「張文環の東京生活と『父の要求』」（『野草』第五十四号、一九九四年八月）参照。

（16）呉坤煌「懐念文環兄」（前掲注10）参照。なお、大学名や学部名は管見した資料の記載に基づいている。本稿を最初に『左連研究』に発表したときには、「来日以来、日本歯科医学専門学校や日本神学校を転々とし」と書いたが、留学先は論者によって一定しない。なお調査を要す。ただ、呉坤煌の東京での演劇や文学方面での活動については少しずつ明らかになってきた。本部三章参照。

（17）正確な学部、学科名不詳。なお、彼等の関係した学部、学科名はそのころの慣用的な名称で記載されているために正確を期すのは甚だ困難である。今後の調査に俟ちたい。

（18）呉坤煌「懐念文環兄」（前掲注10）参照。

（19）呉坤煌「懐念文環兄」（前掲注10）参照。

（20）静宜大学中文系『台湾文学史料調査研究計画（上輯）』（一九八七年六月）参照。

（21）呉坤煌「懐念文環兄」（前掲注10）参照。

（22）注（4）に掲げた小川・板谷論文によれば、王白淵が同校に赴任した経緯は東京美術学校で同級生であった「女子師範の美術教諭今井退蔵が入営のために欠員が生じ」、同校の校長久保川平三郎によって採用されたという。詳細は該論文を参照されたい。

(23) 張文環の来日。『張文環追思録』(一九七八年七月)および張文環「雑誌『台湾文学』の誕生」『台湾近現代史研究』(第二号、一九七九年八月)参照。但し、岡山中学への入学は不明である。補注2参照。

(24) 愛知県立瑞陵高等学校に問い合わせたところ、巫永福は名古屋五中第二十一期生である旨ご教示頂いた。

(25) 東京帝国大学卒業。呉坤煌「懐念文環兄」(前掲注10)参照。

(26) 呉坤煌「懐念文環兄」(前掲注10)。ついでながら、ここにあがった「本郷西竹町」は、野間信幸氏の調査によると、一九三三年二月に「東竹町と共に本郷一丁目に合併され」て町名が変わった。したがって、台湾芸術研究会の住所となっている「東京市本郷区本郷一丁目一三ノ二定兼方」は同じ妻の実家を指す。「張文環の下宿を捜す」(『中国文芸研究会会報』百五十四号、一九九四年八月)参照。

(27) 葉笛「巫永福的文学軌跡」(『台湾文学巡礼』台南市立文化中心、一九九五年四月)参照。なお、引用文にみる「本郷区元町の寓居」とは、張文環の「本郷区西竹町」の妻の実家を指す。筆者は一九九八年三月七日に草稿を脱稿後、いくつかの不明な点を巫永福氏に書信でお尋ねした。早速、四月三日に返事が届けられた。それによると、氏は西竹町の界隈も元町と思い込んでいたことがわかった。巫氏は、九六年五月に『巫永福全集』全十五巻を伝神福音文化事業有限公司から刊行され、その中でも『フォルモサ』について詳しく述べられている。今度頂いた返事に書かれていることは、その記述と大筋では重複するが、しかし先述した点も含めて初めて明確になったこともある。そこで、巫永福氏の許可を得て、以下に全文を掲げ、研究資料として参考に供することにした。(手紙の文章には句読点は付されていないので、便宜上筆者が加えた。旧字体は新字体に改めている。なお、後半部の三、四は筆者の質問の番号である。〕

〔一九九八年四月三日付け巫永福氏の書簡〕

お手紙頂きました。おたづねの件についてお答へ致します。

一九三二年三月筆者は名古屋五中を卒業、四月明治大学文芸科に父の医者志望をしりぞけて入学しました。そして小説や詩を書き初めて居りました。そのために文芸誌創刊を夢見て居りました。この時に東洋大文科の張文環氏が近くに住んで居ると聞き、五月初本郷元町にお訪ね致しました。氏は定兼なみ子一家と一緒に住んで居り、弟の張文欽も住んで居りました。恐らく結婚して居たと思ひます。西竹町は知りませんでした。僕は当時まだ十九歳の若造でした。大胆に文芸誌創刊の提議をしたところ早速賛成を頂いてすぐに友人を集め相談しませうというのが神田中華料理店の第一回集合でした。集まった人達は皆僕より年上の初対面でした。話の最中に始めて文化サークルの人達だと知り少し緊張しました。文化サークルは左翼の集団だと聞いて居り警戒致しました。文化サークルのことで王白淵氏退職、張文環、呉坤煌両氏の学業が中断したのだと聞いて居りました。このことが筆者の学業に影響をすることを恐れ、僕の提議した文芸誌が文化サークルの機関誌になることを恐れました。実際に彼等もそう主張して居りました。僕が極力反対しましたので、その日は結果なく分れました。第二回以後の集合はすべて僕の下宿の八畳間で行ひました。僕は家庭が裕富であり、大兄が名古屋医科大学に居り、後医学博士を取得、台中で永昌病院を開業しました。次兄は当時名古屋の八高に居り、後京都帝大理学部を卒業、戦後台湾大学の教授になって居ります。また父は当時埔里街信用組合長をつとめて居り地方の名望家でした。従って左翼思想は筆者には縁のないものでした。かと云って僕は右翼主義ではなく人道主義者でした。会合はいつも不調に終り、一九三三年には僕は二十歳になり積極的に王白淵、呉坤煌と合ひ僕ら学生の身分では文化サークルは学業のさまたげになると説明し承解を求めました。これについては王白淵、呉坤煌、張文環氏も経験者なので賛成、文化サークルを退けて他の留学生を誘ふことになり蘇維熊、曽石火、施学習、楊基振、陳兆柏、王継呂などの学生を加へて台湾芸術研究会を組織、文芸誌「フォルモサ」を創刊しました。檄は蘇維熊氏が起草、フォルモサの表紙は呉坤煌の設計、平野書房の賛助出版です。

名古屋五中の後身は熱田中学、戦後今の名前に変りました。

三、蘇維熊氏、一九〇八年―一九六八、台湾歌謡研究と英文学者で戦後国立台湾大学教授。施学習氏、一九〇六年―一九九七、白居易研究家、戦時台湾興南新聞社在任中召集を受南方戦線に出陣。戦後長く台北市立金陵女学校の校長でした。呉坤煌、呉天賞、翁鬧三氏は台中師範の同窓生、呉天賞氏は青山学院を卒業し、戦時中興南新聞社の社会部記者でした。

四、東京台湾芸術研究会は殆どが留学生なので、一九三五年に僕の卒業を始め皆卒業したので、台湾文芸聯盟の東京支部に名を変へたのです。一つには台湾文芸聯盟が一九三四年に成立する前、頼明弘氏が東京に僕と蘇維熊、張文環と会ひ合流を呼びかけて来ました。その時は断つて皆卒業すればといふことで、一九三五年僕が帰台して台湾文芸聯盟に入り東京は東京支部となつた次第です。フォルモサの最初からの関係者は僕が唯一の残存者ですが、僕も数へ年八十六の高齢、投稿関係者の劉捷氏は八十八歳になりました。思へばフォルモサは僕の夢でした。

(28) 明治大学創立一〇〇周年記念事業委員会歴史編纂委員会編、一九八〇年十一月発行。
(29) 出版に関する奥付の記載がない。
(30) 『昭和十年七月　明治大学一覧』明治大学事務局、昭和十年七月発行。

【補注】

（1）蘇維雄関係書に次の書がある。蘇明陽・李文卿編『蘇維雄文集』国立台湾大学出版中心、二〇一〇年十一月。

（2）張文環関係書に次の書がある。陳萬益主編『張文環全集』全八巻、台中県立文化中心、二〇〇二年三月。『【台湾現当代作家研究資料彙編】張文環』国立台湾文学館、二〇一一年三月。なお、張文環の学歴については、野間信幸氏に詳細な調査があり、現在のところ、『東洋大学一覧』（昭和五年七月一日、学友会出版部発行、全一六六頁）に張文環の名前があることを突きとめ、「張文環の東洋大学（専門部）への入学が、これで正式に確認されたことになる」と述べている。しかし、昭和六年以降の在籍記録は残っていないという。「『フォルモサ』創刊までの張文環（修訂稿）」（『磁場」としての日本　一九三〇、四〇年代の日本と「東アジア」』第1輯）参照。

（3）呉坤煌関係書に次の書がある。呉燕和・陳淑容編『呉坤煌詩文集』国立台湾大学出版中心、二〇一三年四月。なお、文化人類学者の呉燕和氏は呉坤煌のご子息で、伝記に日野みどり訳『ふるさと・フィールド・列車―台湾人類学者の半生記』二〇一二年十二月がある。

（4）巫永福関係書に次の書がある。沈萌華主編『巫永福全集』全十八巻、一九九六年―一九九九年。許俊雅主編『巫永福精選集【小説巻】』、『巫永福精選集【評論巻】』、『巫永福精選集【詩巻】』巫永福文化基金会、二〇一〇―二〇一二年。

（5）「楊基振日記」の一部が公表された。黄英哲・許雪姫「資料紹介　楊基振日記　台湾人・日本鉄道キャリアとして戦時下の北京に生きる」（『植民地文化研究』第二号、二〇〇三年七月）参照。楊基振は、一九二六年に台中師範学校を退学後来日し、「一九三四年、早稲田大学卒業後満鉄に入社し大連の満鉄本社鉄道部勤務とな」った。戦後は台湾に帰っている。一九七九年にアメリカに移住し、一九九〇年にカリフォルニア州で亡くなった。黄英哲・許時嘉編訳『楊基振日記　附書簡・斯文杰』（上・下）国史館、二〇〇七年十二月参照。

（6）筆者が岡山中学について調査したところでは、張文環が岡山中学を卒業した形跡はない。

（7）注（1）と同じく、ここで呉坤煌が「台中一中」を卒業したと述べたのは、間違いである。呉が学んだ学校は「台中一中」ではなく、「台中師範」である。但し、退学処分にあい、卒業はしていないようだ。

第二章　台湾芸術研究会の解体——台湾文芸聯盟への合流から終焉まで

一　『フォルモサ』の創刊から停刊まで

前章では、台湾芸術研究会が結成され、『フォルモサ』が創刊されるまでを、『フォルモサ』グループの足取りを中心にしてみてきた。本章では、非合法路線から合法路線へと転換した台湾芸術研究会の結成から解体に到るまでの過程について詳しくみていくことにする。

『警察沿革誌』(1)には、台湾芸術研究会のメンバーの名前のほかに、三月二十日、五月十日、五月十八日の三回の会合で決まったとされる会則や宣言書などが記録されている。以下に、会則を引く。

東京台湾芸術研究会の結成　前掲の如く文化サークル再建に奔走し居りし、魏上春、張文環、呉鴻秋、巫永福、黄波掌等は、合法組織として台湾芸術研究会の結成に努め、会員の募集に努めたる結果、昭和八年三月二十日、蘇維熊を責任者として発会式を行ひ、次の如き会則案及宣言書を発表せり。

台湾芸術研究会々則（草案）

一、名称　本会は之を台湾芸術研究会と称す

二、目的　本会は台湾新文学の向上発展を図るを以て目的とす
三、機関紙及び出版物　本会の目的を達成せん為、「フォルモサ」を発行す。又必要に応じて其の他の出版物を刊行す。「フォルモサ」発行に就ては別項にて之を定む。（以下省略）

上記会則には、『フォルモサ』の発行が謳われている。

前節でみたごとく、台湾芸術研究会の前身は、非合法組織の文化サークルであり、雑誌の発行はこの文化サークルの結成時からすでに計画されていたものである。しかも、雑誌名もすでに『台湾文芸』と決まっていた。文化サークルが創刊した『ニュース』は、この『台湾文芸』発行のために広く「同志を獲得」し、資金を募る情宣活動のために印刷配布されたものだった。結局は、組織が摘発されたため、この『ニュース』も第一号が出ただけで『台湾文芸』の発行は実現しなかった。『フォルモサ』には、この日の目をみなかった『台湾文芸』の構想が反映されている。

『ニュース』第一号に載った「吾々の文化サークルを大きくしよう」（『警察沿革誌』収録）と『フォルモサ』創刊号の「創刊の辞」を読み比べてみると、二つの大きな共通点がある。①雑誌刊行の趣旨を、人間としての芸術的要求、芸術的興味、芸術的生活の実現と捉えている点、②台湾の独自の文化の建設を目的としている点である。

ただ、先述したごとく「合法」路線に切り替えたために台湾の抱える次のような問題は表面から消えてしまった。

（前略）だが我々は単に面白いからであるばかりではない。更にもう一つ重要なことがある。台湾青年である以上誰も知つてゐる通り吾々植民地人は本国人よりも多くの苦痛を持つてゐる。

吾々は母国人より以上に言論の自由を持たぬ。言語使用の自由すら持たない、（東京では台湾語を使用することが出来ない）集会出版の自由は言語道断だ、所が之等は文化の向上発展には不可欠のものである。台湾の独立的、文化的発展は日本帝国主義の蹂躙に任せ、吾々の享けつゝある文化は帝国主義的被圧迫文化、奴隷文化であつて、真に吾々の生活要求を取り上げてゐる文化ではない。吾々は台湾に於ては公学校の二、三年頃から強いて日本語を使はされる。台湾語を使つて見付かると懲罰を受ける。自分の生れながらの言葉を使ふことが出来ないと云ふのは何と云ふ残酷なことであろう。吾々の本来の文章漢学は殆んど廃止されてしまつた。この言葉の混乱はどれほど台湾の文化的発展を阻碍してゐるか分らない。（後略）（「吾々の文化サークルを大きくしよう」）

ここで述べられている「本国人」とは、言うまでもなく日本人であり、「母国人」とは中国人である。文化サークルは、こうした先鋭な言論活動をもってプロレタリア雑誌『台湾文芸』の創刊を試みたが、それは潰え、「合法」路線の範囲のなかで言論活動をはじめたのである。『フォルモサ』は、このようにして誕生したのである。

『フォルモサ』創刊号に掲載された「創刊の辞」については、さらに次のようなことを指摘しなければならない。

この「創刊の辞」は、黄得時によれば[2]、発行人の蘇維熊が草稿を執筆し、それに張文環、巫永福、呉坤煌が意見を加えてまとめたと伝えられているが、そのもとになったものは、「同志諸君!!!」（『警察沿革誌』収録）である。「同志諸君!!!」は、『フォルモサ』創刊に当たって配布された「檄文」であるが、該誌の「創刊の辞」としてまとめられるまでに数か月経過している。（「同志諸君!!!」の日付は、昭和八年三月二十日で、『フォルモサ』創刊号の発行日は、同年七月十五日）この間どのような意見交換がなされたのか、わからないが、施学習が「台湾芸術研究会成立与福爾摩沙（Formosa）創刊」（『台北文物』第三巻第二号、一九五四年八月）のなかで引用している「『福爾摩沙』発刊宣言」は、この「檄文」である。

両者には、以下にみるような異同がみられる。まずその異同を検討しておこう。（下線部分は、両者の文言が同じである箇所である。（A）から（F）までの符号は、筆者が便宜上付したものである。）

校勘表

「同志諸君!!!（檄文）」	「創刊の辞」
（A）台湾人青年の手に依つて文芸雑誌『フォルモサ』を創刊するに当り、此に思ふ所を述べて同志の奮起を促したい。	玆に文芸雑誌『フォルモサ』を創刊するに当り一言趣意を述べて同志の奮起を促したひ。
歴史を見るに凡ゆる方面の新運動は、洋の東西と、時の今昔を問はず、殆んど青年に依つて誘発されてゐる。夫れ丈彼等の心身が事実を正視するに勇敢であり、そして他方面に其の所信を貫徹する意志力と体力とが旺盛である。	歴史を顧るに凡らゆる方面の意義ある新運動は、古今東西常に青年に依つて誘発されてゐる。夫れ丈彼等の身心が事実を正視するに勇敢であり、他方に其の所信を貫徹する意志力と体力とが旺盛である。
（B）台湾は改隷以来最早三十年になるが、政治解放運動は僅々十数年に属し、而も彼等は遂に今	（削除）

迄に一物も獲得してゐない。文化運動も在京の青年学生に依つて始められたが、徒に情熱に駆られて、冷静に破壊後の建設を考慮しなかつた為に、之も又一時の狂気的熱病に終つてしまつた。強ひて「文化運動」の功績を求めるならば、台湾固有の迷信観念を幾分打破したに過ぎないと云へよう。在来の政治運動や文化運動の諸団体の取つた方針や其収めた効果に対する論難はともかくとしても、我々は心から真に生命を賭して目的を貫徹した輩の皆無を嘆かざるを得ない『フオルモサ』雑誌同人は是に鑑みて、同郷の諸君と協力し、団体の力に依り等閑に附せられてゐた文芸運動に着手し、以て台湾人の精神生活を高めて行きたいと思ふ。

（C）台湾には固有の文化があつたか?又現在あるか?是等の疑問は屢屢発生してゐる。三百年前に始めて福建、広東両省から台湾に移住した中国民族の一群は、勿論中国南方文化の創造者の子孫である。中国の文化―書画―文学等々……を創造したのは彼等の祖先でなければならぬ。旧来の書画は影を没し、漢詩に依つて代表せられてゐる文

台湾には固有の文化文芸があつたか?又現在あるか?之等の疑問は屢々発せられる。三百年前に福建広東両省から台湾に移住した漢民族の一群は勿論中国南方文化の創造者の子孫である。台湾人には立派な文化遺産を有する。然し現在の台湾人の文化文芸は如何？　之を問はれた時台湾人の誰が赤面せざるを得よう？　古来の絵画は影を没し、

学は応酬の手段に迄堕落し、無病伸吟に過ぎなくなつた。政治的、経済的に完全な生活をする事は勿論第一義的に大切である。然し、其の上に我々は芸術的生活を渇望する。堕落した台湾の文学を我々は救済せねばならぬ。

（D）台湾は政治的には中国の属領から日本の植民地に編入された。特別な国情と経済的には搾取的政策に喘いでゐる。そして在来の大家族制度、迷信、邪教、歪曲された末梢的な儒教思想、宿命的な天命思想と仏教との結合などは却つて幾多の精神的弊害を生じてゐる。又地理的には熱帯地方特有の自然の中にあり、民族的には在来の高砂民族と、台湾人と、統治者の日本人の三者が雑然と或いは和合し、或いは対立してゐる。

（E）数千年の文化の遺産と、現在処する諸々の特殊事情の下に立つ人人の中から、今まで独特の文化が生産されなかつたのは一大不思議である。台湾は萎死してゐる。彼等に余裕や才能がなかつたのではない。寧ろ勇気が足らなかつたのである。やつと近年になつて新人が出て、絵画や彫刻を創

又漢詩は応酬の手段に迄堕落してゐる。政治的に経済的に完全自由な生活をする事は勿論第一義的に大切である。然し吾人は其上に芸術的生活を渇望する。萎縮した台湾の文芸を我々は今に振作しなければならぬ。

（削除）

台湾は地理的には熱帯特有の自然に面接し、政治的人種的には、中国の属領——我国の植民地に編入された特殊事情を有し、其の下に「高砂民族」台湾人、内地人の三者が混居してゐる。

何故数千年の文化遺産と現在処する諸々の特殊事情の中に生きる人々の中から今迄に独特の文芸が生まれなかつたのか、之は一大不可思議である。我等の先輩に余裕と才能がなかつたのではない。寧ろ勇気と団結力とが足らなかつたのである。浅学匪（ママ）才な我等は此に鑑み、今立つて自ら先駆者と

造し始めてゐる事は慶賀すべきである。在来の窮屈な漢詩は、偉大な思想を拘束する罪があつても、今日となつては最早不適当な文学発表形式であると云わざるを得ない。同人は茲に会合して、自ら立つて先駆者となり、消極的には在来の微弱な文芸作品や、現に民間に膾炙する歌謡伝説等の郷土芸術を整理研究し、積極的には上述の特殊な雰気の中に生み落された吾人の全精神を以て、心の底から沸き出づる思想と感情を吐露し、真の台湾人の文芸を新たに創作する決心である。我々は此に『台湾人の文芸』を創作しようとするものである。決して偏狭的な政治、経済的思想に囚はれる事なく、広く問題を高遠な見地から観察して創作を為し、以て台湾人の文化的生活を提唱したい。且地理的に中国と日本との中間に位する台湾人は両者の文化を相互の為に紹介し、以て東洋の文化に資すべきである。

（F）……台湾青年諸君……自らの生活を自由に豊富にする為に、彼の文芸活動が我らの手に依つて為されるべきである。今迄心に思つて、而も同

なり、消極的には従来の微弱な文芸作品や、現に民間に膾炙する歌謡伝説等の郷土芸術を整理研究し、積極的には上述の吾人の全精神を以て、真の台湾純文芸を創作する決心である。

台湾青年諸君！　自らの生活をより自由に豊富にする為に、台湾の文芸運動が我々青年の手に依つて始められなければならぬ。今迄依るべき所を

志を糾合するに至らなかつた有志は須らく茲に奮起会合し、其思ふ所を語り、相助けて文芸活動に努力すべきである。今迄の台湾は所詮上面ばかり美しく、而も中には朽骨爛肉を蔵する「白い墓」に比すべきであつた。我々は之より文芸を通じて真の「麗しの島」を創造せねばならぬ。

持たなかつた同志は須らく茲に奮起会合して相助けて努力邁進すべきである。今迄の台湾は所謂上面ばかり美はしくしても而も中には朽骨爛肉を蔵する「白い墓」にも比すべきであつた。我々は之より我等が創作する文芸の力に依つて真の「麗しの島を創造せねばならぬ。

ここで、二つの文章の異同について、次のようなことが指摘できる。(A) から (F) まで、各段落ごとにみていく。

(A) 両者の違いは字句の修正のみで、内容に大きな差異はない。

(B)「檄文」にはあった一段が、「創刊の辞」では、取り入れられていない。内容をみると、政治運動、および「在京の青年学生に依つて始められた」文化運動に言及した部分である。ここに述べられている文化運動とは、一九三〇年代のプロレタリア文化運動と壊滅したばかりの「東京台湾文化サークル」の文化運動を指していることは明らかであり、これらの運動は「徒に情熱に駆られて、冷静に破壊後の建設を考慮しなかつた為に、之も又一時の狂気的熱病に終つてしまつた」と手厳しい総括が与えられている。

(C) 両者の違いは字句の修正にみられるが、次のような点が注意を引く。

1、「中国民族」が「漢民族」に書き換えられている。

2、「檄文」にはなかった「台湾人」という表現が「創刊の辞」では三個所みられる。

3、「堕落した台湾の文学を我々は救済せねばならぬ」という戦闘的な表現が、「萎縮した台湾の文芸を我々は今に振作しなければならぬ」という穏やかな表現に変わっている。
（D）「檄文」の冒頭の1行は、「創刊の辞」ではうしろの文章に組み入れられているが、続く「特別な国情と経済的には搾取的政策に喘いでゐる」という植民地の実態に触れた個所と大家族制度や儒教思想を批判した個所は取られていない。また、文言も微妙に書き換えられている。
1、「台湾は政治的には中国の属領から日本の植民地に編入された」
↓「台湾は……政治的人種的には、中国の属領から我国の植民地に編入された」
2、「高砂民族と、台湾人と、統治者の日本人の三者」
↓「『高砂民族』、台湾人、内地人の三者」
（E）大きな差異として、次の二点を指摘できる。
1、「檄文」では、『フォルモサ』創刊の目的を「真の台湾人の文芸を創作」することとしていたが、「創刊の辞」では、「真の台湾純文芸を創作」すると書き換えられている。
2、「檄文」では、「地理的に中国と日本との中間に位する台湾人は両者の文化を相互の為に紹介し、以て東洋の文化に資すべきである」と台湾人の役割が強調されているが、「創刊の辞」ではこの部分はない。
（F）の個所は、両者の差異は字句の修正のみで、内容はほとんど変わらない。
以上二つの文章の校勘を通じてわかることは、次のようなことである。
1、前身の非合法の文化活動であった「文化サークル」色を払拭し、「合法」路線への転換を印象づけるために、当局をできるだけ刺激しない表現へと書き改められている。
2、植民地の不合理や窮状を述べる政治的表現は避けられている。
3、（D）にみるように、台湾の独立性を主張する「日本」および「日本人」の表現は、いずれも台湾が被植民地であることを表わす「我国」、「内地人」に書き換えられている。

4、『フォルモサ』は、台湾文学史では「真の台湾純文芸を創作」することを宣言した、日本語純文芸雑誌として知られているが、「檄文」の段階では、「真の台湾人の文芸を創作」することが目的であった。

このようにみてくると、『フォルモサ』は、「合法無難の刊行」となるまでに、幾多の紆余曲折があったと同時に、また出版にかける情熱にも並々ならぬものがあったことがわかる。「創刊の辞」は、「檄文」に見る痛憤の思いや激情、さらには批判的表現がかなり薄められてしまっているが、彼らの文芸への思いは、凝縮された格調高い文章の中にその原型が謳い込まれている。このような「創刊の辞」からは『フォルモサ』の特色として、

① 台湾の固有の文化文芸の創造を宣言したこと
② 台湾は、三大民族、すなわち高砂民族、台湾人、内地人の三者が混居する地域であることを明確に言及したこと
③ 台湾純文芸の創作を宣言したこと
④ 文芸による「麗しの島」の創造を宣言したこと

の4点を引き出すことができる。

さて、このような高い理想から生まれた『フォルモサ』であったが、短命に終わった。『警察沿革誌』によると、『フォルモサ』は、部長蘇維熊、部員張文環、会計施学習と呉坤煌という体制で、「台湾新文学の向上発展を図るを以て目的と」（上記会則二）して発行された。創刊号は、「五〇〇部を印刷し、在京主要新聞社、図書館、各会員、島内同志等に頒布」された。[3]

創刊号から第三号までの出版年月日は次の通りである。

フォルモサ第一号、一九三三年七月十五日発行
フォルモサ第二号、同年十二月三十日発行
フォルモサ第三号、一九三四年六月十五日発行

奥付けをみると、創刊号は、編輯兼発行人が蘇維熊、発行所が台湾芸術研究会、発売所が平野書房となっている。第二号は、編輯兼発行人および発行所は創刊号と同じ、発売所は記載がなくなっている。第三号は、編輯兼発行人であった蘇維熊は発行者となり、編輯者には張文環の名前があがっている。発売所は前号同様記載がない。印刷所は毎号変わっている。台湾芸術研究会の住所は、「東京市本郷区本郷一丁目十三ノ二　定兼方　張文環」となっている。

紆余曲折の末、ようやく創刊を果たした『フォルモサ』も結局は全三号しか出なかった。作品は、詩（短歌を含む）が二十六編、小説が十編、戯曲が一編、文学評論が七編、随筆一編、コント一編、そして誰々を描くとして同人を素描した小文が七編載っている。詩が多数を占めるが、小説、評論も決して少なくない。

これらの作品のなかで台湾文学史で注目される作品としては、評論では、蘇維熊の「台湾歌謡に対する一試論」（一号）、楊行東の「台湾文芸界への待望」（同号）、呉坤煌の「台湾の郷土文学を論ず」（二号）、劉捷の「一九三三年の台湾文学界」（同号）がある。詩では、王白淵の「行路難」（一号）と「上海を詠める」（二号）が光っている。小説では、張文環、巫永福、呉天賞がそれぞれ二編ずつ発表しているが、『フォルモサ』に発表された作品として当時の台湾文学界に一大センセーションを巻き起こしたのは呉希聖(4)の「豚」で、のちに台湾文芸聯盟賞を得た。

『フォルモサ』は、このようにわずか三号しか出なかったにもかかわらず、島内の台湾文学界に与えた影響は予想以上に大きかった。その一つの理由は、日本「内地」留学生によるはじめての日本語純

文芸雑誌であり、その誌面から彼らの文芸にかける情熱が伝わったからであろう。しかしながら、彼らが資金不足に悩みながら高い理想を掲げて出した『フォルモサ』も、結局は第三号の発行をもって停刊してしまうのである。

二　台湾芸術研究会の台湾文芸聯盟への合流

『フォルモサ』第三号の編集後記によると、第三号の発行を前に、施学習と呉坤煌が脱退し、新しく呉希聖が入会している。

今度不幸にして施学習、呉坤煌両氏の脱退をみたが、残党がどこ迄頑張れるか、努力してみたい。此で呉希聖氏の入会を喜ぶと共に、今後益々有力者の御入会を歓迎する。

前述したように、第三号の編集は、蘇維熊から張文環に代わっており、この編集後記を書いたのは、署名はないが張文環だと考えられる。そして、この文面からは、張文環には『フォルモサ』の発行をやめる考えがなかったことが見て取れる。

では、施学習と呉坤煌はなぜ台湾芸術研究会を脱退したのだろうか。原因はよくわかっていない。施学習は、「台湾芸術研究会成立与福爾摩沙（Formosa）創刊」（前掲）のなかで、脱退理由についてはなにも語っていない。ただ、台湾芸術研究会の終焉については、次のように述べている。

今度の（注、第三号）の編集では、呉希聖の創作『豚』の他には、女性の寄稿があった。張氏碧華の創作『三日月』は特に特色がある。資金の関係で、前二号の半分の四十八ページだけで、経費の負担を削減した。ちょうど経済的に困窮しているときに、本省島内では台湾文芸協会が成立し、台湾文芸連合大会が挙行され、そこで台湾芸術研究会が発行していた機関雑誌は、文聯に合流して再び活動をはじめた。『フォルモサ』は、ついに廃刊を告げ、台湾芸術研究会もまた一段落を告げ、時代の使命を終えて、自然解消したのである。

ここには、施学習が脱退した理由は語られていないが、『フォルモサ』の停刊理由について、台湾文芸聯盟への合流と資金難の二点をあげている。後者について言えば、施と呉の二人は会計担当であったが、その点も何か関係しているのであろうか。台湾芸術研究会の事務所を妻の実家の定兼方に置き、資金のやりくりもしていた張文環にとっては、資金難は確かに深刻な問題であった。だが、編集後記には、「故郷の親爺は大官になれ、お袋はお医者様にと其相当な註文をする。文芸に耽る息子を親はやくざ者だと諦めてゐる。抑々此の親は是にして子は非なるか？　あゝ！」とも書く張文環にとっては、貧乏は覚悟の文学活動である。そんな張には、少なくも第三号発行までは、資金難から『フォルモサ』を廃刊にしようとなどという考えは毛頭なかった。さらに、「月刊発行の挨拶　本号以降頁数が少くて薄化粧ながらも月々フォルモサが御目見得になるから御愛読を乞ふ」とあり、ページ数は半減したが廃刊にする気配はない。

では、施学習が指摘する台湾文芸聯盟の設立と『フォルモサ』の停刊は、どのような因果関係にあったのだろうか。

一九三三年七月の『フォルモサ』の創刊は、台湾島内の文学界に大きな刺激を与え、その三か月後の十月に、台北に台湾文芸協会が結成され、翌年の五月六日には、台中市で台湾文学界最初の全島的規模の「台湾文芸大会」が開催されて、台湾文芸聯盟が成立した。

『フォルモサ』の創刊が、当時台湾島内の文学界に大きな反響をもたらした例としては、ほかにも、台湾最初の本格的なジャーナリストだと言ってよい劉捷[5]が、台湾で『フォルモサ』創刊号に接して大いなる刺激を受け、再び東京に留学して、張文環と頻繁に交流したことがある。劉は、一年足らずで帰国するが、五月六日の台湾文芸聯盟の成立大会に参加する。ジャーナリストとして『台湾新民報』の文芸欄に、あきたらないものを感じていた劉は、『フォルモサ』に新鮮な時代の息吹を感じたのである。劉は、同誌第二号に「一九三三年の台湾文芸」を発表した。

さらに、劉は『台湾文芸』創刊号（一九三四年十一月）に「台湾文学の鳥瞰」を発表するが、そこでは、台湾芸術研究会を高く評価し、次のように書いている。

> 台湾の文化は東よりこの事実は今も変りはない。台湾の文化に貢献するなら、政治・法律・宗教位しかないと思つてゐた従来の行方を一変して文学芸術の角度から台湾の文化を引上げやうと意図したのが、東京に於ける台湾芸術研究会の組織である。
>
> 恰も昨年中（一九三三年）は中央文壇に於て文芸復興の声高く、台湾芸術研究会も直接その刺激を受けたであらう。一方島内にても台湾民報の日刊許可と共に当時の編輯者は思ひ切つて紙面を開放した。兎に角該研究会が創立される前後島内にても文芸熱が高まり、彼我相呼応した形である。
>
> 台湾芸術研究会が、創設される迄には相当の迂余曲折があつた由で、機関誌「フォルモサ」発行前に当時盛岡女子師範教授の王白淵氏及び東京留学中の張文環、呉坤煌の諸氏等が、弾圧を喰ひ遂に王白淵氏は職を剝がれて、詮方なく上海に押出され、熱血多情なる詩人は今も揚子江岸辺

で、血を吐くが如き切々たる詩を歌つてゐるのだ。

第三号は皆さん御承知の通り呉希聖氏の「豚」其の他巫永福の「黒龍」の傑作を出してセンセイシヨンを起した。

本研究会同人の殆んど全部が留学生であり、環境の関係で雑誌の継続発刊に一方ならぬ苦心があつて目立つた作品もさう多く出してゐないが、中央文壇の膝下に居て世界文学の潮流を最も敏感に受けるのである。同人の作品中張文環、曾石火、巫永福、呉希聖の諸氏等必死的に精進してゐるから中央文壇に於て我が台湾の張赫宙として打出るのはこれらの中から出るであらうと信ずる。又同芸術会が進んで台湾文芸をリードする研究団体たるを期待するものである。


これにみる限り、『台湾文芸』が創刊されたころはまだ、『フォルモサ』が該誌に吸収されるようすはなかった。

台湾芸術研究会が、台湾文芸聯盟に合流する動きが出てくるのは、『台湾文芸』が創刊されて以降のことである。十一月に『台湾文芸』が創刊されると、文聯の創設メンバーであった頼明弘(6)は十二月に上京し、二日に郭沫若を訪問した。頼は訪問以前に蔡嵩林(7)の紹介を得て、郭沫若に手紙を書き訪問の許可を得ていた。頼は、台湾の文学状況について意見を求め、中国で起こっている文芸大衆化の言語問題について訊ねる目的で、郭沫若を千葉県市川の寓居に訪問し、指導を仰いだのである。郭はその日、別の来客もあり、会見は短時間であったが、頼は「祖国の敗亡を救うために、階級の不平を拒絶するために、完全なる一個の民衆のための芸術家として、徹底的に民衆のために真理を探究する学者として、偉大な郭沫若先生」の寓居を興奮のうちにあとにしている。このときの記録は「訪問郭沫若先生」(注、原文中国語)と題して、該誌の第二巻第二号(一九三五年二月)に掲載されたが、そこで話されたことは、左翼作家聯盟のこと、さらに当時暗殺か転向かうわさのあった丁玲のこと、そして「台湾の文学」の進むべき道についてであった。最後の質問については、郭沫若から次のような回答を得ている。

僕はやはり写実主義で、台湾の特有の自然、風俗および社会一般と民衆の生活を積極的に大胆に表現することだと思う。台湾の特殊な環境は我々はよく知らないが、広範に率直に表現することで、難しいことを考えずに、できるだけ努力していくしかないでしょうね。

ここで注目されるのは、この頼明弘の「訪問郭沫若先生」が掲載された次号、すなわち第二巻第三号に載った呉坤煌の「東京支部設立について」である。発行日は、一九三五年三月五日である。呉はこのなかで、『台湾文芸』について「新年号及び二月号の如き充実した内容、美麗を凝らした外観、確かに名実共に天晴れ台湾新文芸の最高峰に君臨する白眉たるに恥ぢぬもの、誠に心強く感ずるものである」と言い、「今度揮褌一番、おくればせながら遠くから馳せ参じ、君達に負けずに助太刀しやうと思ふ」と述べている。

「新年号及び二月号」とは、一九三四年十二月十八日発行の第二巻第一号と一九三五年二月一日発行の第二巻第二号である。内容をみると、新年号には、第一回台湾全島文芸大会記録や評論「文芸大衆化」、「郷土文学的嘗試」、楊逵の「台湾文壇一九三四年の回顧」、増田渉著・頑銕訳の「魯迅伝」、また呉坤煌自身の詩「旅路雑詠の一部」などが掲載されている。二月号には、「台湾文芸北部同好者座談会」や楊逵「芸術は大衆のものである」ほかの評論、増田渉「魯迅伝（二）」、郭沫若の「魯迅伝中的誤謬」、そして先述した頼明弘の「訪問郭沫若先生」と「郭沫若先生的信」が掲載されている。

はたして、呉坤煌がなにをもって「充実した内容」と評価したのかはわからないが、「和文」と「白話文」からなる編集や、中国を視野に入れた編集、すなわち増田渉の「魯迅伝」や頼明弘の「訪問郭沫若先生」などが掲載されていたことが、彼に新鮮な感動を呼び起こしたものと思われる。

呉坤煌の該文は、執筆の日付が「一九三五、一月」となっているが、この「一月」は「二月」の誤記か誤植であろう。少なくとも二月号をみて以降の執筆である。呉は、これを書いてすぐさま行動を起こし、二月五日には、新宿の「新宿エルテル」で「台湾文聯東京支部第一回茶話会」を主催している。

ここで、いま一度呉坤煌がなぜ『フォルモサ』を脱退したのか、そして、なぜその半年後には台湾文芸聯盟東京支部の結成に邁進していったのかについてみてみたい。

呉坤煌は、自身の台湾芸術研究会の脱退について、次のように述べている。

筆者は、『フォルモサ』第三号の発行前に、彼らと別れ、張文環とも些か疎遠になった。その原因は、簡単に述べると、一つ目は、考え方ややり方が違ったこと、二つ目は、筆者が日本新劇運動に参加し、同時に東京の築地小劇場で訓練を受けていたこと、さらに、当時日本に来て文芸を学ぶ多くの中国大陸の劇作家やさまざまな作家、留学生が筆者に彼らの橋渡しとなって彼らに日本語や翻訳を教えたり、案内を求めたために非大衆化した雑誌とかかわる暇がなくなったのである。但し、筆者と文環兄との深いつきあいは相変わらず変わらず、のち『台湾文芸』と一緒になって東京支部を主宰していくときには、彼の協力を得てようやくみるべき成果をあげ、筆者の責任と使命を果たすことができたのである。(8)

この引用文にみる限り、呉坤煌が脱退した直接の原因は張文環との意見の違いではなさそうである。では、「彼らと別れ、張文環とも些か疎遠になった」というときの「彼ら」とは誰を指すのであろうか。

あくまで仮説に過ぎないが、冒頭の「彼らと別れ」の「彼ら」とは、蘇維熊らを指すのではないかと思う。

ここに、『フォルモサ』第二号に掲載された文学評論を掲げると、呉坤煌「台湾の郷土文学を論ず」、蘇維熊「自然文學の將來」、劉捷「一九三三年の台湾文芸」、施学習「白香山之研究」(一) の四本が掲載されている。

施学習がなぜ脱会したか、依然として謎は残るが、劉捷は『フォルモサ』の創刊に触発されて再度留学を試み、張文環の家に入り浸ったくらいで、彼と呉坤煌との意見の対立はありえない。とすると、呉が身を引くようにして台湾芸術研究会を離脱したのは、蘇維熊との「考え方ややり方」の相違が表面化した結果ではなかろうか。両者の文学観の相違は、先に掲げた文学評論からもうかがうことができる。蘇維熊の「自然文學の將來」は、『自然論』の提唱者エマソンやアミエル、さらに「自然文学」を提起したハーディらの所論にもとづき、将来の自然文学の様相を、一、「平和美麗、豊満自由な側の自然に対する愛好」、二、「将来思索的な生年の間に伝播するであろう、荒涼な自然に対する愛好」、三、「科学と自然美に対する愛の関係」の三点に分けて論じたものである。こうした文学観は、その後「台湾民謡と自然」(『台湾文芸』第二巻第一号、一九三四年十二月)、「蝉の文学」(『台湾文芸』第二巻第七号、一九三五年七月) へと発展していく。一方、呉坤煌の「台湾の郷土文学を論ず」は、当時起っていた郷土文学論戦にコミットする形で、自然主義文学に根ざした郷土文学論を一蹴し、蔵原惟人やマルクス・レーニン主義のプロレタリア文化論に拠って、国際主義のなかにおける民族文化、すなわち台湾文化のあるべき姿について論じたものである。

つまり、筆者の仮説は、蔵原惟人のプロレタリア文学理論の信奉者であった呉坤煌のプロレタリア文学観と、西洋文学の「自然文学」を信奉する蘇維熊の文学観が、『フォルモサ』第二号で衝突したために、潜在的に存在していた、文化サークル派に近かった呉坤煌と、東京帝国大学で英文学を専攻する学者肌の蘇維熊の対立が表面化して、その結果、呉坤煌が脱退することになったのではないかということである。先の引用文にみる呉坤煌の言葉、「非大衆化した雑誌とかかわる暇がなくなった」とは、その辺の事情を指していると思われる。また呉は、「台湾詩壇の現状[9]」のなかで、次のように台湾芸術研究会のメンバーを辛辣に批評しているが、このことは筆者の仮説の傍証ともなり得る。蘇維熊が第三号の編集を降り、張文環に代わったのもそうした要因によるものであろう。呉坤煌は次のように述べている。

さて、それは何れにしても島の詩人たちを瞥見してみよう。かつて新興文化の潮流に乗つた台湾芸術研究会の人々は二三の闘士を除いた他大部分に詩人は花鳥を弄する旧来の漢詩人と五十歩百歩、形式主義者か、或は色褪せたシュールレアリストになつてしまつた。初め感傷にかぶれて暗黒な現実のみ歌つてゐた蘇維熊氏が自然主義に堕落し、「梟の生活様式」「性」「此の矛盾する心」の如く、極端なダダイストになつたのも故なきことではない。

しかしその皮肉な現実観照は誠に穿ちてゐるものの確かに此れは政治的自由なく経済生活に破産しつゝある民族ブルジョアジーの沈痛な諦めの吐息である。それと共に彼の民間に膾炙する台湾民謡を整理し新しい解釈を与えた彼の功績を認めねばならぬ、ぼやけてゐる小説を書く巫永福氏はその詩も精神がなく、昔の「乞食」に似た無意味なものばかり否近頃は言葉の竦烈(ママ)を喜ぶ形式主義者に過ぎない。

このような批評はさらに翁鬧、王登山、江燦琳、郭水潭、陳垂映らの詩人[10]におよんでいる。そして、これら詩人を「無色透明の詩人」として一蹴し、それに対して、台湾の大衆の代弁者である左翼派詩人として「早くからプロレタリア思想を持つてゐる詩人に王白淵氏と呉坤煌がゐる」として、王の「行路難」と「上海を詠める」、および呉自身の「烏秋」と「陳在葵君を悼む」（『台湾文芸』第二巻第四号、一九三五年四月）を高く評価しているのである。こうしてみると、蘇維熊らと呉坤煌の文学観の相違は鮮明であり、両者が袂を分かつのは自然なことであったといえよう。

以上、筆者の仮説を述べたが、少なくともこれで呉坤煌の脱退は、張文環との意見の対立によってもたらされたものでないことが明確になった。台湾文芸聯盟の東京支部第一回茶話会が、呉坤煌の主導のもとに開催されたときには、張文環も参加している。

こうして、『フォルモサ』は、第三号を一九三四年六月に出し、第四号からの月刊化を表明しながら、半年を経ても発行されず、ついには台湾芸術研究会の名前で、事実上の解散宣言である「フォルモサと台湾文聯合流」を発表するに到るのである。『台湾文芸』五月号に発表された該文の執筆者は、おそらく張文環であろうと思われるが、『フォルモサ』の「終わり」について次のように述べている。

> 本会創立以来こゝに足掛三箇年の星霜が立つた。顧みるに、感慨無量である。然しこれぽつちの小さな雑誌を作るのに、沸（ママ）つたその犠牲は決して小さいとは言へない。（省略）一二年来悩める台湾青年のエネルギーが文化一般の研究に向けられてきた事は同慶に堪えない。然しやゝもすると排他思想に囚はれ易い傾向を見遁せない。此際吾人は須らく団結会同して力を合せて台湾文

化のために邁進すべきであらう。故に必しもフォルモサ三号で持つて終りをつげたとは言はせない。吾々は延び行くフォルモサの行き先を、「台文」の行先と同一線に向けただけの話である。吾々はこの途程の上に台湾文芸団体の合流を主張したいのである。こゝに於いて吾々は「台文」の行動と共に台湾文化のために力を惜まないことを誓ひたいものである。

この引用文の執筆の日付は、一九三五年三月二十八日となっている。台湾芸術研究会が成立してからちょうどまる二年であった。こうして台湾芸術研究会は、『フォルモサ』第四号の発行をみないまま台湾文芸聯盟に合流していったのである。

折りしも、「合法無難」な純文芸雑誌としての『フォルモサ』の発行を最も強力に主張していた文学青年、巫永福は、三月に明治大学を卒業して、故郷台湾の埔里に帰国していった。

三　東京における留学生の交流と文学活動

前節で、呉坤煌が台湾文芸聯盟東京支部の設立に邁進していった大きな動機は、『台湾文芸』の「充実した内容」にあり、特に魯迅や郭沫若らに関する記事が呉坤煌に新鮮な感動を呼び起こしたと述べた。

筆者がこのように述べたのは、当時の呉坤煌の文学活動からの推測である。呉坤煌についてはあまり詳しいことはわかっていないが、数少ない資料をつなぎ合わせて、来日後の文学活動について述べてみよう。[11]

呉坤煌は台中師範を退学[12]して後、一九二九年三月に来日したが、来日後の早い時期から「日本共産党台湾民族支部日本特別支部員」（『特高月報』一九三二月十一月）であった林兌と交流があり、「日本共産党資金局の活動に参加し台湾人学生を対象に活動し」（同）ていた。そして、一九三二年三月二十五日には、日本プロレタリア文化聯盟（コップ）指導下の「文化サークル」を組織したが、九月には発覚して逮捕され、十一月に釈放後すぐにまた文化サークル再建に参画し、紆余曲折を経てようやく台湾芸術研究会の結成にこぎつけた。その後、『フォルモサ』の発行にかかわったが、第三号の発行を前に脱退したことは先述した通りである。

この間、呉坤煌はどのような行動を取っていたのだろうか、『フォルモサ』第一号と第二号にそれぞれ批評文「或る女性へ」と文学評論「台湾の郷土文学を論ず」の二編を発表した以外には、『詩精神』六月号（一九三四年）に「烏秋」という詩を発表していることが知られる。

『詩精神』は、一九三四年二月に新井徹、後藤郁子、遠地輝武、小熊秀雄らが創刊したプロレタリア詩の雑誌である。プロレタリア文学運動の退潮期に「文学全般の総合誌として一九三四年三月に『文学評論』が創刊され」、「詩の領域では『詩精神』が同じように総合誌の役割を担っ[13]」て前奏社から出版された。なお、『文学評論』は楊逵の「新聞配達夫」（一九三四年十月）や呂赫若の「牛車」（一九三五年一月）が掲載された雑誌である。

『詩精神』の四月号には、王白淵の「上海雑詠」が掲載されている[14]。なお、この詩は『フォルモサ』第二号に掲載された「上海を詠める」の一部である。王は、一九三二年九月に「文化サークル」の発覚で逮捕され、釈放後、当時勤めていた岩手県女子師範学校教諭を免職になって上京していたが、一九三三年六月二十三日[15]に台湾新民報編輯局上海駐在員であった謝春木を頼って上海に渡っていた。『フォルモサ』第二号に掲載された作品の一部が、どのような経路で『詩精神』に転載されることになったのか不明であるが、呉坤煌がこれに関係している可能性がある。先述したように、呉は該誌六月号に詩「烏秋」を発表しているが、同号にはまた王の短歌形式の詩「行路難」が掲載されている。

なお、この詩も『フォルモサ』第一号に発表された作品であるが、「追はるゝ如く出でし盛岡を／幼心に帰りて／故郷と呼びて見し／もつれる糸を解きかねて／われ岩手の昿野に／青年の情熱を埋めしかな」と盛岡を追われた王の痛憤の思いが詠われている。

以下に、「烏秋」をあげてみよう。

烏秋　　呉坤煌

美しき声で歌詠む、
黒い鳥
朝日はお前の
慈愛ある養育者か？
振り向くギヌアにチラット一瞥
黙々と草喰む水牛の
灰色の背から飛び上つては又とまる
烏秋よ！
朝霧はお前の
この上なき化粧師か？
蒼空と鬱蒼に茂る相思樹の野原が
お前の住家か？

お前は知つてゐるか？
紺色の股引を一つだけ
赤銅色の肌に纏ふてゐる
ギヌアの吹き出す土笛のあの
悲しき悲しき音を！
生きる事しか知らない
…げられて来た無知蒙昧な
被……民族の土着の子らの
あの苦みの哀調を、お前の友の訴へを
美しい声で尚も歌詠む
烏秋よ！
老子ならぬわれに驚かされて
お前は何処へ飛んで行く？
まだ眠れぬお山へか！
煙立ち上るざわめきの街へか！

（一九三四、三、廿四）

註、秋　烏（ママ）――〔台湾に育つてゐる嘴の黒い鳥の一種〕
ギヌア――〔水牛を連れて野原へ行つて草を食べさせ、一日中ずつと番をしてゐる牧童のこと〕

烏秋は、台湾では「田園で電信柱や牛の背中に止ま（16）」った姿をよくみかける鳥である。ここでは、台湾の民衆の声の代弁者として詠われている。詩の一部は伏字になっているが、「生きる事しか知らない／…げられて来た無知蒙昧な／被……民族の土着の子らの」の伏字箇所は、「虐げられて来た無知蒙昧な／被圧迫民族の土着の子らの」となろう。本編は、被圧迫民族としての台湾の民衆の姿を詠うプロレタリア詩である。

先述したように、呉坤煌のことはよくわからず、細々とした資料をつなぎ合わせるしかないが、そうした中で『プロレタリア詩』（第一巻第十一号、一九三一年十一月）十一月号にみる次の記事は、注目に値する。(17)

『プロレタリア詩』の発行所は、プロレタリア詩人会であるが、この会とプロレタリア歌人同盟が主催し、日本プロレタリア美術家同盟が後援となって、一九三一年に、新宿紀伊國屋や「帝大セツツルメント」で「失業反対　プロレタリア詩と絵の展覧会」が開催された。第一回は四月に、第二回は十月に開かれている。この第二回の展覧会のようすが、該誌十一月号に「第二回詩絵展の報告」と題して報告されているが、そのなかに「筆者は初めて貴国に参りました。このプロ展を初めて参観しましたが、気持は大変いいです」（中国プロ同志―謝英子―）、「打倒××帝国主義、無産階級聯合起来」（支那左翼作家―王永徳―）といった中国人の投書に混じって、次のような台湾人の投書が収録されている。

俺は二重の鎖につながれてゐる、太陽のない南国の同志だ。アジアに赤い太陽を輝かさう、民族の差別を撤廃して、台湾と内地に赤い糸で固く結びつかふ。

この投書の主は、「呉生」となっている。はたしてこの「呉生」が呉坤煌であるかどうか、断定できない。呉姓の留学生には、他に台湾芸術研究会の創設メンバーだった呉鴻秋がいる。呉鴻秋についてはは不明だが、このころ「日本共産党資金局」において非合法活動に従事していた呉坤煌が、この「呉生」であっても不思議ではない。もし、そうだとすれば、呉坤煌と『詩精神』との繋がりがみえてくる。該誌の創刊者である、遠地輝武や小熊秀雄は、この『プロレタリア詩』の重要メンバーでもあり、「呉生」が観た、展覧会に作品を出品している。

呉坤煌が遠地輝武、小熊秀雄ら『詩精神』のメンバーといつどのようにして知り合ったのか、詩集『蕀の道』で台湾のプロレタリア詩人として知られていた王白淵のほうが先に彼らと接触があったのか、判然としないが、いずれにしても彼らは、先述したように『詩精神』を通じて交流し、その交流の輪は、次第に左翼作家連盟東京支部（以下、「東京左連」と略称）のメンバーへと広がっていった。

ここで視点を転じて、当時の中国人留学生の来日のようすについてみてみよう。

台湾文学と深い関係をもった中国人詩人に雷石楡がいる[補1]が、雷の来日は、ちょうど台湾芸術研究会が成立し、檄文「同志諸君!!!」を発行して意気をあげているころで、一九三三年春である[18]。雷石楡は来日後、日本語の詩作で日本の詩壇や秋田雨雀の注目を集め、後述するように日本語詩集『沙漠の歌』[19]を上梓した。また、小熊秀雄とははがきで詩の交流を行った[20]。北岡正子は、こうした雷石楡の文学活動に注目し、『沙漠の歌』（書名は、表紙は『砂漠の歌』となっているが、扉および奥付は『沙漠の歌』となっている）について「日本や中国という国籍で縁どられた文学の範囲を超えて、交流の十字路にこそ名を留むべき作品なのである」と述べているが[21]、このような雷の日本語での詩作活動は、『詩精神』との交流によって開花していった。雷石楡は自作詩を『詩精神』に投稿し、この投稿をきっかけに「新井徹から面会を求める手紙[22]」が届き、以後『詩精神』の同人として詩作を発表していくことになったのである。

このような雷石楡と最初に知り合ったのは、台湾芸術研究会のメンバーでは呉坤煌であった。もっとも、二人が知り合ったのは、呉が台湾芸術研究会を脱退したあとであった。雷石楡によると、二人が出会ったのは、一九三四年十月三日に開催された遠地輝武出版記念会の会場でのことで、雷は「呉坤煌君と知り合ってから、『台湾文芸』ははじめて筆者と深い縁ができた」と述べている。[23]

こうして知り合った二人の交流は一気に進む。翌月の十三日には、詩精神同人主催の『一九三四年詩集』（前奏社）出版記念会が開催され、二人はそれに参加した。この消息は一九三五年新年号の『詩精神』に載った「一九三四年詩集出版記念会」の記事で伝えられているが、記念写真には三十六名の参加者に混じって二人も写っている。参加者の顔ぶれをみると、錚々たる詩人たちで、呉坤煌がこのころ日本の詩人たちと交友関係を築きつつあったことがわかる。三十六名の参加者の名前は、次の通りである。

郡山弘史、関根春郎、中原中也、草野心平、江口渙、窪川鶴次郎、新井徹、後藤郁予、小熊秀雄、遠地輝武、山村徹、町田登、朱永渉、槙本楠郎、中野重治、森谷茂、島田和夫、堀場正夫、呉坤煌、北川冬彦、雷石楡、飛鳥井文雄、名村義美、高橋新吉、田中英士、土方定一、鈴木泰治、植村諦、佐々木秀光、秋元伸夫、岡本潤、新島繁、細野孝二郎、永山茂、本庄陸男、森山啓

なお、この会に参加したふたりのようすは、小さな記事ながら「又雷石楡、呉坤煌、朱永渉等中国及殖民地の諸君の気焔も異彩を添えた」と伝えられている。

台湾文芸聯盟の機関誌『台湾文芸』が創刊されたのは、ちょうどこのころであった。[24]先に引いたふたりの出会いを伝える雷石楡の言葉によると、雷が『台湾文芸』を知ったのは呉坤煌との交流からだ

と考えられるから、呉坤煌は台湾芸術研究会脱退後、次第に台湾文芸聯盟に近づきつつあった。それが決定的となったのは、先にみた「東京支部設立について」で、呉が興奮気味に述べていた『台湾文芸』第二号と第三号の「充実した内容」であった。

呉坤煌は、こうして台湾文芸聯盟に急接近し、東京支部設立に邁進した。そして先述したごとく一九三五年二月五日には、「台湾文聯東京支部第一回茶話会」を主催し、そこに雷石楡を呼んでいる。雷石楡は、そこで「台湾現在の文芸雑誌は昔と違つて新しい意識を持つたもので立場も台湾ばかりに止らず中国と提携して行かねばならぬ、又相提携して行くべきものになつて来た」[25]と述べ、中国との「提携」の強化を促している。

なお、東京支部は、頼明弘の「台湾文芸聯盟創立的断片回憶」（『台北文物』第三巻第三期、一九五四年十二月）に、「この年（注、一九三四年）八月二十六日に、嘉義に支部が成立し、その後埔里、佳里、東京等に前後して支部が創立された」とあるが、創立日がいつなのか正確な日付は確定できない。従って、本稿では、この「台湾文芸聯盟東京支部第一回茶話会」の開催日を一応の成立日としておく。なお、他支部の成立は、嘉義支部は引用文にあるように一九三四年八月二十六日、埔里支部は翌年の三月十六日、佳里支部は、同年六月一日で、東京支部は埔里支部と同じころに成立している。

それはさておき、この台湾文芸聯盟に参加したのは、頼水龍、頼貴富、雷石楡、張文環、楊杏庭、陳伝纘、呉天賞、翁鬧、呉坤煌、頼明弘で、半数は台湾芸術研究会のメンバーであった。また、同会の台湾在住会員では、劉捷が成立大会から台湾文芸聯盟に参加して北部の有力会員となっていったし、さらに呉坤煌らと入れ替わりに『フォルモサ』三号から同人になった呉希聖も台湾文芸聯盟に加入し、留学を終えて帰国した巫永福も故郷の埔里で埔里支部を設立して台湾文芸聯盟の有力な会員となっていく。

こうして、呉坤煌脱退後、台湾芸術研究会の「終り」への道が敷かれていった。しかしながら、張文環は前節でみたようにこの「終り」を「必しもフォルモサ三号で持つて終りをつげたとは言はせない。吾々は延び行くフォルモサの行き先を、『台文』の行先と同一線に向けただけの話である」として、「台湾文芸団体の合流」を主張しているが、これは台湾芸術研究会が台湾文芸聯盟に吸収されて消滅することへの張の抵抗だとみてよい。張文環はあくまで台湾芸術研究会の存続にこだわっていた。筆者がこのように述べる根拠は、一九四〇年代に西川満の『文芸台湾』に対抗して『台湾文学』を出すことを勧められたときに抱いた心境を、張が次のように吐露しているからである。

「やりましょう、しかし皆頑張って行きますか」と筆者は念を押した。東京で『フォルモサ』を出した時も、最後に残ったのは筆者一人だけだという思い出があるから心配だ。また、文学仲間のうちで、筆者が一番学歴が貧弱だから、皆を引張って行く自信がない。これは謙遜ではなく事実であり、また筆者はいつもそう思っている。[26]

張文環はこのように『フォルモサ』の存続にこだわった。しかしながら、呉坤煌は『詩精神』を通じて雷石楡と知り合い、さらに雷との交流を通じて知り合った多くの中国人留学生との交流を深めていった。雷石楡は、来日後二年目の一九三四年三月に、最初の日本語詩集『沙漠の歌』を上梓した。この詩集は『詩精神』を出していた前奏社から出されたが、四月七日に新宿白十字で開かれた刊行記念会には、呉坤煌と数名の中国人が参加している。この消息は、一九三五年五月号の『詩精神』に「『沙漠の歌』刊行記念会」として掲載されている。それによると、中国人には駱駝生、林林、陳子鵠、蒲風、林懊平の五名の名前があがっている。なお、この「林懊平」は「林煥平」の間違いである。この日、彼らが和気藹々と交流していることが、次のように伝えられている。

（前略）殊に僕らを喜ばせたものは中国と台湾の詩人たちが多数集まつてくれて、正しい民族的立場からの友情の暖さを雷氏に注いでくれたことだ。日本語のしやべれぬ某氏が支那語で詩集批判を語ると、日本語のうまい某氏がそれを日本語に翻訳してくれるなど、嬉しい感動が夜のふけるまで僕らをつつんだ。何時かうした会合がブルジョア詩人たちに依つて持たれたことがあつたらうか。僕らの詩のみが国境を越えうることを、その夜いまさらのやうに僕らは自負することが出来た。『砂漠の歌』刊行の意義は実にその点にこそあるのだ。中国から日本にまたがる荒茫たる砂漠――さうした苦しさの只中にあつてなほ緑の草つぱらへたどり着かうとする逞しいその意慾は同じ砂漠の只中にゐる僕らすべてにやはり緑いろの方向を明確に指示してくれるものであらう。その夜会合した中国と台湾と日本との詩人たちは、だからうんと仲よくしてともに仕事を進めたいものだと誓ひ合つた。雷氏にとつてもまたとなく喜びの夜であつたらう。（後略）

まさに「国境を越え」る「中国と台湾と日本との詩人たち」の交流が行われているようすが伝わってくる。呉坤煌はこのような雰囲気のなかで、駱駝生、林林、陳子鵠、蒲風、林煥平といった中国人留学生と知り合った。ここにあがった五名の中国人留学生は、いずれも一九三三年十二月に再建された[27]、中国左翼作家連盟東京支部（以下、「東京左連」と略称）のメンバーである[補2]。

こうして呉坤煌と東京左連のメンバーとの交流がはじまった。呉坤煌は、このとき、すでに台湾芸術研究会を脱退していた。従って、時間的な流れからみても、東京左連の台湾芸術研究会への直接的な影響はなかったことがわかる。両者の文学的交流が進むのは、台湾芸術研究会が台湾文芸聯盟に合

流して以降のことだった。(28)

さて、呉坤煌が東京左連のメンバーと知り合った『沙漠の歌』刊行記念会は四月七日に開かれた。そして、その一か月後の五月十日に東京左連の機関誌として『詩歌』(29)が創刊された。発行所は詩歌社で、その住所は雷石楡の下宿先、すなわち「杉並区高円寺三丁目二三九番地　岸方」となっている。また、国内総発行の住所は「上海四馬路三二四号」の上海雑誌公司である。

「編輯後記」には、いくつかの注意を引く記事が記載されている。以下その個所を引いてみよう。

△「詩歌」は初夏の輝く太陽のもとで生まれた。彼の乳母は異国で彼を育てているが、しかし、彼は祖国の兄弟と提携し、熱く手を握り合わなければならない。
△われわれの計画は、毎号一人の著名な詩人の作品とその略歴を紹介し、作品の評価を加える。このようにして、創刊号はホイットマンを取り上げた。（略）
△本刊の印刷の交渉にあたっては、日本の詩人新井徹氏に奔走していただいた。（略）
△日本の雑誌「詩精神」同人兼本刊編者雷石楡氏は本年三月に日本語詩集「砂漠の歌」を出版して後、日本詩壇の好評を博した。いま留東の駱駝氏がこの詩集を中国語に翻訳しており、近いうちに中国で出版されるであろう。
△本刊行同人陳子鵠君の詩集「宇宙の歌」は印刷中である。

以上のことから、該誌の出版には『詩精神』同人の新井徹が協力したこと、(30)呉坤煌が『沙漠の歌』刊行記念会で出会った東京左翼作家連盟の駱駝や陳子鵠と知り合っていることがわかる。そのほか、創刊号には雷石楡の「序詩」と詩「桜花不在他們上面開（桜は彼らのうえに咲かない）」、林煥平の

「我們従恵特曼学取什麼（われらはホイットマンからなにを学ぶか）」、林林の詩「塩」[31]と創作「故郷的風景（故郷の風景）」、陳子鵠の「活埋行人的砂漠（旅人を生き埋めにする砂漠）」が掲載され、八月発行の第一巻第二号でも、林林、駱駝生、林煥平の訳詩が掲載されている。しかも、該号には、林林の「関於詩的音楽性（詩の音楽性に関して）」と並んで、呉坤煌の「現在的台湾詩壇（今日の台湾詩壇）」が掲載されている。この論文の内容についてはすでに取り上げた。（注9参照）なお、呉が『沙漠の歌』刊行記念会で出会ったもう一人の中国人蒲風も第四号に「聶耳紀念特輯」に寄せた「悼」を発表している。聶耳は現在の中華人民共和国の国歌となっている「義勇軍行進曲」の作曲者で、この年の七月十七日に神奈川県の鵠沼海岸で二十四歳の若さで溺死した。同号はその追悼特輯である。

東京左連の機関誌はこのころ、ほかにも発行されている。北岡正子の研究によれば[32]、『東流』（林煥平編。一九三四年八月～三六年七月）や『詩歌』創刊後すぐに出版された『雑文』（杜宣編。一九三五年五年～三六年十一月。第四号から『質文』に改称）である。その他、東京左連の機関誌ではないが、その関係者も多く執筆している『日文研究』（一九三五年七月～三六年三月）などである。

ここで注目されることは、『質文』四号に載った『雑文』第一号の目次に、張文環「台湾文壇之創作問題」とみえることである。但し、北岡先生のご教示によっても、さらに小谷一郎氏によって見せていただいた『雑文』のリプリント本をみても、この張文環の論文はみあたらないのである。『質文』は『雑文』の誌名を変更した雑誌であり、『雑文』よりあとに出た雑誌であるから、てっきり『雑文』第一号に掲載されているものと思い込んでいた。しかしながら、『東流』（第二巻第四期、一九三五年七月）掲載の『雑文』第一期の目次には、特輯として秋田雨雀の「日本三個演劇改革者（日本の三人の演劇改革者）」、普実克の「捷克斯拉夫之文壇（チェコスロバキアの文壇）」、狐塚牛太郎（武田泰淳のペンネーム）の「我們的小農園（われらの小農園）」の三編の論文名が載っているが、張文環の論文名はあがっていない。張文環の「台湾文壇之創作問題」は、どこに掲載されたのか、あるいは未発表となったのか、謎のままである。

四　終焉・崔承喜舞踊団の台湾公演

すでに見たように、『台湾文芸』は、一九三四年十一月に創刊された。『フォルモサ』は、張文環の強いこだわりにもかかわらず、第三号の発行後、月刊化を約束しながらついにそれが果たせないままに頓挫してしまった。しかしながら、台湾芸術研究会の文学活動は、台湾文芸聯盟に「合流」する形で続行されることになった。このときもっとも大きな役割を担ったのは呉坤煌である。

『台湾文芸』は、創刊号から一九三六年八月発行の第三巻七、八号まで全十六冊発行され、その内、第三巻第一号（一九三六年一月号）が欠号となったが、ほぼ二年にわたって発行された。

ここで『台湾文芸』に掲載された台湾文芸聯盟東京支部に関する記事を列記してみよう。

①　呉坤煌「東京支部設立について」第二巻第三号、一九三五年三月
②（無署名）「台湾文芸聯盟東京支部第一回茶話会」第二巻第四号、一九三五年四月
③　台湾芸術研究会「フォルモサと台湾文芸聯盟合流」第二巻第五号、一九三五年五月
④　東京支部一同「東京支部への提案――台湾文芸聯盟総会に呈す」第二巻第六号、一九三五年六月
⑤　梧葉生「台湾文芸聯盟東京支部通信」第三巻第四、五合併号、一九三六年四月
⑥　呉坤煌「東京支部例会報告書」第三巻第六号、一九三六年五月

⑦　文芸聯盟東京支部座談会「台湾文学当面の諸問題」第三巻第七、八号、一九三六年八月

以上の記事をみると、③以外、いずれも呉坤煌によって記録されている。（⑤の梧葉生は呉坤煌のペンネーム）呉坤煌は、台湾文芸聯盟東京支部の支部責任者として、『台湾文芸』の充実のために全力投球している。

ここで、呉の果たした役割をみてみると、一つは雷石楡を『台湾文芸』に誘いこんだことである。『台湾文芸』に発表された雷石楡の作品には、詩「顫へる大地」（第二巻第四号、一九三五年四月）、詩「飢饉」（第二巻第五号、一九三五年五月）、「書信」（第二巻第六号、一九三五年六月）、「我所切望的詩歌（私が切望する詩歌）」（同）、詩「給某詩人們（ある詩人たちに）」（同）、「詩的創作問題（詩の創作問題）」（第二巻第八、九合併号、一九三五年八月）、「和一個異国婦人的対話及其他（ある異国の婦人との対話ほか）」（第三巻第二号、一九三六年一月）、詩「磨砕可憐的霊魂（憐れな魂をすりつぶす）」（第三巻第三号、一九三六年二月）がある。

その他、東京左連のメンバーの作品としては、魏晋[33]の「最近中国文壇的大衆語（最近の中国文壇にみる大衆語）」（第二巻第七号、一九三五年七月）があり、この評論の冒頭には呉坤煌に熱心にすすめられて『台湾文芸』を読むことになったことが述べられている。

雷石楡は、一九三五年冬に『詩精神』への参加などの理由で国外追放された。そのとき、呉坤煌は雷を横浜まで見送っているが、そのときのようすを雷は、「出航（注、横浜の埠頭から）前に友人たちが見送りに来てくれました。その中には、日本の親しい友人の新井徹、後藤郁子、小熊秀雄や詩歌社の詩友の蒲風、魏晋、林林、戴何勿や台湾の詩友の呉坤煌等がいた」と書いている[34]。雷はまた翌年の春に、仮名で再来日し、冬に帰国した。ふたりは、その後日中戦争が終わるまで音信不通になるが、

日本敗戦後の戦後初期に今度は台北で再会することになる。なお、戦後初期に台湾に渡り『新生報』や『中華日報』の文芸欄を舞台に華々しい文学活動をした東京左連関係者には、雷石楡の他に林煥平や蒲風らがいる。こうした戦後初期台湾での呉坤煌ら元台湾芸術研究会グループと東京左連関係者との再会については、稿を改めて論じたいと思う。

呉の果たした役割はこれだけではない。もう一つは「半島の舞姫」として知られた朝鮮人舞踊家、崔承喜の台湾公演を実現したことである。

崔承喜は、一九三六年六月三十日から七月十五日にかけて二週間、台北、基隆、台中、台南、高雄、嘉義で公演をした[35]。これに関連した文章は、『台湾文芸』に掲載されているが、崔承喜訪台前の第三巻第四・五号（一九三六年四月）に掲載された、梧葉生（呉坤煌のペンネーム）の「来る七月来台する舞姫崔承喜嬢を囲み東京支部で歓迎会」と崔承喜の「筆者の言葉」、台湾文芸聯盟の「崔承喜舞踏会に就いて」の三編、そして帰国後の発行にかかる第三巻第七・八号（一九三六年八月）に掲載された、崔承喜の「筆者の舞踏について（ラヂオ放送の原稿）」と曾石火の「舞踏と文学」、呉天賞の「崔承喜の舞踏」の三編の計六編である。一文芸雑誌としては大変な熱の入れようである。

右に掲げた梧葉生の「来る七月来台する舞姫崔承喜嬢を囲み東京支部で歓迎会」によると、「既報の如く、文聯の招聘を快諾せられ、愈々今夏訪台することに決定した半島の舞姫崔承喜を囲んで、東京支部は二月二十三日内輪の歓迎晩餐会を催した」とある。これによると、崔承喜を台湾に招いたのは、台湾文芸聯盟であるが、この橋渡しをしたのは、呉坤煌である[36]。呉がどのようなつてで崔承喜を台湾に招く橋渡しをし得たのか不明だが、築地小劇場をはじめ、「三・一劇団、メザマシ会劇団、新協劇団、中華劇団、朝鮮劇団に関係[37]」し、また来日以来、プロレタリア文化活動の中で、多くの朝鮮人活動家と知り合い、さらに『詩精神』を通じて日本の著名なプロレタリア詩人とも深い交友関係を持っていた呉坤煌にしてみれば、資金の調達さえうまくいけばそれほど困難なことではなかったかもしれない。しかし、当時、崔承喜は「半島の舞姫」として売出し中のスターであり、彼女を台湾に招くことはそれほど容易なことではなかった。

ここで、崔承喜について少しみておこう[38]。

崔承喜は一九一一年に京城府（ソウル特別市）で生れた。十五歳で石井漠に師事して来日、その後一度朝鮮に帰るが、三三年に再来日し、翌年九月に神宮外苑の日本青年会館で第一回新作舞踊発表会を行い、この公演は川端康成や改造社の山本実彦らも観覧した。このあと川端康成から「日本最高の舞踊家だと激讃」されて一躍その名を知られるようになる。崔承喜が台湾公演を行うのは、その後三五年十月に第二回新作舞踊発表会を開き、映画「半島の舞姫」（今日出海監督）が三六年春に封切られ、日本での人気が高まってきたころであった。

内に分裂問題をかかえながら、新たに映画や舞台に事業を拡大していた台湾文芸聯盟は、崔承喜の台湾公演を「文聯の基礎かため[39]」として力を入れていた。そのため、先述したごとく来台の遥か以前の二月二十三日には歓迎会を行い、招聘の直前には台湾文芸聯盟の主催者であった張深切が東京まで出向き、周到な打ち合わせが行われたのである。

崔承喜の台湾公演は、おおむね成功であった。大阪朝日新聞台北支局では、

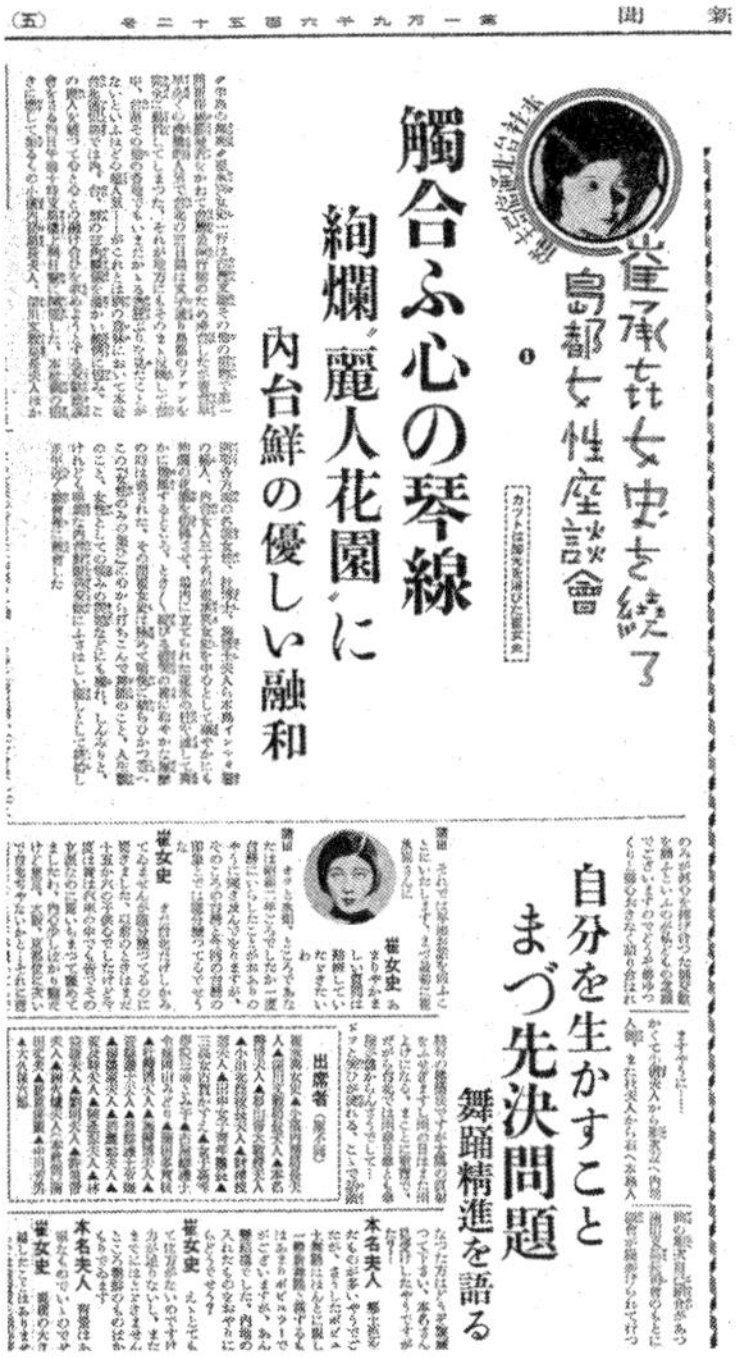

崔承喜女史を繞る島都女性座談會

觸合ふ心の琴線
絢爛〝麗人花園〟に
内台鮮の優しい融和

自分を生かすこと
まづ先決問題
舞踊精進を語る

1936年7月1日付け『大阪朝日新聞』「台湾版」

七月四日に「崔承喜女史を繞る　島都女性座談会」を開いている。この日の座談会の記事は、『大阪朝日新聞』「台湾版」の一九三六年七月十一日から十五日まで四回にわたって連載された。

さて、台湾文芸聯盟が主催した崔承喜の台湾公演は各地で歓迎され成功裡に終わった。しかしながら、結果的には、この崔承喜の台湾公演を最後に、台湾文芸聯盟の文学活動は急速に終焉に向かうのである。

張深切は、『里程碑　又名：黒色的太陽』第四冊（聖工出版社、一九六一年十二月）「七七　冷戦」のなかで、その理由について次のように述べている。

> 文聯が崔嬢の舞踏会を主催してから、日本政府は我々にいっそう圧迫を加えた。某作家はいつもの悪い癖が出て、離間策動をなし、両面から挟撃をうけて、そのために文聯はだんだんと坂を下るように傾いていった。

本稿では、台湾芸術研究会の台湾文芸聯盟への合流について詳しくみてきた。台湾文芸聯盟は既述したごとく、各地に分散していた文学同好者を、初めて全島的規模で糾合した大規模な文芸団体である。機関誌『台湾文芸』は、一九三四年十一月から三六年八月まで二年弱のあいだに通巻十六号発行した。該誌の大きな特色は、毎号第一部（白話文）と第二部（和文）から成っていることである。そして、すでにみたように、蔡嵩林や頼明弘と郭沫若の関係、呉坤煌や張文環と東京左連の雷石楡や魏晋との関係など、『台湾文芸』と中国人文学者とのあいだはかなり深い関係にあったことである。台湾文芸聯盟については、改めて考察する必要があり、これについてはまた別の機会に譲りたいと思うが、台湾文芸聯盟が弱体化した大きな要因としては、張深切や劉捷と楊逵とのあいだに一九三五年七月ころから大衆文芸をめぐる論争が『台湾新聞』紙上で展開され、次第にセクト主義攻撃や個人攻撃など泥仕合化し、最終的には楊逵が『台湾文芸』から離反して、この年の十二月に『台湾新文学』を創刊するに到った。このように楊逵が分派行動に出たことが台湾文芸聯盟の弱体化を招く大きな要因となった。ここにあがった「某作家」とは楊逵を指している。しかし、張深切が述べるように、崔承喜の台湾公演への当局の干渉も見逃せない要因となったのである。

呉坤煌は、このとき、東京支部の責任者として崔承喜の台湾公演に同行して台湾の各地をまわった。しかし、東京にもどった呉を待ち受けていたのは、警察当局による逮捕で、「十か月に及んで拘禁」されてしまったのである。このことは、呉の「懐念文環兄」（前掲）に書かれているが、この逮捕については実はまだよくわからないところがある。先述したように、崔承喜が日本にもどったのは七月十五日であるから、一緒にもどったとすれば、呉は翌年の五月まで拘留されたことになる。注37に掲げた『大阪朝日新聞』「台湾版」で、「警視庁内鮮課友松警部は台湾台中州南投郡南投街生れ呉坤煌（二十九年）を本富士署に留置、治安維持法違反の嫌疑で調べてゐる（中略）また昨年六月には舞踊家崔承喜嬢を台湾に招聘して各地に公演せしめ舞踊による民族啓蒙運動をはかるなどあらゆる方面から闘争を続けてゐたもので近く送局のはずである」と報道されたが、この記事の日付は一九三七年三月十二日である。呉が先に述べた「十か月」に及ぶ拘禁は、この時の逮捕を指すのであろうか。この日から「十か月」拘禁されたとすれば、一九三八年一月まで拘禁されていたことになる。しかし、劉捷は『我的懺悔録』（前掲）のなかで「呉坤煌兄は我々（注、張文環と劉捷）が捕まっている間に、崔承喜舞踏団を連れて台湾を公演してまわった。筆者は手紙でしばらく来日しないほうがいいと書いたが、彼はそれにかまわずもどってきてすぐに捕まった[40]（略）」と述べている。劉捷が記すところでは、この逮捕は「おそらく一九三二年のことで」、左翼関係者の捜査が全国的規模で一斉に行われ、張文環も劉捷も左翼雑誌『拓荒』[41]を持っていた関係で九十九日留置されたという。また、同じく劉捷の「張文環兄与我」[42]によると、逮捕は「同年九月一日の早朝」に行われたという。この逮捕が、崔承喜の台湾公演の年ということであれば、「一九三二年」は劉捷の記憶違いである。また、九月一日から九十九日の拘禁だとすると、十二月初旬までの拘禁で、一九三七年三月十二日付け『大阪朝日新聞』「台湾版」で呉坤煌の逮捕が報道されたときには、彼らふたりはすでに釈放されている。とすると、呉は二人が拘留されている九月から十二月のあいだに日本にもどり、そのときに逮捕されたと考えられる。そうすると、『大阪朝日新聞』「台湾版」に報道された呉坤煌の逮捕は、どのように考えればよいのだろうか。劉捷の『懺悔録』には、時間や事実の混同が見受けられ、そのまま鵜呑みにできないところがあって、彼らの逮捕の時期についてもまだ疑問が残されている。

いずれにしても、『台湾文芸』の有力メンバーが次々と逮捕とされ、結局は先述したごとく、『台湾文芸』は一九三六年八月発行の第三巻第七・八号をもって停刊となる。張深切が、一九三五年十月号の『台湾文芸』について「本号和文の執筆者は殆んど東京支部の方ばかりで、支部の方は多く前フォルモサ会員で本号はさながらフォルモサ特輯号のやうな感がする」(「編輯後記」)と言い、さらにはまた「文聯の四天王寺と称された」[43]として名前をあげているのは、呉天賞、劉捷、張文環、巫永福の四人であるが、この四人はいずれも元台湾芸術研究会のメンバーである。張文環が頑ななまでに『フォルモサ』の「終り」を認めず、台湾文芸聯盟への「合流」を言い張った台湾芸術研究会は、「合流」のなかで解体し、ついには『台湾文芸』の終刊と共にその輝かしい文学活動は終焉していったのである。

【注】

（1）『台湾総督府警察沿革誌』は、一九三九年七月に台湾総督府警務局から発行された『台湾社会運動史』の複印版。南天書局、一九九五年六月。全五冊。本文献は、警察当局の主として社会運動や非合法組織への調査記録であるが、他の文献とも資料的検討を加えながら必要に応じて使用している。

（2）「張文環氏与台湾文壇―従『福爾摩沙』『台湾文学』到『在地上爬的人』」（『張文環先生追思録』私家版、一九七八年七月収録）参照。

（3）羊子喬「身在海外心在台―〈台湾芸術研究会〉与《福爾摩沙雑誌》―」（『神秘的触鬚』台笠出版社、一九九六年六月）によると、「この五百冊は東京の主要図書館と新聞社に配ったほか、島内の文芸愛好家に送り、さらに販売のために五十冊を中央書局に送った」とある。

（4）呉希聖は、一九〇九年台北県淡水の生まれ。「豚」は、貧しい農民阿三一家の悲劇を描いたものだが、日本留学の経験がないにもかかわらず、武田麟太郎ばりの文体で書かれたとして台湾の文学関係者を驚かせた。戦前は一時台湾新民報記者をし、その後大陸に渡って「台湾義勇隊」に参加したと伝えられるが詳細は不明である。戦後は台湾の文学界とは一切縁を切ったが、一九八九年十二月に王昶雄の訪問を受けたときの近影が張我軍等著『海鳴集』（台北県立文化中心、一九九五年六月）に収録されている。該書には李永熾訳中国語版の「豚」が収められている。

（5）中島利郎・河原功・下村作次郎共著「解説」（『日本統治期台湾文学評論集』第五巻、緑蔭書房、二〇〇一年四月）参照。

（6）本名頼銘煌。台中県豊原鎮人。一九〇九年生れ。公学校卒業後、日本の岡山中学校に入学し、その後日本大学を卒業した。一九七一年逝去。静宜大学中国学科『台湾文学史料調査研究計画』（

一九九七年六月）参照。

（7）蔡嵩林は、早くに郭沫若を訪問し、一九三四年七月発行の『先発部隊』第一号に「郭沫若先生的訪問記」を発表している。なお、この訪問記の執筆年月日は「一九三三．五．一〇」となっている。その他、『第一線』に詩一編、『台湾文芸』には詩三編と文学評論「中国文壇的近況」（第二巻第七号）を発表している。生年など不詳。

（8）「懐念文環兄」『台湾文芸』通巻八十一号、一九八三年三月参照。

（9）「台湾詩壇の現状」は、『詩精神』の後身の詩雑誌『詩人』（一九三六年四月）に発表された。この論文は、もともと中国語で「現在的台湾詩壇」と題して東京左連の機関誌『詩歌』第一巻第二号（一九三五年八月）と同誌第一巻第四期（一九三五年十月）に発表された。

（10）詩人というより、小説家とみたほうが妥当な人も含まれるが、ここでは彼らの詩作品そのものを問題にしている。翁鬧「淡水の海辺に」（『フォルモサ』創刊号、一九三三年七月）、王登山「塩田の風景」「平和の朝」（『フォルモサ』三号、一九三四年六月）、江燦琳「ミユーズを求めて」「彷徨のなげき」（『台湾文芸』創刊号、一九三四年十一月）ほか、郭水潭「農村文化」「酒場風景」「静寂」（『台湾文芸』第二巻第三号、一九三五年三月）ほか、陳垂映「逝ける日沙に」（『台湾文芸』第二巻第一号、一九三四年十二月）ほか。

（11）本稿執筆後、呉坤煌についていくつかの資料がみつかった。それらの資料から呉坤煌は当時、かなり幅広い人脈で活発に演劇活動や文学活動を行っていたことがわかってきた。そこで、本節で取り上げた詩人との交流以外の演劇および評論活動を第三章として取り上げた。

（12）第一章でも引用した一九三七年三月十二日付け『大阪朝日新聞』「台湾版」によると、「台中師範に在学中民族解放運動に身を投じて卒業間際に退校処分に附され、昭和四年三月上京」とある。しかしながら、先行研究の黄武忠（『日拠時代台湾新文学作家小伝』時報文化出版、一九八〇年八月）や羊子喬（前出『神秘的触鬚』）らは「台中師範卒業」説を取っている。

（13）伊藤信吉「一つの詩史　解題として」、『プロレタリア詩雑誌集成中』（戦旗復刻版刊行会、一九七八年十一月収録）参照。

（14）「編輯後記」には「猶啄木を記念すべき月に王白淵氏の啄木調の歌が上海より寄せられたのは感慨浅からぬものがある」とある。当時、王白淵は「台湾の啄木」と称されていた。

（15）「昭和八年七月一日在上海総領事石射猪太郎」から「亜細亜局機密第八〇〇号」として「外務大臣伯爵内田康哉」宛て発信された「要注意台湾人来滬ニ関スル件」には、「右者六月二十三日当地入港上海丸ニテ東京ヨリ単身来滬」とある。外務省外交史料館所蔵。

（16）陳兼善原著・于名振増訂『第二次増訂　台湾脊椎動物誌』下冊、台湾商務印書館、一九八六年六月。英語で drongo とある。

（17）本資料の存在については、北岡正子先生からご教示いただいた。

（18）檜山久雄「日本語詩人雷石楡のこと――日中近代文学交流史の一断面について――」（『中国文学の比較文学的研究』汲古書院、一九八六年三月収録）参照。この論文は、日本における最初の雷石楡研究である。なお、雷石楡は、一九一一年に広東省台山県に生れ、一九九六年に逝去した。

（19）国会図書館所蔵の『沙漠の歌』は、表題が『砂漠の歌』となっており、扉と奥付は「沙漠の歌」となっている。本稿では『沙漠の歌』とした。なお、「サバク」は一般的には日本語では「砂漠」、中国語では「沙漠」と表現する。

（20）木島始「雷石楡氏との交流のこと」（『もうひとつの世界文学』朝日選書、一九八四年五月収録）参照。なお、このはがきによる詩の交流は「日中往復はがき詩集」として『新版・小熊秀雄全集第五巻』（創樹社、一九九一年十一月）に収録されている。

（21）北岡正子「雷石楡『沙漠の歌』――中国詩人の日本語詩集――」（『日本中国学会報』第四十九集、一九九七年十月）参照。

（22）注18参照。なお、一九三五年十二月号『詩精神』に「詩精神同人」名簿が掲載されていて、雷石楡の名前が載っている。ただし、呉坤煌の名前はない。

（23）雷石楡「我所切望的詩歌―批評四月号的詩―」（『台湾文芸』第二巻第六号、一九三五年六月）参照。

（24）創刊号の発行部数は不明だが、NRA生「（感想・書信）台北にて」（『台湾文芸』第二巻第四号。一九三五年四月）によると、「台文は千部発行してゐるさうですが、千部ではソロバンがもてないと思ひます」とある。因みに『フォルモサ』は本文でみたように「五百部」であった。

（25）『台湾文芸』（第二巻第四号、一九三五年四月）参照。

（26）「雑誌『台湾文学』の誕生」（『台湾近現代史研究』第二号、一九七九年八月）参照。

（27）檜山久雄の前掲論文（注18）によると、一九三一年ころ謝冰瑩、葉以群らによって小規模の左連東京支部が組織されていたが、壊滅状態にあった。この再建のために、林煥平が一九三三年九月来日し、十二月に再建された。また、北岡正子「『日文研究』という雑誌」（下）（『中国―社会と文化』第五号、一九九〇年六月）は、林煥平は来日後、再建のために左連東京支部メンバーとして一人日本に残っていた孟式鈞と共に江口渙を訪ね、厳しい状況下にあった日本のプロレタリア文化運動の説明を受けた様子などを詳述している。

（28）呉坤煌は、戦後「如何建立台湾新文学（第二次作者茶会総報告）」（『新生報』一九四八年三月二十九日～四月七日）の中で、「関於我們在東京工作情形特別値得一提的便是与剛木先生等的合作、那時内地来的林煥平先生詩人蒲風等都参加我們這個団体、他們很同情我們、因為他們也受到圧

迫、所以大家都有『同病相憐』的感覚。」と発言しているが、「林煥平氏と詩人蒲風」が参加した「我々のこの団体」とは、台湾文芸聯盟を指す。この貴重な資料は、黄英哲氏より提供していただいた。記してお礼申し上げたい。

(29)『詩歌』の詳細な研究に北岡正子「『詩歌』の誕生——新詩歌運動の流れ」(『野草』五十四号、一九九四年八月)がある。同論文には「『詩歌』目録」が掲載され、それによると、一九三五年五月から十月まで全四号発行された。関連論文に、北岡正子「中国詩歌会の詩の大衆化論について」(『関西大学中国文学会紀要』十九、一九九八年三月)がある。なお、本稿における『詩歌』については、北岡正子先生のご教示と資料の提供を頂いた。

(30)『詩精神』と『詩歌』は印刷所が同じ耕進社であった。また、雷石楡著『沙漠の歌』に収録された新井徹の「序」には、「僕が雷君の詩をはじめてみたのは「文化集団」誌上であつたらうか。間もなく「詩精神」に毎月詩稿が送られてくるやうになつて、注目しはじめた。」とみえる。

(31)この詩は、呉坤煌によって一九三五年九月号の『詩精神』(第二巻第八号)に訳載されている。

(32)「『日文研究』という雑誌(上)——左連東京支部の縁辺——」(『中国—社会と文化』第三号、一九八八年六月)および「『日文研究』という雑誌(下)——左連東京支部文芸運動の暗喩——」(同第五号、一九九〇年六月)参照。

(33)『詩歌』第一巻第四期の編集者は、国外追放となった雷石楡に代わって魏晋となった。

(34)池沢実芳・内山加代編訳『もう一度春に生活できることを　抵抗の浪漫主義詩人雷石楡の半生』(潮流出版社、一九九五年八月)参照。初出は、『新文学史料』一九九〇年第二期、三期連載の雷石楡「我的回顧」。

(35)一九三六年七月一日付け『大阪朝日新聞』「台湾版」の「南島に踊りぬく　内、台、鮮の三角親善に崔承喜さん出発す」参照。崔承喜は、台湾を三度訪れている。一度目は、同紙によると、「昭和一、二年頃」で、今回は二度目であった。三度目は、一九四〇年十二月十七日ころから約二週間、荒尾商会映画部の招聘で訪れている。なお、崔承喜については、一九三五年二月十五日付け『台湾新聞』に「踊りの星座に輝く人々　大空に描く筆者の夢　崔承喜の登場　洋舞踊家石井漠氏談」の記事が掲載されており、崔承喜の名は台湾でも早くから知られていたことがわかる。この記事は、陳淑容さんの教示を得た。

(36) 劉捷は『懺悔録』（前掲）の中で「呉君（注、呉坤煌）の活動力は大変強く、当時の在日の台湾留学生はほとんど彼を知っていたし、台湾芸術研究会、フォルモサ雑誌、韓国舞踏家崔承喜らの台湾公演などはみな、実際のところ彼によって計画され実現した」と証言している。

(37) 「不穏な〝民族解放〟舞台から呼びかく　崔承喜嬢等も利用　赤い本島人警視庁で取調」一九三七年三月十二日付け『大阪朝日新聞』「台湾版」参照。

(38) 崔承喜については、高嶋雄三郎・鄭昞浩編『世紀の美人舞踊家崔承喜』（エムティ出版、一九九四年十二月）を参照した。本書には「崔承喜年譜」が収録されているが、台湾訪問の記事はない。また、二〇〇二年七月に、金賛汀著『炎は闇の彼方に　伝説の舞姫・崔承喜』がＮＨＫ出版から出されたが、やはり訪台についての記載はない。

(39) 一九三六年六月十七日に東京で開催された東京支部の座談会での張深切の発言。「台湾文学当面の諸問題」（前掲『台湾文芸』第三巻七・八号）参照。

(40) 農牧旬刊社、出版刊期未記載。後九歌出版社から一九九八年十月に出版。劉捷は、この中で、呉坤煌の逮捕理由を、思想問題ではなく、呉坤煌が秋田出身の美人の愛人を持っていたから人相の悪い鈴木という警察官の嫉妬を買ったからだと述べているが、俄かには信じ難い。

（41）どの雑誌を指すのか不詳。『拓荒者』だとすれば、中国左翼作家連盟の機関誌であり、蔣光慈の主編で一九三〇年一月に上海で創刊された。
（42）張文環著・廖清秀訳『滾地郎』（鴻儒堂、一九七六年十二月初版所収）参照。
（43）前掲『里程碑』参照。

【補注】
（1）雷石楡関係書に次の書がある。張麗敏著『雷石楡人生之路』河北大学出版社、二〇〇二年七月。
（2）東京左連に関する研究には、小谷一郎著『一九三〇年代中国人日本留学生文学・芸術活動史』（二〇一〇年十二月）、『一九三〇年代後期中国人日本留学生文学・芸術活動史』（二〇一二年一月）がある。いずれも汲古書院出版である。

第三章　台湾人詩人呉坤煌の東京時代（一九二九年―一九三八年）

――朝鮮人演劇活動家金斗鎔や日本人劇作家秋田雨雀との交流をめぐって

はじめに

台湾芸術研究会の創立メンバーであった呉坤煌（一九〇九年―一九九〇年、南投県南投生まれ）は、一九三〇年代、詩作や演劇活動を通じて、日本のプロレタリア詩人や劇作家との交流、さらに朝鮮人や中国人の留学生とも活発な交流をもっていたことが知られている。しかしながら、呉坤煌に関する文献資料は甚だ少なく、呉の活動については、具体的なことがよくわからないままであった。

本稿では、筆者の『フォルモサ』研究の過程で新たに発掘した資料をもとに、この時期の呉坤煌の活動について明らかにしたいと思う。但し、現時点では、まだまだ不十分な点が残っていることをお断りしておかねばならない。

一　呉坤煌に関する伝記記事再読

呉坤煌の伝記にかかわる文献は、次の通りである。

①黄武忠「詩人兼戯劇家――」（『日拠時代台湾新文学作家小伝』時報文化出版事業有限公司、一九八〇年八月）
②羊子喬「（日拠時代台湾詩人詩作選介）社会写実的詩人――呉坤煌」（『自立晩報』「副刊」、一九八一年一月六日）
③羊子喬、陳千武主編『光復前台湾文学全集⑩　廣闊的海』（遠景出版事業公司、一九八二年五月）（詩四編収録）
④呉坤煌「追悼文環兄」（『台湾文芸』総八十一期、一九八三年三月）
⑤羊子喬「社会写実的詩人――呉坤煌」（『蓬莱文章台湾詩』遠景出版事業公司、一九八三年九月）
⑥羊子喬「斯人獨憔悴――初論呉坤煌」（『復活的群像』前衛出版社、一九九四年六月）
⑦羊子喬「社会主義的詩人――呉坤煌」（『神秘的觸鬚』台笠出版社、一九九六年六月）

以上の文献のうち、羊子喬の②と⑤から⑦の四編は、一九八一年に発表された②の文章に修正を加えたもので、基本的に同じものである。また、③は作品集である。従って、呉坤煌の伝記に関する文献は、④の本人の回顧（本編は、張文環との交友を軸とした自己の回顧録ともなっている）および①と②の三編ということになる。但し、④は張文環への追悼文であるため、台湾芸術研究会の活動をめぐる回顧が中心となっている。また、呉坤煌は一九九〇年に亡くなっているので、いまとなっては、呉坤煌本人から東京での留学生生活について話を聞くことはできない。従って、本節の考察にあたっては、①と②が基本文献ということになる。

文献①は黄武忠著『日拠時代台湾新文学作家小伝』に収録されている。該書は一九八〇年に出版されたが、当時は台湾文学研究はまだ異端視されていた。そのため台湾文学研究が飛躍的に進んだ今日の研究水準からみると、該書は研究書としての役割をすでに終えたかのようにみえる。しかしながら、該書には今日でもまだ充分に究明されてない情報が記載されている。該書は、台湾文学研究のための基本文献がほとんどない時代に、いわば足で書いた作家評伝である。作者は、作家を訪ね、作家が行ってきた文学活動を作家自身に語らせている。戒厳令下の厳しい時代に書かれた該書は、そうした作家訪問記録を中心にしてできあがっており、作者が記録した作家の言葉は、いまも筆者たちに研究への貴重な手がかりを与えてくれる。

すなわち、①には呉坤煌自らが語った、東京での演劇活動と文学活動の足跡が記録されているということである。それは、②の羊子喬の文章も同様で（羊は、呉坤煌と同郷の南投県人）、羊は呉坤煌から東京での文学活動について尋ね、その聞き書きをもとに詩人呉坤煌の文学について評論しているのである。

前置きが長くなったが、以下、この二編の文献に述べられている記事に拠って、呉坤煌の東京での演劇活動および文学活動をみていこう。

黄武忠は、①で次のように述べている。（記号は、筆者が叙述の都合上付した。）

A　「民国二十一年（注、一九三二年）に東京築地小劇場の新劇活動に加わり、そのためにその新劇団体の訓練班に二年半いたが、このころ日本の演劇界の権威であった村山知義、秋田雨雀、丸山定夫らの作家や劇団員の指導を受け、多くのことを学んだ。」

B　「民国二十四年（注、一九三五年）から「詩歌」、「散文」、「評論」など二十数編(1)を次々と発表し、台湾文芸、台湾新民報、台湾新聞(2)などの新聞雑誌に発表し、その後また日本の『詩神』（ママ）(3)や『中外雑誌』(4)、中国の『詩歌雑誌』などに発表した。」

C　「民国二十五年（注、一九三六年）から民国二十六年（注、一九三七年）まで、東京築地小劇場で例えばシェークスピアの『ハムレット』や島崎藤村の『夜明け前』などの新劇の演出に加わり、また朝鮮の三・一劇団および中国の留日作家と協同で『洪水』、『雷雨』、『五奎橋』、『視察専員』などの新劇の上演を行った。」

では、羊子喬は、この時期をどのよう書いているだろうか。文献②には、次のように述べられている。

D　「呉坤煌の芸術活動は、主に演劇の演出と詩の創作だといえよう。演劇活動では、築地小劇場の演出に加わったほか、朝鮮の三一劇団、および中国留日作家と協同で『洪水』、『雷雨』、『五奎橋』、『視察専員』などの新劇の上演を行った。新詩の創作では、一九三四年に日本で中国の詩人雷石楡と知り合った。」

E　「呉坤煌の詩作は、『台湾文芸』、『台湾新民報』、『台湾新聞』、『風月報』、および日本の『詩神（ママ）』、『中外雑誌』、そして中国の『詩歌』などの多くの新聞雑誌に散見される……」

呉坤煌は一九二九年に日本「内地」に留学し、その後黄武忠によると「日本大学芸術専門科および明治大学文科」で学んだとあるが、卒業はしていないと思われる。まもなく、呉坤煌は日本共産党台湾民族支部日本特別支部長の林兌と知り合うが、一九三二年には「共産党資金局の活動に参加」（『台湾総督府警察沿革誌』(5)）しているとして警察当局にマークされていた。

右記Aによると、「築地小劇場の新劇活動に加わり」、「その新劇団体の訓練班に二年半いた」のは、ちょうどこの「共産党資金局の活動に参加」していたとされる時期である。引用文Aでは、「築地小劇場の新劇活動に加わ」ったとあるが、それは「訓練班」にいたと述べているごとく、あくまでも訓練生としてかかわっていたに過ぎない。筆者は、築地小劇場の月刊誌『築地小劇場』や、不二出版から一九八六年に復刻された『築地小劇場　ポスター・上演パンフレット（一九二四―一九二九）』などを調査したが、出演者やスタッフ、あるいは築地小劇場劇団部員などの名簿にも呉坤煌の名前は出てこない。

しかしながら、呉坤煌の演劇活動は訓練班を終えてからも続き、CやDにみるごとく、ますます活発に日本の劇団や朝鮮および中国の劇団の演劇活動にかかわっていった。但し、どのようなかかわり方をしていたのか、実際にどのような演劇活動を行っていたのか、詳しいことは依然として不明である。

二　呉坤煌と朝鮮人演劇活動家金斗鎔の交流

ここで、呉坤煌が日本の官憲によって逮捕されたという、一九三七年三月十二日付け『大阪朝日新聞』「台湾版」の報道記事をみてみよう。そこには、呉坤煌の東京での活動内容がかなり詳しく報道されている。

……昭和四年三月上京某歯科医専、某神学校(6)などを転々とするうち反宗教運動から共産党に入党以来地下運動を続けてゐたが一昨年ごろからさらに階級的演劇を通じて台湾、朝鮮、支那の三民族解放運動の戦線統一を目指し先に警視庁に検挙された半島出身の金等鎔および在上海の同志台湾生れ王白淵らとひそかに聯絡をとりながら三・一劇場、メザマシ会劇団、新協劇団、中華劇団、朝鮮劇団に関係、或は合法を装ひ、或は非合法下に常に舞台から大衆に呼びかけてゐた一方、北村敏夫、槙葉のペンネームで「生きた新聞」「時局新聞」などに盛んに投稿して赤い思想の宣伝につとめてゐた事実もあり……

右の引用文中に王白淵の名前がみえる。呉坤煌と王白淵は、一九三二年三月の台湾文化サークルの結成以来、深い交流があった。「金等鎔」は、おそらく金斗鎔（キムドウヨン）のことであろう。任展慧著『日本における朝鮮人の文学の歴史—一九四五年まで—』（法政大学出版局、一九九四年一月）によると、金斗鎔は、一九二七年十月に結成された朝鮮プロレタリア芸術同盟（略称カップ）の東京支部のメンバーとして早くからプロレタリア文化運動に従事し、機関誌『芸術運動』の編集をはじめ、『無産者』や『ウリトンム』などの編集に携わった人物である。

金斗鎔は、上に引いた新聞記事にみえる『生きた新聞』や『時局新聞』（不二出版、一九九八年復刻）に多数の評論を発表している。『生きた新聞』は三一書房から出版され、一九三四年十二月十五日発行の創刊号から一九三五年八月五日発行の第八号まで全八号出された。新聞という名前が付されているが、実際は雑誌である。一九三五年十月二十八日発行の『時局新聞』（第百二十九号）に掲載された、『生きた新聞』編輯部「『生きた（ママ）』新聞の廃刊と『時局新聞』への参加」によれば、該誌は「主に外部的理由より存続することの困難の情勢に立ち到」り、「日本に於ける進歩的文化啓蒙戦線を統一すべき気運が成長」するなかで、『時局新聞』に合同していったという。この間、「フアッシズム、労働組合統一戦線、プロレタリア文化文学運動等に就て」の論陣を張ってきた。一方『時局新聞』は、はじめサラリーマン社から発行され、第十二号から時局新聞社発行に移った。該紙はタブロイド版四

頁の紙面で一九三二年八月十五日から一九三六年七月六日まで隔週刊で、全百六十四号まで発行されている。(7)

いま述べたように、『生きた新聞』は全八号出版されたが、金斗鎔は第一巻第八号を除いて毎号執筆しており、例えば、「『文化戦線の見透し』を批判する」（第一巻第三号、一九三五年三月五日）、「森山啓君の批判」（第一巻第七号、一九三五年七月五日）などの評論を執筆している。さらに『時局新聞』には、記事を五編寄せており、例えば、「二つの民族劇　朝鮮芸術座と中国戯劇座談会」（百三十二号、一九三五年十一月十八日）、「ホテル・ルックスの話…食堂の国際的光景…」（百三十六号、一九三五年十二月十六日）などを発表している。

呉坤煌と金斗鎔は、どのような関係にあったのだろうか。先に引用した『大阪朝日新聞』の記事は、ふたりは演劇を通じてかなり深い交流を行っていたと伝えている。実際、彼らは深い交友関係にあったと思われる。この点については後述するが、『生きた新聞』には、呉坤煌も二編の評論を書いていることが今度の調査ではじめてわかった。

『大阪朝日新聞』の記事では、呉坤煌は「北村敏夫、槙葉のペンネームで『生きた新聞』『時局新聞』などに盛んに投稿して赤い思想の宣伝につとめてゐた」とある。しかしながら、筆者の調査では、『生きた新聞』には確かに呉坤煌の名前で評論を発表していたが、「北村敏夫、槙葉のペンネーム」では、なにも見当たらなかった。では、『時局新聞』はどうかというと、こちらには呉坤煌でも「北村敏夫、槙葉のペンネーム」でもなにも出てこない。あるいは、他のペンネームを使って書いているのかもしれないが、現段階では、そうした点については審らかにしない。また、引用記事には「盛んに投稿して赤い思想の宣伝につとめてゐた」とある。しかしながら、呉坤煌の名前で発表された評論は、そういった類の扇動的な文章ではない。タイトルは次の通りである。

「南国台湾の女性と家族制度」（『生きた新聞』一巻三号、一九三五年三月五日）
「台湾老鰻物語」（同一巻七号、一九三五年七月五日）

前者は、（一）封建時代其の儘の大家族制度、（二）台湾の売買結婚、（三）オールドガールの纏足の三章からなり、封建的な家族制度を批判的に分析した評論である。後者は、台湾の裏社会に巣くう「老鰻」すなわちヤクザ組織について詳しく紹介した評論である。これらの評論をもって「盛んに投稿して赤い思想の宣伝につとめてゐた」とは言えない。

次に引用文にみる「三・一劇場、メザマシ会劇団、新協劇団、中華劇団、朝鮮劇団」についてみてみよう。

三・一劇場は、「資料　プロット解散後のわが三・一劇場の新しい出発に際して」（『テアトロ』六号、一九三四年十一月）によると、三〇年六月に「東京朝鮮プロレタリア演劇研究会」から出発し、十月に「東京朝鮮語劇団」として発展し、第一回公演は築地小劇場で開かれたという。そして、翌年二月八日に、日本プロレタリア劇場同盟（一九二九年二月創立。略称「プロット」）に加盟し、三四年「七月十五日、プロットが解体するまで、満三ケ年以上プロットの旗の下で、在日本朝鮮民族演劇の樹立を目的として」朝鮮語による演劇活動の劇団として活動した(8)。

メザマシ会劇団は、劇団メザマシ隊と呼ばれ、アジプロ演劇専門の劇団として、プロットの下部組織として演劇活動を行った。三四年四月十六日付の『時局新聞』五十号には、「劇団メザマシ隊訪問舞台裏にて女優さんと語る」の記事があり、そこには「……プロレタリア演劇の先進舞台として、労働者に親しまれてゐたアジ・プロ隊として有名なメザマシ隊はどうしてゐるだらうと記者は一日築地小劇場を訪れた」とある。また、プロット解散前夜に行った劇団メザマシ隊の公演が、「劇団メザマシ隊　深川第四回公演　七月一・二日　本所日東演芸館」として村山知義「劇評」(『テアトロ』一九三四年八月)に取り上げられている。

新協劇団は、二九年二月の創立以来プロレタリア演劇の全国的統一組織であったプロットが、村山知義の「新劇団の大同団結」の呼びかけで三四年七月十五日に解散したあとを受けて、同年九月二十九日に結成された。第一回公演は、十一月十日から三十日まで、築地小劇場において島崎藤村原作の『夜明け前』が村上知義の脚色によって上演されている。

次にあがっている中華劇団は、どの劇団を指しているのだろうか。このころ、中国関係の劇団はいくつかあり、互いに競うように上演活動を行っている。[9]

呉坤煌は、前掲のCおよびDにみるように、「中国の留日作家と協同で『洪水』、『雷雨』、『五奎橋』、『視察専員』などの新劇の上演を行った。」と語っているが、これらの演劇は、はたして、次のごとくに公演されている。(上演順に列記する)

・『雷雨』(曹禺作)

一九三五年四月二十七日から二十九日および五月十一日と十二日に、中華同学新劇公演会として、一橋講堂において公演される。[10]

・『五奎橋』(洪深作)

一九三五年十月十二日・十三日に中華同学新劇第二回公演として、一橋講堂において公演される。[11]

・『視察専員』(ゴーゴリ原作「検察官」、呉天演出)

一九三五年十一月二十九日・三十日に中華戯劇座談会第一次公演として、築地小劇場において公演される。この日、同時に「決堤」（呉天原作・杜宣演出）が公演された。なお、公演は中国語で行われている。

・『洪水』（田漢作）

一九三六年五月九日から十一日に中華戯劇協会第一回公演[12]として、一橋講堂において公演される。同時に「姨娘」（白薇作）が公演された。

その他、三五年十一月六日と七日には、中華国際戯劇協進会第一回公演として、盧景光監督・袁牧之作「一個女人和一条狗」、呉剣声監督・久米正雄作「牧場兄弟」と同監督・馬彦祥作「打漁殺家」が築地小劇場において公演されており、このころ、中国人留学生による演劇が極めて活発に行われていたことがわかる。ついでに述べると、中国の劇作家の欧陽予倩は、三四年に来日し、滞在中は日本の演劇関係者と交流を持っている。この年の六月二十四日には、銀座の三文銀座で「欧陽予倩氏を囲む座談会[13]」が持たれ、出席者には、藤森成吉、村山知義、金波宇、秋田雨雀ら二十名の名前があがり、「その他三十数氏」が参会したとある。他に中国の女性作家、王瑩も会半ばに参加したとあるが、呉坤煌ははたして「その他三十数氏」の参会者のなかに入っていたのだろうか。

次に朝鮮劇団についてみよう。

朝鮮人の演劇活動は、プロット傘下の三・一劇場が中心となって三〇年代の演劇活動を担ってきたが、三五年一月に解散後は、東京学生芸術座、朝鮮芸術座、東京新演劇研究会の三つの劇団が存在した。中でも、朝鮮芸術座が「過去のプロット加盟の三・一劇場の伝統を受けついでゐる[14]」といわれた。

先に引用した新聞記事の中で呉坤煌との関係が伝えられていた金斗鎔は、『テアトロ』(三巻三号、一九三六年五月)に「朝鮮芸術座の近況」を書いているが、金はこの朝鮮芸術座の中心人物の一人でもある。ここで言う「朝鮮劇団」とは、おそらくこの朝鮮芸術座を指していると思われる。こうしてみると、呉坤煌と金斗鎔は、先にみたように『生きた新聞』やこの朝鮮芸術座を通してかなり深い関係にあったものと思われる。さらには、呉坤煌と三・一劇場とのかかわりについても、この金斗鎔がなんらかの橋渡し役をした可能性なども考えられる(15)。

呉坤煌がこうした演劇の公演でどのような役割を担ったのか、詳細は依然として不明である。新聞記事には、「三・一劇場、メザマシ会劇団、新協劇団、中華劇団、朝鮮劇団に関係、或は合法を装ひ、或は非合法下に常に舞台から大衆に呼びかけてゐた」とあるが、ここに述べられていることがどのような状況を指すのか、実態はよくわからないままである。

その他、東京学生芸術座の第一回公演は、三五年六月四日に築地小劇場において、朝鮮の劇作家として知られていた柳致真作「牛」と朱永渉作「渡し場」が上演されている。なお、東京新演劇研究会については、筆者にはまだ充分な調査ができていない。

以上は、呉坤煌が文献①と②で語った演劇活動および『大阪朝日新聞』「台湾版」に載った逮捕記事とを、当時の演劇状況と重ね合わせて論述したものであるが、呉坤煌が、三〇年代にいかに活発に演劇活動にかかわっていたかが、かなり明らかになった。ただし、具体的にどのようなかかわり方をしていたのかということになると、まだよくわからない。

しかしながら、呉坤煌の演劇分野における活動は、新聞記事の中で金斗鎔との関係が取りざたされていたところから推測すると、もう少し表立った活躍があってもおかしくないように思われる。

羊子喬は②で、「呉坤煌の芸術活動は、主に演劇の演出と詩の創作だといえよう」と述べているが、詩の方面では別稿で詳しく述べたが、遠地輝武や小熊秀雄、新井徹、後藤郁子といった『詩精神』の詩人たちとの交友、さらに中国人留学生の雷石楡ら東京左連関係者との親密な交友があったことがわかっている。では、演劇関係ではどうだったのだろうか。

三　呉坤煌と劇作家秋田雨雀の交流

黄武忠執筆にかかる①のAをみると、呉坤煌は、築地小劇場の訓練班にいたころ「日本の演劇界の権威であった村山知義、秋田雨雀、丸山定夫らの作家や劇団員の指導を受け、多くのことを学んだ」と述べている。はたして、この証言を実証する具体的な記録がどこかに残っているだろうか。

ここで、先に引用した新聞記事をもう一度みると、「北村敏夫、槙葉のペンネーム」で『生きた新聞』や『時局新聞』などに投稿していたとある。しかしながら、既述したごとくこの二誌には「北村敏夫、槙葉のペンネーム」での投稿は見当たらず、本名の呉坤煌の名前で『生きた新聞』に二編の評論が掲載されているだけであった。

ところが、筆者は「北村敏夫」の名前を、演劇雑誌『テアトロ』の執筆者の中に発見した。該誌は、三四年六月に創刊された、「秋田雨雀編輯　総合演劇雑誌」と銘打たれた演劇専門雑誌である。創刊号は発行部数が五〇〇〇部であった。（ペンネーム「槙葉」については、該誌にも見当たらず、目下のところ未発見である。）[16]

『テアトロ』に発表された「北村敏夫」の文章は、次の四編である。

「〔通信〕（海の彼方）中国通信」（八月号、一九三五年八月）

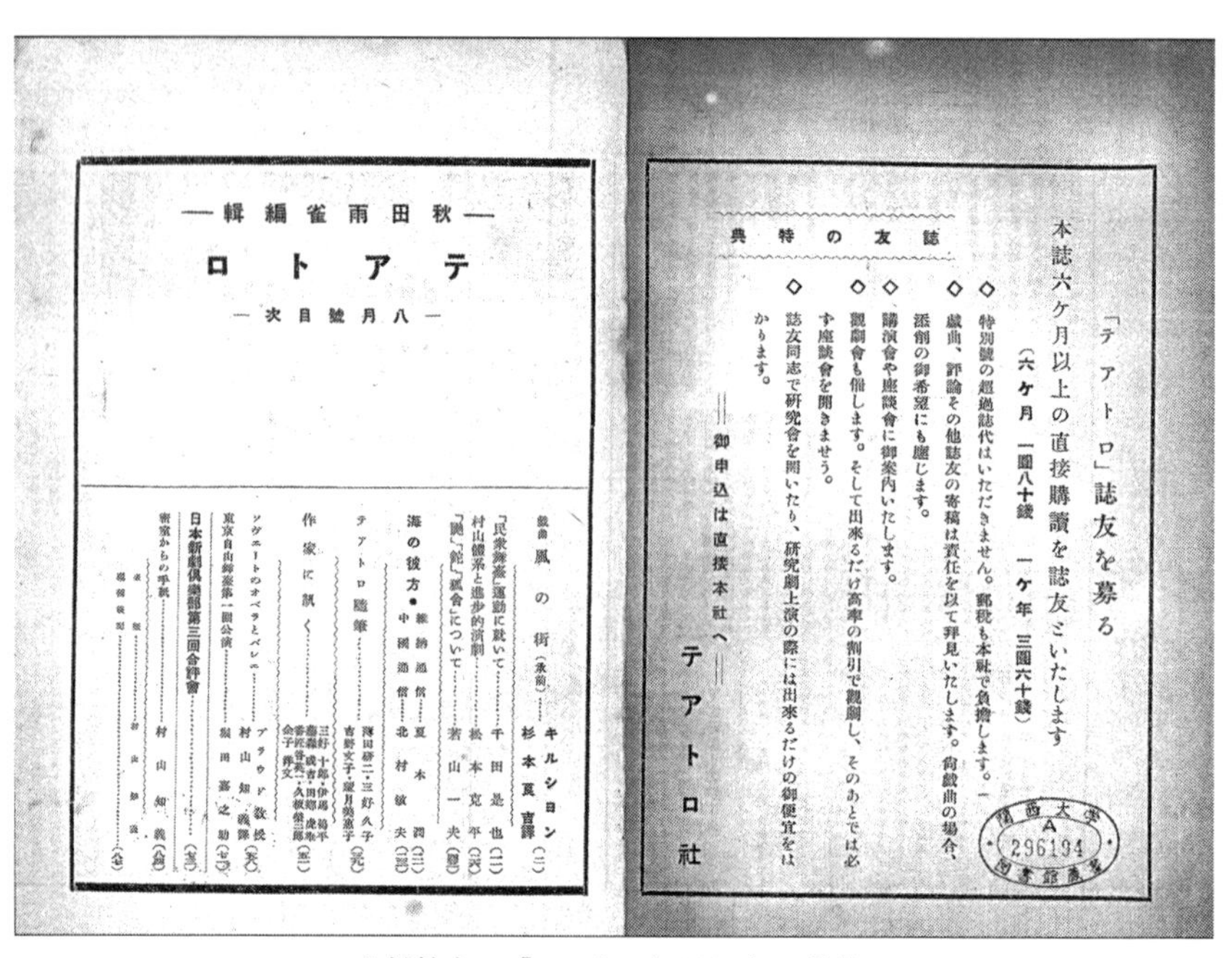

「テアトロ」誌友を募る

本誌六ケ月以上の直接購讀を誌友といたします

（六ケ月 一圓八十錢　一ケ年 三圓六十錢）

誌友の特典

◇特別號の超過誌代はいただきません。郵税も本社で負擔します。

◇一戯曲、評論その他誌友の寄稿は責任を以て拜見いたします。尚戯曲の場合、添削の御希望にも應じます。

◇講演會や座談會に御案内いたします。

◇觀劇會も催します。そして出來るだけ高率の割引で觀劇し、そのあとでは必ず座談會を開きませう。

◇誌友同志で研究會を開いたり、研究劇上演の際には出來るだけの御便宜をはかります。

＝御申込は直接本社へ＝

テアトロ社

—秋田雨雀編輯—

テアトロ

—八月號目次—

北村敏夫―『テアトロ』1935年8月号

「（通信）（海の彼方）農民劇団と露天劇―中国通信―」（三巻三号、一九三六年五月）

「（評論）出獄後の田漢と南京劇運動」（同上）

「「春香伝」と支那歌舞伎の元曲」（五巻六号、一九三八年六月）

はたして、「北村敏夫」とは誰か。この「北村敏夫」は、新聞記事が伝えるところの呉坤煌のペンネームなのだろうか。四編のうち前三編は三五年と三六年の発表で、最後の文章は三八年六月の発表となっているが、呉坤煌はこのころまで東京にいたのだろうか。[17] また内容からみて、前三編は中国関係で、後の一編は朝鮮関係であるが、台湾出身の呉坤煌の作品と考えてよいのだろうか。

まず内容をみてみよう。

「（通信）（海の彼方）中国通信」は、三五年の中国の映画界と演劇界の消息を述べたものである。タイトルは「中国通信」となっているが、作者はおそらく日本にいて、関係資料をもとに執筆したものだろう。映画情報は、冒頭に「中国の映画は日本のものにも劣らぬ程最近非常なる進歩を示してゐることは五月号からずつと紹介されてゐるキネマ旬報に於ける岩崎氏の謂はれてゐる通りである」と述べているように映画評論家岩崎昶の情報などを参考にしている。演劇情報もかなり詳しいが、文章表現をみると「……と叫ぶ者もあつた由」とか「……今までにない成功を収めたとか」とか「……さうである」とか「……さうだ」とかといった表現で記述されている。明らかに、資料を見ての執筆であり、実際の観劇記ではない。

「(通信)(海の彼方) 農民劇団と露天劇―中国通信―」もやはり「中国通信」となっているが、前編同様、中国からの通信ではない。本編は二つの内容からなっている。一つは、タイトルにある「農民劇団と露天劇」であり[18]、もう一つはタイトルには反映されていないが「統一戦線下にある中国文学界」である。前者では劇作家、熊佛西の農民劇にもふれている。後者には、興味深い記述がある。引用してみよう。

(前略) ドイツやロシアやアメリカの文学運動が多くの雑誌に於て紹介されてゐるにも拘らず、吾々に最も近い中国の様子がわからないのは不思議ではないか。かう云ふことが耳に入つてゐる。最近合法的或ひは半合法的の左翼系の文芸雑誌が二十幾種類とも発禁を喰つた。その中に東流、雑文、詩歌のやうな東京で発刊して日本政府から禁止されたりしたものも入つてゐる。そこでそれらの主脳(ママ)部達が結合して「文学」に対抗する最も進歩的な綜合雑誌の発刊が計画されてゐると聞く。吾々に想像されることは左翼作家聯盟がそのヘゲモニーを握つて所謂文化の統一戦線を実践してゐることである。しかも国際的の連環性の意味で日本の作家達の参加を一同は非常に希待(ママ)

してゐるさうだ。

ここにあがっている「東流、雑文、詩歌」は、いずれも東京左連の刊行物である。こうしてみると、「北村敏夫」はかなりの中国通であると同時に、日本における中国人留学生の文学活動にもかなり精通している人物であることがわかる。

「（評論）出獄後の田漢と南京劇運動」は、主として田漢の「回春之曲」と「洪水」の公演の動向について述べたものである。しかしながら、その文章表現をみると、前二編同様、日本にいて書いたものであることがわかる。冒頭はまた「田漢は屡々報ぜられてゐるやうに日本でも最も広く知られてゐる劇作家である、がその僧侶頭であることも似てゐるし、エネルギッシユな所は正に村山知義氏そっくりである。」と書き出され、田漢や村山知義に実際に会ったことがあることがうかがわれる。「北村敏夫」が呉坤煌なら、先にみたように、村山知義は呉にとっては築地小劇場の訓練生時代の指導者であるから、このような表現は可能である。

なお、田漢の「洪水」の公演は、すでにみたように日本でも同じころに（一九三六年五月九日〜十一日）、中華戯劇協会第一回公演として上演されている。

「『春香伝』と支那歌舞伎の元曲」は、三八年四月に新協劇団によって公演[19]された「春香伝」について、「支那の唐代の伝奇や元代の戯曲に似て」いるとして、特に元曲の影響を論じたものである。内容は、中国の元曲に通じた学者か中国伝統劇通でなければ書けないほどのものである。先にみた三編の文章と言い、本編と言い、「北村敏夫」はかなりの中国通であり、その学殖は中国古典劇にもおよんでいる。

また、本編にみる次のような表現はどのように考えればいいだろうか。

・「従って元曲を読み、幼い時分からその芝居を見つけてゐる吾々には二三幕で大体の筋が想像出来るのである」
・「内地の顧客に見せる芝居である予想の下に」
・「近い将来に東都に於てもそれが上演の日あるやうに祈つてやまない」

ここに引いた文章から、「北村敏夫」は中国の伝統的な芝居を観て育ったことが予測され、また「内地」や「東都」といった表現を使うところからみて、植民地出身者であると判断できる。とすると、中国の芝居を観て育った植民地出身者である「北村敏夫」は、呉坤煌その人であると言えないだろうか。呉坤煌ならば、幼いころから、身近に布袋戯などの伝統的な芝居を観てきたはずである。

以上、四編の内容からみると、「北村敏夫」は呉坤煌であるとみるのが自然であろう。しかしながら、「北村敏夫」が呉坤煌であるとは、まだ断定できない。

以上にみたように、かなりの中国通である「北村敏夫」[20]は、『テアトロ』以外には、なにも発表していないのだろうか。そこで、当時の文学雑誌の総目録やプロレタリア詩雑誌を調査したが、「北村敏夫」の名前は見当たらない。

先述したように『テアトロ』の編集者は、秋田雨雀である。秋田雨雀は、当時、朝鮮や中国の演劇関係者や文学者と頻繁に交流していた。そうしたことについて、北岡正子は、注8に掲げた論文の中で次のように述べている。

秋田雨雀の中国留学生に対する支援には多大なものがあった。稽古場や劇場を世話し、公演の度に観、合評会等の会合に招かれて意見を述べ、日本の新聞・雑誌に中国留学生の演劇に関する紹介や批評を書き、彼らのために演劇理論や演劇史等の講義もした。彼ら留学生にとっては援助者であるとともによき指導者でもあったようで、演劇活動に携わる者だけではなくエスペランチストや美術・文学の活動に携わる者達もしばしば秋田雨雀の許を訪れている。その常連に左連東京支部のメンバーがいたことは、『秋田雨雀日記』等から知られるところである。

『秋田雨雀日記』（未来社、一九六五年三月〜六七年十一月）は、全五巻からなるが、呉坤煌の名前は出てこない。但し、「一九三五年十一月七日」の項に「北村敏夫」の名前が出ている。まず、当日の日記を引いてみよう。

晴。きょう午後一時から新宿明治製菓で中華戯劇座談会の招待があった。杜宣、呉天二君のあいさつにつれて自分も簡単なあいさつをした。東童の宮津君や大山功君や松田粂太郎君もあいさつ。決堤（呉天）についての論争。自分も批判した。もと文理科大学田漢の消息をきいた。聶耳の「大路歌」「漁光曲」をきいた。夜、蚕糸会館で築地座の「秋水嶺」をみた。支配者側から見た作物ではあるが、朝鮮における日本企業家たちの姿を描いている。友田の山口台策は出色のできだ。黄に扮した宮口もいい。黄はいくらか観念的であるがよく描けている。舞台はまったく失敗だ。舞台の構造に制限されているためらしい。下手に鉱山の抗口（ママ）を描いた書割をたてたのは最もひどい。道具の置場もない舞台では無理なのかもしれない。この芝居は結局心理主義的な点に停滞している。この劇団のリパートリーの共通点。

「北村敏夫」の名前は、この日記の本文のあとに、次のように記されている。

（聶耳氏のことについて。鶴巻町六十二、小谷方、北村敏夫、〝秋水嶺〟の友田、朝鮮の女（杉村春子））

このように、日記の覚書きの部分に「北村敏夫」の名前がみえる。

秋田雨雀はこの日の午後、中華戯劇座談会の招待で演劇関係者に会ったことを記しているが、日記に名前があがっている杜宣と呉天は、先にみたように、三週間後に迫った中華戯劇座談会第一次公演（一九三五年十一月二十九日・三十日）の演出準備に追われていたころで、呉天は『視察専員』（ゴーゴリ原作「検察官」）の演出、杜宣は呉天原作「決堤」の演出が予定されていた。[21] なお、前掲の北岡正子の研究によると、「中華戯劇座談会の公演は、左連東京支部の活動の一つであった」という。

この日の会合に、はたして「北村敏夫」は参加していたのだろうか。また覚書きにみる「鶴巻町六十二、小谷方」とはなにを意味するのだろうか。これらはいずれも、日記の本文とのつながりが不明である。『秋田雨雀日記』の「凡例」によると、「（略）欄外の心覚え、メモ等は、（……）内に入れてほとんどを収録してある」とある。この欄外に記されていたという「鶴巻町」は東京の地名である。とすると、「鶴巻町六十二、小谷方、北村敏夫」とは、「北村敏夫」の住所である可能性が高い。そこで、筆者は、一九三六年一月発行の『詩人』（『詩精神』の後身の詩雑誌）に掲載された「全国詩人住所録　一九三五年十二月調」を調べてみた。[22] そこには、呉坤煌の名前と住所が載っており、「呉坤煌牛込区鶴巻町二〇五小谷方」とある。また、一九三七年七月十日付けの『日本学芸新聞』の「消息」欄には、「呉坤煌氏先月三日放免され現住所東京市牛込区鶴巻町四〇」と記されている。[23]

以上の三つの住所を整理してみると以下のようになる。

・一九三五年十一月七日『秋田雨雀日記』　北村敏夫　鶴巻町六十二、小谷方
・一九三五年十二月　全国詩人住所録　呉　坤煌　鶴巻町二〇五、小谷方
・一九三七年七月十日　『日本学芸新聞』　呉　坤煌　鶴巻町四〇

これら三つの住所を比べてみると、前の二つは、町名が同じでしかも大家の名前が同じ「小谷」となっている[24]。後の二つは、番地は違うが共に呉坤煌の名前となっているところから、呉坤煌は鶴巻町内で引越しをしたと考えられる。「北村敏夫」と呉坤煌が同一人物なら、前の二つの番地の違いも引越しによるものと考えられる。しかしそれを裏付ける資料はない。戦前日本「内地」への台湾人留学生の中には、台湾出身であることを隠すために日本名を名乗って下宿生活をする者もいた。呉坤煌はまた当時、非合法の活動にもかかわっていたことから、ペンネームとしてだけではなく、生活上の便宜のために本名や日本式の名前を使い分けていたとも考えられる。はたしてこのふたりが同一人物であるのかどうか、これらの三つの住所からは結論づけることはできない[25]。しかしながら、これまでみてきたように、『大阪朝日新聞』「台湾版」の記事で呉坤煌のペンネームとしてあげられていることや、『テアトロ』に掲載された通信や評論を分析した結果から、「北村敏夫」[26]は呉坤煌のペンネームであると考えてほぼ間違いではない。

以上、留日時期における呉坤煌の行動を追ってきたが、その活動は演劇、詩作、評論と多方面にわたって展開されていることが明らかになった。そしてこうした多方面にわたる活動の背景には、当時の日本における代表的なプロレタリア詩人や劇作家との交流、さらに東京左連のメンバーを中心とす

る中国人留学生や、プロレタリア文化運動に従事する朝鮮人留学生らとの幅広い交流があることも浮かび上がった。これまでは台湾芸術研究会の主要メンバーとして、張文環との関係などに焦点を合わせた研究が主であったが、今後は台湾文芸聯盟東京支部における文学活動をも含めて、改めて東京時代の呉坤煌を捉えなおす必要がある。その意味でも本稿で明らかにした呉坤煌の足跡は、今後の研究を推し進める第一歩となるものである。(補)

【注】

（1）呉坤煌の作品については、本部末尾に掲げた【留日時期における呉坤煌作品一覧（一九三三年―一九三八年）】を参照。

（2）『台湾新聞』に発表されたものは不明。

（3）正しくは『詩精神』である。

（4）『中外雑誌』については不明である。今後の調査に俟つ。

（5）南天書局、一九九五年六月復刻。

（6）来日後、呉坤煌はどの学校に在籍したか判然としない。本文でみたように、黄武忠は「日本大学芸術専門科および明治大学文科」としている。

（7）該紙には、楊逵が「楊達」の名前で（楊逵の誤植と思われる）「進歩的作家と共同戦線『文学案内』への期待」（百十六号、一九三五年七月二十九日）を発表している。さらに、楊逵は、該紙廃刊後に発行された反ファシズムの新聞『土曜日』（タブロイド版、一九三六年七月～三七年十月）にも、

「チビの入学試験　台湾風景（その一）」（三十二号、一九三七年五月五日）と「『蒼茫』にあらし台湾のスケッチ」（三十四号、一九三七年六月五日）の二編の随筆を発表している。楊逵の旧プロレタリア系作家との関係は、従来理解されてきた以上に幅広く深いことをうかがわせる。改めてこの研究領域を深化させる必要があろう。

（8）三・一劇場は三五年一月に解散後、高麗劇場を結成したようだが、二月には「活動せぬうちに消滅した」。その後、「東京新演劇研究会」（崔丙漢ら）や「朝鮮芸術座」（金波宇ら）が創立されていく。村山知義「三月劇評」（『テアトロ』一九三五年四月）参照。なお、北岡正子の詳細な研究「『日文研究』という雑誌」（下）（『中国―社会と文化』第五号、一九九〇年六月）の注51には、「呉坤煌（略）三三年二月、朝鮮三一劇場の金波宇らの支援により、築地小劇場「極東の夕」紀念公演に参加」とある。

（9）注8にあげた北岡正子の研究によれば、「一九三五年四月、中華同学新劇公演会が、その第一回公演として曹禺の『雷雨』を、本国にさきがけて初めて上演してから、一九三七年三月、中華国際戯劇協進会が曹禺の『日出』を上演するまで、三団体（注、中華同学新劇公演会、中華国際戯劇協進会、中華戯劇座談会）による演劇上演は十回を算える」として注91に「十回の公演の演目・演劇団体」を掲げている。この時期の中国人の演劇活動に関する研究には他に、飯塚容「一九三〇年代日本における中国人留学生の演劇活動」（『中央大学人文科学研究所』二〇〇一年十月）がある。

（10）北岡正子「『日文研究』という雑誌」（下）（注8参照）の中の注91参照。同時期の一九三五年三月一日から四日に、オストロフスキー作・村山知義演出による『雷雨』が、新協劇団特別公演として、飛行館において公演されている。

（11）注8の北岡正子の調査によった。秋田雨雀は「演劇通信　中国農民劇「五奎橋」を観る――」

（『テアトロ』一九三五年十一月）の中で「筆者は今夜（十月廿二日）一橋講堂で中華同学新劇第二回公演で、すばらしい農民劇「五奎橋」を見ることが出来ました」と述べているが、観劇の日付、「廿二日」は「十二日」の誤りの可能性がある。翻訳は影山三郎・邢振鐸訳で『テアトロ』（一九三六年一月）に掲載されている。

(12)『テアトロ』（一九三六年五月）には、「中華戯劇協会第一回公演」の広告が掲載されており、そこには「日時　五月九、十、十一日」とある。なお、中華戯劇協会の名称に就いては、「在京の中華国際戯劇促進会（ママ）、中華同学戯劇促進会（ママ）、中華戯劇座談会が三つ聯合したのが本協会」とある。「ママ」とした個所は、それぞれ「協進」、「新劇公演」の誤りだと思われる。

(13)『テアトロ』（一九三四年八月）参照。同誌六月号には欧陽予倩「二三の感想」が掲載されている。また、『時局新聞』（六十二号、一九三四年七月九日）には、欧陽予倩「現代支那の芝居を語る」が掲載されている。

(14) 金性洙「在東京朝鮮人の近況」（『生きた新聞』一巻八号、一九三五年八月五日）

(15) なお、注（8）にみる北岡正子の研究にみるごとく、金波宇との関係もさらなる研究を要する。

(16) 呉坤煌は「梧葉生」のペンネームを使うが、それを新聞記事の作者は「槙葉」と誤ったとは考えられないだろうか。但し、この推論には特別の根拠はない。

(17) 巻末に掲げた【留日時期における呉坤煌作品一覧（一九三三年―一九三八年）】をみると、一九三八年八月に『風月報』や『台湾新民報』に発表された作品は、旧稿の発表および帰台後執筆にかかるものである。特に八月二十一日付け『台湾新民報』発表の「悲劇のヒロイン秋琴」には、「二年振りに帰台して文学に生きる困難に戸惑ひしてゐる僕である。」とみえる。四月十三日付け『台湾新民報』発表の「旅路雑詠の一部　孤魂」には、その執筆年月日が「一九三八、三、一八、池袋の仮寓にて」とあり、まだ完全に日本を引き払っていない様子が感じられる。呉坤煌の帰台は、『テアトロ』（一九三八年六月）に「「春香伝」と支那歌舞伎の元曲」を発表して後の一九三八年の夏ごろではないだろうか。

（18）こうした資料の来源について、瀧本弘之氏より日本にいても入手可能ではなかったかとして、『民間半月刊』（一九三四年五月十日創刊）の存在をご教示いただいた。「北村敏夫」はどの資料を利用したのか不明だが、『民間半月刊』の第一期から第十五期の主要論文の中に孫伏園「定県農村露天演劇」があるのを知った。同誌第一巻第十七期にみる。「農民劇団と露天劇―中国通信―」も定県の農村露天演劇について言及している。「北村敏夫」は、この孫伏園論文を参考にした可能性が高い。

（19）『秋田雨雀日記』の「一九三八年四月十四日」の項に「今日は「春香伝」の楽日なので、五時ごろ臥床をぬけ出て劇場へいく。今日は満員だった。最後の日なので超満員。（略）」とある。

（20）小田切進編『現代日本文芸総覧』（上中下補巻、明治文献。（上巻）一九六九年十一月、（中巻）一九六八年一月（下巻）一九七二年四月補巻）他。

（21）秋田雨雀は十一月二十九日に観劇している。日記には「午後六時から期待していた中国戯劇座談会を築地小劇場でみた。四、五百名の中国人がこの劇場の座席を占領していた。一つの強い雰囲気を感じた。（略）」とある。

（22）呉坤煌以外では、台湾関係者として、次の三名の住所が記載されている。
呂石堆（呂赫若）「台中州豊原郡潭子庄校栗林」
西川満「台北市大正町一ノ一四」
王白淵「上海中華民国郵政總局信箱」

（23）この資料の存在については、龍瑛宗文学研究者の王恵珍さん（現、国立清華大学教授）のご教示を得た。

（24）鶴巻町は現在、新宿区早稲田鶴巻町となっている。筆者は、東京都立中央図書館サービス部情報サービス課に鶴巻町の町の変遷について尋ねたところ、「牛込区の鶴巻町は（略）正式には「早稲田鶴巻町」で明治二十四年から現在までこの町名です。お問い合わせの一九三〇年（昭和五年）～一九三七年（昭和十二年）もこの町名になります。」との返事を頂いた。筆者はこうした情報をもとに鶴巻町を訪れたが、古くからこの町に住む薬局店の店主から昭和四十九年に大々的な区画整理が行われて町の様子が一変したとの説明を受けた。戦前の地図をもとに呉坤煌が住んでいた二〇五番地小谷方とおぼしき家を訪ねたが結局はなんの手がかりもみつけられなかった。なお、「小谷」姓の家は戦前期にすでに鶴巻町にはない。ただ、この時の探訪で、牛込区は当時東京市三十五区でも江戸の内の端っこにあたり、早稲田大学はその郊外に建設されて、鶴巻町は、早稲田大学の学生をはじめ下宿生が多く住む町となり、しかも本郷や飯田橋、神田に行くにも便利な土地柄であったとの説明を受けた。

（25）『台湾文芸』収録の「文芸同好者氏名住所一覧」によると、呉坤煌は鶴巻町に住む以前は、次のようなところに住所を持っていた。

「第二次調査」（『台湾文芸』第二巻第一号、一九三四年十二月十八日にみる）

・呉坤煌氏　東京市淀橋区百人町二（群星閣アパート）

「第三次調査」（『台湾文芸』第二巻第三号、一九三五年三月五日にみる）

・呉坤煌氏　東京市淀橋区東大久保一ノ四三三足立方

（26）「北村敏夫」の名前は、『秋田雨雀日記』には、「北村君」の名前であと二度出てくる。

・（一九三五年）「十二月六日　晴。非常な快晴。昨日眼が痛んだが、きょうはほぼいいようだ。朝、北村君は中国の文学青年候君をつれてきた。「綜合雑誌」の原稿のことをたのまれた。（略）」

・（同年）「十二月十五日　（略）（きょうごろまで中国綜合雑誌五、六枚。北村君とどけ。候楓）」。この日記にみる「中国綜合雑誌」と「候楓」については不明である。

ただ「中国綜合雑誌」については、本文でみたように北村敏夫が「（通信）（海の彼方）農民劇団と露天劇―中国通信―」の中で「「文学」に対抗する最も進歩的な綜合雑誌の発刊が計画されてゐる」と述べている「綜合雑誌」との関係が気になるところだ。この文章の発表は一九三六年五月で、日記の日付は一九三五年十二月十五日である。この辺の時代状況についてはさらに考察を必要とする。

ついでながらここで秋田雨雀と台湾文学の関係について以下に注記しておきたい。

『秋田雨雀日記』には、「（一九三五年）十一月十一日　晴。非常な好天気がつづく。「帝大新聞」に「地方新聞」再建の意義について（たとえば「東北新聞」「信濃文学」「九州文学」「台湾文学」など）五、六枚ほど書く約束をした。（略）」とあり、一九三五年十一月十九日付けの日記には「『帝国大学新聞』に『地方文学再建の意義について』を五枚ほど書いて送った。」とある。但し、この原稿とおぼしき一九三五年十二月二日付け「日本文學の豊富へ　地方文學再建の意義」の中には、「台湾文学」についての言及はない。

また、『テアトロ』（第三巻第五号、一九三六年五月）には、「進歩的台湾文学雑誌『台湾新文学』が新年号から創刊されました。定価弐拾銭」の広告が載っている。

台湾文学関係雑誌の広告は他にも、『時局新聞』第百十四号（一九三五年七月）と同第百四十四号（一九三六年二月）にそれぞれ『台湾文芸』一九三五年七月号と『台湾新文学』一九三六年三月号の広告が載っている。こうした情報の提供者としては『台湾文芸』については呉坤煌、『台湾新文学』

については楊逵が考えられる。いずれにしても、彼らの活躍で台湾文学の存在が当時日本の左翼系の雑誌で知られていたことがわかる。

【補注】

「北村敏夫」が呉坤煌のペンネームであることを、「一九三〇年代中国人日本留学生文学・芸術活動」研究の第一人者である小谷一郎によって実証された。氏は、中国戯劇座談会第一回公演、（一）作者呉天「決堤（堤防崩る）一幕」、（二）作者ゴーゴリ「視察専員（検察官）五幕」、「監督　北村敏夫」とある「ちらし」を早稲田大学坪内逍遥記念演劇博物館で発見された。この「ちらし」は、一九三五年十一月二十九日・三十日に築地小劇場において公演された中華戯劇座談会第一次公演の時のものである。小谷氏は、そのことを『中国文芸研究会会報第419号』（二〇一六年九月三十日）に「早稲田大学演劇博物館蔵中華戯劇座談会第一回公演の新資料『ちらし』、及び『番組』について（一）」として題して発表され、私の推論を論証してくださった。氏の学恩に深く感謝申し上げたい。氏の論考は、この第419号と併せて、第420号（二〇一六年十月二十三日）および第421号（二〇一六年十一月二十七日）を参考にされたい。

第四章　現代舞踊と台湾文学——呉坤煌と崔承喜の交流を通して

はじめに

一九二〇年代から三〇年代、さらには四〇年代を通して、帝国日本とりわけ帝都東京を舞台に台湾人、中国人、朝鮮人そして日本人の文化交流が盛んに行なわれた。そうして、東アジアを形成するこの四地域で、人物往来も一方通行から漸次、双方通行、さらには三方向通行の様相をみせはじめ、近代における空前のグローバルリズム空間が形成されていった[1]。

文学についてみると、中国人文学者の来日、日本人文学者の中国行、台湾人文学者の来日、日本人文学者の台湾行、朝鮮人文学者の来日、日本人文学者の朝鮮行など、頻繁に人物往来が行われた。ここで例をあげてみると、魯迅、郭沫若らの来日、芥川龍之介、横光利一らの中国行、王白淵、楊逵らの来日、佐藤春夫、中村地平らの台湾行、張赫宙、金史良らの来日、田中英光、湯浅克衛らの朝鮮行など枚挙に遑がない。文学者をはじめ多数の芸術家や文化人が、交流し、交差し、越境し、進出して、盛んな往来を行っている。

ここで視点を変えて、二十年代以降の中国と台湾のあいだの人物往来、台湾と朝鮮間の人物往来についてみてみよう。

周知のように、台湾および朝鮮の植民地文学を中国に初めて伝えたのは胡風である。胡風は、楊逵や呂赫若、そして張赫宙らの小説を弱小民族文学として翻訳・出版した。[2] しかし、胡風自身は、台湾や朝鮮には行っていないし、楊逵や呂赫若とも直接の交流はない。胡風は慶応大学に留学中に『改造』や『文学評論』を読み、そこに掲載された作品を翻訳したが、そのころの楊逵や呂赫若は、このようにして自分の作品が翻訳されて中国に伝えられていることなど、知る由もなかった。[3] したがって、胡風は、ここでの例とはならない。

では、戦前に中国から台湾に渡った文学者はいたのだろうか。早い時期では、日本経由で章炳麟や梁啓超らが台湾を訪れているが、一九二〇年代以降となるとわずかに呉漫沙の名があげられるにすぎない。もちろん戦後初期になると、許寿裳、梁実秋、雷石楡ほか多数の中国人が渡台したが、呉漫沙のように戦前に渡った人はほとんどいない。それに対して、台湾から中国に渡った文学者は少なからずいる。頼和や張我軍、張深切、鍾理和、さらに日本経由では、謝春木や王白淵、劉吶鴎、呉濁流たちである。

では、台湾と朝鮮のあいだの人物往来はどうだろうか。台湾人が、日本における朝鮮人の文学活動に強い関心と競争心を持っていたことはよく知られている。[4] そうした一人に龍瑛宗がいるが、龍は金史良とのあいだに交流があった。[5] 但し、これは手紙による交流にすぎなかった。では、台湾人で朝鮮に渡ったことがあり、朝鮮に関する作品を残したり、あるいは朝鮮行がその後の文学活動に影響したりしたような文学者はいたのだろうか。いまのところそのような文学者の存在は明らかになっていない。では、その逆はどうか。文学者にはそのような例は聞かないが、文学者と深いかかわりを持った朝鮮人の芸術家で訪台した人がいる。舞踊家の崔承喜（チェスンフィ）である。

崔承喜は、朝鮮から来日し、日本を舞台にして活躍していたが、その時期に台湾で公演を行っている。

当時、帝都東京を舞台にして、さまざまな文化活動がさまざまな文化人や活動家によって展開されていたが、それらの活動は、日本人によってのみ行なわれていたのではない。またその活動も詩、小説、演劇、映画、そして舞踊、音楽、絵画、写真などさまざまな分野にわたっていた。台湾では、こうした幅広い分野に目を向けた研究が行われるようになり、ポストコロニアル研究として注目されて、その今日的な意義が問われはじめている。

本稿では、これまで崔承喜研究の面からも注目されたことのなかった舞踊家・崔承喜の台湾公演に、台湾文学とのかかわりのなかから光をあて、日本、朝鮮、台湾の三地域における現代舞踊の交流について初歩的な検討を試みたい。

一　崔承喜の三回の訪台

崔承喜は、生涯に三度、台湾を訪れている。

最初の訪台は、日本に来て間もないまだ無名のころのことである。この最初の訪台については、朝鮮出身の舞踊家として一躍有名になり、台湾文芸聯盟の招待を受けて訪台する際に、大阪朝日新聞のインタビューに応えた記事から明らかになる。

一九三六年七月一日付け『大阪朝日新聞』「台湾版」に掲載された「南島に踊りぬく　内、台、鮮の三角親善に　半島の舞姫　崔承喜さん出発す」の記事のなかに、「台湾には昭和一、二年ごろ一度石井漠先生と御一緒に参つたことがあります」とある。

崔承喜の最初の訪台を伝える記事には、ほかに渋沢青花（一八八九年―一九八三年。児童文学者。代表作『椎の実小僧』『ぞうさんのはな』など）の「娘時代の崔承喜[6]」がある。「東洋童話叢書」のなかの「台湾民族の資料を求めるため、台湾行きの船に乗った」渋沢は、この船中で石井漠舞踊団の一行に偶然出くわした。渋沢によると、石井漠の台湾公演は、このときが初めてで、一行はその日北投温泉に泊まった。渋沢もこの日同行して、北投温泉で盛大なもてなしを受けている。そのときに渋沢は崔承喜を知ったわけだが、その様子を次に引いてみよう。

（前略）その時わたしは石井漠氏に、台湾に来たのは、台湾の民話を集めるためなのだが、その調査をすましたら、帰りに朝鮮に廻わり、朝鮮の童話集を出版するための資料を集めることを話した。すると石井漠氏が、

「そうですか、それはちょうど好い。この舞踊団のなかに、崔承喜という少女がいるのですよ。しかもその兄が京城の放送局に勤めているのです。紹介しますから、ぜひお逢いになってごらんなさい。なにかと便宜を与えてくれるでしょう。」

という。

（中略）

漠氏は崔承喜氏を呼んで、わたしに紹介したが、みんな同じような年頃の踊り子たちで特別の印象とで（ママ）はなかった。

「遠く故郷を離れて、よく舞踊に精進なされていますね。郷里のことを考えて、時に淋しいことはありませんか。」

と尋ねると、

「いいえ、毎日が楽しいです。」

という答えだった。

短いやりとりだが、石井漠舞踊団の台湾公演に参加している崔承喜の初々しい様子を彷彿とさせる。渋沢は、引用文にみるように、このとき紹介された崔承喜からは「特別の印象」を受けなかった。しかし、その後、崔承喜をモデルとする短編少女小説を書いて雑誌『少女の友』に発表したという。それでも、渋沢は、その十年後に「一大舞踊団を組織して、その団長として」日本にあらわれるような崔承喜を想像することはできなかった。

二回目の訪台は、いまみたような一回目の石井漠舞踊団の一員としてのそれではなく、独立した崔承喜舞踊団として訪問している。先に引いた二回目の訪台の際のインタビュー記事の全文を引いてみよう。

台湾文芸聯盟の招聘で内、台、鮮の三角親善融和舞踏に旅立つた半島の舞姫崔承喜女史一行は三十日正午門司出帆の吉野丸で賑やかに基隆へ向つたが、船中同女史は飛んだり跳ねたりする可愛いお弟子さん達をいたはりながら、「台湾には昭和一、二年ごろ一度石井漠先生と御一緒に参つたことがありますが、こんどは親善融和の主旨により一生懸命踊抜いて使命を果して帰るつもりです、踊は主として朝鮮に取材したものをやることにしてゐますが、来る第三回新作発表会で発表するため作つた新作のうち特に〃アリラン調〃巫女の踊〃インヂアン・ラーメント〃ほか俗舞の〃朝鮮トリオ〃なども試演的に上演するつもりでゐます」と語つた、なほ台湾における一行の上演日割は台北七月三日から三日間、基隆六日、台中七日から三日間、台南十一日から二日間高雄十四日、嘉義十五日となつてゐるこのように崔承喜は、二回目の訪台時には、売れっ子の舞踊家として訪台している。しかも、この時の訪台は、引用文にあるように、台湾文芸聯盟の招聘によって実現した。一九三六年六月三十日から約二週間、台北・基隆・台中・台南・高雄・嘉義の主要都市を公演してまわっている。

三回目は、一九四〇年の年末に訪台して、約十日間舞台に立っている。一九四一年一月二十六日付け『大阪朝日新聞』「台湾版」の記事によると、「『アリラン』で名高い半島の舞姫崔承喜が十二月十七八日ごろ来台、台北の大世界館で四日間、台中、嘉義、台南、高雄、基隆で約十日間舞台に立つ、荒尾商会映画部の招聘で崔承喜再度の来台であるが、この春欧米から帰つて芸風がガラリと一転し古典的舞踊の長所を随所に生かしてゐるとの評があるので今回の来台にあたつては各方面から期待され台北州教護聯合会のごときは中等学校女生徒に推薦の労を執るやう学校側と打合はせを進めてゐる」とある。

以上のように、崔承喜は三度台湾を訪れた。一度目は、先にみたように石井漠舞踊団の台湾公演に「みんな同じような年頃の踊り子たち」の一人としての訪台であった。しかしながら、あとの二回は、独立した崔承喜舞踊団を率いる団長として訪台した。そして、この二回の公演では、いずれも同じ都市をまわっている。崔承喜研究のうえでも決して見過ごすことのできない台湾公演である。しかしながら、韓国や日本で、とりわけ一九八八年のソウルオリンピック以降、越北作家の研究が解禁され、二〇〇二年九月には崔承喜生誕九〇周年や国際シンポジュームが開かれ、次第に本格的な崔承喜研究が行われるようになったが、崔承喜の台湾公演はいまだ見過ごされたままである。[7] 本研究のスタンスは、台湾文学研究であって崔承喜研究ではないが、崔承喜研究にいくぶんでも役立ち、同時に相互に越境する東アジアの文学研究に新たな光を当てることができれば幸いである。

ここで、この三回の台湾公演は、崔承喜の経歴のなかでどのような位置にあるのかみてみよう。

崔承喜研究に関する基本文献としては、高嶋雄三郎・むくげ舎編著者『崔承喜（増補版）』（皓星社、一九八一年十二月）と高嶋雄三郎・鄭昞浩編著『世紀の美人舞踊家崔承喜』（エムティ出版、一九九四年十二月）をあげねばならない。(補1)

前者は、高嶋雄三郎の『崔承喜』（学風書院、一九五九年）の増補版である。後者は、高嶋雄三郎の崔承喜研究に韓国の代表的な崔承喜研究者の鄭昞浩が新しい知見および大量のポスターや写真を入れて新しく写真集として編んだものである。この写真集には、「崔承喜年譜」が付されているが、高嶋雄三郎の『崔承喜（増補版）』をもとにして作成されている。この年譜をみると、上記にあげた崔承喜の台湾公演は、いずれも記載されていない。しかし、これはなにも高嶋や鄭に限ったことではない。たとえば、金賛汀『炎は闇の彼方に　伝説の舞姫・崔承喜』（日本放送出版協会、二〇〇二年七月）や、その他の崔承喜に関わる文献においても同じで、管見した範囲では、崔承喜の台湾公演にふれた文献は後述する文献にわずかな記述がある以外ほとんど見当たらない。このことについては、引き続き調査する必要がある。

以下、主に上にあげた高嶋雄三郎の『崔承喜（増補版）』と「崔承喜年譜」にもとづいて、崔承喜の経歴を簡単に述べながら、三回の訪台が崔承喜の経歴および舞踊歴のなかでどのような位置にあるのかをみてみよう。

崔承喜は、一九一一年十一月二十四日に四人兄弟の末っ子として京城いまのソウルに生まれた。

幼いころの崔承喜は、豊かな両班の家庭でのんびりとなに不自由なく育った。しかし、「崔承喜年譜」にあるように、「日帝の朝鮮植民地化とともに進められた土地調査事業によって、ソウル近郊に所有していた田畑が奪われ、家勢は傾き、没落」した。このことを崔承喜は一九三六年十月に出版した『筆者の自叙伝』[8]のなかで「父がお人好し過ぎたから一家が破滅の憂き目をみたのだ。と、斯う云つてしまえば頗る簡単に考へられもするが、決してさうしたことだけでは割り切ることの出来ないものが当時の社会情勢の中にはあつたのです。新しい経済機構が古い、有閑、有産の生活を根底から崩壊させてしまふ時代がその時には既に到来してゐたのでした。この恐ろしい時代の津波のために、筆者たちの一家は果敢なくも他の同じやうな階級の人々と一緒に捲き込まれてしまつたのです。父も母も必死となつて筆者が家の再建を図つたのではあるが結局、時代の波、運命の力に抗することは如何にしても出来ない益ない努力を尽くしたに過ぎない結果となつてしまつたのです。」（十頁）と述べ、家の没落の背景には、日本植民地統治という「社会情勢」があることにそれとなくふれている。

こうして女学校時代は、どん底にまで生活は落ちぶれたが、家族の支えのなかで、淑明女子高等普通学校をトップクラスで卒業した。この後の進路は、一つは東京音楽学校への進学、もう一つは京城師範学校への入学であったが、いずれも小学校を飛び級で卒業したために年齢が足らず、実現しなかった。一九二五年二月のことであるが、このときにいずれかの道に進んでいたら舞踊家・崔承喜は生まれなかった。ここで無情にも進学の道が閉ざされてしまう。彼女は結局は家で晴れない気持ちで過ごすことになるが、その一年後に、舞踊家・崔承喜が生まれる運命的な出会いの日がやってくる。

それは、石井漠舞踊団が、当時の京城で公演を行ったのを観たその日、すなわち一九二六年三月二十日のことである。この日、兄承一に誘われてはじめて舞踊を観ることになったが、そこで崔承喜はいっぺんに石井漠の舞踊に心を奪われてしまった。

このとき石井漠が舞った「囚はれた人」や「メランコリー」、「ソルベヂイの歌」などが崔承喜の「心の琴線に触れ」、「筆者の行く可き道はこの道より他にはない」（前出『筆者の自叙伝』四十頁）と固く決心させた。そうして、崔承喜は、両親の引き止めるのを振り切るようにして、翌々日には、石井漠の一行と共に東京に旅立っていく。

崔承喜の石井漠への弟子入り、東京への修行の旅は、電光石火のごとく、二、三日のあいだにばたばたと決まり、そうしてその後、崔承喜は朝鮮人ではじめての現代舞踊家として育っていくわけだが、この舞踊家・崔承喜の誕生には、実は兄承一が大きく関わっている。

当時の朝鮮では、現代舞踊は存在しなかった。伝統的な朝鮮舞踊は、高句麗、百済、新羅の三国時代に発達している。そしてその後の高麗においても発展したが、李氏朝鮮五〇〇年のあいだに、衰退してしまった。そして、儒教倫理のもとで、舞踊といえば、妓生が酒席で客に見せるものでしかなくなっていた(9)。

舞踊に対してそのような蔑んだ見方が支配的だった時代に、なぜ崔承喜は舞踊家を志すようになったのか。それは、先述したように、崔承喜自らが石井漠の舞踊に感動し、自らも持っていた舞踊への偏見をなくしたからであるが、そのような機会を与えたのは兄の承一であった。

崔承一は、一九二五年に創設された朝鮮プロレタリア芸術同盟(カップ)に創設時から参加した同人であり、劇作を得意とする新進の作家としても活躍していた(10)。彼は、日本大学美学科に在学中に石井漠の現代舞踊をよく観ていた。そんな折、石井漠が京城に来て公演し、同時に研究生を募集していることを知り、この研究生になるべく石井漠舞踊団の公演を観にいくことを崔承喜に薦めた。そこで崔承喜は、舞踊との劇的な出会いを果すことになる。崔承喜は舞踊を観たその日、承一の手引きで楽屋に石井獏を訪ね、その日のうちに弟子入りを認められたのである。この兄承一は、その後の崔承喜の結婚にも一役買っている。このことは後述するが、彼はさまざまな場面で、崔承喜の将来に大きな影響をおよぼした。

崔承喜は、その後三年間、東京で修業に励んだ。そして、もともと約束していた三年の修業期間を終えたころ、石井漠舞踊団のなかでいろいろなことが起こるが、結局は一九二九年八月に東京を引きあげ故郷京城に帰る。この間、持ちかけられたソビエトへの留学は失敗するが、十一月には崔承喜舞踊研究所を設立し、翌年二月一日には、京城で第一回創作舞踊発表会を開いて成功をおさめた。崔承喜は、その後再び石井漠のもとに帰り、東京で活躍することになるが、それまでのあいだ、京城では五回の創作舞踊発表会を開催している。崔承喜は、こうして京城で次第に現代舞踊家としてその存在が知られるようになったが、それでもやはり舞踊家への噂や偏見がつきまとった。崔承喜は、それを打破するために結婚することを望み、兄承一に相談する。その結果、結婚相手に選ばれたのは、早稲田大学露文科の学生で、プロレタリア作家としても名が知られていた安弼承（アンピルソン）である。ふたりは、一九三一年五月十日に結婚している。ふたりを引き合わせたのは、朴英熙（パクヨンヒ）で、朴は当時カップの指導者で著名なプロレタリア作家であった。なお、夫となった安弼承は、後述する第一回創作舞踊発表会以降、石井漠の「漠」をもらい安漠（アンマク）を名乗るようになった(11)。

さて、崔承喜が再び東京に戻ってきたのは、一九三三年三月のことである。この時には一歳にも満たない一人娘勝子（のちの安聖姫（アンソンヒ））がいた。こうしてしばらくはまた、石井漠舞踊団の一員として身を寄せることになった。

崔承喜が東京で一躍有名になったのは、再来日一年半後の一九三四年九月二十日に開催された第一回創作舞踊発表会である。

この日はあいにくの暴風雨で、場所もいささか交通の便が悪い明治神宮外苑の日本青年会館で行われたが、意外にも多くの客が入り盛況だった(12)。そのときの様子を高嶋『崔承喜（増補版）』（四十五頁）は次のように記し、招待者の名前があげられている(13)。

開幕前にはあの広い会館が三階までギッシリと隙間なしにつまっていた。招待席には、川端康成、杉山平助、改造社長山本実彦、村山知義、牛山充、永田竜雄、江口博、中村秋一、青柳有美、園池公功（そのいけきんなる）等一流の芸術家文化人を初め、各新聞の舞踊評論家がおびただしく着席していた。

この第一回創作舞踊発表会は、予想以上の成功をおさめた。このとき川端康成は「日本最高の舞踊家だと激讃」（「崔承喜年譜」二百二十頁）したことはよく知られている。川端のこの評によって崔承喜人気はさらに高まった。翌年に『モダン日本』の正月号で女流新進舞踊家「日本一座談会」が催されたときに、川端は日本一は「洋舞踊では崔承喜であろう」と答え、その理由は「筆者はなんの躊躇もなく、崔承喜が日本一であると答えたのだつた。そして筆者にそうさせるに足るものを、崔承喜は疑いなく持っている。他の誰を日本一と云うよりも、崔承喜を日本一と云いやすい第一に立派な身体である。彼女の踊の大きさである。力である。それに踊りざかりの年齢である。また彼女一人にいちじるしい民族の匂いである。」と書いている。ちなみに、川端康成がこのときもっとも感銘を受けた演目は、崔承喜の最初の朝鮮舞踊『エヘン・ノアラ』だった。

当時の杉山平助、牛山充、永田竜雄、青柳有美といった音楽・舞踊評論家たちは、基本的には川端同様に、崔承喜の朝鮮舞踊と舞踊を大きく表現可能にする身体に関心を寄せ、その可能性の大きさを指摘している。そんななかで、プロレタリア演劇家として当時著名であった村山知義は、次のような感想（「崔承喜讃」）を書いている。

崔承喜は彼女の肉体的天分と、長いあいだの近代舞踊の基本的訓練の上に、旧い朝鮮の舞踊を

> 生き返らせた。これこそ優れた芸術家のなし得る特典であり、かたい言葉で示（ママ）へば「遺産の批判的攝取」といふものだ。われわれは彼女に依つて、初めて遠い時代の半島の隆盛時代の豊繞（ママ）だつた、しかしその後殆んど湮滅に帰せられた芸術の姿に接することが出来た。われわれは「日本的なるもの」の母の母の、そのまた母の**いぶき**を感じることが出来た。

村山は、崔承喜の芸術としての舞踊に日本文化の源泉を見出し、魂の震撼を感じているといっていいだろう。

崔承喜の第一回創作舞踊発表会は、このように多くの文化人の支持を勝ち取った。第二回創作舞踊発表会は、翌一九三五年十月二十二日に日比谷公会堂において開催された。この間に、崔承喜は独立して崔承喜舞踊研究所を設立している。

さらに、この年の年末十二月二十九日から翌年一月五日まで、日劇新春興行を行っている。「崔承喜年譜」の「（一九三五）十二・二十九」（二百二十頁）の項には、「この頃から、出演料が石井漠よりも十倍も上回るようになったといわれる[14]」とある。

一九三六年に入ると、映画「半島の舞姫[15]」（今日出海監督）の封切り（三月五日）やレコード「郷愁の舞姫」「祭りの夜」（西条八十詞、コロンビア）（五月二十日）の発売が行われた。映画では、崔承喜の舞いは評判になったが、映画そのものは不評だった。レコードも不評だったといわれる。しかし、東京時代の崔承喜の人気は、このころが絶頂期だった。

さて、崔承喜の一九三六年の二回目の台湾公演は、以上にみたごとく、日劇での新春公演が成功のうちに終わり、さらに結果的には不評に終わったとはいえ、映画が封切られ、レコードが発売され、そうして秋に開催される次の第三回創作舞踊発表会をひかえていた時期に話が進められた。当然、迎える台湾側の意気込みも並々ならぬものがあったに違いない。この点については次節で述べよう。

崔承喜の三回目の台湾公演は、アメリカ・ヨーロッパ公演からの帰日直後に実現している。「崔承喜年譜」によると、崔承喜は一九三七年十二月十九日にサンフランシスコに向けて出発している。アメリカでは一年間滞在し、その後パリに向かう。パリを拠点にヨーロッパでも各地を巡回公演し、一年後にまたニューヨークにもどった。その後南米を回り、一九四〇年十二月五日に「三年ぶりに日本へ帰」っている。

「崔承喜年譜」は、このときの帰日の様子を次のように記述している。

12・5　三年ぶりに日本へ帰る。日本で自分（崔承喜）は思想にかぶれているので、上陸は危ぶまれるという噂が立っているとの手紙を石井漠に送っていたが、無事横浜に上陸。
12・7　報知新聞は、東京へ到達した夫妻はすぐに、宮城、明治神宮、靖国神社などに参拝し、「舞踊報国」を誓ったと報道。しかし、これは、崔承喜夫妻が保身のために行ったものと思われる。
12・26　大阪で各界の名士を招待して帰日歓迎会が開かれる。

崔承喜の台湾公演は、「崔承喜年譜」にはなにも書かれていないが、この帰日の慌しい時期に行われている。すなわち、一九四〇年十二月十七、十八日ころから約十日間、三回目の訪台が実施された。上記の日程に照らし合わせると、アメリカから帰って旅装を解くまもなく、訪台し、さらに台湾から帰ってすぐの十二月二十六日に大阪での帰日歓迎会に参加したことになる。

本稿では間に合わなかったが、崔承喜の台湾公演については、当時の新聞を調査することによってさらに詳しく様子を知ることができそうである。こうした点については、後述する台湾での足跡調査と共に、引き続き調査を行い、稿を改めて詳述したいと思う。

二　呉坤煌と崔承喜の交流──崔承喜舞踊団の第一回台湾公演

崔承喜を台湾に招聘し、崔承喜舞踊団の第一回台湾公演を実現した団体は、台湾文芸聯盟である。先述したごとく、一九三六年は崔承喜のいわば絶頂期である。台湾文芸聯盟は、そのような時期に、どのような関係で崔承喜を台湾公演に招聘することになったのであろうか。

崔承喜の台湾公演に際して、台湾文芸聯盟とのあいだで橋渡し役をしたのは呉坤煌だといわれている。

台湾文芸聯盟の機関誌『台湾文芸』は、崔承喜訪台前に第三巻第四・五号（一九三六年四月）を発行し、そこに梧葉生「来る七月来台する舞姫崔承喜嬢を囲み東京支部で歓迎会」、崔承喜「筆者の言葉」、台湾文芸聯盟「崔承喜舞踏会に就いて」の三編を掲載している。さらに、帰国後に発行された第三巻第七・八号（一九三六年八月）には、崔承喜「筆者の舞踏について（ラヂオ放送の原稿）」、曾石火「舞踏と文学」、呉天賞「崔承喜の舞踏」の三編、両号合わせて六編の崔承喜関係の文章を掲載している。

上記に掲げた梧葉生は、呉坤煌のペンネームであるが、それによると、「既報の如く、文聯の招聘を快諾せられ、愈々今夏訪台することに決定した半島の舞姫崔承喜を囲んで、東京支部は二月二十日内輪の歓迎晩餐会を催した」とある。当時、呉坤煌は、『フォルモサ』を発行していた台湾芸術研究会を脱退し、台湾文芸聯盟に活動の舞台を移し、東京支部の世話をしていた。崔承喜の台湾公演には、呉坤煌の働きが大きいと思われるが、劉捷は『懺悔録』（農牧旬刊社、出版刊期未記載。九歌出版社、一九九八年十月再版）のなかで「呉君（注、呉坤煌）の活動力は大変強く、当時の在日の台湾留学生はほとんど彼を知っていたし、台湾芸術研究会、フォルモサ雑誌、韓国舞踏家崔承喜らの台湾公演などはみな、実際のところ彼によって計画され実現した」と証言している。

では呉坤煌は、いまや出演料が石井漠の十倍にもなった崔承喜をどのようなつてで台湾に呼ぶことになったのだろうか。このことを端的に物語る資料はいまのところ出てきておらず、推測の域を出ない。

呉坤煌は、これまでみてきたように、当時の日本における左翼文化人との関係が深い。詩では、遠地輝武、小熊秀雄、新井徹といった日本のプロレタリア詩人、演劇では、築地小劇場の訓練生になったこともあり、秋田雨雀や村山知義とは面識があり、『詩精神』や『テアトロ』には、詩や評論を発表している[16]。

また、「三・一劇団、メザマシ会劇団、新協劇団、中華劇団、朝鮮劇団に関係[17]」し、プロレタリア文化活動の中で、多くの朝鮮人活動家とも知り合っている。こうしたなかに、前述したプロレタリア文学運動家の朴英熙や崔承喜の兄の崔承一、さらに夫の安漠がいなかっただろうか[18]。さらに、秋田雨雀、村山知義の関わりはどうだろうか。いずれも推測に頼らざるをえない。ただ、次のような証言があり、崔承喜の人脈の一端を知ることができる。これは、光吉夏弥（評論家）と尾崎宏次（演劇評論家）の対談「崔承喜―アジア的なものをめぐって[19]」のなかで語られた言葉である。尾崎宏次は、一九五六年にピョンヤンで崔承喜に会った。

尾崎　ぼくは五六年に中国から北朝鮮へ入っていったんですけど、そのときに会って、一晩ずいぶんいろんな話をしたんですよ。そのときに、いまでも忘れられないのは、一番最初に「尾崎さん、国旗があるのよ、私」って言ったのを覚えているんです。国旗ができたのよ、と言うんですね。それまではなかったわけだから。

　それから、その次に言ったのは、「私が日本で仕事ができたのは、川端康成さんの批評が一つ。それが非常な支えになった。もう一つは、秋田雨雀とか、その他の築地関係の人、それから左翼の芸術家たちが助けてくれたということですよ」と言ったんだけど、川端さんが「民族の踊りである」と書いたのは、十二年のときですからね。

光吉　そのころでしょうね。村山知義なんかは早くから認めてますよ。

尾崎　そうです。村山さんとか秋田さんなんかは早くから朝鮮文化ということで問題にしてるわけだから。

（略）


　このなかで崔承喜は、「国旗」についてふれている。宗主国の国旗は、あくまで「日本」の国旗であって、自民族の国の旗ではなかった。自分の国の「国旗がある」ことを、崔承喜は、日本時代の知人に誇らしげに語っている。そして、「筆者が日本で仕事ができたのは、川端康成さんの批評が一つ。それが非常な支えになった。」と述べ、と同時に、「もう一つは、秋田雨雀とか、その他の築地関係の人、それから左翼の芸術家たちが助けてくれたということですよ」と語っている。

　秋田雨雀が当時、崔承喜の舞踊を観ていたことは、先にあげた第二回創作舞踊発表会のときの『パンフレット　崔承喜』第二輯に「諸家の感想」欄があって、そこに名前が載っていることによってわかる。しかし、上の引用文にみえる崔承喜の言葉からは、彼女と秋田雨雀とは実際に面識があり、深い交流がもたれていたことが理解できる。さらには、「その他の築地関係の人」のなかには、名前はあがっていないが、このころ日本演劇界のニューリーダーであった村山知義が含まれていることは疑いない。「それから左翼の芸術家たちが助けてくれた」とあるが、秋田雨雀や村山知義、さらに先にあげた杉山平助らの舞踊評論家、そして、兄承一や夫安漠らと交流のある「左翼の芸術家たち」が、崔承喜の舞踊活動に協力している様子が伝わってくる。

こうした「左翼の芸術家たち」のなかに呉坤煌がいたとしても不思議ではない。呉坤煌と秋田雨雀や村山知義の交流、さらに朝鮮のプロレタリア文学活動家との深い交流については前章で述べた。現時点では、崔承喜と呉坤煌との直接の接触を論証する資料は持ち合わせていないが、台湾文芸聯盟との橋渡しをしたのは呉坤煌を措いていない。当時、崔承喜は「半島の舞姫」として売出し中のスターであり、彼女を台湾に招くことはそれほど容易なことではなかったと思われる。しかし、当時の呉坤煌は、それを実現するだけの実力と豊かな人脈を有していたことを物語っている。

さて、台湾文芸聯盟は、当時、後述するごとく内に分裂問題をかかえながら、新たに映画や舞台に事業を拡大しており、崔承喜の台湾公演を「文聯の基礎かため」[20]として力を入れていた。そのため、先述したごとく来台の四か月前には歓迎会を行い、しかも招聘する直前には、台湾文芸聯盟の主催者であった張深切が東京まで出向き、周到な打ち合わせが行われたのである。

このようにして、入念な計画と肩入れをもとに行われた台湾公演は、おおむね成功であった。しかしながら、この崔承喜の台湾公演のあとなぜか、台湾文芸聯盟の文学活動は急速に終焉に向かうのである。

張深切は、『里程碑　又名：黒色的太陽』第四冊（聖工出版社、一九六一年十二月）のなかの「七七冷戦」の項で、その理由について次のように述べている。

文聯が崔嬢の舞踏会を主催してから、日本政府は我々にいっそう圧迫を加えた。某作家はいつもの悪い癖が出て、離間策動をなし、両面から挟撃をうけて、そのために文聯はだんだんと坂を下るように傾いていった。

台湾文芸聯盟が弱体化した要因として、張深切や劉捷と楊逵とのあいだに一九三五年七月ころから大衆文芸をめぐる論争が『台湾新聞』紙上で展開され、次第にセクト主義攻撃や個人攻撃など泥仕合化し、最終的には楊逵が『台湾文芸』から離反して、この年の十二月に『台湾新文学』を創刊するに到ったことがあげられる。ここにある「某作家」とは楊逵を指している。そして、もう一点、張深切は、崔承喜の台湾公演を契機に「日本政府は我々にいっそう圧迫を加えた」と述べている。

一方、東京支部の責任者として崔承喜の台湾公演に同行して台湾の各地をまわった呉坤煌もまた、公演を終えて東京にもどると、警察当局によって逮捕され「十か月に及んで拘禁」されてしまったのである。(21)

一九三七年三月十二日付け『大阪朝日新聞』「台湾版」には、「警視庁内鮮課友松警部は台湾台中州南投郡南投街生れ呉坤煌（二十九年）を本富士署に留置、治安維持法違反の嫌疑で調べてゐる（中略）また昨年六月には舞踊家崔承喜嬢を台湾に招聘して各地に公演せしめ舞踊による民族啓蒙運動をはかるなどあらゆる方面から闘争を続けてゐたもので近く送局のはずである」とあった。

右記の呉坤煌逮捕記事のなかで、崔承喜の台湾公演にふれられている。そこには、崔承喜の公演を利用して「舞踊による民族啓蒙運動をはか」ったと記述されている。これは張深切が語った「文聯が崔嬢の舞踏会を主催してから、日本政府は我々にいっそう圧迫を加えた」の証言と符合する。崔承喜訪台前後の明と暗、呉坤煌は逮捕監禁され、そして台湾文芸聯盟は終焉への道をたどる。筆者には、崔承喜の台湾公演を契機になぜそのような事態が招来されたのか、いまだ十分に理解できない謎として残っている。

三　台湾における崔承喜

ここで台湾における崔承喜についてみてみよう。

一節でみたように、崔承喜は、六月三十日に訪台の途に着いた。そして、台北では「七月三日から三日間」公演が行われた。そのときの様子を『大阪朝日新聞』「台湾版」は、「〝半島の舞姫〟崔承喜女史一行は台湾文聯その他の招聘で第一回新作舞踊発表をかねて台湾公演行脚のため来台したが着台早早全くの沸騰的人気で台北の三日間は文字通り島都のファンを完全に動員してしまつた、それが地方にもそのまゝ反映して台中、台南その他の各地でもいまだかゝる熱狂ぶりを見たことがないといふほどの超人気」と伝えている。

同紙の台北支局では、こうした人気を背景に「崔承喜女史を繞る島都女性座談会」（以下、座談会）を開催した。座談会には、「小濱内務局長夫人、深川文教局長夫人ほか別項各方面の名流女性、杜博士（注、杜聡明）、施博士（注、施江南）夫人ら本島インテリ層の婦人、内台女人三十名」が出席した。司会は、台北支局長の蒲田丈夫が行っている。このときの座談会の様子は、同紙に

南島に踊りぬく
内、台、鮮の三角親善に
崔承喜さん出發す
半島の舞姫
花やかに台湾へ崔承喜さん一行
一部は澎湖に割愛
市價騰貴はかる
珊瑚漁獲許可方針

1936年7月11日付け『大阪朝日新聞』「台湾版」

四回にわたって連載されている。以下、同紙掲載の記事についてみてみよう。

座談会①「触合ふ心の琴線　絢爛〝麗人花園〟に内台鮮の優しい融和」（一九三六年七月十一日）より――。

……

本名夫人　郷土色を取り入れたものが多いやうでございましたが、さうしたポピユラーな郷土舞踊はほんとに親しめますわ。一体新舞踊と称するものゝ中にはあまりポピユラーでないものがございますが、あんなのは大変結構でした、内地の郷土色を入れたものをおやりになられたらどうでせう?

崔女史　えゝとてもやりたくて仕方がないのですけど、まだ力が足りないし、また手もそこまではとゞきませんので今のところ朝鮮のものばかりやるつもりでゐます

座談会②「舞台は筆者の戦場　相当の努力が入る　自分の特徴を生かすやうに」（一九三六年七月十二日）より――。

……

小濱夫人　エゝ参りました。たゞ驚嘆するだけでした、筆者にはそれ以上何とも申しあげる言葉もこざゐませんが、やつぱり郷土舞踊の方が崔承喜のものになり切つてゐると存じました

蒲田　どうも一体に朝鮮ものが好評のやうですね、杜さんはどう思ひになりました

杜夫人　大変おもしろくみることが出来ました、子供を伴れて参りましたが、こちらでは滅多に見られないもので喜ばしく思ひました、一番終りの「朝鮮風のヂユエツト」とか、特に「エヘ

ア・ノアラ」、などはユーモアたつぷりで子供も喜んでゐました

……

蒲田　三浦さん、音楽方面からの御感想を

三浦夫人　アルヘンテイナ（注、不明）を見たことがありますが、それ以来の感激に浸ることが出来ましたの。特に『習作』など熱と力と頭のよさがみられてうれしく思ひました、とにかく頭のよさにはつくづく感心させられましたわ

……

古賀夫人　ポーズ写真のお話ですがあれは一尺も飛んでないんですつてネ、わたくし実は以前石井漠先生に踊りを習つたことでありますの、そのとき崔さんに手をとつて教へていたゞいたのですが、崔さんは覚えになつてゐません？

崔女史　まあ！台湾からゐらつしたといふ方あなたでしたのネ。随分お変りになつたのね？

座談会③「蕃人でさへ踊る　台湾からも崔さんのやうな舞踊家を出したい」（一九三六年七月十四日）より――。

……

蒲田　噂によりますとあなたの今回の台湾訪問の目的の一つには台湾人の踊り手を捜し求めようとするにあるなどと伝へられてゐるやうですが、台湾で何かそんな女性を物色なさるおつもりですか

崔女史　物色といふよりは台湾の郷土的な何かを学びたいと思つてゐるのですけれど台湾に特有な舞踊がありませうか？

黄夫人　台湾に踊らしい何ものもないのが非常に残念でなりません
楊夫人　蕃人でさへ踊があるのにね
謝夫人　台湾からも崔承喜さんのやうな舞踊家を出したいものですわね、なんとかして
蒲田　芸術方面では名をなした人といふと台湾では極めて少ないやうです、スポーツではゴルフの陳清水、(補2)野球の呉明捷なんかありますが、芸術方面では音楽の公文也(ママ)、これは男ですから、女性ではまだ漸く林氏好といふのが岡谷敏子さんに習つた位のところで、現はれた人、隠れた人とともに極めて寂しい
黄夫人　ほんとに貧弱ですわ。これは主人に聞いた話ですが、台湾といふところは祖先が貧乏で芸術にたづさはるほどの余裕がまだなかなかなかつたんですつて
崔女史　その点では朝鮮も同じですわ、朝鮮には舞踊らしい舞台にのぼせるほどのものとて何一つあるわけではありません。僅かに妓生の間に四つ五つ踊といへるものが残つてゐるくらゐで、それをどうにか取り入れて創作するわけなのですが、台湾にもそんなものがあれば研究して世に出したいものだと思つてゐます、何か台湾でそんなものはないでせうかね
杉山夫人　台北駅裏の新舞台あたりの台湾歌舞伎には得るところがあると思ひますわ、是非ごらんになつてほしい
林夫人　あれはコアヒー(注、歌仔戯)といふ純粋な台湾の郷土舞踊のお芝居です、段々すたれて、今では若い人にも老人にも理解されなくなりました
座談会④「民族舞踊に精進　埋もれた素材を捜し出して　創作したいと思ふ」(一九三六年七月十五日)

蒲田　あなたの踊りの道は将来どういふ方面に素材を求めてゆかうとしてゐますか
崔女史　一番大切なことはやつぱり目のつけどころでせう、筆者は今のところ民族舞踊に精進したいと思ひます、埋もれた民族舞踊を探し出しその良いところに主観を加へて創作したいと思ふわ

以上の座談会での会話をみると、司会者の蒲田丈夫が指摘するように、台湾でも崔承喜の舞う「郷土舞踊」、「朝鮮舞踊」に人気が集まった。なかで注目すべきは、座談①での本名（医博）夫人と崔承喜のやりとりである。本名夫人が今後は「内地の郷土色を入れたものをおやりになられたらどうでせう？」と水を向けたとき、崔承喜は、きっぱりと「今のところ朝鮮のものばかりやるつもり」だと答えている。

杜夫人は、具体的に演目名をあげて称賛している。杜夫人とは、医学博士杜聡明の夫人である。彼女があげたのは、「朝鮮風のヂユエット」と「エヘア・ノアラ」である。ほかに「習作」の演目名があがっている。これらの舞踊は、崔承喜の朝鮮舞踊ものとして有名である。

ところで崔承喜は、はじめから朝鮮舞踊を志していたのではなかった。彼女が朝鮮ものに出会ったのは次の二つの要因からである。一つは、石井漠の薦めにより、もう一つは幼いころによく見た父の「クッコリ踊」である。

石井漠によると、崔承喜の第一回舞踊公演を前に崔承喜の現代舞踊に特色をもたせるために、「嫌だというのを無理に朝鮮舞踊を一つ、プログラムに入れさせることにした」。そして、「ちょうどその頃、放送局の用事で上京中の朝鮮舞踊の名手、韓成俊（ハンソンヂュン）に頼んで、二つ程朝鮮舞踊の速成練習をやって貰い、その二つの踊の中から適当にアレンジして、題名を、『エヘア・ノアラ』ということにして上

演したところが、非常な喝采のうちに大評判とな」(「崔承喜のこと」『崔承喜』収録、二百十一頁）ったという。朝鮮舞踊『エヘア・ノアラ』は、これ以降、彼女の代表作となる。「クッコリ踊」は、酒席で余興に踊る踊りで、日本では「かっぽれ」のようなものだと崔承喜は「筆者の自叙伝」で述べているが、石井漠から「自作を一つ発表してみないか」と求められたときに、父の踊った「クッコリ踊」を素材に朝鮮舞踊として芸術的によみがえらせたものだという。先に引用した新聞記事と座談会記事によれば、台湾では「アリラン調」、「巫女の踊」、「インヂアン・ラーメント」、「朝鮮トリオ」、「朝鮮風のヂユエット」、「エヘア・ノアラ」、「習作」が朝鮮舞踊として披露されている。

崔承喜はまた、台湾でも郷土の特色をもった踊りを探している。楊夫人のように「蕃人でさへ踊があるのにね」といったひどい発言があるが、台湾の郷土舞踊として彼女に紹介されたのは、「コアヒー」である。崔承喜は、紹介された台北駅裏の新舞台に歌仔戯を実際に観に行ったかどうか、あるいはどこか地方で歌仔戯に出くわしたかどうかわからない。このころの歌仔戯は、まだまだ台湾本来の郷土色を維持していたといわれるが、残念ながら崔承喜の「コアヒー」に対する感想は見ていない。崔承喜は、この座談会では、朝鮮舞踊への思い入れと意気込みを多く語っている。それは、台湾という同じく異民族の植民地下にあった境遇と民族への共感から出たものだろう。

座談会④では、最初に持ち出された「内地の郷土色を入れたもの」を改めて否定するように、「筆者は今のところ民族舞踊に精進したい」と自己の舞踊の方向をきっぱりと語っている。そして、「埋もれた民族舞踊を探し出しその良いところに主観を加へて創作したい」と自己の抱負を語っている。

崔承喜のこの度の台湾公演は、自己の舞踊の目指すべき方向を確認する旅であったと位置づけられるのではないだろうか。

四　現代舞踊と台湾文学

前節でみた座談会の出席者のなかには、古賀夫人のように「石井漠先生に踊りを習」い「崔さんに手をとつて教へていたゞいた」というような女性も出席している。実際、台湾には、石井漠一門の現代舞踊家が少なからずいて、石井漠は「日本の現代舞踊の父であるだけでなく、台湾の現代舞踊の人材を開拓し育てた第一人者であると称することができる[22]」と評されるごとく、台湾の現代舞踊に大きな影響を与えている。

筆者は一節で、崔承喜の台湾公演にふれたものは、後述する文献にわずかな記述がある以外ほとんど見当たらないと述べたが、そのわずかな記述とは次のごとくである。

伍曼麗主編『舞踏欣賞』（五南図書出版、一九九九年四月初版）に収録された「台湾現代舞」の章に、次のようにある。

> 日本統治時代、台湾にあらわれた最初の舞踊団は、一九三六年に朝鮮人舞踊家崔承喜を団長とする崔承喜舞踊団であり、この石井漠（一八八六〜一九六二）に師事する女性舞踊家が台湾の観衆にもたらした舞踊は、ドイツの表現主義の新舞踊（New Dance）あるいはスイスの芸術家ダルクローズ（Dalcroze）のリトミック舞踊（Eurhythmics）に類似している。（二百五頁）

ここでは、崔承喜率いる崔承喜舞踊団が台湾における最初の舞踊団となっているが、二節でみたように正確には石井漠舞踊団が最初に台湾公演を行った。その点は不正確だが、しかし、ここには崔承喜の台湾公演についてふれられている。
同書にはまた続いて、石井漠の門下生に関する次のような記述がある。

一九三六年、淡水の商家出身の林明徳は、日本に赴いて日本大学芸術科[23]に入り、同時に崔承喜に師事して西洋古典舞踊を学んだ。その後、石井漠について現代舞踊を学んだ。その後、相次いで日本に行き舞踊を学んだ台湾の舞踊家には、ほかに許清浩、林香芸、蔡瑞月、李彩娥、李淑芬などがおり、そのなかでも蔡瑞月と李彩娥は石井漠の特に秀でた門下生[補3]である。（二百五頁）

上記にあがった石井漠門下生のうちで、特に林明徳は「崔承喜に師事して西洋古典舞踊を学んだ」とある。その時期は一九三六年とあるから、林明徳は崔承喜の台湾公演を観てそれに影響を受けたのだろうか。前出の『台湾舞踏史（上）』にはまた、林明徳について「台湾の第一世代の舞踊家のなかで、まず林明徳を推す」とあり、台湾現代舞踊の魁であることがわかる。その林明徳は、日本に赴き最初に崔承喜に師事している。四節でみた座談会では、台湾から崔承喜に次ぐような舞踊家が生まれることが期待されていたが、崔承喜は台湾の人々のそのような願いを実現することに一役も二役も買ったといえよう。崔承喜に師事した林明徳は、「一九四三年（昭和十八年）に、東京の日比谷公会堂で、最初の個人舞踊発表会を開催して、大盛況をおさめ、『台湾第一の舞踊家』と称され」るようになったし、「翌年に台湾に帰ると、台北市の大世界劇場などの公演を行い、ここでも大成功をおさめ」ている。ちなみに台北市の大世界劇場は、一九三六年に崔承喜が公演した劇場でもある。なお、林明徳は女装による舞踊が得意でもあり、「台湾の梅蘭芳」とも称されたという。
　このようにみてくると、現代舞踊と台湾文学は、決して無縁ではない。崔承喜の台湾公演を実現した呉坤煌の役割は改めて見直されねばならない。さらに、台湾文芸聯盟が台北以外の各地でどのよう公演を組み立てたのか、そのとき各地の台湾文芸聯盟支部はどのような役割をになったのか、興味が尽きない。また、葉石濤の短編小説「赤い靴」（一九八九年）に描かれた舞踊家のモデルは、石井漠の門下生である蔡瑞月である。台湾現代舞踊と台湾文学の浅からぬ因縁を感じさせられるのである。

【注】

（1）ここで言う「文学者」とは、当時すでに名をあげていた人のほかに、当時はまだ無名であったり、留学生にすぎなかったりするが、その後、詩人や小説家として知られるようになった文学青年を含んでいる。

（2）『山霊　朝鮮台湾短編小説集』（文化生活出版社、一九三六年四月）および『弱小民族小説選』（生活書店、一九三六年五月）がある。

（3）楊逵は戦後一早く、「新聞配達夫」の中国語版「送報伕」を日中対照本で出したが、この時、黄得時より翻訳のあることを教えられ、しかも黄より「新聞配達夫」が収録された『山霊』（注2参照）を借りて、『新聞配達夫』（台湾評論社、一九四六年七月）を上梓したのである。

（4）筆者『文学で読む台湾』（田畑書店、一九九四年）参照。

（5）同注4参照。

（6）本文後掲『崔承喜（増補版）』収録されている。

（7）解放後から朝鮮戦争前後に、北朝鮮へ渡った作家を指す。

（8）原書は、日本書荘発行である。復刻版が大村益夫・布袋敏博編『近代朝鮮文学日本語作品集（一九〇一～一九三八）評論・随筆篇二』（緑蔭書房、二〇〇四年十月）に収録されている。
（9）金白峰・安秉憲著、李賢進訳「韓国舞踊史における舞踊家「崔承喜」の位相」『森永道夫先生古稀記念論集　芸能と信仰の民族芸術』（和泉書院、二〇〇三年五月）参照。
（10）『テアトロ』（一九三八年十二月）誌上の「春香伝批判座談会」に張赫宙らと同席している。前出『近代朝鮮文学日本語作品集（一九〇一～一九三八）評論・随筆篇三』（注8参照）に収録されている。
（11）「（注、第一回創作舞踊発表会以降）安弼承は崔承喜のゼネラルマネージャーとして専念することに決心。そして、名を妻の師である石井漠の「漠」を正式にもらい、安漠とする。」（本文前掲『世紀の美人舞踊家崔承喜』二百二十頁参照）石井漠が、安漠に「崔承喜のような舞踊家は出ないんだから、作家は大勢いるんだからどうぞ崔承喜を盛り立ててくれ」と頼んだというエピソードが石井八重子によって伝えられている。「思い出すたびに会いたい崔承喜」（『崔承喜』二百十八頁）
（12）『私の自叙伝』（注8参照）百三十頁。
（13）ここに名を連ねている人々は、森岡隴一編『崔承喜パンフレット』第一輯、同第二輯（一九三六年三月）に崔承喜に関する文章を寄せている。この二冊のパンフレットは未見だが、その一部が『世紀の美人舞踊家崔承喜』に収録されている。
（14）石井八重子「筆者の崔承喜」（『崔承喜』二百十五頁）に「筆者どもがあの当時（昭和十年前後）出演料五百円ぐらいのとき、崔承喜さんは五千円取っていました」とある。
（15）湯浅克衛原作『舞姫記』をもとにした映画で、千田是也が安漠役に扮した。映画では石井漠が病死するなど、原作にないストーリー展開などがあって不評だったといわれる。

(16)『テアトロ』には、ペンネーム北村敏夫で発表した。本部第三章参照。

(17)「不穏な〝民族解放〟舞台から呼びかく　崔承喜嬢等も利用　赤い本島人警視庁で取調」一九三七年三月十二日付け『大阪朝日新聞』「台湾版」参照。

(18)安漠は『ナップ』(日本プロレタリア作家同盟機関誌)に「朝鮮に於けるプロレタリア芸術運動の現状」(一九三一年三月)を発表している。(『崔承喜』二百頁参照)朴英衛、崔承一、安漠はいずれもカップの一員である。安漠は、一九三一年十月六日に朝鮮独立陰謀事件の容疑で検挙されたことがある。この時かどうか不明だが、千田是也は、映画「半島の舞姫」で安漠役を演じたが、そのとき「その恋人役を振られ、李(すもも)の花の下でお行儀よく彼女を抱いたりしたわけだが、そのモデルである彼女のご主人安漠さんが作家同盟におられて、直接のつきあいはないにせよ、留置場でいっしょだったことがあったりして、撮影中、私はテレっぱなしであった。」と述べている。(「崔承喜の思い出」『崔承喜』二百六十四頁参照)呉坤煌は、カップ東京支部の金斗鎔(キムドゥヨン)とも『生きた新聞』(全八号、三一書房、一九三四年十二月―三五年八月)を通して交流があった。

(19)原載『グラフィケーション』(一九七七年七月号)(前掲『崔承喜(増補版)』収録)参照。

(20)一九三六年六月十七日に東京で開催された東京支部の座談会での張深切の発言。「台湾文学当面の諸問題」(前掲『台湾文芸』第三巻七・八号)参照。

(21)このことは、呉の「懐念文環兄」(『台湾文芸』〈通巻八十一号、一九八二年三月〉)に書かれているが、この逮捕については実はまだよくわからないところがある。

(22)李天民・余国芳『台湾舞踏史(上)』(大巻文化有限公司、二〇〇五年十月)百二十八頁参照。

(23)原文では、「東京大学芸術科」となっている。誤りを正して訳した。

【新出資料一覧】

以下の一覧は本稿発表後に蒐集した文献資料である。蒐集に当たっては、国立彰化師範大学徐秀慧先生、同台湾文学研究所の院生（当時）蔡佳潾さんの協力を得た。

（広告）「朝鮮が生める……世界的舞踊家　崔承喜来る　前売券目下発売中」『台湾日日新報』昭和十一年六月二十四日

（記事）「半島の舞姫・崔承喜　七月二日来台三日以降十六日まで島内各地で開演する」『南日本新報』昭和十一年六月二十六日

（記事）「清楚・澄徹……崔承喜来る　二週間全島で公演」『南日本新報』昭和十一年六月二十六日

（記事）「演劇　半島の舞姫　崔承喜来る　七月三日より台北大世界館で」『台湾日日新報』昭和十一年六月二十六日

（記事）「崔承喜来る　愈々七月三日大世界館に」『新高新報』昭和十一年六月二十七日広告「崔承喜新作舞踊発表会　島都の公演迫る」『台湾日日新報』昭和十一年六月二十九日

（広告）「半島の舞姫　崔承喜のサインデー　日時・明三日午後三時―四時　場所・六階休憩室に於て栄町　菊本」『台湾日日新報』昭和十一年七月二日

（記事）「楽燕と崔承喜」『台湾日日新報』昭和十一年七月三日

（広告）「壮麗！佳人が描く跳躍の舞踏詩　崔承喜新作舞踊発表会　今夕七時より　於大世館」『台湾日日新報』昭和十一年七月三日

（広告）「半島の生んだ　日本一の称ある舞姫　崔承喜来ル　七月三日四日五日三日間　於世界館」『南日本新報』昭和十一年七月三日

（記事）「演劇界」『南日本新報』昭和十一年七月十日

（H・U・生）「『崔承喜』を観る」『南日本新報』昭和十一年七月十日
（記事）「今週の映画　新興オールトーキー　半島の舞姫　二十一日より若乃館」『台湾日日新報』昭和十一年七月二十一日
（広告）「崔承喜主演…オールトーキー（今日出海良心的新作）全十巻　半島の舞姫」『台湾日日新報』昭和十一年七月二十一日
（記事）「崔承喜帰る」『台湾新聞』昭和十五年十二月八日
（記事）「〝半島の舞姫〟帰る」『台湾日日新報』昭和十五年十二月十日
（記事）「舞姫崔承喜帰朝」『台湾日報』昭和十五年十二月十一日

【補注】
（1）筆者が管見した主な崔承喜研究には、本文中にあげた高島雄三郎著『崔承喜』、高嶋雄三郎・鄭炳浩編著『世紀の美人舞踊家崔承喜』、金賛汀著『炎は闇の彼方に　伝説の舞姫・崔承喜』、崔承喜『筆者の自叙伝』（『近代朝鮮文学日本語作品集』収録）、金白峰ほか訳「韓国舞踏史における舞踊家『崔承喜』の位相」のほか、次のようなものがある。
石井漠著『私の舞踏生活』大日本雄弁会講談社、一九五一年二月
西村正明著『さすらいの舞姫　北の闇に消えた伝説のバレリーナ・崔承喜』光文社、二〇一〇年七月
星野幸代著『日中戦争下のモダンダンス』汲古書院、二〇一八年二月
星野幸代著「日本・中国・台湾文人の眼差しの中の舞踏家・崔承喜」、『越境する中国文学――新たな冒険を求めて』汲古書院、二〇一八年二月収録。
李賢晙著『「東洋」を踊る崔承喜』勉誠出版、二〇一九年二月

（2）陳清水（一九一〇年―一九九四年）は、台湾プロゴルファーの草分けで、二〇一七年に第五回日本プロゴルフ殿堂入りする。
呉明捷（一九一一年―一九八三年）は、一九三一年に嘉義農林のエースで四番で甲子園に出場し、中京商業と決勝を戦う。その後、早稲田大学に進んだ。近年、映画「ＫＡＮＯ」（二〇一四年）で、改めて知られるようになった。

江文也（一九一〇年―一九八三年）は、作曲家で、一九三四年に「台湾舞曲」を出した。著作に『上代支那正楽考』（三省堂、一九四二年）がある。研究書に、塚本善也『音楽家江文也と日本』（致良出版社、二〇一六年）、劉美蓮『江文也伝　音楽與戦争的迴旋』（ＩＮＫ、二〇一六年）などがある。

林氏好（一九〇七年―一九九一年）は、台湾の初期の著名な声楽家で、関屋敏子に弟子入りし、台湾の最初のソプラノ歌手となった。一九二三年、台湾民衆党で政治活動家の盧丙丁と結婚した。
（3）蔡瑞月（一九二一年―二〇〇五年）は、台南第二高等女学校を卒業後、日本に行き石井漠に弟子入りした。李彩娥（一九二六年―）は、一九三九年に石井漠に弟子入りした。研究書に楊玉姿『飛舞人生―李彩娥大師口述歴史専書』（高雄市文献委員会、二〇一〇年）がある。

第五章　フォルモサは僕らの夢だった

――台湾人作家の筆者宛書信から垣間見る日本語文学観とその苦悩

はじめに

筆者は、一九八〇年八月から八二年七月まで二年間、中国文化大学で日本語教師を勤めた。当時、台湾はまだ戒厳令下にあり、台湾の大学で日本語教育を行っていたのは、中国文化大学と東呉大学と輔仁大学と淡江大学しかなく、しかもいずれも私立大学であった。筆者の本務校は天理大学だが、天理大学と中国文化大学は古くからの協定校で、筆者は交換教授として中国文化大学に派遣されていた。もしこの時、日本語教師として台湾に来るチャンスに恵まれなければ、こんなに深く台湾文学や台湾原住民文学の研究にのめり込むことはなかったであろうし、いまこうしてみなさんの前に立つこともなかったと思う。

筆者は、大学院時代は現代中国文学に関心があり、茅盾や魯迅、あるいは魯迅とも深い関係にあった莽原社や未名社の同人、例えば高長虹や李霽野、台静農たちについて研究していた。だから、内心では、国民党統治下の台湾に行ったら、今後の研究はどうなるのだろうかと、不安な気持ちを抱いていたのが正直なところである。

筆者はこのようにもともと中国現代文学を学んでいたので、在台中は当時台湾大学教授であった台静農先生を訪ねて論文を書いたり、台湾における中国現代文学についてもさまざまな資料蒐集を行い、戦後初期における中国作家と台湾作家との交流などについても少しずつ知るようになっていた。

このように大学院時代までの研究関心にそって台湾での文学資料の発掘に努める一方で、筆者は度々日本語作家訪問を行った。幸い、筆者は、台湾文学研究の先達である塚本照和先生から、先生が蒐集された台湾文学資料を間近で見せていただいていた。そのお蔭で、訪台前にはぼんやりとした台湾文学観があり、また、先生が訪台されるたびになさっていた作家訪問にもお供した。こうした経験から、筆者は戦前に活躍した、当時「老作家」と称されていた日本語作家を訪ねて、いろんな話を聞き、時には秘蔵の資料を見せてもらうなどしながら、台湾文学について少しずつ学んでいった。戦後の厳しい時代を生き抜いた「老作家」の言葉、さらには辛うじて残された資料も、その多くは断片的であったが、しかし時には、その断片的な言葉も資料も、珠玉のようにキラキラと輝いてよみがえり、再び生命をとりもどしていった。

日本と中華民国の、二つの国籍を有した「老作家」、筆者にとっては台湾文学の「老師」たちは、いまではほとんどこの世を去られてしまった。

一　王昶雄先生の手紙再読

前置きが少し長くなったが、ここで「奔流」（『台湾文学』一九四三年七月）の作者として著名な、王昶雄先生の筆者宛書信から本論のテーマに入っていきたい。なお、以下の筆者の話は、戦前の台湾文学の担い手であった日本語作家の証言や作品から検討してみたもので、日本語教育史の観点からはすでに研究済みのことかもしれないことをお断りしておきたい。

では、最初に王昶雄先生の手紙を引用することからはじめたいと思う。この手紙は後述するように、筆者が書いた書評への感想として書かれたもので、日付は「一九九二年一月五日」である。

冠省　久びさのお便りと「東方」誌（中の大作）を有難く拝受、拝誦いたしました。「バナナボート」の批判や二、三の苦言、いきり立っていたせいか、不遜の文句をつい吐いてしまった失態、何卒御寛恕のほどお願いします。

さて、「台湾作家全集」についての御高論、即座に思わず三度くり返して読みましたが、まことに「感触良多」です。ほめるべき所はほめ、痛い・痒い所はほどよくついて、まさに「可圏可点」の出来栄え、それに書き方の簡潔ぶりはどうでしょう、お世辞ぬきに大したものです。（中略）

それからもう一つ、「筆者」に関してですが、その人を熟知していなければ書けないし、こういう風にいわれて、果して喜ぶべきであるかどうかは分からぬが、ただこうはいえると思います。「筆者の持ち味を、こういった角度からズバリといってくれたのは、はじめてで、その点、筆者としては手放しではしゃいでいいではないか?」と。ほんとにかたじけのう存じます。（このこととは関係なしに、筆者はさっそく10部ほどコピーして、出版社の林文欽氏をはじめ、心ある人たちに送りました）（後略）

ここに述べられている、「『台湾作家全集』についての御高論」とは、日本の東方書店から出ている書誌雑誌『東方』百三十号（一九九二年一月）に書いた「『血涙の文学、抗いの文学』（『台湾作家全集』書評）」を指している。当時、前衛出版社から全五十巻、五十七人にもおよぶ台湾作家の作品を収め

る『台湾作家全集』が出たのを機会に、創作言語や作家が活躍した年代などに視点を置きながら、該集について全体的な書評を試みたものである。(補1)この書評を、王先生は、いまこうして公表すると、恥ずかしくなるくらいにべた褒めしてくださっているが、筆者がここで紹介したいのは、これに続く後段の部分である。

　王先生は、筆者が該文で先生の文学について触れた箇所について、右記の引用文に見るようなコメントを書いておられる。筆者はどのようなことを書いたのだろうか。書評の一文を次に引いてみる。

「日文作家」は龍瑛宗を除いてみな日本留学経験者である。そして、頼和から遅れること二十二年の王昶雄にいたると、もはや選択の余地がないまでに日本語が骨の髄まで沁み込みはじめていた。日本敗戦前夜、つまり当時にあっては「決戦下」、それは同時に最も苛烈な「皇民化」期であった時期に、創作の筆を執った作家にとっては、その創作言語は「内地」の日本人作家にひけをとらない日本語である必要があった。むしろそれが台湾人としての民族の自負でもあったと考えられる。事実、王昶雄の日本語はもはや日本人作家のそれである。

楊逵と王昶雄

　筆者が王先生を中山北路のご自宅に訪ねるようになったのは、中国文化大学着任後の比較的早い時期だったように思う。従って、この一文を書いたのは、先生と出会ってからすでに十年余りの月日が経っていた。手紙のなかで、先生が「その人を熟知していなければ書けない」と述べておられるのは、毎年訪台するたびに、先生をご自宅に訪ねていたことを指していると思われるが、はたしてどれだけ先生を通して台湾人作家の内面を理解したか、不安に思うばかりである。

しかし、ここに書いたことは、日本語が戦前の台湾文学において、どのように「書写言語」として発展していったかということであるが、あるいは日本語がいつごろから、台湾人作家たちによって主体的に戦略的に使われるようになったかを考えるとき、一つの観点を提起していると言えよう。そして、そのことを台湾人作家自身が認めていることは大きな意義を持つ。

ここで、該文のなかで掲げた「『日拠時代』作家一覧」を引用してみたい。

	生年	没年	発表年	創作言語
頼　和	1894	1943	1926	中文
楊雲萍	1906	*2000*	1925	中文・日文
張我軍	1902	1955	1926	中文
蔡秋桐	1900	1945	1931	中文
楊守愚	1905	1959	1929	中文
陳虚谷	1896	1965	1928	中文
張慶堂	不詳	不詳	1935	中文
林越峯	1909	不詳	1934	中文
王詩琅	1908	1984	1935	中文
朱点人	1903	1949	1932	中文
翁　鬧	1910	1940	1935	日文
巫永福	1912	*2008*	1933	日文
王昶雄	1916	*2000*	1939	日文
楊　逵	1905	1985	1932	日文
呂赫若	1914	1951	1937	日文
龍瑛宗	1911	*1999*	1937	日文
張文環	1909	1978	1933	日文

上記の一覧表のなかで、生年と没年の項目は、今回、修正および加筆をおこなった。なお、該文執筆当時は、王昶雄先生はもちろん、楊雲萍先生、巫永福先生、龍瑛宗先生はまだお元気だった。いまでは、ここにあがった台湾人作家は全員亡くなっている。(没年が、該文発表後の場合は斜体で表記した)

一覧表にあがった十七名のうち、楊雲萍は初期のころは、「光臨」（『台湾民報』一九二六年一月一日）のように中国語で小説を発表していたが、一九四〇年代に入ると、のちほど見るように日本語で盛んに詩や評論を発表している。王詩琅も日本語を使うが、小説は中国語、評論は日本語というふうに使い分けている。呂赫若は戦後初期には「故郷的戦争」（『政経報』一九四六年二月／三月）や「月光光」（『新新』一九四六年七月）などの中国語小説を発表しているが、戦前には日本語作品しか発表していない。

ここで注目すべきことは、楊雲萍を除く中国語作家は一九四〇年代に入るとほとんどみな断筆していることである。一方、日本語作家は、一九四〇年に亡くなった翁鬧以外は、みな執筆を続けている。そして、ここにあがっている七人の日本語作家は、龍瑛宗以外はみな日本留学経験者である。

以上、王昶雄先生の手紙を通じて、台湾人作家にとっての日本語について見てみると、台湾人作家は壮絶な思いで日本語文学を書いていたことがわかる。では、台湾人作家が日本語を書写言語として主体的に使いはじめたのはいつごろからか、以下順次考察していきたい。

一　台湾近代文学黎明期における日本語文学――謝春木と王白淵

周知のように、台湾の近代文学は日本の植民地下で生まれ発展した。台湾総督府は、台湾における近代教育のために、領台当初より国語（日本語）教育を押しすすめ、その結果、一九二〇年代には日本「内地」留学生が生まれた。一方、台湾の社会背景を見ると、当時の台湾人が日常生活のなかで使用していた言葉は閩南語（福佬語）と客家語であり、北京白話文は、本来言文一致であるはずだったが、台湾人にとっては言文一致ではなく、書き言葉としての漢文でしかなかった。理念としての白話文は、現実からははなはだしく遊離していた。

そのため、台湾文学は黎明期から創作言語の問題を抱えこ込まざるを得なかった。これは台湾近代文学の大きな特色である。しかも、黎明期に発表された作品をみると、中国語小説の嚆「可怕的沈黙」[1]（『台湾文化叢書』第壱号、一九二二年四月）や無知「神秘的自制島」（『台湾』第四年第三号、一九二三年三月）があるが、同じ時期に、追風「彼女は何処へ？（悩める若き姉妹へ）」（『台湾』第三年第四〜七号、一九二二年七月〜十月）という日本語小説が発表されたことはよく知られている。追風は、その後謝南光の名前で『台湾人は斯く観る』（台湾新民報社、一九三〇年）や『台湾人の要求』（同、一九三一年）を著した社会運動家の謝春木（一九〇二―一九六九）のペンネームである。

このように台湾近代文学は、白話文学の試作時期に、日本語小説も試験的に書かれ発表されていた。日本の台湾統治から数えて二十七年が経過していた。このころ謝春木は、一九二一年四月に台北師範学校（一九一八年国語学校から昇格）を卒業し、東京高等師範学校に留学していた。

ここで、「彼女は何処へ？」の日本語を見てみよう。以下に、作品の冒頭部分を掲げる。小見出しのタイトルは「一、待たれる入船の日」である。

炎暑焼くが如し。實に語通りに一毛の懸値もない。道の小石は吐いてゐる。道行く人、車を牽き行く人々、孰も喘ぎ喘ぎて頻りに流れる汗を拭ってゐる。今日は常夏の高砂の人としても稀に経験する百度といふ熱さであつた。日は大分西へ傾いては来たが熱さは正午に勝るとも決して涼しくはなつてゐない。桂花は今学校から帰つて来たばかりの所だつた。彼女は熱さに堪へ兼ねたやうに自分の室へ入ると携へて帰つた本を解く暇もなく、直ぐ上衣を脱ぎ棄てゝ側の椅子にどつかと腰を下して頻りに団扇を使つてゐる。下衣は滲み出る汗ですつかり濡れて居た。彼女は肌についた服地をばつまみ上げて風を送つて居た。

「あゝ。ほんとに気持が清々したわ。」

と呟き乍ら机上の暦を語り始めた。

「今日は何日でしたかね。さう、試験が終つた日ですから六月二十九日ですわ。明日は三十日。明後日は一日。月曜日ですから大方内地から船が入るに違ひないわ。さうしたら、きつと……。」言ひかけて、急に顔を赤らめて四辺を窺ふやうに室内を見廻した。

本編は、台湾の女性が自立を求めて東京に留学する話であるが、上に引いた文章に見るように日本語は当時の口語で書かれ、しかも女性の自立をテーマとした優れた近代小説となっている。

次に、日本語文学が発表されるのは、九年後の一九三一年六月に出版された王白淵（一九〇二―一九六五）の詩集『蕀の道』（久保庄書店、一九三一年）である。柳書琴によると、王は謝春木の竹馬の友で同い年である。(2)同じく十六歳で台北師範学校に学び、謝より二年遅れて、一九二三年四月に東京美術学校に留学した。謝は一九二五年三月に東京高等師範を卒業すると、同校の高等研究科に進んだが、その年十月に退学して台湾に帰った。この間、ふたりは同じ下宿に住んでいたと言う。このように、謝も王も台北師範学校の卒業生で、日本語教育は台湾で十分に受けており、そのうえ日本でさらに高等教育を受けている。(3)言うまでもなく日本語のレベルは高い。

ここで『蕀の道』の中身を見ると、詩集は「序詩」(4)と巻末に収められた二編の詩（「印度人に與ふ」、「楊子江に立ちて」）を含め六十五編が収録されている。この詩集とは別に、ほかに劇本「偶像の家」、評論「詩聖タゴール」、同「ガンジーと印度の独立運動」、翻訳劇本「到明天」（左明作）が収められている。

これらの収録作品から見ると、王は、印度の詩人タゴールやインドの独立運動を指導したガンジーに心酔している。特に言語については、王は「詩聖タゴール」のなかで、タゴールの英語について次のように述べている。

それから彼（注、タゴール）の思想を稍系統的に書いたものに『生の実現』と云ふ一巻がある。これはオツクスフオード大学で講演したものをベンガル語で書き更にこれを自分の手で英訳したものである。彼の英語は天才的とも云ふべき程で英人よりも却つて自由自在に語句を駆使する。彼の著作は大抵自分の手で英訳してある。

タゴールは当時のアジアの文学者にとっては大きな存在であった。とりわけ台湾人文学者には同じ植民地下の知識人として強い共感が寄せられていた。筆者は、一九八二年の夏に楊雲萍氏をご自宅にお訪ねしたことがあるが、その時、楊氏の『山河』（清水書店、一九四三年）のことが話題に上った。そして、この詩集が日本語で書かれていることについて、楊氏は、タゴールは英語で詩を書きノーベル賞をもらっている、台湾の詩人が日本語で書くのもそれと同じですよ、という意味のことを述べられたことがいまも印象深く記憶に残っている。このように見てくると、王や楊の日本語観は、タゴールの英語観と相通じるものだと考えられる。

次に日本語文学が発表されるのは、一九三二年四月十五日以降日刊化された、『台湾新民報』紙上においてである。(5) 但し、日刊化以降の該報はほとんど散逸しており、管見するところ、詳細はまだ解明されるにはいたっていない。(補2) そうしたなかで先行研究によって見ると、楊逵の「新聞配達夫」が『文学評論』（一九三四年十月）に発表されるまえに、前編だけが該紙に発表されている。塚本照和「楊逵『新聞配達夫』（『送報伕』）のテキストのこと」（『台湾文学研究会会報』三―四合併号、一九八三年十一月）によると、「元来この作品は、『台湾新民報』紙上に発表された（自昭和七年五月十九日至五月二十七日）が、途中掲載禁止処分に遭って「前編」のみで中断し、二年後の九月に、あらためて『文学評論』誌上に「全編」が発表さるという経緯をたどっている。」と言う。

　この他、この時期に日本語小説があるのかどうか不明である。次に存在が知られているのは、林輝焜の『争へぬ運命』である。本編は新聞連載小説であり、台湾では、『台湾新民報』の日刊化を機に、日本の新聞で発達していた新聞連載小説が試みられるようになった。その最初の小説が、連載後すぐに単行本となった『争へぬ運命』である。作者の林輝焜は、該書に収録されている呉三連（台湾新民報社社長）の「衷心より感謝」によると、「国語学校国語部から京都二中、金沢四高を経て京都帝大経済学部を卒業」とあり、日本留学期間がかなり長いことがわかる。『争へぬ運命』は、日刊『台湾新民報』に「百七十六回連載」され、連載終了後の翌一九三三年四月に単行本として出版されている。本書の冒頭の部分を少し引用してみよう。


　今年は、例年より一層暑く感ずる上に、名物の気持よい夕立にあまり見舞はれなかつた。それがため、臺北の住民は、毎日あだかも（ママ）沸騰した鼎の中で生活してゐるやうに、雨を一日千秋の思ひで待つてゐた。皮肉にも、雨どころか、黒雲さへ、日中にはめつたに見られない位ゐだつた。

　實に、今年の六月は、無茶に暑かつた。ところが、月末の或る日の午後二時頃だつた。黒白の叢雲が怒気を帯びたやうに、今まで澄み切つた青空をおほふてしまつた。

「俺は、いくら考へても、いやだ。……………ね！君、さうぢやないか？」

「まあ！、うち、知らないわ。」

といふ男女の對話が、階下の擴聲蓄音器のレコードに混つて聞えた。

以上、非の打ち所がない日本語であることがわかる。先に指摘したように林が受けた日本語教育のレベルの高さが理解できる。

この『争へぬ運命』に続いて、該紙には頼慶[6]の「女性の悲曲」が連載されたようだが、詳細はまだ解明されていない。もちろん『争へぬ運命』についても、毎日の連載状況については不明である。

謝春木の「彼女は何処へ？」が一九二二年に発表され、その後十年を経て台湾文学史上名高い、楊逵の「新聞配達夫」や林輝焜の『争へぬ運命』が書かれた。次に日本語文学は大きな転換期を迎える。それは、一九三三年三月十五日の台湾芸術研究会結成と、該会による同年七月の『フォルモサ』の創刊である。

では次に、『フォルモサ』の日本語観について見てみよう。

二　フォルモサは僕らの夢だった――外なる帝都よりの発信

本章のタイトルにあげた言葉は、巫永福先生が筆者宛筆者信の最後に述べられた言葉である。[7]巫先生は台湾芸術研究会の創立会員であり、『フォルモサ』の有力メンバーの一人である。筆者は『フォルモサ』研究の過程で、巫先生をご自宅に訪ねて当時の話を訊き、さらに手紙でも質問をしたことがあったが、巫先生は丁寧に返事をくださった。

返書は大変詳しく、『フォルモサ』研究の第一級の資料だと言って過言ではない。なぜなら当時警察から睨まれていた台湾芸術研究会の活動記録は、主として『警察沿革誌』や『特高月報』に見る官側の記録に依拠しているからである。[8]一九八七年まで布かれていた戒厳令など厳しい政治的環境により、当事者自らの記録は十分に残されていないのである。

　では、この言葉はどのような文脈から出てきたのだろうか。日付は「一九九八年四月三日」である。字数は一、四〇〇字弱あるが、ここでは冒頭の部分と結語の部分のみ引用する。

> お手紙頂きました。おたづねの件についてお答へ致します。
>
> 一九三二年三月筆者は名古屋五中を卒業、四月明治大学文芸科に父の医者志望をしりぞけて入学しました。そして小説や詩を書き初めて居りました。そのために文芸誌創刊を夢見て居りました。この時に東洋大文科の張文環氏が近くに住んで居ると聞き、五月初本郷元町にお訪ね致しました。氏は定兼なみ子一家と一緒に住んで居り、弟の張文欽も住んで居りました。恐らく結婚して居たと思ひます。西竹町は知りませんでした。僕は当時まだ十九歳の若造でした。

筆者宛巫永福書簡

（中略）

……フォルモサの最初からの関係者は僕が唯一の残存者ですが、僕も数へ年八十六の高齢、投稿関係者の劉捷氏は八十八歳になりました。思へばフォルモサは僕の夢でした。

台湾芸術研究会は、一九三〇年代の日本の中央文壇の文芸復興運動の影響を受け、プロレタリア文学路線から「合法無難」[9]な純文学路線に舵を取ったが、上記の書信の「中略」部分に書かれているのは、その路線は何度かの激しい論争を経て決定されたもので、書信には論争の渦中にあった巫永福たち当事者の切実な心境が如実に述べられている。一部分を引くと、「会合はいつも不調に終り、一九三三年には僕は二十歳になり積極的に王白淵、呉坤煌と合ひ僕ら学生の身分では文化サークルは学業のさまたげになると説明し承解（ママ）を求めました。これについては王白淵、呉坤煌、張文環氏も経験者[10]なので賛成、文化サークルを退けて他の留学生を誘ふことになり蘇維熊、曽石火、施学習、楊基振、陳兆柏、王継呂などの学生を加へて台湾芸術研究会を組織、文芸誌『フオルモサ』を創刊しました。」とあるように、『警察沿革誌』に記録されている「合法無難」な「純文芸雑誌」の創刊には、このような留学生たちの複雑な思惑が背景にあった。そしてまた、そこには巫永福が「フオルモサは僕の夢」と語ったような時代的風潮があったのである。

こうして台湾文学史上初めての日本語純文芸雑誌が日本「内地」留学生によって帝都・東京で発行されることになった。『フォルモサ』が日本語を創作の言語とした理由について、楊行東が「台湾文芸界への待望」（『フォルモサ』創刊号、一九三三年七月）のなかで次のように述べている。

和文の文芸的表現！　これはわれらの将来の最も大いに活躍すべき唯一の武器である、特殊事情のもとにある台湾、その文芸も又こゝに始めて偉大なる著作、創作が生れ出るであらう。

筆者は、台湾文学史における『フォルモサ』の位置についてはこれまで何度か書いてきたが、該誌の最大の特色は、やはりこの引用文に見るように、日本語を台湾文学の書写言語として採用することを大胆に宣言した点にあると考える。そして、三号雑誌にも関わらず、島内の文学関係者に大きな影響を与えたのは、北京白話文や台湾語文、そして日本語など、どの言語を書写言語とするかに悩んでいた台湾文学文学界に、日本語を積極的に「武器」として戦略的に用いる姿勢を前面に打ち出した点にある。

このように日本語純文芸雑誌として刊行された『フォルモサ』に掲載された詩や小説などは、そのほとんどが留学生によって書かれた[11]。

そうしたなかで登場したのが、留学未経験者が書いた小説で、『フォルモサ』の第三号に発表された呉希聖の「豚」（一九三四年六月）である。「豚」は台湾文学界に一大センセーションを巻き起こした。「豚」は発表後の同年十二月に、楊逵の「新聞配達夫」と共に台湾文芸聯盟賞を受けた。では「豚」はどのような作品なのだろうか。

三　日本語文学の里程碑として――呉希聖の「豚」

呉希聖が「豚」を発表したとき、台湾の文学界に驚きの声があがった。それは「日本内地」留学の経験が無いにもかかわらず、呉希聖はあのような驚くべき日本語小説を書いた[12]。『フォルモサ』同人でもあったジャーナリストの劉捷は、当時の「豚」への台湾文学界の反響を、筆者にそのように語ってくれた。

ここで、劉捷の言葉を手がかりに日本語小説「豚」について考えてみたい。「豚」の作品内容は次の通りである。

北部の山地に住む阿三一家は、妻の阿三嫂と三人の子供の五人家族で、養豚業で生計を立てている。小説は寒風が吹きすさぶ早朝、阿三嫂が生まれたばかりの八頭の豚の泣き声で目が覚める場面からはじまる。

三人の子供は二十一歳の長女、阿秀とその弟、徳仔、明仔であるが、阿秀は梅毒を患っている。阿秀は売笑婦となり、その後、親孝行のため村の保正である進財伯の「囲ひ者（妾）」になったが、数ヶ月で捨てられた。阿秀は復讐のために進財伯を家に呼んで一夜を過ごし、村では大きな権力を持つ「デカすぎる仇」への復讐を果たした。

一方、阿三は生まれたばかりの豚を町に売りに出かける。しかし、今年は不況なのか豚は八頭のうち三頭が売れ残った。さらに運の悪いことに、家に帰ると親豚が死んでいた。この豚は金を払って養豚組合から借りたものであった。阿三は金になる手づるである娘と豚を失い、その夜狂ったように、「女の子を生むんだ」と喚きながら阿三嫂に襲いかかる。同じ日の晩、阿秀は首をつって死んだ。

翌朝、「大人（ダイニン）」がやって来て阿三を派出所に連行していった。進財伯が、阿三が死んだ豚を食ったことを密告したのだ。

「豚」は以上のような作品だが、作品を読むと、以上の作品内容と共にその日本語に大きな特色があることがわかる。日本留学の経験もなく、どうして後述するような日本語を駆使できるのか。呉希聖の日本語はどこから来たのか。この問いに応えるヒントが、次の資料に残されている。それは、鍾肇政・葉石濤主編『光復前台湾文学全集3　豚』（遠景出版、一九七九年七月）に見る次のような解説である。

呉希聖は、一九〇九年生まれ、台北淡水鎮の人である。台湾新民報記者を勤めたことがある。抗日戦争のときに、自ら大陸に赴き、「台湾義勇隊」の抗日組織に加わる。光復後、華南銀行に勤め、退職後、消息不明。名前を陳希聖に改名する。

（前略）……文芸評家の徐路生は『台湾作家論』において次のように指摘している。台湾文壇では、呉希聖の「麗娜的日記」[13]（『台湾新民報』一九三三年一月二十日）から「豚」までの過程を見れば、はっきりと日本の武田麟太郎の好敵手だということがわかる。

「豚」という小説では、作者は写実の技法で、当時の台湾の農村の苦境を描こうとしたことに気がつく。（後略）

ここで注目すべきことは、「武田麟太郎の好敵手」という指摘である。武田麟太郎は一九二九年六月号の『文藝春秋』に「暴力」を発表し（但し、この号は「暴力」を削除して発行された）、一躍プロレタリア作家として文壇に躍り出た作家である。身近な、例えば『日本近代文学事典』（平凡社、一九七七年）の記載によると、「ロシアの同伴者作家ボリス＝ピリニャークの技法の影響をうけていた。『反逆の呂律』などに、その傾向が強く出ており、スピードのある、リズミカルな文章に特色を発揮した。この新感覚派的な手法と観念的な左翼イデオロギイが結合した形式は、新しい風俗小説を作りあげた。」とある。

以上の二つの資料から見ると、呉希聖の「豚」は当時、武田麟太郎の影響を受けていたらしいということがわかる。しかし、植民地下の台湾でプロレタリア文学の旗手と目されていた武田の作品をどのようにして読むことができたのか。おそらくそれは円本の改造社版「現代日本文学全集」第六十二巻『プロレタリ文学集』（一九三一年二月）によって読んだのではないかというのが筆者の推測である。[14]

第六十二巻『プロレタリ文学集』には、「暴力」（『文藝春秋』一九二九年六月。雑誌は発禁）、「荒っぽい村」（『中央公論』一九三〇年八月号）、「休む軌道」（『新潮』一九三〇年新年号）、「色彩」（『週刊朝日』一九三〇年新年号）、「反逆の呂律」（『1929』一九二九年）の五編が収録されている。

では、ここで「豚」を当時の台湾の文学環境に戻し、作品の影響関係や日本語表現について見ていきたいと思う。まず、『プロレタリ文学集』収録作品の特徴から見ていこう。武田の五編の作品の書き出しは次のような描写となっている。なお、波線を付した箇所は、筆者が「新感覚派的な手法」の特色があると考える部分である。

「暴力」

家畜が列んでゐる。獣医は一匹づつ丁寧に検査した。食用に差しつかへのないのには、ベタベタと紫の判を押した。——今、青年たちは、その家畜のやうに裸体で押し列んでゐた。彼らも検査されるのだ。カーキ色で平腰の軍人が一人づつを丁寧に調べあげた。そして、彼らの役に立つのには、合格の判をペタリと押した。

杉平治も二十一歳になつてゐた。強制的に彼も亦この検査場に連れて来られた。

「荒つぽい村」

大きな熊が、それをのつけてきた荷車をそのまま利用した屋台店の上にころがつてゐた。（中略）腹は立ち割られ、肩もとから鋭利な小刀（ナイフ）で幾度も肉を切られては売られてゐる。その切り口の肉は、空高くから吹きおろす寒風の中にひきしまり、脂つこく光つて見られた。

「休む軌道」

人々はレエルの休む時を知つている。レエルは深夜になると休憩するのだ。それは生きもののやうに長々と寝そべり、腹に電柱からの微光を不気味に受ける。随分遠くまで延びてゐる。ある点まで走りつくと他のレエルと交叉した。柔かくカアヴする。行きどまる。かうして幾すぢものレエルは複雑に組み合つて、この大都会を網の目に切断する。――電車の影のないレエルは寂しいものだ。（省略）そして、ある夏の真書間レエルはのびのびと休憩してゐたのだ。

「反逆の呂律」

囚衣を脱ぐ。しかし、着るものがなかった。連れて来られた時は木綿縞の袷だった。八月の炎天の下をそれでは歩けないだらう。考へて襦袢一枚になつた。履きものには三銭の藁草履を買つた。

仙吉はかうして午前五時、S監獄の小門から出た。癪なので振りかえらずに歩いて行つた。畠と畠との間の白い道がステーシヨンまで続いてゐる。彼のうしろで次第に高いコンクリートの塀を持つた監獄が遠くなつた。

もう一編の「色彩」の書き出しは、「男はかり（ママ）の所帯は家を汚くする。男は大体が乱暴ものだから。彼らは力まかせに襖を開けたてする。」のような描写からはじまり、特に際立った感覚的な描写はなされていない。

『プロレタリ文学集』は、九人四十編の作品が収録されているが、さきに見た武田麟太郎のように、作品の冒頭に擬人化の手法を用い感覚的な文体で描写された作品は少数派だと言える。武田以外では、林房雄の「都会双曲線」があり、作品の冒頭は次のように書き出されている。


　都会はお洒落だ。

　身体の九分を真黒にしておくのは平気で、あとの一分をたゞこてこてと飾りたてる。——だから都会は真暗で、そして明るい。

　暗い場所、それは都会の生産面である。明るい部分、それは都会の消費面である。

　路を歩いて空を仰ぐ。——そこに見えるものは、もう大空の星ではない。苦く妖婦のひとみのやうに笑う大都会の首飾りである。ビルディングと大都会と広告塔の夜光飾（イルミネーション）！

　東京丸ノ内。（後略）

ここで呉の「豚」の書き出しを引いてみよう。次の通りである。


　北部の山地——

　夜あけ頃になると、山からほとばしつて来て、途々同勢を率きつれ、われと思はんものよ、いざ出てこい顔の北風は、おつそろしい獣みたいな唸りを立てて、山裾の痩せこけた竹やぶをブユーブユー泣かせては、あばれ狂ふてゐた。

　竹やぶを突き破れば、すぐ崩れかけたカヤぶきの農家だ。豚小屋だ。（そこには豚小屋があつた）

呉希聖は、武田や林と同じように擬人法の技法を使っているが、読者を「ブユーブユー」と吹く北風と一緒に「豚小屋」まで一気に引き連れてくる迫力ある文体となっている。この文体の持つスピード感は、本編の大きな特色として深い印象を残し、先に見た武田や林の新感覚派的な文体と比べても、独特な表現となっている。なお、「ブユーブユー」という風の擬音語は、作者が意識的にこのように表現したのかどうかわからない。一般的な日本語では、強風の音の擬音語は「ビュービュー」である。ここでもう少し「豚」の日本語について見てみたい。先に引用した書き出し部分に続く箇所を、少し長いがここに引いてみよう。

豚わらの蒲団を敷いてたが、それだけでは防寒にならない。昨日のおまんまのカスのまたくついてゐる面に、土まみれの乳房を幾つもたらしている脾腹に、崖みたひな骨ツぽいケツに風を受けて、眠たげな声で親豚はキーと泣く。キーと泣けば、その声に和し、少なくとも七匹、八匹はあらう豚の赤ん坊も柔いキーキーを叫んで、

——寒いわ、阿母（あば）！——

と、そのひよつとこ面を母の腫れつぽい乳房の下へ、盲滅法に突つ込む。

一昨日、豚がお産をしたのだ。

六ヶ月前、男恋しの態度がひどかつたもんで、町から婿君を迎へてやつたら、彼氏？のひと声を聞くと、もうやたらに小屋の薄板壁を突きまくるのだ。飛び出して行つて、あのくさひ鼻でクンクン接吻したい。

その日、山の花嫁は町の花婿と結婚した。

あのたつた一回きりの結合で、山の花嫁のお腹は地面ともうすれすれだ。やがて、月満ち、す

れすれのお腹がもと通りのお腹にまで凹むと、小屋からは絶間のないどよめきが聞こえて来た。

ここに引いた文章は、小説の文章として生き生きとした日本語である。他の箇所では、日本語として少し気になる所や誤字、誤植が見られるが、ここではそのような点はまるでない。

書き出しは、先述したように擬人化された北風の描写で、読者に強い印象を与えながら小説の舞台――「豚小屋」に激しい北風と共に誘う。そして、この引用文に見るように、豚も擬人化され、お産がすんだばかりの親豚と生まれたばかりの子豚のいる豚小屋がユーモラスなタッチで描かれている。「豚」のもう一つの大きな特色は、会話に方言が使われていることである。どの地方の方言なのか不明だが、貧しい農民の家族の会話が、例えば次のように表現されている。


（阿三嫂）「さあ、お父、徳仔、明仔、みんな起きろ、起きろや。もう夜明けだ、夜明けたゞ。」

（夫）「お、、寒、さむ！」

（阿三嫂）「起きねえか、起きねえか、夜明けたゞと云ふに、どいつもこいつも大の怠け蟲ぞろいだ。」

（阿三嫂）「この餓鬼め、地べただのに、あんな風態して眠る奴あるか？」

（明仔）「お父、起きろや、阿母、やかましいんだぜ、起きろやあ、や。」

（夫）「起きろだてえ？　何時ぢや、今。」

（阿秀）「お父、もう六時だぜ。」


以上に引いた会話は、小説の導入部分に過ぎないが、「豚」の登場人物たちはこのような農民の言葉を使っている。つまり、呉希聖は、農民の言葉をこのように日本語で生き生きと表現しているのである。（但し、阿秀の言葉は、ここでは男言葉になっている。彼女は二十一歳の娘であるから、「お父、もう六時だぜ。」ではなく、語尾が「だぞ」か「だよ」がふさわしい。あるいは、そのどちらかの誤植とも限らない。）

では、呉希聖は、このような日本語をどのようにして身につけたのであろうか。ちなみに武田麟太郎の五編の作品は、「荒つぽい村」以外は、町の言葉で会話が成り立っている。では、武田が農村ものを初めて題材にした「荒つぽい村」の会話は、どのような表現なのだろうか。先にそれを見てみよう。

本編は「荒つぽい村」として定評のある多賀村の農民組合設立運動を描いたもので、その村一番の荒っぽい男、勘次が、村の駐在所の警察官、佐竹と話すときに使う言葉は、次のようなものである。

（佐竹）「少しは乱暴は手びかへろ。いつもぢやないか」
（勘次）「こつちにや、蚕のキンタマくれえのまちがえもねえ――」
（佐竹）「まちがひのあるもないも、酔払つて解りつこないぢやないか、いつも」
（勘次）「ねえ。ねえつたらねえ。わつしは解らねえ男ぢやごわせん」

また、勘次が女房と話すときの言葉は次の通りである。場面は、百姓相手のアイマイ屋で、養蚕で得たわずかの金を使ってしまった勘次が、女房と喧嘩する場面である。

（女房）「どこにせえ繭の金、棄てで来ただ、え？お父つあん」

（勘次）「おら、知らねえ！」

（女房）「あんまりひでえでねえか。無鉄砲云ふものづら。さあ、どこにせえ金、棄てて来ただ」

（勘次）「だまらねか！」

（女房）「うんにや、だまらね。あんまり――」

（勘次）「このあま！」


方言らしい言葉が頻出する。列記すると、「にや」、「くれえ」、「ねえ」、「わっし」、「ごわせん」、「どこにせえ」、「来ただ」、「お父つあん」、「おら」、「ひでえでねえか」、「づら」、「うんにや」、「だまらね」、「あま」などほとんどの語彙や語尾に方言が使われているが、しかし、どの地方の統一された方言で書かれているのか判断不能である。作品の舞台である多賀村が、どこを指すのか特定できれば、その方向から検討することができる。このように武田隣太郎が書いた農民の会話と、呉希聖のそれを対照してみたが、その表現に遜色はなく、かえって呉の農民の言葉のほうが自然で、この点からも「豚」の日本語作品としての完成度の高さを知ることができる。

前述したように、武田は大阪日本橋で生まれ、二十二歳で上京して東京帝国大学文学部フランス文学科に入るまでは大阪で過ごしている。前述したごとく、「荒つぽい村」は、どこか特定の地方の農村の方言を使ったのかどうか不明だったが、「反逆の呂律」では、主人公の仙吉と娘のウメ子の会話は特定され、次のように大阪弁で書かれている。

（ウメ子）「先生は不忠者や云ひはつてん」

（仙　吉）「何ぬかす。これから行つてその先生に云うてやる。貧乏人に不忠者も糞もあるものか。袴やええ着物がいるのやつたら買うて寄こせ云うたる」

大阪出身の武田にとっては、このような会話こそが自然な日本語である。とすると、台湾の農村を描く呉のような作家にとって、それは一種の翻訳世界だと言える。一九三〇年代の農村では、台湾人同士の会話には日本語が使われず、母語、台湾語の世界であったはずであるから、会話の場面はすべて作者の翻訳語だと言えるだろう。もちろん、武田にしても、農村社会の会話は一種の翻訳世界である。呉希聖の場合このような日本語が、留学経験なしになぜ可能になったのか、呉の恐るべき創作日本語が改めて浮かび上がってくる。

次に、作品内容の類似性について気がついた点を指摘しておこう。

「豚」では、病気になった親豚を家族で食べてしまう場面がある。病気の豚を食うことは違法である。阿三一家では、それでも豚の病死を警察に届けず、家で処理して食べてしまった。のちに、恨みを抱いた保正の進財伯にこのことを密告されて、阿三は逮捕されてしまう。

武田麟太郎の「荒つぽい村」でも同じように死んだ馬を村人が食う場面がある。村では、馬が病死すると一応駐在所に届け、焼いて処理することになっている。決して食べたり、売ったりしてはならない。しかし、駐在所の佐竹巡査は、見て見ぬふりをして、おこぼれまで受け取っていた。村は「百姓たちは平気で食ひ、又売り、くらしのたしにしなければならない」ほど貧しかった。

もう一つ指摘したいのは、「反逆の呂律」の「ウメ子」の逮捕場面と、「豚」の阿三の逮捕場面である。

「反逆の呂律」はこのように描写されている。

> 暮れ方の色が濃くなつてきた。溝川はブツブツと泡立ち、空はドンヨリと曇つてゐた。仙吉が店をしまつて帰らうとすると依頼人が来た。（略）その時、川向うの南の方から小柄な女が背広二人にひきずられるやうにやつて来た。無感覚に眺めてゐた仙吉の眼は突然ギラとして、腰をあげた。不思議な光景であつた。ウメ子がスパイに捕まつて！　彼女は川一つ越して、父の立姿を認めた。そして一つおじぎをし、警察の中に消えた。彼はキョトンとして了つた。彼の本心は娘は無キズ者にして置きたかつたのだ。だが、蟲がついた。蟲が――「お頼みします。お頼みします」
>
> その時、帰つて来た依頼人は彼のうしろから判をさし出しながら幾度も繰りかへして云つた。

まるでサイレント映画を見ているようなシーンである。聞こえてくる声は代書業の仙吉の客の声だけである。この場面は本編が「暴力」と並んで初期の代表作とされるゆえんであろう。一方、「豚」の描写は次のようになっている。少し長いが引いてみよう。

> 阿三嫂一家の不運はそれだけではない。
>
> 翌朝、佩剣をカチャカチャ立てゝ、眼鏡の巡査がのつそり姿を現はすなり、「こらつ、阿三の家はこゝか、へえ?」とどなつた。
>
> 「へえ、左様でございます。大人。さあ、さあ、お坐りなさいませ。」あわてふためいて、お父が椅子をすゝめたが、眼鏡の「大人」はふんともすんともしなかつた。
>
> 「おめえ、阿三かい？　これや。」

「へえ、左様でございます。大人。」お父の頭はもう十以上もぺこぺこした。

「おめえとこの豚は何処へ行つたんだ？　へえ？」

「……」

「正直に云へ、えゝ？　嘘を云つたりすると承知しねえぞ！」

「眼鏡」は怒つた面をして見せた。

「ぶ、豚は……えゝ、ぶ、ぶ、豚は……。」

「馬鹿野郎ッ！　殺して喰つちまつたんだらう？　カンニン老ブー」

そしてお父の頬ぺつたがビシヤツと鳴つた。派出所へ来い、馬鹿、……となほもどなり、お父を後手にしばり上げて連れて行つた。

進財伯が密告したのだ。(完)

この場面で聞こえてくるのは巡査と阿三の声だけである。視点を妻の阿三嫂に移すと「反逆の呂律」と同じように、無言の阿三嫂の周りで、居丈高な巡査の声とお父の阿三の弱々しい声、そしてお父が食らうビンタの音だけが聞こえている。どなられながら、後手にしばられて、巡査に引っ張られていく阿三、つまりお父を無言で見ているのは妻と徳仔、明仔である。「金を生む」娘、阿秀は前日すでに首をつって自殺していた。こうした視点の移動に技法上の影響関係を見ることができる。

作品の最後は「進財伯が密告したのだ」という言葉で締めくくられているが、この短い表現によって、台湾人の保正と日本人の巡査という抑圧者の存在をくっきりと浮びあがらせ、貧しい農村の社会構造を見事に描きだしている。

なお付け加えると、先の引用文を見ると、「豚」では「眼鏡の巡査」を二度目に出てくるときには

「眼鏡」と表現しているが、このような表現は「反逆の呂律」に登場する刑事を「背広」と表現しているのを、呉は真似たものだと考えられる。

以上、呉の「豚」に武田麟太郎が与えた影響について考察してみた。いまだ十分とは言えないが、思想的にもまた文体の上でも、影響を受けていることは、ある程度考察できたのではないかと考える。と同時に、当時における「豚」の小説技術の高さと優れた小説の日本語についても具体的に指摘できたのではないかと思う。

三　終わりに

以上、王昶雄先生、巫永福先生、劉捷先生、楊雲萍先生たち台湾人作家から聞いたり、教えていただいた話や手紙をもとに、戦前の台湾で発展した日本語文学について、文学者にとっての言語の問題を中心に考えてみた。

ところで、筆者は一九九〇年代に呉錦発の『悲情の山地』[15]と出会って以来、台湾原住民文学についても関心を持ってきたが、原住民文学にも同じような創作言語（書写言語）の問題が存在する。台湾人作家が、一九三〇年に入って母語以外の言語「日本語」を創作言語の「武器」として選んだように、原住民族作家も一九八〇年代に入って「中国語」を創作言語の「武器」として選ぶようになった。当然、原住民作家のあいだにも母語との格闘がある。

今回、台湾人作家の日本語文学について考えるなかで、原住民作家の漢語文学[16]にも類似の問題が存在することを考えるようになった。

広い意味で、台湾文学は台湾語文学の問題も含め、将来にわたって直面し続けざるを得ない創作言語の問題が存在するように思う。

【注】

（1）陳萬益著『于無声処驚雷　台湾文学論集』（台南市立文化中心、一九九六年五月）参照。

（2）柳書琴『荊棘之道　台湾旅日青年的文学活動與文化抗争』（聯経出版、二〇〇九年）参照。

（3）謝春木はその後新民報記者になり、王白淵は岩手女子師範学校で美術教師となったが、台湾人に対する就職差別について、謝は『蕀の道』の「序」（一九三一年一月十七日）で次のように述べている。「台湾に於ける台湾人教育の目標は、日本に同化する事であり、日本人を崇拝せしめ、支那人を××させるにあつた。公学校限りに於いては確かに成功して居た。公学校を出た僕達は、徹底した日本崇拝者であつた。（中略）日本人教師は僕等に、『大きくなつたら立派な日本人になれ、日本政府は君達に対して少しも差別する所がないから君達の力次第でどんな偉い人にもなれる』と諭して呉れたのだ。僕達は有頂天になつて居たから、日本の同化教育の成功を讃美してやる義務がある。所がどんな偉い人にもなれる筈の王君は、台湾で一人の平凡な教師にもなれなかつたではなかつたか。（後略）」と。ここに謝が書いているように、王は一九二六年三月に東京美術学校を卒業したが、すぐに就職についていない。王はこの年の十二月十五日になって、ようやく前述した岩手女子師範学校に就職した。王は一九三二年九月、日本プロレタリア文化聯盟（コップ）指導下の「文化サークル」組織の検挙で、張文環、呉坤煌たちと共に逮捕され免職されたが、女子師範には一九三二年九月二十二日まで勤めた。なお、王の盛岡での就職については、小川英子（毛燦英）・

板谷栄城（英紀）「盛岡時代の王白淵について」（『台湾文学の諸相』緑蔭書房、一九九八年）に詳しい調査記録がある。

（4）目次のうえで詩集の最後に配置された「標介柱」は本文中にはない。河原功氏によると、この「序詩」が「標介柱」に当たる。河原功「王白淵と楊雲萍——二人の抵抗詩人」（『日本統治期台湾文学集成18　台湾詩集』緑蔭書房、二〇〇三年）参照。また、『蕀の道』に収められた詩集のほとんどが、王が勤めていた岩手女子師範学校交友会誌に発表されていたものであることが、注3にあげた小川・板谷論文によって明らかにされている。

（5）『台湾新民報』の前身は『台湾民報』で、一九二三年四月十五日に刊行された。発行人は黄呈聡である。最初、台湾での発行が許可されず、東京で発行された。島内発行が許可されたのは一九二七年七月からである。その後、一九三二年四月十五日付け三百六号より日刊化された。なお、一九四一年二月十一日より、該報は『興南新聞』と紙名を改め、一九四四年三月二十七日まで発行された。

（6）頼慶については注11を参照されたい。

（7）本信は、巫永福先生の許可をいただき、最初「台湾芸術研究会の結成―『フォルモサ』の創刊まで―」（『左連研究』第五輯、一九九九年十月）に全文を公表した。本部第一章注27参照。

（8）『警察沿革誌』は『復刻版　台湾社会運動史』（『台湾総督府警察沿革誌第二篇』）として龍渓書舎から一九七三年に、『特高月報』（内務省警保局保安課）は政経出版社から一九七三年に復刻されている。

（9）この言葉は、『警察沿革誌』（注10参照）収録の「台湾芸術研究会の活動」のなかにみえる。本部第一章参照。

(10) 注3に述べた一九三二年九月の「文化サークル」の検挙を指す。

(11) 小説では、張文環「落蕾」(一号)「みさを」(二号)、巫永福「首と體」(一号)「黒龍」(二号)、呉天賞「龍」(一号)「蕾」(二号)、王白淵「ドンジアンとカポネ」(二号) がある。留学未経験者からの投稿は、本文で前述した「女性の悲曲」の作者、頼慶の「妾御難」(二号) と呉希聖の「豚」(三号) の二編である。頼慶は、生没年は不詳であるが台中の人である。台中師範学校を卒業したのち、公学校に勤めた。「妾御難」は、封建時代の「妾」を設ける男性社会を風刺し批判した作品であるが、近代小説としての小説技術および創作言語としての日本語レベルはいまだ十分とは言えない。次に本文で取りあげる呉希聖の「豚」には遥かに及ばない。

(12) 王昶雄「北台文学緑映紅—編輯導言」(『北台湾文学集』一九九五年) によると、呉希聖は一九〇九年生まれの淡水の人で、一時『台湾新民報』の記者を勤めた。そして「抗戦時には、大陸に行き、『台湾義勇隊』に参加した」。戦後台湾に帰り、台湾製糖会社、華南銀行などに勤めた。王昶雄先生以外、台湾文学関係者との交友を断っていたため、戦前のことについてはあまりよくわかっていない。なお、『北台湾文学集』には、李永熾訳「豚」と王昶雄夫妻の訪問を受けたときの写真が収められている。作品は他に、「乞食夫妻」(『台湾文芸』一九三四年十二月)、「人間・楊兆佳—形見のプロペラー—」(同、一九三五年三月) がある。

(13) 未見。

(14) このころ、単行本では、『暴力』(「現代暴露文学選集」、天人社、一九三〇年) と『反逆の呂律』(改造社、一九三〇年) が出ていたが、いずれもプロレタリ文学であり、台湾で購入が可能であったがどうか不明である。筆者の推測では、おそらく台湾には舶載されなかった。ただ、円本の『プロレタリ文学集』は、全集の一環として台湾での購入は可能であったというのが筆者の観測である。

(15) 筆者監訳・呉薫ほか訳『悲情の山地　台湾原住民小説選』(田畑書店、一九九二年)。

(16) 孫大川編『台湾原住民族漢語文学選集』(小説巻上・下、散文巻上・下、詩歌巻、評論巻上・下、全七巻、台北・印刻出版社、二〇〇三年) 参照。

【補注】

(1) この書評は、筆者著『文学で読む台湾』(田畑書店、一九九四年) に収録した。なお、『台湾作家全集』は、「日拠時代」十巻は一九九一年二月、「戦後第一代」十一巻は同年七月、「戦後第二代」十五巻は一九九三年十二月、「戦後第三代」十四巻は一九九二年四月にそれぞれ出版されている。

(2) 一九三二年四月十五日に日刊化されて以降の『台湾新民報』は、これまでほとんど未発見であったが、一部『台湾新民報』復刻版全五冊として、国立台湾歴史博物館・国立台湾文学館より二〇一五年十一月に復刻出版されている。

【留日時期における呉坤煌作品一覧 (一九三三年—一九三八年)】

一九三三・七	呉坤煌	(散文) 或る女性へ	『フォルモサ』創刊号
一九三三・一二	呉坤煌	(評論) 台湾の郷土文学を論ず	『フォルモサ』二号
一九三四・六	呉坤煌	(詩) 烏秋	『詩精神』六月号
一九三四・一二	呉坤煌	(詩) 旅路雑詠の一部(1)	『台湾文芸』二巻一号
一九三五・三	呉坤煌	(報告) 東京支部設立について	『台湾文芸』二巻三号
一九三五・三・五	呉坤煌	(評論) 南国台湾の女性と家族制度	『生きた新聞』一巻三号
一九三五・四	無署名	(報告) 台湾文芸聯盟東京支部第一回茶話会	『台湾文芸』二巻四号

一九三五・四	呉坤煌	(詩)陳在葵君を悼む	『台湾文芸』二巻四号
一九三五・六	呉坤煌	(詩)南蛮茶房	『台湾文芸』二巻六号
一九三五・七・五	呉坤煌	(評論)台湾老鰻物語	『生きた新聞』一巻七号
一九三五・八	呉坤煌	(詩)貧乏賦	『台湾文芸』二巻八・九号
一九三五・八	北村敏夫	(通信)(海の彼方)中国通信	『テアトロ』八月号
一九三五・八・五〜一〇・一〇	呉坤煌	(評論)現在的台湾詩壇	『詩歌』一巻二号〜四号連載
一九三五・九	呉坤煌訳	(訳詩)塩(中国・林林作)	『詩精神』二巻八号
一九三六・二	呉坤煌	(詩)冬の詩集(一)	『台湾文芸』三巻三号
一九三六・四	呉坤煌	(評論)台湾詩壇の現状	『詩人』
一九三六・四	梧葉生	(通信)台湾文芸聯盟東京支部通信	『台湾文芸』三巻四・五号
一九三六・五	呉坤煌	(報告)東京支部例会報告書	『台湾文芸』三巻六号
一九三六・五	北村敏夫	(通信)(海の彼方)農民劇団と露天劇―中国通信―	『テアトロ』三巻三号
一九三六・五	北村敏夫	(評論)出獄後の田漢と南京劇運動	『テアトロ』三巻三号
一九三六・八	文聯東京支部座談会	(座談会)台湾文学当面の諸問題	『台湾文芸』三巻七・八号
一九三八・四・七〜一二	呉坤煌	旅路雑詠の一部　阿母(一)〜(六)	『台湾新民報』六回連載
一九三八・四・一三	呉坤煌	旅路雑詠の一部　孤魂(2)	『台湾新民報』
一九三八・六	北村敏夫	「春香伝」と支那歌舞伎の元曲	『テアトロ』五巻六号
一九三八・八・一二〜一三	梧葉生	(映画時評上下)日本映画の勝利〝田園交響楽〟＝知性文学に言及＝	『台湾新民報』二回連載
一九三八・八・一六	呉坤煌	わたくしをプロポーズする	『風月報』七〇期(3)
一九三八・八・一六	梧葉生	旅と女	同右
一九三八・八・二一	梧葉生	悲劇のヒロイン秋琴＝「可愛的仇人」読後感(4)＝	『台湾新民報』
一九三八・九・一五	呉坤煌	随筆　新北投遊記(5)	『風月報』七二期
一九三八・一〇・一七	梧葉生	藝旦への教育	『風月報』七四期

一九三八・一一・二九〜一二・七	呉坤煌	芝居道（一）〜（完）皇民化劇の一考察	『台湾新民報』八回連載
一九三九・一・一四〜一六	梧葉生	（随想）台湾女性への公開状（上）（中）（下）	『台湾新民報』三回連載
一九三九・二・八〜九	呉坤煌(6)	続芝居道（一）（二）＝劇作法ABC＝	『台湾新民報』二回連載
一九四〇・三・四	梧葉生	宇宙之狂歌	『風月報』一〇四期(7)

【作品一覧注】

（1）東方文化書局『新文学雑誌叢刊復刻本』収録の『台湾文芸』第二巻第一号では、呉坤煌のこの詩を含む九十九頁から百十頁まで落丁しているため、未見である。

（2）「旅路雑詠の一部　孤魂」の執筆年月日は、「一九三八、三、一八、池袋の仮寓にて」とある。

（3）「わたしをプロポーズする」は、「一九三七、六、一〇」の執筆、「旅と女」は「一九三七、八、六於台北旅舍」の執筆となっている。なお、「旅と女」には「東京から久振りに帰つてくるとまづ台北の街頭を横行闊歩する乙女のどれもこれが綺麗で、別濱（ママ）でほれて見たい者ばかりなのにおどろく、これは正直なわたしの告白である。」とある。

（4）該編には、「二年振りに帰台して文学に生きる困難に戸惑ひしてゐる僕である。」とある。

（5）該編には、「のんびりした気持を帰台後、初めて取戻した（省略）」とある。

（6）本編の名前の上に「在北京」とある。

（7）該編は中国語詩で、執筆年月日は「一九三七、十二、五」となっている。

【補注】

本一覧表は、呉坤煌が日本「内地」で文学活動に従事していた期間の作品リストである、台湾文学研究者の陳淑容さんからは新しく発掘された資料の提供を受けた。記して謝意を表したい。なお、呉坤煌の全著作は、陳淑容編「著作目録」を参照されたい。呉燕和・陳淑容編『呉坤煌詩文集』国立台湾大学出版中心、二〇一三年収録。

【『フォルモサ』関連年表（一九二五年―一九四二年）】

一九二五年	四月　王白淵、台北師範（同級生に謝春木〈東京高師留学〉）を卒業後、留日、東京美術師範学校入学	八月　朝鮮プロレタリア芸術同盟（カップ）創立
一九二六年	三月　王白淵、東京美術師範学校卒業 一二月一五日　岩手女子師範学校着任	
一九二七年	張文環、留日、岡山中学へ	一〇月　カップ東京支部結成
一九二八年	劉捷、屏東公学高等科卒業後、台湾新聞高雄支局見習い記者をしていたが、この年の夏から三二年夏まで東京留学（目白商業学校夜間部〈五年制〉三年に編入）	
一九二九年	呉坤煌、台中師範退学。留日後、日本大学（芸術）や明治大学（文学）に在籍 巫永福、台中一中卒業後、名古屋五中に進む	二月　日本プロレタリア劇場同盟（プロット）創立 一一月一七日　カップ東京支部解体
一九三〇年	四月　張文環、東洋大学専門部に進む	六月　三・一劇場、東京朝鮮プロレタリア演劇研究会として創立。

年	事項	関連事項
一九三一年	六月　王白淵『蕀の道』（盛岡・久保庄書店）出版 この頃、王は、林兌（日本共産党台湾民族支部日本特別支部長）、呉坤煌らと文通	郷土文学論争（三十〜三十二年） 一月『南音』創刊（九月まで。一巻一二号発禁。停刊） 九一八事変 一〇月「プロレタリア詩と絵の展覧会」開催　プロレタリア詩人会主催 一一月　日本プロレタリア文化連盟（コップ）創立
一九三二年	春、呉坤煌、張文環を知る 三月二五日　林兌、葉秋木、王白淵、呉坤煌、張麗旭、張文環ら日本プロレタリア文化聯盟（コップ）指導下の「文化サークル」組織 四月　巫永福、再建された明治大学専門部文科に入学 夏、劉捷、夏帰台して『台湾新聞』の屏東支社の記者となる 八月一三日　文化サークル、「ニュース」創刊号七〇部発行 九月一日　震災記念の反帝デモ。参加した葉秋木取り調べ。文化サークルの存在発覚 九月　王白淵、張文環、呉坤煌ら逮捕。一〇月下旬釈放。 王白淵、教諭を免職される この頃、巫永福、文芸雑誌の発行を張文環に相談	三月一日満州国建国宣言（人口三千万。台湾人口四五〇万余人） 四月　張赫宙「餓鬼道」（『改造』懸賞二席入選） 四月一五日『台湾新民報』日刊化（編集方針・漢文三分の二、日文三分の一。四一〇号、昭七年四月九日） 八月一五日『時局新聞』創刊（一九三六年七月六日第一六四号まで）

一九三三年

一一月一三日　文化サークル再建準備
第一次再建準備会　於神田神保町中華第一楼
一一月一五日　第二次再建準備会　於巫永福の下宿
魏上春、柯賢湖、呉鴻秋、巫永福、張文環、荘光栄、陳某（?）の七名参加
一一月二五日　第三次再建準備会　於巫永福の下宿
一一月二七日　教諭を免職され、上京した王白淵の慰安会
この頃、張文環、喫茶店トリオを開店
三月二〇日　台湾芸術研究会成立。責任者蘇維熊。檄文「同志諸君!!」発行
劉捷、日刊一年後、台湾新民報社に入社、台北本社編集部勤務
五月一〇日　トリオにおいて『フォルモサ』発行に関する協議。編輯部員の選挙を行う。
部長蘇維熊、部員張文環、会計施学習、呉坤煌
〈出席者〉呉坤煌、王白淵、張文環、巫永福、蘇維熊、施学習、陳兆栢、王継呂、楊基振、曾石火ら十二名
五月一八日　『フォルモサ』「創刊趣意書」作成、頒布
六月二三日　王白淵、謝春木（台湾新民報編輯局上海駐在）を頼って上海に渡る
七月一五日　『フォルモサ』創刊号発行（五〇〇部）
劉捷、台湾で『フォルモサ』創刊号に接し、再度東京留学を計る。台湾新民報社から派遣され、速記学習の名目で東京へ。夫人同伴。一年足らずで帰国。この間、張文環と頻繁に交流。張はこの頃すでに東洋大学を退学

四月　雷石楡来日。東亜高等予備学校から中央大学（経済学部）へ
四月　林輝焜『争へぬ運命』出版（台北。新民報連載小説）
七月　胡風ら一斉国外追放
九月　林煥平来日
一〇月　台湾文芸協会（台北）結成
一〇月　『文学界』創刊
一〇月　楊熾昌、詩誌『風車』（全四期）創刊。（楊、一九年留日。三一年文化学院入学。三四年帰台）

一九三四年

一二月　『フォルモサ』第二号発行

四月　王白淵「上海雑詠」（『詩精神』一＝三）（『フォルモサ』二号掲載「上海を詠める」の一部）

劉捷、帰台後、台湾新民報社の電話速記と兼任の学芸欄編集にたずさわる。その後、郭天留、張猛三ほかの筆名で評論を発表しはじめる。

六月　呉坤煌「烏秋」（『詩精神』六月号）
王白淵「行路難」（短歌）（同上）（『フォルモサ』一号掲載の一部）

六月　『フォルモサ』第三号発行

施学習、呉坤煌の脱退。呉希聖入会（編輯後記）呉希聖「豚」（『フォルモサ』第三号）

一一月　『文芸』（改造社）創刊

一二月　左連東京支部成立

一月　西川満「城隍爺」（『文芸』選外佳作入選）

二月　『詩精神』（前奏社。新井徹、後藤郁子、遠地輝武、小熊秀雄ら）創刊

三月　『文学評論』創刊

春　コップ解体

四月　中国文学研究会（竹内好ら）結成

五月六日　台中市で「台湾文芸大会」が開催されて台湾文芸聯盟が成立。張深切、張星建、頼明弘ら。成立大会に劉捷参加。

六月　『テアトロ』（秋田雨雀編集）（五〇〇〇部）（この頃在台）

六月　張赫宙『権といふ男』（改造社）

六月　王一心作・セキ楡訳「鬻児謡―闕名に売る」（『文化集団』第二巻第六号）

六月二四日　欧陽予倩氏を囲む座談会　於銀座「三文銀座」

七月　『先発部隊』（台湾文芸協会）創刊（中国語）

七月一五日　プロット解散

年		
	一〇月三日　遠地輝武出版記念会で呉坤煌、雷石楡と知り合う 一一月一三日　呉坤煌、雷石楡『一九三四年詩集』出版記念会に参加（『詩精神』三五年新年号） 一二月二日　頼明弘、郭沫若を訪問 一二月二〇日　呉希聖「豚」、楊逵「新聞配達夫」に台湾文芸聯盟奨 一二月二三日　劉捷司会「台湾文芸北部同行者座談会」	八月　『東流』（林煥平）創刊 九月　崔承喜第一回新作舞踏発表会　於日本青年会館 九月二九日　新協劇団結成 一〇月　楊逵「新聞配達夫」（『文学評論』） 一一月一〇日〜三〇日　新協劇団第一回公演　島崎藤村原作・村山知義脚色『夜明け前』於築地小劇場 一一月　『台湾文芸』創刊 一一月　ライセキ雷石楡「カフェー」（『詩精神』一一月号） 一二月一五日　『生きた新聞』（三一書房）創刊（一九三五年八月五日第一巻第八号まで） 蒲風来日（時期不詳。のち『詩歌』に参加）
一九三五年	一月　張文環「父の顔」（『中央公論』佳作） 一月　呉坤煌「東京支部設立について」（『台湾文芸』三月号） 一月一五日（執筆）張文環「随筆　自分の悪口」（同上） 二月五日　台湾文聯東京支部第一回茶話会開催　於新宿（出席者）頼水龍、頼貴富、雷石楡（中国詩人）、張文環、楊杏庭、陳伝纘、呉天賞、翁鬧、呉坤煌、頼明弘 三月　巫永福、明治大学を卒業して帰台 三月五日　呉坤煌「南国台湾の女性と家族制度」（『生きた新聞』第一巻第三号） 三月二八日（執筆）東京台湾芸術研究会「フォルモサと台湾文聯合流」	一月　三・一劇場解散 一月　呂赫若「牛車」（『文学評論』） 一月　『第一線』（台湾文芸協会）（中日文） 三月　雷石楡『沙漠の歌』（前奏社）

（『台湾文芸』五月号）
四月七日　呉坤煌『沙漠の歌』刊行記念会に参加（『詩精神』五月号）
（参加者名簿）遠地輝武、棟方志功、呉坤煌、三川秀夫、駱駝生、林林、西一夫、榎南謙一、高杉毅、島田宗治、黒部周次、陳子鵠、魏晋、蒲風、鈴木泰治、新井徹、後藤郁子、林煥平、津川宗治、植村諦、森谷茂、北川冬彦
四月一六日付け「東京支部の提案―台湾文芸聯盟総会に呈す―」（呉坤煌記録。『台湾文芸』六月号）
四月二一日　台湾中北部で大地震。文聯救援活動を展開。雑誌の発行遅れる。同時にこの頃予定されていた「第二回台湾全島文芸大会」無期延期となる。のち八月に開催
五月　張文環「台湾文壇之創作問題」（『雑文』）（但し、不明）
七月　魏晋「最近中国文壇的大衆語」（『台湾文芸』第二巻第七号）この評論は、呉坤煌の寄稿の要請によって執筆
八月五日～一〇月一〇日、呉坤煌「現在的台灣詩壇」（『詩壇』一＝二～四）
八月一一日　第二回台湾全島文芸大会、台中市民会館で開催
「◇本号和文の執筆者は殆んど東京支部の方ばかりで、支部の方は多く前フォルモサ会員で本号はさながらフォルモサ特輯号のやうな感がする。（〈張〉深切）」（『台湾文芸』十月号「編輯後記」）

四月二七日～二九日／五月一一日～一二日　中華同学新劇公演会
曹禺「雷雨」於一橋講堂
五月一〇日　『詩歌』（雷石楡）創刊
五月一五日　『雑文』（杜宣。四期から『質文』に改称）創刊
五月二一日　朝鮮プロレタリア芸術同盟（カップ）解散（一九二五年七月創立）
六月四日　東京学生芸術座第一回公演　柳致真作「牛」、朱永渉作「渡し場」於築地小劇場
七月　『日文研究』創刊
一〇月二二日　崔承喜第二回新作舞踏発表会　於日比谷公会堂
一〇月一二日～一三日　中華同学新劇第二回公演　洪深作「五奎橋」於一橋講堂
一一月六日～七日　中華国際戯劇協進会第一回公演　呉剣声監

一九三六年

二月二三日　台湾文芸連盟東京支部主催、崔承喜歓迎会　於早大前の東瀛閣

二月　劉捷『台湾文化の展望』（発禁）

三月一五日　東京支部例会。〈出席者〉呉坤煌、張文環、鄭永言（新入会）、郭明昆、郭明欽（呉坤煌「東京支部例会報告書」『台湾文芸』六月号）

四月　呉坤煌「台湾詩壇の現状」（『詩人』）

「劉捷君は近日上京する」（『台湾文芸』五月号「編輯後記」）

六月三一日　崔承喜訪台。六月三〇日から七月一五日にかけて台北、基隆、台中、台南、高雄、嘉義で公演

八月　文聯東京支部座談会「台湾文学当面の諸問題」（『台湾文芸』第

督「打漁殺家」他　於築地小劇場

一一月七日の『秋田雨雀日記』に「北村敏夫」の名前がみえる

一一月二五日・二六日　朝鮮芸術座創立公演　李箕永作「鼠火」、安英一演出「土城郎」於築地小劇場

一一月二九日・三〇日　中華戯劇座談会第一次公演　呉天原作・杜宣演出「決堤」、ゴーゴリ原作・呉天演出、「視察専員」　於築地小劇場

一二月　『台湾新文学』創刊

冬、雷石楡国外追放。呉坤煌送別

一月　『詩人』（『詩精神』改称。文学案内社、一〇月まで）（「全国詩人住所録」掲載）

春、雷石楡、仮名で再来日。冬帰国。

五月九日～一一日　中華戯劇協会第一回公演　田漢「洪水」、白薇「姨娘」　於一橋講堂

六月七日　張星建来日

	三巻第七・八号） 〈出席者〉荘天禄、頼貴富、田島譲、張星建、劉捷、曾石火、翁鬧、陳遜仁、温兆満、陳瑞栄、陳遜章、呉天賞、頼水龍、郭一舟、鄭永言、張文環、楊基椿、呉坤煌 ＊『台湾文芸』は本号が最終号となる 九月一日　張文環、劉捷逮捕、本富士警察署に拘留九十九日（秋から初春）（？） ？　呉坤煌、崔承喜舞踏団を率いて台湾公演の後、東京に戻ると逮捕、拘留半年（一〇か月余）	一〇月　朝鮮芸術座弾圧
一九三七年	三月一二日　呉坤煌、逮捕取調の報道（『大阪朝日新聞』「台湾版」） 劉捷夫妻、陳煥圭と上海経由の国際船箱根丸で帰台。途中上海で胡風に会う（当時南京中山翻訳所勤務の李萬居との関係） ？　七七前夜、張文環帰台 劉捷、日中戦争後まもなく大陸へ 冬、翁鬧、東京で逝去	四月　龍瑛宗「パパイヤのある街」（『改造』） 五月　左連東京支部グループ、一斉逮捕、国外追放
一九三八年	夏　呉坤煌、帰台	
一九三九年	？　呉坤煌、上海へ	
一九四二年	王白淵帰台	

Ⅲ

日本語文学——純文学と「大衆文学」

第一章　戦前期台湾文学の風景の変遷——試論龍瑛宗の「パパイヤのある街」

はじめに

龍瑛宗は、一九三七年に「パパイヤのある街」が当時の日本の代表的な総合雑誌『改造』の懸賞入選作に選ばれるとまもなく、東京を訪れている[1]。龍にとってははじめての東京であった。そのころ台湾銀行台北本店に勤めていた龍は、休暇をとって早速船で日本に向かった。六月六日に神戸港に上陸し、汽車で三ノ宮駅から上京、その後ほぼ一か月東京に滞在して帰台したのである。この時の東京訪問は、処女作でいきなり日本内地（当時）の中央文壇にデビューした新進作家、龍瑛宗にとっては、多くの日本人作家と出会い、面識を得るまたとない機会となったし、内地文壇とも一定の関係を持つことができるものとなった。しかし、時代はまさしく七七事変の前夜であり、龍が帰台の途に着いたときは奇しくも事変発生の最中となった。のちに龍は「（文壇回顧）一個望郷族的告白——我的写作生活（望郷族の告白——私の創作生活）」（『聯号報』「聯号副刊」一九八二年十二月十六日）のなかでそのときの心境をこう振り返っている。

帰路、「高千穂丸」に乗った。船中で蘆溝橋で事変が起こったことを知らせる号外が出た。成り行きは予測しようもなかったが、暗い気持ちが心をよぎった。

筆者はいまこのような記述からはじめたが、意図するところは「パパイヤのある街」の時代性に改めて注目してみたいからである。尾崎秀樹は「台湾文学についての覚え書」[2]のなかで、楊逵の「新聞配達夫」（『文学評論』一九三四年十月）、呂赫若の「牛車」（同誌一九三五年一月）、龍瑛宗の「パパイヤのある街」（『改造』一九三七年四月）の「三つの作品を年代順に通読してみると抵抗から諦めへ、さらに屈従へと傾斜する台湾人作家の意識がある程度たどれるように思われる」と述べている。尾崎のこの論点は、今日にあってもなお有効であり、三〇年代に日本の文学界に打って出た台湾人作家の三つの作品がもった時代的な特徴を端的に表現している。近年の研究も多くは尾崎が述べた枠組みのなかで行われている。しかしながら、尾崎の言う「屈従」とは、どのような内容なのかについては充分に論じられていない。さらに、小説の題名について、なぜ「パパイヤのある街」なのかといった点に着目して論じたものは、管見するところ皆無である。本稿では、台湾文学の文学風景の変容という視点からこの点について光を当ててみたいと思う。

一　文学風景の変容——サトウキビからパパイヤへ

「パパイヤのある街」は、陳有三という「中等学校」出の「新知識階級」の青年が、青雲の志を抱いてある地方の役場に赴任し、立身出世を夢見ながらついには挫折してしまう様子を描いている。このような「パパイヤのある街」には、どのような風景が描かれているのだろうか。小説の冒頭部分を引いてみよう。

午さがりに陳有三はこの街へ着いた。
（中略）
街を通り抜けるとM製糖会社はすぐわかつた。青々とした一面の背高いサトウキビ畑は、そよともせず、すつくと立つた煙突のある工場の巨体がさんさんと白く光つてゐた。

街役場の会計補助として新しく赴任した「新知識階級」の陳有三の目に最初に映ったのは、サトウキビ畑のなかに立つ「煙突のある工場」風景であった。「パパイヤのある街」は、このように台湾の工業化を象徴する風景描写からはじまっている。この工場の風景はまた、別の角度から次のようにも描かれている。

部屋には、たつた一つの極小さい格子窓があるきりで、そこから真青に塗りつぶされたサトウキビ畑の向うに工場が白い城砦のやうに見えた。

これは、その日泊めてもらった同僚の家の部屋の窓から見た工場の風景である。いずれの風景も、陳有三の目には、製糖会社が管理するサトウキビ畑で、威容を誇示するかのようにして立つ工場が、「白く光」る「巨体」として、またさながら「白い城砦」として映っている。

近代産業としての台湾糖業は、台湾の地方都市を大きく変貌させた。以上に引用した風景は、昭和十年代の地方都市の典型的な光景とみられなくもない。龍瑛宗は、その風景をあたかも調和された風景であるかのように次のようにも描写している。

丘に登り、相思樹の梢越しから、この街を俯瞰すると、パパイヤ、芭蕉、檳榔、榕樹などの濃い緑のなかに黒い屋根が矮く這つてゐるのが見える。少し離れた右方には製糖工場が白い城廟のやうに一面のサトウキビ畑に圍まれてゐる。深みゆく紺碧の空には、積雲がしづかに屯ろし、そして見渡すかぎり豊饒なる緑の南国風景である。

ところで、台湾新文学は、黎明期から植民地支配の不合理と病理を台湾社会の様々な角度から切り取って描くことを主たるテーマとして発展してきた。そうしたテーマの一つに「蔗農問題」があり、抑圧され、苦しめられてきた蔗農が台湾新文学のなかで描かれてきた。それは、矢内原忠雄が『帝国主義下の台湾』[3]のなかで、「蔗農は会社と特別の従属関係に立つものである」と述べているように、近代産業として大きく発展した台湾糖業は、多大な蔗農の犠牲のうえに発展してきたからである。例をあげれば、楊雲萍の「黄昏的蔗園」（『台湾民報』一九二六年九月二十六日）や頼和の「豊作」（『台湾新民報』一九三二年一月一日―一月九日）などがあり、いずれも会社に翻弄された蔗農の苦悩が描かれている。

台湾における農民運動が最初に組織化されるのは、一九二五年六月に二林（台中州北斗郡二林庄。現、彰化県二林鎮）で結成された蔗農組合である。この年の十月二十三日には、サトウキビ買収価格の発表時期をめぐって組合と林本源製糖会社との間に衝突が起こり、「百有余名の大検挙」[4]者を出した二林事件が発生した。頼和は、この事件を間接的に「豊作」に描いたが[5]、サトウキビ畑や蔗農のいる風景は、台湾文学の抵抗精神を象徴する文学風景としてとらえることができる。しかしながら、農民運動は九一八事変（満州事変）を契機に壊滅状態となり、さらに昭和十年代になると、糖業は近代産業として揺るぎない基盤が整備されていった。「パパイヤのある街」の冒頭に描かれていたのは、そのような製糖会社の風景である。ここでは、サトウキビはもはや抵抗の象徴ではなく、製糖会社の広大なサトウキビ畑として工場の周りに静かな風景を形作っているにすぎない。

ちなみに、昭和六年六月発行の『日本地理風俗大系　第十五巻台湾篇』（新光社）をみると、近代糖業としての製糖会社として、台湾製糖株式会社、新興製糖株式会社、明治製糖株式会社、大日本製糖株式会社、塩水港製糖株式会社、新高製糖株式会社、昭和製糖株式会社、帝国製糖株式会社、台東製糖株式会社、新竹製糖株式会社、沙轆製糖株式会社の十一会社（計四十八工場）の会社名があがっている。

「パパイヤのある街」に描かれた風景は、このような時代を象徴的に映し出している。

二　近代産業としての糖業を描く文学――濱田隼雄の『草創』

ここで台湾における近代産業としての糖業の位置についてみてみると、台湾南部の橋仔頭（現、高雄県橋頭郷）に台湾製糖株式会社が設立されたのは一九〇〇年十二月のことである。森久男「台湾総督府の糖業保護政策の展開」（『台湾近現代史研究』一、一九七八年四月）によれば、「領台当初台湾の重要産業は樟脳・米・茶・砂糖などで」、「樟脳は当時確実な利益の獲得が約束された唯一の産業であったが、総督府は専売制を施行して利益を壟断した。この時期の米作は保護育成の対象ではなく、もっぱら財政的収奪の対象であった。茶は一八九九年における税権の一部回復後の数年間、内地を通じて再輸出される茶の数量が一時的に増加したが、米国市場におけるインド・セイロン茶の競争および外商の強固な利益掌握により、財源としてはあまり期待できなかった。かくて砂糖が脚光を浴びること業を開始した。

となり」、「総督府の援助と三井の出資により」近代産業としての台湾製糖株式会社が領台後五年で操

　この政策の推進者は、第四代総督児玉源太郎（一八九八年二月―一九〇六年四月）と民政長官後藤新平（一八九八年三月―一九〇六年十一月）のふたりである。台湾糖業に関しては、領台の当初から総督府内部で大製糖論（日本から資本を導入して大型新式製糖工場を設立し、一気に台湾糖業の近代化を進めるべきとの立場）と小製糖論（台湾人の資本や従来の技術を活用しながら、品種改良・旧式製糖場である糖の改良・小規模新式製糖工場の設立・流通の改善などで、少しずつ糖業の改良を進めるべきとの立場）[6]との路線対立があり、森久男によると、当時総督府殖産課の職員は、「北海道における新式甜菜糖業移植の失敗を直接体験もしくは見聞し」た「札幌農学校の出身者によって固められて」いて小製糖論が支配的であったという。結局、大製糖論の立場に立つ児玉・後藤は、総督府殖産課事務嘱託として一八九八年初冬に赴任した、同志社・学農社農学校出身の山田熙が、翌年春に起草した意見書「台湾糖業政策」を採用して、台湾製糖株式会社の設立を強力に推し進めた。[7]

　このような草創期の糖業を描いた小説が、濱田隼雄の『草創』である。[補1]『草創』は、一九四三年四月から四四年六月まで、はじめ『文芸台湾』（六回連載。一九四三年四月―四四年一月）に、その後『台湾文芸』（二回連載。一九四四年五月―六月）に計八回にわたって連載されて、十二月に台湾出版文化株式会社から単行本で出版された。『南方移民村』（海洋文化社、一九四二年七月）につぐ濱田の二作目の長編小説である。

　ところで、台湾総督府情報課編纂『決戦台湾小説集』（乾巻。台湾出版文化株式会社、一九四四年十二月）のなかに『草創』の広告が載っている。その広告には『草創』について、次のように書かれている。

近代的大工業の先駆として、日本の糖業が海を渡つたのは、匪乱未だ治らず、軍政のきびしさ尚要求される、明治三十年であつた。やうやう蓄積した資本を、この新しい領土に投ずることを冒険とした危惧も、児玉総督、後藤民政長官の政治的努力と新渡戸稲造氏らの技術的探求とによつて、一筋の光をもたらしたが、台南平野の一角に建設の槌音をひびかせた工場は、匪賊の抵抗、風土病の猛威に加ふるに、米英侵略資本との闘争、封建化外の無知の啓発、八紘一宇の大理想のための大いなる犠牲等々、現時大東亜建設の逞しい進展が克服しつつあると同様の困難に直面しなければならなかつた。が、亜熱帯の大空に濛々と黒煙をあげはじめた草創期の糖業は脱落せんとする土着の小資本にまで活路を与へつつ、一路大理想の完遂に邁進するのであつた。

『草創』は、一九〇八年四月二十日に基隆・打狗（高雄の旧称）間が開通した台湾縦貫鉄道敷設事業を描いた西川満の『台湾縦貫鉄道』(8)と同じく、領台五〇周年を機に執筆されたものである。作品の構成は、単行本で三一五ページ、十五章からなる。

ストーリーは、「東の方台湾山脈の裾に一きは盛り上つた観音山」が眺められる台湾南部の農村で、清朝時代からの伝統的な製糖場である糖を経営する林頭家

濱田隼雄著『草創』（1944 年）

が、糖業の近代化の煽りを食って原料のサトウキビが近所の部落の蔗農から回ってこなくなり慌てふためく描写からはじまる。時代は台湾製糖株式会社が設立された年の十二月のことで、日本人によるサトウキビの買い付けが行われて、目先の利かない林頭家の没落が暗示されると同時に、「四年前に出た台湾住民去就決定日（注、一八九六年五月八日）の御布令で、さつさと対岸に引上げた連中の事をやるせなく思い出したが、それももう手遅れだつた」と新しい日本時代の到来が告げられている。

作品の舞台は、橋仔頭に設立された草創期の台湾製糖株式会社である。土着の武装集団の襲撃のなかでの工場建設にはじまり、「台湾糖業政策」の意見書を書いた殖産課の技手山田熈、会社の支配人山本悌二郎、「糖業改良意見書」や「糖業奨励規則」を書いた新渡戸稲造、児玉総督、後藤長官ら台湾における近代糖業を推し進めた実在の人物が描かれ、その功績が讃えられている。

『草創』は明らかに戦意発揚の文学であり、作品の至る所で「日本の力」を讃え、宣揚しようとつとめている。たとえば「今にして思えば、日本の領台がこの島にとつてはあらゆるものゝ新しき誕生であることをいさゝかも理解できなかつたのだ。いや、そのやうなものをこの島に産み出しに来た日本の力を知り得なかつたのだ。山寨での号令、それが永久に絶対のものである。付近の地方への支配、それが新来の日本に抗し得る力である。と従来の清国政府の下で簡単に量見してゐたまゝであつた。正しく今にして思へば、日本の力が駸々として海を越え、この島に渡つて百年の大計を打ち樹てようと出発し初めた巨大な跫音が掠めるのに何一つ気づかなかつたのだ。無知無謀の抵抗であつた。」（二章）といった表現がみられる。このような『草創』にあらわれた植民思想や戦争との関わりについては、黄振原が「濱田隼雄の『草創』について——戦争と濱田と『草創』——」（『文学と教育』三十一、一九九六年六月）のなかで詳しく論じている。

ところで上に引いた広告の後段の部分では、「が、亜熱帯の大空に濛々と黒煙をあげはじめた草創期の糖業は脱落せんとする土着の小資本にまで活路を与へつつ、一路大理想の完遂に邁進するのであつた」と書かれているが、『草創』の十章以降には、日露戦争や戦意高揚のための描写と同時に、この「脱落せんとする土着の小資本にまで活路を与へ」んとする「草創期の糖業」の様子が描かれている。「土着の小資本」とは、清朝時代から行われてきた旧来の製糖方法にサトウキビ圧搾機などの改良を加え効率を高めた改良糖蔗のことである。十章には、会社の日本人技師、秋好の指導で「石式の圧搾機を、鉄式のオハイオ式に変え」た改良糖蔗の彭頭家父子が描かれている。

作者は、台湾糖業の草創期に台湾製糖株式会社のような大規模な建設が進められる一方、日本に従えば彭家のような「土着の小資本」にも「活路」が「与へ」られてきたのだ、とこの作品で書いているのである。作品は、頑固な伯父が彭家の長男、甲暉に「やれ。やれ、お前の好きな通りに……日本流のやり方は儂にはわからんが、お前は日本に従つてゆける、従つてゆけ」と「高い声」で叫ぶところで終わっている。

台湾糖業は、台湾の近代化を象徴する一大産業であった。『草創』は黄振原が指摘するように、「日本近代の糖業の歴史」を描いた小説であると同時に、「太平洋戦争に総動員された」報国文学でもあったことは、以上の引用文からも理解できる。こうした点については、黄の分析にゆだね、本稿では次のような描写を引いてみよう。この描写は、橋仔頭の山脚地帯を本拠地とする土着の武装集団が日本の進出を恐れる場面であり、台湾製糖株式会社橋仔頭工場の設立当時の様子が伝えられている。

本拠である山脚地帯と、対岸福州に往来する戎克が着く海岸とのちやうど中間になる橋仔頭にぽかつと工場を建てられ連絡路を遮断されることが、邪魔でならなかつた。昔式の糖蔗なら問題ではないが、台湾製糖株式会社橋仔頭工場といふ名も麗々しく、見たこともなく太く大きな煙突を立てた物凄い奴で、工場や倉庫や事務室やの建坪だけでも千三百坪になると云ふし、その中には雷のやうに唸り出す大きな機械が入るのだ。旧い都の台南と新しい港の高雄をつなぐ鉄道はまだ工事中であつたが、その予定線に沿ひ、台南へ六里、高雄は四里、今こそだゝつ広いサトウキビ畑の真中で、小さな部落もない処に間もなく日本人の街が出来る。駅も出来るし、電信も引ける憲兵も警察も、となると、この平野一帯に培つた覇権がどうなるのか。（二章）

さらに、その後建設された工場は、次のように描かれている。

けれども六月、先づ事務所と社宅の上棟式が済むと、悔々たる気分は眼に見えて薄くなつて行つた。頑丈で大きな煉瓦造の事務所であつた。屋根の周囲と廊下には厚い胸壁を周らしてあつた。銃眼を穿つた胸壁だ。そして屋根の上には露台を造り、大砲が二門どつかと据つた。兵隊がゐた。襲撃を受ければ全員は直ちに此処に集合、女子供は屋蓋胸壁の裏に潜み、男子は銃眼に拠る。小さくても城寨である。

そればかりではない。工場敷地の周囲には墻壁を繞らせた。宛然小さな城壁であつた。（二章）

以上に引用した製糖工場の描写から分かるように、日本による台湾糖業の近代化は、抗日武装勢力の襲撃に備えながら進められていった。つまり建設の当初から、製糖工場は、胸壁に「銃眼を穿」ち、「屋根の上には露台を造り、大砲が二門どつかと据」り、兵隊もいて、「小さくても城寨」としての機能を備えていた。このようにしてはじまった製糖工場は、その後次々と台湾全島に建設されていき、その過程で抗日武装勢力に対する「城寨」の役目は、次第に必要なくなっていったものの、近代産業としての役割はますます強まっていった。「パパイヤのある街」で陳有三が見たM製糖会社の工場は、まさしく威容を誇る「巨体」であり、日本帝国主義を象徴する「白い城砦」にほかならなかった。

三　台湾人の精神風景——「パパイヤのある街」試論

ここで「パパイヤのある街」というタイトルについて考えてみたい。台湾で果物といえば、まずバナナが想起されよう。鶴見良行の『バナナと日本人』(岩波新書、一九八二年八月)によれば、日本の台湾バナナへの関心は台湾統治の初期からあり、「商品としてのバナナが最初に日本にやってきたのは、一九〇三年(明治三十六年)、日露戦争の前年」のことであった。戦後七〇年代に、エクアドル産、さらにフィリピン産バナナに追いこされるまで「台湾バナナの黄金時代」がつづいた。それほど日本と台湾バナナの関係は深く、台湾の果物と言えば真っ先にバナナが連想される。しかし、台湾は南国の豊かな島であり、バナナ以外にも龍眼、茘枝、マンゴー、蓮霧などさまざまな果物がある。あるいはまた南国の島、台湾を象徴する果物としては、パイナップルをあげてもいい。事実、「太平洋戦争開戦前夜の台湾社会をペーソスあふれる筆致で巧みに描き出し[9]」たと言われる龍瑛宗の「邂逅」(『文芸台湾』第二巻第一号、一九四一年三月)には、「某総合雑誌に応募した」「小説が偶然、佳作に推薦され、それが某新聞に三段抜きで、乙に澄しこんだ写真とともに掲載されたために、一躍、台湾の文学界に幾分なりとも名が知られるやうになつた」劉石虎という小説家が出てくるが、彼が書いた作品名は「パイナップル村」となっている。このように龍は自作のなかで「パパイヤのある街」を「パイナップル村」ともじっている。パパイヤもパイナップルも南国台湾の代表的な果物であり、小説のタイトルをこのような果物から取ったのは象徴的な意味が含まれている。では、この作品はどのような象徴的な意味で「パパイヤのある街」と名づけられたのであろうか。

ここで、尾崎秀樹が述べた「抵抗から諦めへ、さらに屈従へ」という枠組みに台湾の文学風景の変容を当てはめてみると、サトウキビは抵抗の象徴であり、パパイヤは屈従の象徴となる。では、龍瑛宗はパパイヤをどのように描写しているのであろうか。

作品のなかで最初にパパイヤの描写が出てくるのは、次のような風景のなかである。

　街の入口近くゆくと、右側に連翹の垣根で囲まれた内地人住宅が、のびのびと並んでゐ、あたりにパパイヤの木が多く、落ちついたみどり色の大きい葉つぱのすぐ下の幹には、房々と重なる長楕円形の果実が折からの夕陽の弱々しい茜いろに彩られてゐた。

以上に引いた風景描写は、主人公の陳有三が勤務地の街役場に赴任した翌日の夕方、同僚の洪天送に誘われて散歩に出たときに見た街の風景である。引用文のあとに、洪天送の次のような会話がつづく。

　「こゝは社員の住宅です。僕はもう五ケ年辛棒すればあの豚小屋みたいなところから引払つて此処に住むことが出来る。しかし外の連中は可哀想に、こゝは彼らにとつて、ついに「垣間見る生活」だけに過ぎないのだ。何故なら彼らは中等学校を出てゐないから」

　洪天送は昂然と胸を張り、身体を揺りながら言つた。

のびのびとした「内地人住宅」が、「街の入口近く」に並んでいる。洪天送にとってはあこがれの「内地人住宅」であり、その気持ちは赴任してきたばかりの陳有三も変わらない。垣根のそばでは、

「アッパパを着た若い内地人の女がふたり、屈托なささうに肩をすくめて笑い興じて」おり、垣根越しには、「簾が風に煽られてゐる縁側」で「でつぷりした中年の男が褌一つで、両手を腰にあて、、ぢつと遠くをみつみてゐるのが」見えている。この「社員住宅」に住んでいる「本島人」は、いまのところ「高農を出た男と工業を出た男」の二人だけだが、いずれ洪たちもここに住むことができるはずだ。少なくとも「中等学校を出て」いる洪たちにはそのチャンスがある。

彼（注、洪天送）のこの世における唯一の望みは、幾年かの辛棒によりある一定の位置に昇給して内地人風の家に住み、内地人風の生活をする愉快さ、得意さを逐ひ、それに酔うてゐるらしく、眦を細めて含み笑ひをしてゐた。

パパイヤの木は、さきにみたように、洪たちのあこがれの「内地人住宅」街を彩る樹木として描写されている。洪と陳の二人は、このような「内地人住宅」街から「ひしがれたやうな家々がぶざまに並ん」だ台湾人街を通り、「壁と壁の間に、やつと一人だけ通れるやうな細道」を通り抜けると、三軒ほどある「壁板の朽ちかけた古つぽい内地人風」の家の一軒の家を訪ねる。そこは洪の先輩で某役所に勤める蘇徳芳の家であり、蘇に陳有三の下宿探しを頼んで帰る。

帰り道、二人は公園を通って帰るが、そこにもパパイヤが植えられていて、陳有三の目には次のように映っていた。

公園には熱帯樹が亭々と聳えてゐた。ベンチへ腰かけると恰かも森林のやうな静かさが迫つてくるのであつた。ベンチの後ろには、護謨の樹が密生して強靭な、くら闇をつくつてゐた。足もとの小路は仄白く紆曲り、終ひに闇に呑まれてしまつた。前の芝生の横にパパイヤが一群れ、折からの沖天の弦月の光りを静かに吸ひとつてゐた。そして薄い樹影を地上に落してゐた。

このように意気揚々と新天地に赴いた日の翌日、「内地人住宅」街や公園で目にしたパパイヤのある風景が陳有三の心に刻まれている。

「パパイヤのある街」は、陳有三の理想が現実のなかで次々と無残に潰え去っていく過程が描かれているが、理想が絶望に変わるのにそれほど時間がかからなかった。陳有三が赴任した「九月末」から翌年の「十一月末」までのわずか一年二か月の間のことである。現実は、陳有三にとってそれほど過酷であったということである。では、過酷な現実とは一体どのようなものであったのだろうか。

陳有三は、典型的な「新知識階級」として描かれている。小説に描かれた「新知識階級」とは、「中等学校」出のインテリ青年層である。彼らの教育は、無論日本語による学校教育によって行われた。典型的な「新知識階級」としての陳有三のエリート意識は、「内地人住宅」にあこがれる洪天送と同様であることはさきに述べたが、さらに詳しくみてみると次のごとくである。

陳有三は、「来年までに普通文官試験を突破し、十ヶ年計画で弁護士試験を貫徹せしめやうと志を立てゝゐる」いたが、「これは青少年に有り勝ちな血気にはやる夢想ごとであるとはいへ、陳有三にあつては次の諸点によつて、可成り現実的色彩を帯びた要求」であった。「第一に経済的観点から来る現状への不満」、「第二に陳有三は優秀なる成績でT市の中学校を卒業したのだが、このことは自分の頭脳と努力次第で自分の境遇を拓き得るものと信じた」こと、「第三に彼の本島人たちに対する一種の蔑み」からであった。つまり、普通文官試験に合格し、弁護士になることは、「新知識階級」の陳有三にとって現実的な要求であった。

陳有三は、限りなく内地人に近い存在たらんと望み、そのためには「常に和服を着用して日本語を常用とし、理想・向上に燃え、そして彼らの同族と異つた存在にある自分を見出し」、「あわよくば内地人の娘と恋愛して結婚しよう」、結婚するなら「養子になつた方がいゝ」とまで考えていた。しかし、まわりの同じ「新知識階級」の同僚や友人が現実に打ちのめされ、日々の生活に追われるだけの無惨で、哀れな姿を次々と陳のまえにあらわしはじめるにしたがって、「現実的色彩を帯びた要求」も、過酷な現実の前に次第に潰え去っていく。

山田敬三は「哀しき浪漫主義者――日本統治時代の龍瑛宗[10]」のなかで、「パパイヤのある街」に描かれたこれらのインテリ青年を挫折型青年（陳有三、蘇徳芳、洪天送、雷徳）、俗物型青年（戴秋湖、廖清炎）、破滅型青年（林杏南の長男）の三つのタイプに分けているが、いずれの型の青年も陳有三にとっては過酷な現実に打ちのめされた青年であることに変わりなかった。

三月に入ると、「青雲の志」を抱いた陳有三もこの街の懶惰な空気が「風化作用を起しはじめ」、ついには「敗滅の暗い気持ち」にとらわれるようになり、「野良犬のやうに街の郊外遠くまで歩き廻」るようになる。そのとき陳有三の心にパパイヤのある南国風景が映っている。

（前略）相思樹のある並木の路を歩きながら、野辺に散在してゐる白い壁の富裕らしい農家や、矮い倒れかゝつてゐる土角造りの貧農の荒屋にパパイヤだけが一様に、すくすくと高くそして大きい八手状の葉をひろげ、淡黄いろに、にじむ果実が累々と幹に簇つてゐた。この美しい色彩の豊かな南国風景は彼の心を、なごやかにし、空洞のやうな生活にも弱々しい陽ざしが差し込んで来るのであつた。

陳有三は、その後同僚の林杏南の長男と出会い、さらにその妹翠娥に恋愛感情を抱くようになるが、経済的な理由から結婚を諦めざるを得なかった。そして、夏にはいつの間にか常連となった飲み屋のかみさんから結核を患っていた林杏南の長男の死を知らされる。時が経ちすっかり「青雲の志」を失ってしまった陳有三は、「十一月末のある夕方」、いつもの公園の入口付近で偶然林杏南の変わり果てた姿を見かける。そして、彼が「発狂」しているのだと知ると、陳有三は、「侘しさうな酔眼のほの白い幻像や、その死んだ長男の言葉が浮び、そうして暗い洞窟のやうな心に、さつと一陣のうすら寒い風が吹きこみ、急に、わなわな慄へてゐる自分を見出し」て、この作品は終わっている。

この結末は、山田敬三が指摘するように、陳有三が「『本島人』であることからくる必然的な結末として描かれている」。つまり、「パパイヤのある街」に描かれていたのは、台湾人の出口のない世界だった。これが、尾崎のいう「屈従」の世界である。

龍瑛宗は出口のない植民地台湾を「パパイヤのある街」で描き、高い評価を得た。では、陳有三にとって彼の心に映ったパパイヤのある風景はどのようなものであったのか。発狂した林杏南に出くわす前に、陳有三は公園で次のような風景を眺めている。

> 再び訪づれて来る南国の初秋――その十一月末のある夕方、陳有三は公園のベンチに坐つて、うつすらと黄ばんだ美しい緑いろのパパイヤの葉越しに、窮りなく深みゆく青磁の空をみつめながら、うつとりとしてゐた。
>
> この、ゆたかな自然は常になく、なごやかな影を心に落してゆくのであつた。

ここに描かれたパパイヤのある風景は、陳有三の疲れきった心を癒している。日本統治下にあっては、被統治者以外の存在たりえない本島人、すなわち台湾人にとっては、台湾社会の現実は、陳有三のように「常に和服を着用して日本語を常用とし、理想・向上に燃え」て真面目に向き合えば向き合うほど、彼らの心を「空洞」化する装置以外の何物でもなかった。昭和十年代の台湾は、「白い城砦」のような製糖工場に象徴されるごとく、大日本帝国の異民族支配下にあることはまぎれもない現実であり、もはや何らの抵抗も通用しなかった。つまるところ、台湾人青年の「現実的な」理想も実現する手だてがなく絶望するしかないのである。

龍瑛宗が描いたパパイヤのある風景とはなんだったのか。それは、台湾人の心が癒される風景、すなわち台湾の南国風景そのものであった。パパイヤは、いつも「高くそして大きい八手状の葉をひろげ」て、陳有三の絶望のあまりに「空洞」化する心をなごませ、「淡黄いろに、にじむ果実が累々と幹に簇つて」、うっとりと官能の世界に導いてくれるのである。パパイヤのある風景は、台湾人の精神風景を象徴するものとして描かれている。つまり、現実社会における絶望を描いた「パパイヤのある街」は、その一方でまた他者によって「屈従」させられることのない台湾人固有の精神風景を描いている。小説のタイトルに托されたのは、このパパイヤに象徴された植民地下台湾に生きる台湾人の精神風景ではないだろうか。(補2)

【注】

(1) 本部二章にも、少しふれている。その後の研究としては、王恵珍「龍瑛宗『改造』第九回懸賞創作佳作受賞訪日旅行覚え書き」(『現代台湾研究』第二十四号、二〇〇三年三月)がある。

（2）初出『日本文学』一九六一年十月。『近代文学の傷痕　旧植民地文学論』（岩波同時代ライブラリー、一九九一年六月収録）参照。
（3）一九八八年六月岩波書店復刻本参照。
（4）「大正十四年中に起つた台湾問題」（龍渓書舍、一九七三年五月復刻『復刻版台湾社会運動史』四百七頁）参照。
（5）下村『文学で読む台湾』（田畑書店、一九九四年）収録第一章五節「頼和の『豊作』——一九三六年『朝鮮・台湾・中国新鋭作家集』」参照。
（6）大製糖論と小製糖論の説明は、やまだあつし「明治期台湾における糖業殖産興業政策——嘉義地方の小製糖業の実践と挫折を中心に——」（『現代中国』六十八、一九九四年七月）に拠った。
（7）本文前出、森久男「台湾総督府の糖業保護政策の展開」参照。
（8）単行本が、一九七九年二月に人間の星社より出版された。
（9）藤井省三「〈大東亜戦争〉期の台湾における読者市場の成熟と文壇の成立」（『よみがえる台湾文学』東方書店、一九九五年十月）参照。
（10）注9に掲げた『よみがえる台湾文学』に収録。

【補注】
（1）濱田隼雄に関する研究には、松尾直太『濱田隼雄研究—日本統治時代台湾一九四〇年代的濱田文学—』（国立成功大学歴史研究所碩士論文、二〇〇一年六月）、同『濱田隼雄研究—台湾遣返作家的文化活動（一九四六—一九六二）—』（国立成功大学台湾文学系博士論文、二〇一三年七月）がある。
（2）龍瑛宗関係書に次の書がある。

下村作次郎編『日本統治期台湾文学台湾人作家作品集第三巻〔龍瑛宗〕』緑蔭書房、一九九九年七月
陳萬益主編『龍瑛宗全集　中文巻』全八巻、国立台湾文学館籌備処、二〇〇六年十一月
同『龍瑛宗全集　日本語版』全六冊、国立台湾文学館、二〇〇八年四月
王恵珍主編『戦鼓声中的歌者　龍瑛宗及其同時代東亜作家論文集』国立清華大学台湾文学所、二〇一一年六月
王恵珍著『戦鼓声中的殖民地書写——作家龍瑛宗的文学軌跡』国立台湾大学出版中心、二〇一四年六月
和泉司著『日本統治期台湾と帝国の〈文壇〉——〈文学懸賞〉がつくる〈日本語文学〉』ひつじ書房、二〇一二年二月

第二章　龍瑛宗「宵月」について——『文芸首都』同人、金史良の手紙から

一　金史良の手紙

龍瑛宗の「宵月」は、一九四〇年七月号の『文芸首都』に発表された短編小説である。小説は、日本統治下台湾の学校教育の「現実」を描いたものであるが、作者自身は学校教育にたずさわった経験をもっていない。それゆえ、本編は作者の自伝的要素などを一切捨象した地平から、あくまでも一編のフィクションとして読者の多様な読み取りが可能である。しかしながら、本編をより深く読み解くためには読者側の工夫が必要であろう。幸い、筆者は本編を読み解くうえで得難い資料を目にすることができた。それは龍瑛宗に宛てた金史良の一通の手紙である。金史良とは、言うまでもなく「光の中に」で四〇年度下半期芥川賞次席となった朝鮮出身の作家である。金史良のこの手紙は、龍瑛宗の手元にいまも大切に保存されている。[1]

手紙の宛先は、

台湾台北市建成町三の一　龍瑛宗机下

差出人の住所氏名は、

東京市品川区西大崎四丁目八〇〇（不動荘） 金史良（電大崎（四九）三四八五）

日付は、

二月八日

となっている。

本信は、金史良から龍瑛宗への返信として出されている。ただし、日付には、「二月八日」とあるのみで、それが何年なのか記載されていない。手紙の中身を読むと、同様に日本の植民地下にあった境遇のもとで文学を志すものとしての、肉声に限りなく近い言葉に満ち、深い文学的感動を覚えずにはおれない内容となっている。手紙ではさらに、お互いの作品、すなわち「宵月」と「光の中に」について語られているが、金史良がこの手紙を出した目的は、自作の「光の中に」に対する龍瑛宗の批評に応えることにあったと考えられる。

ここで手紙の発信年について述べると、後ほど実証するとおり「一九四一年」である。すなわち、手紙は「一九四一年二月八日」に出されている。当時二人は、保高徳蔵の主宰する『文芸首都』の同人であった。二人の文学的交流は、この『文芸首都』を通じて行われたのである。つまり、金史良の

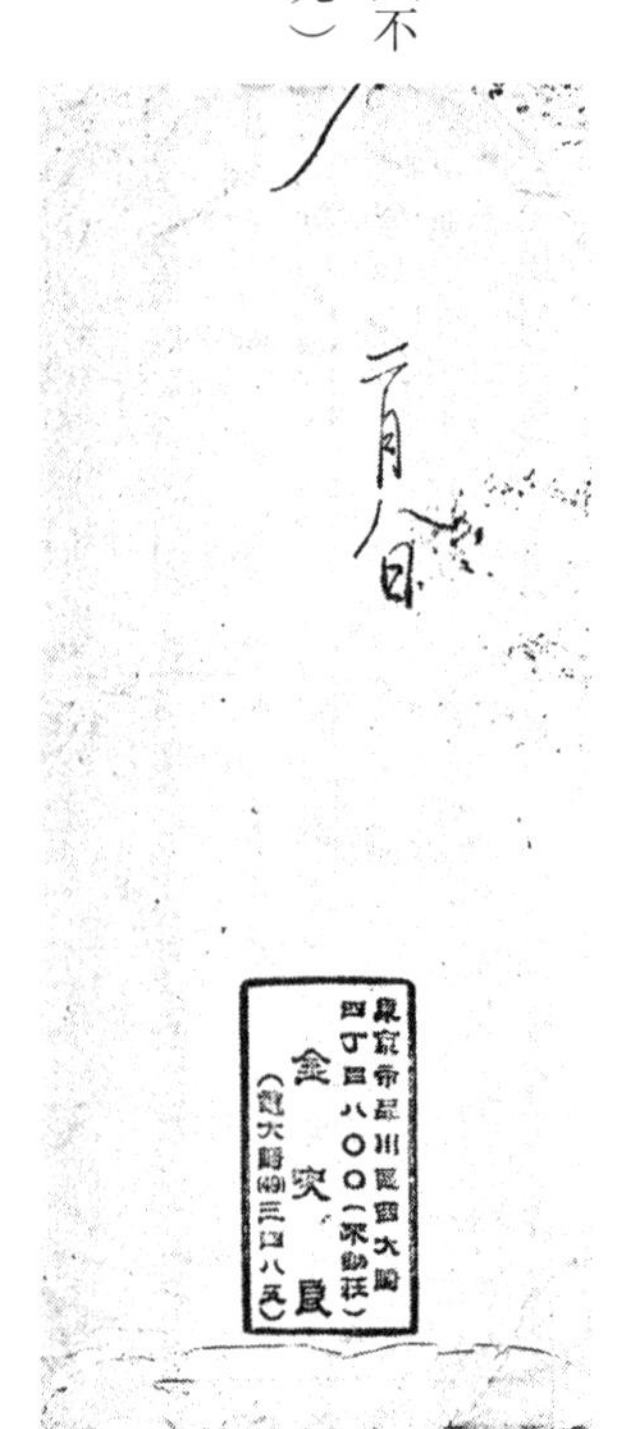

龍瑛宗宛金史良書簡封書

「光の中に」には、『文芸首都』の三九年十月号、龍瑛宗の「宵月」は、冒頭に述べたように同誌の四〇年七月号にそれぞれ掲載された。本稿では、まず龍瑛宗の日本「内地」の中央文壇への登場から、金史良の登場、そして、『文芸首都』における二人の間接的な交流（二人の間に面識はなかった）を跡づけてみよう。そのうえで、金史良の手紙の中で語られる「光の中に」をめぐる二人の議論から（龍の「光の中に」評は、手紙から間接的に読むしかないのだが）、龍瑛宗が「宵月」を書くに至った創作動機を闡明し、作品世界の解読を試みたいと思う。

二　龍瑛宗と中央文壇——『改造』、『文芸』そして『文芸首都』

龍瑛宗は、戦前に日本の中央文壇にデビューした台湾人作家である。デビュー作は「パパイヤのある街」で、一九三七年四月号の『改造』第九回懸賞入選作に選ばれた。この作品は作者の処女作でもあって、龍瑛宗は処女作でいきなり文学賞を射とめ華々しく中央文壇に登場した。本編は、同時入選した渡辺渉の「霧朝」と一緒に『改造』に掲載されている。龍瑛宗は受賞の時、「十五、六歳のときより漸く日本文をもつて読み書きすることが出来、爾来日本文の習得に勤めた。本作品は真の処女作である」と述べ、日本の文壇で認められたことの喜びを率直に語っている。当時彼は台湾銀行台北本店で勤める傍ら、ひそかに文学を志し、将来小説家の道に進むことに夢を託す文学青年であった。このことを、ずっと後になってから「（文壇回顧）一個望郷族的告白——我的写作生活」（以下、「回顧」と略称）の中で[2]、次のように回顧している。

二十六歳の時、朝鮮人の張赫宙の作品「餓鬼道」が「改造」の募集小説に入選した。朝鮮人が日本の文壇に進出したのに、台湾人にどうして出来ないことがあろう。（略）張赫宙の受賞小説を読んで、自信のようなものが湧いてきて一つ試しに小説を書いてみようという気になったのである。

張赫宙の受賞は、同賞の第五回にあたり一九三二年四月号の『改造』に作品が掲載された。龍瑛宗の受賞は、この五年後に実現したのである。彼は受賞後、勤め先の銀行に休暇届を出して晴れがましい気持ちで初めて東京を訪れている。龍は、さきに引いた文章のあとに次のように述べている。

民国二六年（注、一九三七年）、「改造」に「パパイヤのある街」が載り、同号には肩を並べるようにして日本の小説の神様、志賀直哉の「暗夜行路」が並んでいた。（略）五百円の賞金を受け取ると、すぐに銀行に休みをもらって東京に行ったのである。

この東京滞在中に執筆した「TOKYO・あかげつと」によると、彼は受賞後まもなく、具体的には六月六日の午前十一時に神戸港に上陸し、その足で三ノ宮駅から「燕」で上京し、夜九時に東京に着いている。そして翌日には早速改造社の社長、山本実彦を訪ねた。その時の印象を次のように書いている。

午後、改造社をお訪ねした。社長山本さんは、私のために快よく会つてくれた。山本さんは、大正二、三年頃に台湾へおいでになつたことがあるといふ。氏は、その頃を追想しつゝ、圓山や北投のことなぞ語つたり、台湾の現勢につき、種々談じた。私は、山本さんの台湾に関する記憶と知識の深いのに、恐れ入つた。

ところで、この随筆は、一九三七年八月号の『文芸』に発表されている。『文芸』は、当時、改造社が出していた文芸雑誌である。この時に会った改造社社長、山本実彦に直々に『文芸』への執筆を頼まれたか、あるいは他の編集担当者からかもしれないが、いずれにしても龍瑛宗と『文芸』とのつながりは『改造』での受賞によって生まれた。このようなことは案外知られていない。先にあげた「回顧」にはまた、次のようにある。

上野の喫茶店で、『改造』編集部の水島氏が私に言うには、今度の応募作品は全国で八百余編が寄せられ、その中に石川達三からの投稿もあったが、石川の作品はすぐに第一回「芥川賞」に入ったということであった。

いま、この「水島氏」については知るところがないが、編集部のこの人あたりから『文芸』への寄稿を依頼された可能性もある。それはともかく、応募作品が「八百余編」もあったというのだから、龍瑛宗も誇らしい気持ちであったろう。同時にそうした気持ちから生じたのか、石川達三の第一回芥川賞受賞については記憶が錯綜している。石川達三が「蒼氓」で第一回芥川賞を受賞したのは、一九三五年（昭和十年）のことである。[3]この年、すなわち三七年度の受賞者を見ると、第五回三七年上半期の受賞は尾崎一雄の「暢気眼鏡」、第六回下半期の受賞は火野葦平の「糞尿譚」となっている。

東京では、いろいろな文学者に会ったようだ。当時、明治大学にいた阿部知二からは手紙が届いて自宅を訪ねたり、評論家として活躍していた青野季吉を訪問したりしているが、同じ時期に保高徳蔵にも会っている。「回顧」では次のように述べられているのである。

『改造』の第一回入選者保高徳蔵は、私に大変よくしてくれた。彼は「直木賞」の本人、直木三十五の早稲田での同級生で、文学青年のために『文芸首都』をやっていて、私も同人となった。聞くところによると、楊逵さんもこの同人雑誌に加わったということである。

ここに述べられているように、保高徳蔵は一九二八年に「泥濘」で龍胆寺雄の「放浪時代」と共に『改造』の第一回懸賞入選者となった作家である。この『改造』の懸賞作品（小説、戯曲）の募集は、該誌創刊十周年を記念してはじめられた文学賞で、一九二八年に創設されている。保高徳蔵は、いわば同賞を受賞した龍瑛宗の大先輩にあたるわけである。保高徳蔵はまた、引用文にあるように『文芸首都』の主宰者としてよく知られている。該誌は一九三三年一月に創刊されて以来、一九七〇年一月の終刊記念号まで三十七年続いた同人雑誌である。ここから多くの無名の作家が育ち、多数の新人作家が出た。筆者の好みで一人だけあげれば、「岬」で第七十四回芥川賞を受賞した中上健次もここから育った最後の小説家であった。

それはさておき、龍瑛宗はこの時の保高徳蔵との出会いによって、その後の『文芸首都』との関係ができたことが以上のことからひとまず理解できる。そこで、もう少し二人のこのような機縁が生まれるに至った文学的背景を探ってみよう。

保高みさ子に『花実の森　小説文藝首都』（以下『花実の森』と略称）という保高徳蔵の文学者としての生涯を描いた小説がある。この作家は保高徳蔵の未亡人であるが、作品は一九七一年六月に立風書房から出されている。それによると、

保高徳蔵は、大正四年、早稲田英文科を卒業した。

同級生に、青野季吉、西条八十、坪田譲治、細田民樹、細田源吉、鷲尾雨工、直木三十五、宮島信三郎などがいて、一、二年先輩に広津和郎、宇野浩二、谷崎精二、沢田正二郎、三上於菟吉、日夏耿之介、原久一郎、竹田敏彦など、後に活発な作家活動をした人々がいる。当時、英文科の生徒数がわずか十数人という、今から思うと嘘のような少数の中から、これだけ多くの人々がともかく文壇に出たということは驚くに価することであった（十八頁）

とある。

ここで、龍瑛宗が「回顧」の中で「日本の文壇は、東京帝大、早稲田大学、慶応大学出身者から成っていた。早稲田大学は日本自然主義の大本営で、彼らは比較的私に好意をもって接してくれた。しかし、慶応大学系はどちらかというと私には冷たかった」と書いていたのを思い出すが、当時の文壇的雰囲気にそういう傾向があったのか、ともかく、龍瑛宗が早稲田大学出の保高徳蔵に好意を示したことは確かである。

保高徳蔵は、いまでは錚々たる文学者の中にあって、どちらかと言うと出遅れた作家であったようだ。保高みさ子の描くところを少し長いが引いてみよう。

当時、文壇はセクト主義で、無名の新人の入りこむ余地はなかなかなかった。

今日のように、芥川賞をはじめ、多くの新人賞や文学賞が設けられ、新人といえば大歓迎の時代とはまったく逆で、むしろ文壇閉鎖国主義とさえいえた上、作品発表の雑誌も少なかった。

一方、小林多喜二を筆頭にプロレタリア文学が猛烈な勢いで文壇を席巻しようとしていた。青野季吉はそうした時流を背景に、評論家として華々しい活躍をし、毎月の一流文芸誌、綜合誌、新聞に、エネルギッシュな健筆をふるっていた。宇野浩二、広津和郎、細田民樹をはじめ、多くの仲間たちはすでに作家としての地位を固めつつあり、直木三十五は大衆文壇の流行作家となっていた。

保高はそうした中でひとり出遅れ、無名の新人作家として出るべく、半独身の生活で作品と取り組んでいた。

「泥濘」は、こうしたなかで書かれた。彼にとっては、まったく背水の陣の思いである。「卒業できた」と思っていた妻とは、やはり別居結婚の形態でつづいていた。（四十三頁）

こうした「背水の陣」の中で書かれた「泥濘」が、先述したように『改造』の第一回懸賞小説の「二等」に入ったのである。賞金は七百五十円である。「当時、大学出の初任給が三十円そこそこの頃」（『花実の森』四十八頁）だったという。保高徳蔵は「昭和三年三月」に「芝公園の近くにある改造社を訪れ」、先に来ていた「一等当選の竜胆寺雄」と一緒に「改造社の社長、山本実彦に賞金の小切手を貰い、鰻飯のご馳走になって銀座へ出た。」この時、竜胆寺雄は保高徳蔵に、「保高さん、われわれは文壇に出るのにずいぶん苦しみましたね。これからは、才能のある無名の青年がいたら、できるだけ彼らに手を貸してやろうじゃありませんか」と言った、と『花実の森』（四十四頁）に描かれている。リアルな描写であくまでも創作であるが、保高のその後の文学活動は、この時竜胆寺雄と話し合った言葉をそのままに実現するものであったとも言える。

『改造』と言えば、このころ『中央公論』と並ぶ二大総合雑誌であった。だが、保高徳蔵が改造に入選したころは、先の引用文にもあるようにプロレタリア文学が全盛期を迎えていた。それゆえ、改造入選者といえども、作品の発表は順調というわけには行かなかったようである。この間のことを保高みさ子は、次のように描写している。

プロレタリア文学はこうした世相を背景に全盛期を迎え、多くの弾圧にもめげす「戦旗」を機関誌として、小林多喜二の「蟹工船」（注、二九年）、徳永直の「太陽のない街」（注、同年）を掲載。とぶような売れ行ゆきをみせていた。

ところが一方では、改造入選者は毎年数を加えてゆくのに、[4]誰も彼も一向に原稿依頼がこない。高橋丈雄、中村正常、張赫宙、十和田操、光田文雄などの人々である。（五十五頁）

と。そして、このころ、これらの「改造入選者の人々の」間で「改造・友の会」が作られ、このような閉塞状況を打開すべくはかられていったのが同人誌の発行である。『文芸首都総目次』（文芸首都総目次編集会編集発行、一九七七年六月）収録の「保高徳蔵年譜」（以下、「年譜」と略称）によれば、一九三二年二月に季刊誌『文学クオタリイ』第一輯が発行され、六月に第二輯が出ている。この第二輯には、この年の四月に「餓鬼道」で『改造』第五回懸賞入選を受賞したばかりの張赫宙の「追田農場」が巻頭を飾っているが、[5]「改造・友の会」新会員の歓迎、激励といったところであろう。この雑誌が、季刊誌から月刊誌へと移行して創刊されたのが『文芸首都』である。最初は「年譜」によれば、「同人雑誌としての形態は明確ではなく、先輩有志のカンパ、保高の生活費の一部などで賄うといった体裁であった。」その後一時黎明社から発行されるが、結局は一九三六年「六月、黎明社が『文芸首都』の赤字を支えきれなくなり手を引く。「文芸首都の会」を結成し、十一月号より再編成同人制をとって『文芸首都』を復刊」（「年譜」）し、同人雑誌の形が整えられた。

さて、龍瑛宗が保高徳蔵と会うことになったのは、他でもなくこの「改造・友の会」の機縁からであることが理解できよう。同人制が再編成されてのちの出会いであるから、龍瑛宗は保高徳蔵その人に誘われて『文芸首都』の同人となったと断定してよい。事実、龍はのちに掲げるように『文芸首都』に「同人日記」を発表しているくらいである。

では、金史良の場合はどうであろうか。保高徳蔵と金史良の文学的交流は、日本の文学界ではよく知られたことで、多言を要すまい。「年譜」には一九三九年「五月、張赫宙の紹介状を携えて、東大生の金史良来る。」とあり、さらに一九四〇年の項には「首都同人金史良が、文芸首都十月号に発表した『光の中に』が、この年下半期の芥川賞次席となる。作品の評価は候補作中もっとも高かったが、素材的に戦争下のものとしてふさわしくないとし、次席になった。」とある。

以上で張赫宙、龍瑛宗、金史良をつなぐ中心に保高徳蔵が存在していることが理解できた。もちろん、四者のつながりは文学上のつながりであって面識のあるなしを問題としているのではない。では龍瑛宗と金史良の文学は、どのようにしてつながるのであろうか。言うまでもなく保高徳蔵が主宰する『文芸首都』においてである。

ここで前掲の『文芸首都総目次』によって『文芸首都』に掲載された二人の作品をリストアップしてみよう。（ただし、手紙の日付の「一九四一年二月八日」まで）

一九三七．八　龍瑛宗（随筆）「東京の鴉」
一九三八．十二／三九．一合併号
　龍瑛宗（随筆）「わが秋風帳」
一九三九．六　金史良（評論）「朝鮮文学風月録」
一九三九．七　金史良（評論）「エナメル靴の捕虜」

一九三九．十　金史良（創作）「光の中に」
一九四〇．三・四合併号
　金史良（随筆）「母への手紙」
一九四〇．六　金史良（創作）「箕子林」
一九四〇．七　龍瑛宗（随筆）「宵月」
一九四〇．八　金史良（随筆）「玄海密航」
一九四〇．一〇・十一合併号
　金史良（評論）「平壌より」
一九四〇．十二　龍瑛宗（評論）「二つの『狂人日記』」
一九四一．一　龍瑛宗（同人日記）「数」

リストの最初に上がっている「東京の鴉」は、「TOKYO・あかげつと」（前出）によると、六月二十一日の午前中に書かれている。保高徳蔵に誘われて『文芸首都』の同人となった龍瑛宗は、早速「東京の鴉」を同誌に寄稿したことがわかる。この随筆は、「旅愁を一ぱい積んで東京に来た」彼を悩ましたのは、東京の鴉の鳴き声で、台湾の田舎では「鴉は死の前ぶれ」だと信じられているからだが、しばらく住むうちにその声にも慣れてきたといったことを軽妙なタッチで書いたものである。彼のこの時の東京滞在は、ほぼ一か月に及んだ。前掲の「回顧」には「（注、台湾への）帰路、『高千穂丸』に乗った。船中で蘆溝橋で事変が起こったことを知らせる号外が出た。成り行きは予測しようもなかったが、暗い気持ちが心をよぎった。」とあるが、龍瑛宗がその後『改造』や『文芸』、さらに『文芸首都』に作品を発表するといった日本の文壇とのつながりが、この七七事変前夜の一か月の間に培われたことが理解できるのである。

三　龍瑛宗の「宵月」と金史良の「光の中に」

さて、ここで手紙の発信年を「一九四一年」とした理由を述べよう。金史良の手紙は、次のように書き出されている。

今朝御手紙有難く拝受致しました。同じく遥か遠い別々な所で生れながら、よその言葉でものを書いたりするため、貴兄と新しく友だちになり得たことが、何より嬉しい気持ちです。小生は小学中学時代から台湾といふ所が好きで、又少年的な熱情で台湾を注目して来たものです。

これを読むと、手紙は龍瑛宗のほうから先に出されていることがわかる。龍瑛宗は、金史良にどのような手紙を出したのだろうか。金史良の手紙の中では、龍瑛宗の「宵月」に触れ、自作の「光の中に」にも言及している。とすると、手紙が出されたのは、少なくとも「宵月」の発表後である。ここで、安宇植著『評伝金史良』（草風館、一九八三年十一月）をみると、作家としての金史良の活動は前章でもみたように一九三九年にはじまる。そしてその活動ぶりは、はやくも第一歩からして人びとの目をみはらせるに足るものであった。

すでにふれてきたところであるが、金史良はこの年の春、大学生活を終えるやただちに保高徳蔵氏を訪れ、その主宰する同人雑誌『文芸首都』の同人に加わった。それによって彼は日本での作品活動の足場をつくり、やがて北京へと旅立ったのである。（略）この朴元俊氏によれば、そのころ、『モダン日本』朝鮮版にのせる翻訳原稿の件で、なんどか代々木八幡のアパートに金史良を訪ねた、ということである。おそらく金史良は三鷹のポプラ荘からこの代々木八幡のアパートに移ったものであろう。そしてのちに、『文芸首都』を主宰した品川区西大崎四ノ八〇一番地の保高徳蔵氏宅ちかくに移り住み、やがて鎌倉市扇ヶ谷四〇七番地の米新亭へと転じていったにちがいない。金史良のそれは品川区西大崎四ノ八〇〇番地であった。

とある。右の引用文によると、金史良は保高徳蔵宅の近くに移り住んだことがあり、その住所が「東京市品川区西大崎四ノ八〇〇番地、不動荘内」であったとある。この住所は、冒頭に掲げた差し出し人の住所と一致する。また『評伝金史良』に収録された「金史良年譜」には、「一九四一年（昭和十六年）四月、鎌倉市扇ヶ谷四〇七番地、『米新亭』の離れへ移る」とある。とすると、発信の月日は「二月八日」であったから「四月」に「米新亭」に移る前の「二月八日」ということになる。ところで、「宵月」の発表は一九四〇年七月であった。一九四〇年七月の「宵月」の発表のあとで「米新亭」に移る「一九四一年四月」以前の「二月八日」となると、「一九四一年」ということになる。以上の通り、手紙の日付は確定された。

日付がはっきりしたところで、この手紙の中で述べられている「宵月」と「光の中に」の部分を引用してみよう。

（略）貴兄の「宵月」を読んで僕は非常に身近なものを感じました。やはり貴兄のところも僕のところも現実的には変はらないやうで慄然としましたよ。あの作品は勿論現実暴露のものでもなく、極めて当り前風に書かうとなさつた作品です。だが、僕はその中に貴兄のふるへてゐる手をみたやうです。或は僕の独断かも知れません、感傷かも知れません、恕して下さい、恕して下さい。

（以上、龍瑛宗の「宵月」について述べている箇所）

（略）「光の中に」の兄の御評論尤もだと思ひます。僕もいつの日かその作品の改訂し得る時が来ることを心から待つてゐるのです。好きな作品ではありません。やはり内地人向きです。僕もはつきり分つてゐます。それが餘りはつきり分つてゐるので、恐しいのです。

（以上、自作「光の中に」について述べている箇所）

以上の引用文を読むと、龍瑛宗は「宵月」が発表されてから、金史良に手紙を書いたことが理解できる。しかも、手紙の中で龍瑛宗は、何らかの形で自分の作品に言及しているのではないかと思われる。金史良の「あの作品（注、「宵月」）は勿論現実暴露のものでもなく、極めて当り前風に書かうとなさつた作品です。」といった言い回しから、社交辞令も含めて「宵月」への何らかの感想を書かないわけにはいかないような龍瑛宗の手紙の文面だったのではないか。続く「光の中に」への龍瑛宗の批評も、率直な意見が述べられたのであろうと推察される。そして、その率直さが金史良にとってはかえってこたえたのではないか。手紙からは、龍瑛宗の批判を真摯に受けとめようとする金史良の誠実な姿が伝わってくる。

筆者は、ここで仮説を述べてみたいと思う。

「宵月」は、「光の中に」が発表されてはじめて構想された作品であること、つまり、龍瑛宗は「光の中に」を強く意識して「宵月」を書いた。そして、作者の創作の動機は、「光の中に」で描かれた植民地下に生きる朝鮮人の学校教育の「現実」に対置させる形で、同じ植民地下台湾の学校教育の「現実」を描いて見せることにあったのではないかというものである。

まず、作品構成上の類似点を次の三点について指摘してみよう。

（一）題名の類似

（二）小説の書き出しの類似

（三）植民地下で学校教育に従事する教師像

作品の題名は「光の中に」と「宵月」である。（一）の題名の類似とは、共に「光」にまつわる題名だという点からである。差異は「太陽の光」か「月の光」かという点にあるが、後述するようにこの差異にまた意味がある。

（二）の小説の書き出しの類似とは、次のごとくである。

小説「光の中に」は、次のようにはじまる。

私の語らうとする山田春雄は実に不思議な子供であつた。

それに対して「宵月」は、次の通りである。

彭英坤の臨終の光景は、まことに妙なものであった。

二つの作品とも、最初に小説の主人公の人物像を強く印象づけ、しかも読者に油断がならない人物というイメージを与えている。

(三)の教師像では、「光の中に」は「南先生」(イコール「私」)であり、「宵月」では「彭英坤」である。二人の教師像は全く対照的である。この点もまた「宵月」解読のうえで重要な点である。この教師像については、またのちほど触れることになるので、ひとまずここでは以上の点を指摘しておくに止める。

「光の中に」は、「帝大学生が中心となつて」行っている隣保事業の団体、大学S協会の市民教育部で協会に寄宿しながら夜間英語を教えている「私」と、「私」の言動に異様に反応する子供、山田春雄とのやりとりを描いた小説である。ストーリーの展開の過程で、春雄は内地人の父と朝鮮人の母をもつ子供であることが明らかにされる。そして、作品は自ら朝鮮人である「私」との間に次第に民族的な共感が生まれ、朝鮮人である母を持つことを隠し続けてきた春雄がその母を病院に見舞った帰り道、子供たちから「南先生」と呼ばれてきた「私」を「南先生でせう?」と呼びかけることで元気よく駆け出した春雄の後ろ姿を見て、救われた気持ちになるというところで終わる。

これに対して、「宵月」はどのような物語なのであろうか。筆者は、別稿ですでにこの作品について紹介しているが[6]、ここでもう一度論点を絞りながら述べてみることにする。

話は、さきほど紹介したように公学校(主として台湾人子弟のための初等学校)の同僚である彭英坤の「臨終の光景」からはじまる。たまたま彭の見舞いに訪れ、彼の死に遭遇した「私」が、未亡人に代わって借金処理の交渉役を引き受けることになり、朱天成というかつての同僚の家に交渉に出かけたが、結局は相手にされないまま、「宵月がまんまるく」かかった夜道を未亡人の家に向かって「わびしい」気持ちで歩いていくところで終る。

ここで、主人公、彭英坤の人物像をみてみよう。

彭英坤は、優秀な成績で中学校を卒業した秀才として設定されている。「私」より三歳上の先輩であった彼は、「青年と努力」という演題で弁論大会に出たり、交友会雑誌に「バイロン」についての評伝や自由詩「青春頌歌」を寄稿したり、また運動選手としても「走幅跳びでは学校の記録保持者」で、まさに中学校時代までの彭英坤は、勉強もスポーツもできる万能の秀才であった。その彭が、卒業後、「私」が代用教員として赴任した公学校で同僚として「五年」ぶりに再会した時には、「これが嘗ての彭英坤だつたらうかと訝（ママ）ぶかるほど」に変貌していた。

中学校を出るまであれほど優秀で、台湾人子弟教育に青年の理想を託したはずの彭英坤が、なぜ短期間にそれほどまでに変わってしまったのか。作者は「私」に「彭英坤の妙なうら寂しい眼付にぶつかると、胸を打たれることがある」と語らせているが、彭英坤が今のように変貌した原因についてはほとんど説明しようとしない。中学時代の秀才ぶりと打って変わり、酒癖が悪く、教育にも不熱心だというレッテルが貼られて、同僚の受けも、村での噂も悪く、何一ついいところがない。ただ「彼は児童を決して擲らな」かった。「あるとき、ひとりの児童があんまりひどい戯らをしてゐるのを見た彭英坤は、ぽろぽろと涙を流したといふ」。また、このころの彼は「雑誌や単行本を読まないのは勿論、新聞さえも見な」くなっており、子供の尻をふくのに「中学校時代の国文の教科書」を「一枚剝ぎとつて」使うほどの激しい変り方だった。

彭英坤をこれほどまでに変えたのは、一体何なのだろうか。作者は、作品の中で何の説明もすることなく、ただ忘年会での次のような出来事によって暗示する。

　この夜も酒に酔った彭英坤は、校長の前で機嫌をとる同僚に腹を立て、しまいには校長にからみはじめた。
「僕も校長が嫌ひです。僕は校長が嫌ひだからこそ、校長のお気嫌（ママ）をとつたり、心にもないことを言ひたくありません。（略）――もつと骨をこゝで埋めるつもりでやらなければいかんと思ふんですよ。例へば児童の教育ですね、校長は準備教育ばかり重要視して、中等学校へ多くの児童を送り出せることに名誉を感じてゐるらしいが、僕は教育の根本はそこにあるんぢやないと思ひます。もつと正しい人間教育に意を尽さねばならんと思ふ。だから、校長、あんたは駄目ですよ」

ここで、「もつと骨をこゝで埋めるつもりでやらなければいかん」とあるのは、校長が日本人（内地人）であることを意味する。彭英坤の教育観は、日本人校長のそれとまったく異なっていることが語られているが、彭のいう「もつと正しい人間教育」とは、いかなる内容のものかは語られていない。そして、このように校長にかみついたかと思うと、一転して軟化する。

「だが、校長、僕はこんなことについて言える柄ぢやないんだ。僕自身ぐうたらで、驚くべき不熱心な教員だ。だが、ほんとのところ、僕はそれをいつも恥ぢてゐるんですよ、なぜ、僕はかう不熱心なんだらう、わからない。わからない。僕の体内にふさぎ虫が棲んでゐる。倦怠の虫が一ぱい蔓つてゐます。どうしてそんなに無気力なんだろう。虚脱したやうに、身体に少しも力といふものがないんだ。昔はさうぢやなかつた。身体から泉のやうに力が溢れだして、いつも、ぢつとしてをられない。すべてが明るく楽しげに見えるんだ、あんな生き甲斐のある生活が、再び僕のところへ帰つて来ないとすれば、僕はかなしい」

「五年」の間に、何が彭英坤をこうまで変えてしまったのか。「到るところに赤い棒線が引つ張つてあ」る「中学時代の国文の教科書」を「剝ぎとつて」「子供の尻をふ」く彭の姿から、教育への不信と絶望が理解できるものの、彼をそこに追いやったものは何なのか、結局は描かれないままである。またことさら描く必要もなかったとも言える。作者としては、「国文の教科書」を落とし紙に使う彭英坤の荒んだ姿を描くだけで十分であった。もちろん、「国文の教科書」とは、日本の「国語」の教科書である。では、「国語の教科書」で「子供の尻をふ」く彭英坤に、何か思想的な反抗の姿なり生まれ変わる希望なりがイメージできるのであろうか。そう言う意味は全くないのである。荒んだ生活の果てのあまりの貧しさの中で、教科書もくそもないのである。彭英坤の理想は、「現実社会」のまえでことごとく潰え去ったのだから。

「校長――僕は知つてゐるぞ、あなたが随分僕を庇つてくれたことを、実際僕は仕様のない男だ。疾くに馘首になる男だ。それを憐れんで、馘首をのばしてくれた。僕の給料はべらぼうに安い、（略）馘首にでもなると、僕はどうなるだらう、俺の評判は悪くてどこでも雇つてくれるところがないのだ。家族は日干しになるだらう、校長、あなたは僕を可哀さうと思つて救けてくれました。ありがたう。ありがたう。感謝します。」

こういいながら、彭英坤は「大粒の涙」を流し、ついには「感極つたやうに校長の足に抱きつき、恰かも、接吻してゐるやうな仕草をみせた」のである。それは、「もはや人間の姿ではなくて、ひしがれた、かなしい獣のやうであつた」。

優秀な成績で中学校を出て、前途に大きな期待をいだきながら教職についた彭英坤を待ち受けていたのは「べらぼうに安い」給料からくる生活苦である。彭英坤には妻と四人の幼子がいた。彭の荒んだ生活をもたらした大きな原因は、理想と現実のあまりにも大きな落差からくる焦燥と絶望である。

給料が「べらぼうに安い」という表現に、作者が圏点を付けているのは、意味があろう。それは当時の内地人と本島人教員の差別待遇に対する抗議をあらわしている。台湾社会におけるさまざまな差別待遇の告発は、作者にとっては処女作「パパイヤのある街」以来のテーマでもあるからである。

以上で「宵月」の作品内容がほぼ理解できたであろう。ようやく本論の結論を述べるところまできた。

先に述べたように、龍瑛宗は、「宵月」を「光の中に」に対置して書いたのである。二人が『文芸首都』を通じて作品のうえで知り合っていたことは論じてきた通りであり、金史良の手紙にみたように、こうした文学的応酬(おそらくこの一度きりに終わったと思われる)が行われたと考えてもなんら不思議ではない。

では、龍瑛宗は「宵月」で「光の中に」に対置して何を書こうとしたのであろうか。結論はすでに述べたが、台湾の教育界の「現実社会」である。龍瑛宗は島崎藤村の「破戒」に強い影響を受けた作家である。と同時に魯迅の文学にも深い共感を示す作家でもある。このころ、『文芸首都』に寄せた「二つの『狂人日記』」(前掲リスト参照)の結語の部分に、「魯迅が小説の創作をやめて、殆ど寸鉄人を刺すやうな短文ばかりをものしたのは、絶えず彼の心を襲った焦々しさではないか。焦々しさが彼をして小説の枠を突き破らせたのである。そしてゴオゴリのやうに現実からのがれることなく、死の瞬前まで苛烈なる現実と直面して非妥協的に悽愴なる生涯を終へたのである。(略)そして魯迅の焦々しさをつきとめるのは、当時の支那の現実社会をつきとめるに他ならない。」と書いている。[7] この一文の中で注目したいのは、結語の言葉である。この言葉に照らしてみると、「宵月」の主人公、彭英坤は何かへの焦燥にかられ、「焦々しさ」の中で死に急いだ人間であった。まさしく彭英坤の「焦々しさ」をつきとめるのは、当時の台湾の「現実社会」をつきとめることに他ならない。そこで、

「光の中に」に触発され、その作品世界に対置するかたちで彭英坤という架空の人物を作りあげ、台湾の「現実社会」をつきとめるために「宵月」を書いたとも言えるのである。つまり、「宵月」は作家の中で作られた小説なのである。

「光の中に」は、台湾の現実社会からすれば、あまりにも楽観的な作品として龍瑛宗には映ったのではないだろうか。それゆえ、「光」は「昼・（夕）陽」の光りと対照的に「夜・（宵）月」のそれが対置され、南先生と生徒、山田春雄の再生に対しては教師、彭英坤の死が対置されて、「光の中に」のように出口のある世界ではなくて、全く出口のない台湾の「現実社会」を龍瑛宗は「宵月」で描いてみせたのである。

このような文脈で読むと、金史良が手紙の中で「やはり内地人向きです」と苦衷を語ったその意味が改めて問い直されることになるのである。

【注】

（1）金史良の手紙は、龍瑛宗氏のご好意により本稿六章四節の中で全文引用させて頂いた。ここに改めて龍瑛宗氏に感謝の意を表したい。

（2）一九八二年十二月十六日付け『聯号報』「聯号副刊」。前出（本部一章）。

（3）横山春一「雑誌「改造」について（2）」（『改造目次総覧中巻』一九六七年八月）に、「第七回の選外佳作に小説「カンニナ」湯浅克衛、小説「蒼氓」石川達三の名がみえている。石川達三の「蒼氓」は昭和十年四月号の同人雑誌「星座」に発表された。それが瀧井孝作の目にとまり、芥川賞委員会の推薦をへて第壱回芥川賞（昭和十年六月）の受賞作品となった」（三十頁）とある。

（4）高橋丈雄「死なす」（戯曲）、中村正常「マカロニ」（戯曲）は一九二九年第二回で、張赫宙は第五回でそれぞれ受賞しているが、十和田操、光田文雄は受賞者名簿に名前がみえない。

（5）『文学クオタリイ』の目次は、『花実の森』（五十八―六十三頁）参照。

（6）「文学にみる台湾」（筆者『文学で読む台湾』田畑書店、一九九四年一月）参照。

（7）金史良の手紙の中に「魯迅は僕は好きな方です。彼は偉かつたですね。貴兄こそ台湾の魯迅として自分を築き上げて下さい。いやさういふふうに云つては失礼かも知れませんね。唯、魯迅のやうな、汎文学的な仕事をして下さいといふ程の意味なのです。」と魯迅について述べたところがある。この中の「貴兄こそ台湾の魯迅として自分を築き上げて下さい。」という表現は、龍瑛宗が手紙の中で、金史良に向かって「朝鮮の魯迅」といった類の一種の励まし、あるいは賛辞のような言葉を書いた可能性のあることを示唆している。本文中に引いたように、龍瑛宗はそのころ丁度「二つの『狂人日記』」を書き（あるいは執筆中）、魯迅の文学が身近であったのである。

第三章　龍瑛宗先生の文学風景——絶望と希望

一　龍瑛宗先生から教わった台湾文学

筆者が台湾文学について学びはじめた八〇年代は、台湾文学がタブーのころでしたから、参考書がほとんどありませんでした。そうした状況のなかで筆者が主に参考文献としたのは、尾崎秀樹の『旧植民地文学の研究』、廖漢臣の「台湾文学年表」、黄武忠さんの東方書局の復刻「新文学雑誌叢刊」、『光復前台湾文学『日拠時代台湾新文学作家小伝』、『光復前台湾文学全集』、『台北文物』（三巻二期／三期）などでした。現代文学については、『台湾文芸』、『現代文学』、『書評書目』などの雑誌蒐集や出版社めぐり、『自立晩報』や『中国時報』などの新聞の「副刊」、さらに光華商場での古本漁り、重慶南路の書攤での党外雑誌（国民党外の民主派の雑誌）の購入などで少しずつ台湾文学を理解していきました。

龍瑛宗

台湾　大阪朝日新聞　昭和十二年八月十五日（日曜日）

夕影

南島文芸

龍瑛宗

その頃、私は、かなり[illegible]しい生活をしてゐた。それは、永らく病床にある老父の許へ月々仕送りをしなければならなかつた。そのために、私は、朝早く[illegible]へ通ひ、[illegible]をしてゐた。

夕方になると、私は、きまつて[illegible]になつた[illegible]をさけ、[illegible]ながら、ゴミゴミした場末の[illegible]を歩いてかへるのであつた。

と或る日の夕方のこと、また[illegible]い[illegible]と、ジンジンなく蝉に、よけいに[illegible]を感じ、だるげに歩いてゐると、[illegible]が、うしろから私を呼び止めてゐるやうに気がついた。振り向いてみると、それは小柄な老婆であつた。

「[illegible]──今朝から食つてゐない、この[illegible]な婆をお恵み下さいまし」

この老婆は、どこかで見覚えがあつた。しかし、私は思ひ出せなかつた。

私の懐には二枚の白銅貨が[illegible]せてあつたが、それについては目[illegible]をもつてゐた。

それでしばらく、ためらつてゐた。

「婆さん、ぼくお金もつてゐないよ」

といひ捨てゝ歩きだした。だが、[illegible]わるく「ガチャリ」と懐のなかから、音を立てた。

さうすると老婆は、手からびた[illegible]を[illegible]く[illegible]ませて

「あゝこの[illegible]でなしの[illegible]──そんな[illegible]なことをするちやねえぜ」

と[illegible]くやうに[illegible]つた。

[illegible]の町[illegible]にかつと赤くなつたが、その[illegible]に、ひどく[illegible]

この[illegible]の私の生活の唯一の[illegible]に[illegible]れた[illegible]がしてみる[illegible]がぶさつてきた。その金で今夜[illegible]へ行くはずのところであつた。

その[illegible]さへ、私の[illegible]しい生活としては[illegible]であつた。

あからさまにいへば、私はその[illegible]に[illegible]れこんで、それが長い間[illegible]なかつたので、今夜は、ぜひ行かうと、二、三日まへから、[illegible]しい[illegible]に[illegible]つたりしてゐた。

夕日は、不[illegible]な[illegible]を、[illegible]に[illegible]つてゐた。私は[illegible]つた[illegible]の[illegible]を、ひきづりながら、この[illegible]日の[illegible]を歩いてかへつた。

を[illegible]つた。

彼女が、若いさらばへた[illegible]を、ふたゝびこの町にあらはしたのは[illegible]年まへであつた。

彼女は、[illegible]ひもなくつゝいれをまとふた乞[illegible]であつた。その[illegible]れな[illegible]にたいして[illegible]か世[illegible]したのか、[illegible]から[illegible]の[illegible]を受けてゐることも私は[illegible]いてゐた。

[illegible]の年の[illegible]がおしせまつて、大晦日の夕、私は友人に招かれて[illegible]の[illegible]と[illegible]を共にすることにした。行きしなに、老婆のまへを[illegible]つたとき、老婆は一[illegible]りの米を[illegible]るやうに[illegible]いでゐた。

[illegible]は年にたつた一度の[illegible]びに[illegible]ちた日だ。朱い門[illegible]も新しくは[illegible]へられた。

[illegible]らかにゆらぐ[illegible]の灯、明るい[illegible]、[illegible]のよい[illegible]りの[illegible]れ。[illegible]い土地に[illegible]く者も、わが家へかへつて今夜の[illegible]しい[illegible]ひに加はるのだ。

[illegible]で[illegible]した[illegible]を共へた

り[illegible]、[illegible]を[illegible]つゝいたりする。

私は友人の[illegible]な[illegible]につられて[illegible]をしたたか飲まされた。私は、ふらつく[illegible]にまかせながら古い[illegible]行[illegible]を[illegible]く[illegible]ぶやうに口吟んで[illegible]にたどりついた。

[illegible]の[illegible]が身に[illegible]み、家々の[illegible]は[illegible]しくきらめいてゐた。

[illegible]に私は立止つた。こゝだけはひつそりとして[illegible]がなく、[illegible]のなかに老婆が[illegible]と[illegible]りこんでゐた。火がおこらないと見えてマッチの[illegible]が[illegible]本となく[illegible]らかつてゐた。そばには[illegible]がれた米がそのまゝ[illegible]いてあつた。[illegible]つと、[illegible]をすかしてみると、[illegible]けた老婆の[illegible]は、かなしさうに、[illegible]をひくくさせてゐた。

私は[illegible]な[illegible]を[illegible]び出した。[illegible]な丹[illegible]をはゆい[illegible]のやうな[illegible]、[illegible]山の[illegible]が[illegible]いてゐるだらう[illegible]の山の[illegible]で、たのしく、さんざめいてゐることだらう。

翌日、私は再びその老婆を見つけだすことができた。それは、いつもの、[illegible]にあたる、ある[illegible]のひつこんだところに、まつ黒な[illegible]されて[illegible]つた小さな[illegible]に住んでゐた。私は翌日、そこの[illegible]を[illegible]れながら[illegible]しなかつただけであつた。

老婆は[illegible]ひであつた。[illegible]にしなびて[illegible]だらけであつたが、それでも[illegible]つた[illegible]の[illegible]をしのばせることができた。

「おや、これちや、むかしは[illegible]人であつたかも知れないぞ」と私は[illegible]つた。

それから[illegible]日私はそこを[illegible]ることにその[illegible]に目を[illegible]つた。だが[illegible]に[illegible]分は、老婆はそこに[illegible]なかつた。だから老婆を、みつけだすのは、いつも夕方であつた。

しかも[illegible]のさしたことのない夕影のなかに。

老婆は、きまつて夕[illegible]を[illegible]いてゐた。だが、火をおこすのでさへ大へんな[illegible]と時間が[illegible]されるのであつた。マッチとか、[illegible]を手[illegible]くるのに[illegible]いたいほどのろのろとし[illegible]べるといふ[illegible]であつた。[illegible]とか[illegible]きれを[illegible]つけにすた。[illegible]とか[illegible]きれを[illegible]つけにするのだが、なかなかに[illegible]らなかつた。ときには、十回ちゆう、

[illegible]にむせんでゐるのに、火が[illegible]らず、[illegible]をしかめたり、[illegible]さうに手を休めたりしてゐた。

その夜、私は、老婆の[illegible]を友人によつて[illegible]か知つた。それはつまりかうだ。

老婆は、もと、町の[illegible]家の死んだK[illegible]の妻であつた。（その家の[illegible]い息子たちならば、私も知つてゐる）K[illegible]が六十八歳の[illegible]で死んだとき、彼女は[illegible]かに二十七か八であつたらう。彼女は人々から「町の[illegible]」と[illegible]されるほど美しい、ふくよかな[illegible]をもつてゐた。しかし、彼女にとつて[illegible]なK[illegible]は彼女に子供がないことであつた。彼女は[illegible]の分け前にはなんらあづかることができない。[illegible]この家に[illegible]み止つてあれば、一生[illegible]へない心配はなかつた。しかし、[illegible]を[illegible]つた[illegible]として正[illegible]の人々から日[illegible]の[illegible]ひにされるし、それに何よりも[illegible]るゝばかりの[illegible]が[illegible]的にかなしかつた。彼女の[illegible]に[illegible]ひをつける[illegible]も、[illegible]くあつた。

つひに、彼女は、自分より年下の若い男と[illegible]に[illegible]れ、手に手を[illegible]へて行方を[illegible]してしまつた。男には[illegible]があつた。

それから三十[illegible]間[illegible]として[illegible]

[illegible]しく[illegible]いものが[illegible]内から[illegible]上りぼろぼろと[illegible]が[illegible]れた。[illegible]れた[illegible]やに家へかへり、[illegible]けてみた。しかしそこには一[illegible]しかなかつた。

それから一ケ月もたゝぬある朝そのころ[illegible]年にない[illegible]さがきて、ことに[illegible]はとてつもなく[illegible]んで、その朝は[illegible]をおいてだけだつた。私は、めづらしく老婆の[illegible]に二、三の人が[illegible]いてをり[illegible]かれた[illegible]の[illegible]と[illegible]しげに立ちのぼる[illegible]をみた。

老婆は[illegible]え死んでしまつの[illegible]。その夕方、私が[illegible]つたとき、そこには[illegible]な[illegible]が[illegible]かれてあつた。

[illegible]は夕[illegible]のなかにあつた。しかし、私はつひに[illegible]の人をそこに見付けだすことができなかつた。（をはり）

龍瑛宗「夕影」（1937年8月15日）

しかし、なんと言っても、日本統治時代に作家活動をした台湾人作家の話は、生きた台湾文学そのもので、筆者の台湾文学理解も次第に実感的なものになっていき、少しずつ台湾文学に関する論文を書きはじめました。一九九四年に『文学で読む台湾』を出してくれた田畑書店の石川次郎社長は、『図書新聞』で筆者のことを「途中下車した中国文学者」と述べていましたが、筆者は三十年間、「途中下車」したまま台湾文学の沃野を歩きまわり、いまでは台湾原住民文学まで辿り着いています。いつの間にか、遥か遠くまで歩いてきたなあというのが実感です。

閑話休題。ここで、龍瑛宗先生から学んだことについて少しお話してみたいと思います。

『大阪朝日新聞』「台湾版」の「南島文芸欄」に発表された「夕影」（一九三七年八月

十五日）は、龍瑛宗先生から原文を見せていただきコピーさせていただきました。この発見は、台湾文学研究のうえでは大変大きなものでした。先行研究では、『大阪毎日新聞』「台湾版」とされていましたが、中島利郎氏によって、『大阪朝日新聞』「台湾版」[1]であることが突きとめられたのです。そして、龍瑛宗先生が保存されておられた「夕影」によってそのことが実証されました。この「南島文芸欄」は、実はまだ全貌が明らかになっていません。王恵珍さんによって「南島文芸欄」は、北九州支社で刷られていた『大阪朝日新聞』「台湾版」に掲載されていたことが発見されました。[2]「南島文芸欄」探しはまだ終わっていませんが、はじめにその貴重な資料を提供されたのは龍瑛宗先生でした。「夕影」の価値は、そのころは「南島文芸欄」研究レベルでしたが、龍瑛宗研究に取ってもっと重要なことが隠されていました。それは『蓮霧の庭』発禁の原因が「夕影」にあったということです。このことは、龍瑛宗先生がお亡くなりになったときに、『淡水牛津文芸』（『季刊淡水牛津文藝』第六期、二〇〇〇年一月）の「龍瑛宗專輯」に「聆聽龍瑛宗先生的教益」（戴嘉玲訳）を書きました。このことについては、後ほど改めて考えてみたいと思います。

次に述べる「趙夫人の戯画」は、一九三九年より『台湾新民報』で連載がはじまった「新鋭中編小説」特輯のなかの一編です。「新鋭中編小説」は黄得時先生によって編集されましたが、日中戦争後の「淋しい本島文壇」[3]にあって、唯一気を吐いた七人の台湾人作家によるリレー連載です。七人の作家と作品は次の通りです。

王昶雄「淡水河の漣」、龍瑛宗「趙夫人の戯画」、張文環「山茶花」、翁鬧「港のある街」（未見）、陳華培「胡蝶蘭」（未見）、呂赫若「季節図鑑」（未見）、陳垂映「鳳凰花」

筆者は、龍瑛宗先生から「趙夫人の戯画」の原物を見せていただき、コピーさせていただきました。この作品は、『日本統治期台湾文学台湾人作家作品集第三巻〔龍瑛宗〕』（緑蔭書房、一九九七年七月）

に収録しました。龍瑛宗先生は、「この作品は、黄夫人をモデルに描きました」と言われました。黄夫人とは、黄得時夫人のことですが、作品を読んでも、筆者にはその意味がまだよくわかっていません。いずれにしましても、王昶雄先生の「淡水河の漣」と「趙夫人の戯画」の存在が確認されて、少しずつ「新鋭中編小説」特輯の実態がわかってきました。筆者はまだみていませんが翁鬧「港のある街」と呂赫若「季節図鑑」はもう発見されていて、陳華培「胡蝶蘭」がまだ未発見のままのようです。全七編の「新鋭中編小説」は、台湾文学研究のうえではきわめて重要な研究テーマだと思います。この「新鋭中編小説」については、陳淑容さんが博士論文『戰爭前期台灣文學場域的形成與發展――以報紙文藝欄為中心（一九三七―四〇）』で取りあげていることを知りました(4)。本シンポジュームでは「雅俗之間―呂赫若小説〈季節圖鑑〉試析」のテーマで発表されるようですので、大変楽しみにしています(補1)。

さて、『紅塵』は、原稿用紙に書かれたものを見せていただきました。『紅塵』は、鍾肇政先生の訳で新聞に連載され、その後単行本が一九九七年六月に遠景出版事業公司より出版されました。その後、『中国時報』の「開巻周報」（一九九七年七月三日付け）に施懿琳さんの「心靈拉鋸的雙鄉者　龍瑛宗」が掲載され、そこに龍瑛宗先生のお姿と『紅塵』の日本語原稿の写真が載っているのを見つけました。筆者は日本語で書かれた原文が読みたくて、龍瑛宗先生をご自宅にお訪ねしました。龍瑛宗先生は気楽に日本語原稿の『紅塵』を見せてくださいました。その上、コピーまでさせていただきました。そのとき、龍瑛宗先生がポツリとこう漏らされました。

『紅塵』を日本で出したいのだが……。

筆者はこの言葉を耳にしたとき、重い宿題が与えられたような気がしました。幸い、日本語原稿の『紅塵』は、その後緑蔭書房より出版することができましたが、当時、日本で『紅塵』を単行本で出すことは、ほとんど不可能なことです。少なくとも筆者の力ではどうしようもありません。そこで筆者は一計をめぐらしました。そのころ、中島利郎さんの計画で、緑蔭書房より「日本統治時期台湾文学集成」を出しており、その第二期が企画されました。筆者はこの企画を利用すべく、中島さんに『紅塵』を長編小説巻に入れたいと持ちかけました。『紅塵』の執筆は一九七〇年代ですから、「日本統治時期台湾文学集成」のなかに入れるのは、決して適切ではありません。しかし、この機会を逃すと『紅塵』の日本語版を日本で出すことは絶望的となり、龍瑛宗先生の希望にお応えすることができなくなります。

『紅塵』は決して「日本統治時期」の台湾文学ではありません。れっきとした戦後の作品で、合作金庫退職後の「一九七七年から七八年にかけて」[5]執筆されました。

台湾文学のなかで戦後に日本語で書かれた作品は、実際はたくさんあっただろうと思いますが、出版されて公になった作品はほとんどありませんでした。その大きな要因は、戦後の日本では植民地文学に関心がなかった、というより、冷戦体制のなかで植民地研究に従事するものは、研究者の良心が問われるというような時代が続いたからだろうと思います。

そのような状況下で出版された台湾人作家の日本語作品は、管見するところ、呉濁流の『アジアの孤児』（一二三書房、一九五六年四月）[6]、邱永漢の『香港』（近代生活社、一九五六年六月）、張文環の『地に這うもの』（現代文化社、一九七五年九月）だけでした。

戦前、台湾に住み『民俗台湾』の編集などを手掛け、台湾人作家との交流も深かった池田敏雄は、「張文環「『台湾文学』の誕生」後記」（『台湾近現代史研究』二号、一九七九年八月）のなかで、龍瑛宗先生が『紅塵』を日本で出したいという気持ちをもっていたことを次のように伝えています。

……龍氏が張氏の『地に這うもの』に刺戟されてか、最近日文で『紅塵』と題した長編を完成した。これは日本時代からさらに戦後にまたがる物語で、『光復』というどさくさのチャンスをつかんで時流に乗った、ある台湾人の生き方をテーマにしたものであるという。現在台湾では、日文で小説を発表しても読者が日文のわかる世代に限られるため、龍氏は日本での発表を期待しているようである。

『紅塵』も『地に這うもの』と同じように、現代台湾文学として単行本で出版されれば一番良かったのですが、それは実現しませんでした。結局、龍瑛宗先生が望まれた日本での出版は、執筆から二十数年も経った二〇〇二年八月に実現しました。決して理想的な形ではありませんでしたが、緑蔭書房から出版できたことは、台湾文学の置かれた特殊な位置を理解するうえでも良かったと思っています。しかし、残念ながら龍瑛宗先生には『紅塵』の出版を見ていただくことはできませんでした。同じようにして日本で出版したいという台湾人作家の希望が叶った作品には、葉歩月の『七色の心』[7]があります。

以上は、龍瑛宗先生から原物を見せていただき、コピーさせて頂いた作品について述べました。次に金史良の手紙についてお話します。

金史良の手紙は、台湾人作家と朝鮮人作家の交流を知り、一九三〇年代から四〇年代の東アジア文学の状況を理解するうえでの第一級の資料です。

この手紙につきましては、『文学で読む台湾』の「序章　文学にみる台湾」のなかの「『ふるへてゐる手』─金史良の手紙から」と前章で取りあげました。この手紙は、東京にいた金史良から台北に住む龍瑛宗宛に出されたものですが、実は投函された日付が「二月八日」とあるのみで何年かが書かれていません。考証の結果、「一九四一年二月八日」であることが判明しました。この考証過程で筆者は多くのことを学びました。

周知のように、龍瑛宗先生は、一九三七年に「パパイヤのある街」でデビューして以来、四〇年代初年にかけては、どの台湾人作家よりも「内地」の文芸誌に多くの作品を発表しています。『改造』、『文芸』、『文芸首都』、『日本学芸新聞』、『東洋大学新聞』、『海を越えて』、『大陸』、『週刊朝日』などです。日本の文壇と太いパイプを持っていたことがわかります。

なぜ、龍瑛宗先生はこのように様々な「内地」の文芸誌に投稿できたのでしょうか。

ある日、龍瑛宗先生のご自宅で「パパイヤのある街」の受賞のころのことが話題にのぼりました。龍瑛宗先生は、受賞後、賞金をもらうために基隆から神戸まで行き、そこで上陸して三ノ宮駅から汽車で上京しました。翌日、山本実彦改造社社長を訪問しました(8)。その後、『改造』第一回懸賞入選者の保高徳蔵の面識を得て「改造・友の会」に入会しました。保高は当時『文芸首都』を主宰しており、龍瑛宗先生はこの会員にも誘われました。こうしたなかで、『改造』や『文芸』、『文芸首都』とのつながりができ、さらに多くの日本人の作家や文芸評論家に会うことができました。龍瑛宗先生は、このとき東京で会った文学者の名刺を大切に保存されていてそれを筆者にみせてくださいました。名刺にある名前は、みな筆者が高校時代に日本文学史の本のなかで学んだ著名な文学者ばかりでした。

龍瑛宗先生にとって「改造・友の会」は大きな意味を持ったのではないかと思います。そこで保高徳蔵に会い、『文芸首都』同人となり、さらに『文芸首都』に掲載された作品を通じて金史良との交流が生まれました。
金史良の手紙のなかには、台湾詩人として呉坤煌、[9]小説家として張文環の名前があがっています。このことから三〇年代に、東京ではや張文環たち台湾人と朝鮮人が出会っていることがわかります。また中国人作家としては、茅盾と魯迅の名前があがっています。そして、龍瑛宗先生にこう語りかけています。

魯迅は僕は好きな方です。彼は偉かったですね。貴兄こそ台湾の魯迅として自分を築き上げて下さい。いやさういふふうに云っては失礼かも知れません。唯、魯迅のやうな、汎文学的な仕事をして下さいといふ程の意味なのです。

このように「パパイヤのある街」の受賞と受賞後の上京は、その後の龍瑛宗の文学に大きな影響をおよぼしました。
なお、余談ながら、龍瑛宗先生の奥様が「この人が受賞して帰国してきたときには、人力車に乗って意気揚々と帰って来ましたよ」とおっしゃられたのを印象深く覚えています。

二 『咿唖』「台湾文学特集2」への寄稿と龍瑛宗先生の手紙

日本で最初に「台湾文学特集」を組んだのは、『咿唖』という小さな同人雑誌の研究誌です。二度、「台湾文学特集」を組んでいますが、最初は一九八〇年四月に「台湾文学特集1」を出しています。「台湾文学特集2」は、それから九年後の一九八九年七月に出しています。その時、龍瑛宗先生には、

ってています。[補2]

「幾山河を越えて」[10]という随筆をご寄稿いただきました。原稿は日本語で書かれています。なお、余談ながら、この特集には他に、塚本照和先生、鍾肇政先生、葉石濤先生からもご寄稿いただいており、いまからみると台湾文学を代表する先生方に執筆していただいた、実に意義深い堂々たる特集号とな

「幾山河を越えて」はごく短い随筆ですが、龍瑛宗先生の台湾文学観がよくあらわれています。龍瑛宗先生が台湾文学のなかでもっとも尊敬した文学者は頼和と楊逵です。この随筆のなかで名前があがっている台湾作家は、頼和と楊逵のほか、葉石濤先生や鍾肇政先生たち十四人です。そして、一人一人の作家について批評がなされていますが、鄭清茂や李喬、七等生の文学について触れた箇所では、頼和と楊逵の文学を基準に文学の質を語っています。鄭清茂と李喬については、「ふたりとも頼和と楊逵の文学遺産を承していないようだ」と述べ、七等生については、「彼はやはり頼和と楊逵の文学にも縁がなさそうだ」と述べています。

また台湾文学の希望の星としては、戦後第一世代では葉石濤、第二世代では黄春明、楊青矗、王拓、陳映真の名前があがっています。

龍瑛宗先生が台湾文学のなかで頼和と楊逵の文学を重視していたことは間違いありません。筆者は二度ほどこのように尋ねたことがあります。

「先生が評価される台湾作家は誰ですか?」

すると、龍瑛宗先生は、

「頼和さん、楊逵さん……」

と応えられました。

先にあげた随筆には、このように龍瑛宗先生の文学観がよくあらわれていますが、さらに「龍瑛宗および同時代の台湾作家」を考えるときに、次のような深い言葉が述べられていることに注意しなければなりません。

私は幼いときから日本文化の乳を吸って大きくなった。六十餘年前、日本語を知らない台湾人生徒に日本人先生は『万葉集』の抒景歌を教えた。それから有り金をはたいて月遅れの『赤い鳥』を耽読した。ふしぎなことに七十になったいま、しゃっくりのように時々懐しく思いだしてくるのである。

筆者は、日本統治時代の台湾文学を考えるとき、さらに東アジアに広く存在した日本語文学を考えるとき、龍瑛宗先生がここで述べられた「しゃっくり」のことがいつも心に浮かんできます。少なくとも、台湾文学と日本文学はその影響関係において、実に深いところまで根を下ろしていたことを理解しなければならないと思います。

龍瑛宗先生の手紙は、いま筆者の手元には五通残っています。先生の手紙については、一度、「一九八四年十月九日」付けのものを紹介したことがあります。[11] そこでは、『南島文芸』欄のカットは、塩月善月が描いたものであることについて書かれていました。

今回、改めて五通の手紙を読み返してみました。そのなかの一通に、台湾文学について触れたものがありましたので、ここで紹介しておきたいと思います。

日付は、「一九八六年一月二十七日」です。

（前略）白話文作家は、五四運動の影響を受けていますが、日文作家は、明らかに日本文学の影響を受けています。楊雲萍さんは川端よりもむしろ三好達治さんが強いらしいのです。私自身は藤村の『破戒』にショックを受けました。鍾さんご子息の告別式に忘れ形見のお孫さんを抱いているのを見かけましたが、そのお姿に鍾さんはこれからよい作品を書けそうだなと思いました。彼の作品は書きなぐりも多いという感じもありました。流行作家のように。（後略）

龍瑛宗先生は、作家の文学修養とどの作家の影響を受けたかを最も重視しています。[12] 上に引いた手紙には、楊雲萍は三好達治の影響を受け、龍瑛宗先生は島崎藤村の『破戒』に衝撃を受けたことが述べられています。

また、鍾肇政先生の文学についても言及しています。「鍾さんご子息」とは、戦後第三世代の作家、鍾延豪さんで、当時、将来を期待された若手作家でした。筆者も汎台書店で何度かお会いしたことがあります。龍瑛宗先生は、告別式に参列して「忘れ形見のお孫さんを抱いている」鍾肇政先生をみてこのように述べているのです。先にみた「幾山河を越えて」では、「鍾肇政氏はエネルギッシュな作家で、台湾では葉石濤氏とともに第一代だと見られている。…（略）…鍾氏には『濁流三部曲』と言う大河小説があり、最近も霧社事変に取材した長編を出版している。ところで鍾氏は、どの作家に筆者淑しているか、これも筆者は審らかにすることができない。」と述べていましたが、こうした発言からは龍瑛宗先生が鍾肇政文学を厳しくみていたことがみてとれます。しかし、息子を亡くした鍾肇政先生の「忘れ形見のお孫さんを抱」く姿をみて、先輩作家として、今後の鍾肇政文学の成長を期待しています。筆者はこの手紙を読み直しながら、改めて文学者の厳しさを知る思いがしました。

龍瑛宗先生は、生前、日本語による単行本を三冊上梓しています。『孤独な蠹魚』（盛興出版社、一九四三年十二月）と『女性を描く』（大同書局、一九四七年二月）、そして『日漢対照　夜の流れ・夜流』（地球出版社、一九九三年五月）です。『孤独な蠹魚』は随筆を含む文学評論集です。『女性を描く』は戦後の一九四六年に主として『中華日報』に掲載された女性論をまとめたものです。『日漢対照夜の流れ・夜流』は戦前に発表された六編の小説と一九七九年五月に『だぁひん』に発表された「夜の流れ」を収録したものです。戦前には評論集『孤独な蠹魚』が出されましたが、小説集の単行本は発行されていません。

随筆集や文学評論集、そして小説集にしても、戦前に単行本を出すことはかなり難しかったようです。実際、台湾人作家で日本語小説の個人の単行本を持っていたのは、林輝焜『争へぬ運命』（一九三三年四月）、高山凡石、すなわち陳火泉の『道』（一九四三年十二月）と呂赫若の『清秋』（一九四四年三月）だけです。しかも、林輝焜の場合は自費出版です。楊逵の場合は、一九四四年十二月に戯曲『吼えろ支那』を出していますが、小説の出版は、戦後になってはじめて『鵞鳥の嫁入り』（一九四六年三月）が出されました。ちなみに代表作の『新聞配達夫（送報伕）』は、一九四六年七月に出版されました。

こうしてみると、植民地統治下で近代文学が発展し、言語が二重三重に翻弄された台湾では、個人の作品集を出すことはかなり難しかったことがわかります。しかし、作家はやはり自分の作品を広範な読者に読んでもらいたいものです。また、作家にとっては作品の単行本はステータスでもあります。

楊逵は戦後いち早く胡風訳の「送報伕」を単行本で出していますが、そうした作家の心境がうかがえます。余談ですが、この胡風訳の「送報伕」は、黄得時先生の話によりますと、黄得時先生が所蔵されていた『山霊』だったか、あるいは『弱小民族選』だったかを使って出版したものだそうです。一九四六年七月に楊逵著『新聞配達夫（送報伕）』として台湾評論社から出されました。

では、龍瑛宗先生はどうだったのでしょうか。先に述べましたように、龍瑛宗先生は処女作「パパイヤのある街」によって日本「内地」文壇にデビューした関係で、日本の文壇と太いパイプができました。ですから、一九三〇年代末に台湾では作品の発表場所である文芸雑誌がなくなったときにも、龍瑛宗先生は「内地」の文芸雑誌に作品を発表しつづけました。龍瑛宗先生は、陳火泉や呂赫若と同じように、小説集が出されてもおかしくないだけの十分な量の小説を書いていました。実際に小説集の単行本が出版される予定でした。

それが『蓮霧の庭』です。しかし、みなさんご存知の通り、『蓮霧の庭』は陽の目をみることはありませんでした。いまにして思うと、龍瑛宗先生は大変悔しい思いをされたのではないでしょうか。発禁となった『蓮霧の庭』が、元々どのような作品集であったのか、その内容を知ることができるようになったのは、清華大学台湾文学研究所の陳萬益先生を代表とする研究グループの「《龍瑛宗全集》資料輯（十一）被禁止出版的小説集《蓮霧的庭院》という成果報告書を出版されました。捜集、整理、翻訳、出版計劃」によってです。陳先生たちは、その第一年度研究成果として『《龍瑛宗全集》資料輯（十一）被禁止出版的小説集《蓮霧的庭院》』という成果報告書を出版されました。それで筆者たちははじめて『蓮霧の庭』に収められた作品について知ることができるようになりました。いまから十年前のことですが、それ以降、龍瑛宗研究は一気に進み、二〇〇六年に陳萬益主編『龍瑛宗全集』[13]が出て、公刊された龍瑛宗先生の日本語作品はすべて読むことができるようになりました。

『蓮霧の庭』については、王恵珍さんが今回のシンポジウムで「戰爭與文學：龍瑛宗《蓮霧的庭院》的禁刊問題」と題して発表されると聞いておりますので、詳細な研究は王さんにお任せして、筆者は発禁となった要因について考えてみたいと思います。

『蓮霧の庭』の「あとがき」の日付は「昭和十八年の冬」となっています。「昭和十八年」とは西暦一九四三年ですから、一九四三年十二月に出版された文学評論集『孤独な蠹魚』と同じ時期に出版が予定されていたことになります。出版されていれば、台湾人作家最初の短編小説集となり、まさに名実ともに揃った台湾を代表する作家となったに違いありません。

ここで、文壇デビュー以来、「昭和十八年の冬」までに発表された龍瑛宗先生の小説を、陳萬益・許維育編「龍瑛宗著作年表」（前掲『龍瑛宗全集第六冊文献集』）によって発表順にみてみたいと思います。

「パパイヤのある街」（『改造』十九―四、一九三七年四月）

＊「夕影」（『大阪朝日新聞』「台湾版」一九三七年八月十五日）

「黒い少女」（『海を越えて』二―二、一九三九年二月）

「白い鬼」（上・下『台湾日日新報』一九三九年七月十三日／七月二十二日）

「趙夫人の戯画」（『台湾新民報』一九三九年九月二十三日／十月十五日）

「村娘みまかりぬ」（『文芸台湾』創刊号、一九四〇年一月）

「朝やけ」（『台湾芸術』創刊号、一九四〇年三月）

＊「宵月」（『文芸首都』八―六、一九四〇年七月）？

＊「黄家」（『文芸』八―十一、一九四〇年十一月）

＊「邂逅」（『文芸台湾』二―一、一九四一年三月）
＊「午前の崖」（『台湾時報』二十三―七、一九四一年七月）
＊「貘」（『日本の風俗』四―十、一九四一年十月）
「白い山脈」（『文芸台湾』三―一、一九四一年十月）
「猿飛佐助」（『皇民文学』一九四二年連載。詳細不詳）
＊「南海の涯」（原題「南に死す」『台湾時報』二十四―九、一九四二年九月）
「知られざる幸福」（『文芸台湾』四―六、一九四二年九月）
＊「婆婆」（原題「ある女の記録」『台湾鉄道』三百六十四号、一九四二年十月）
「青雲」（『青年之友』百二十五―百二十九、一九四二年十一月―三月）
△「龍舌蘭と月　他一篇・崖の男」（『文芸台湾』五―六、一九四三年四月）
＊「蓮霧の庭」（『台湾文学』三―三、一九四三年七月）
「辻小説『街にて』」（『台湾鉄道』十月号、一九四三年十月）
＊「海の宿」（『台湾芸術』五―一、一九四四年一月）（注、一九四三年の冬以降の発表）

上記の一覧表のなかで＊印を付したのが『蓮霧の庭』に収録された十編の作品です。なお、△印の「龍舌蘭と月　他一章・崖の男」は、「海の宿」のなかに組み込まれて、オムニバスの短編小説となっています。したがって、二十二編の作品から十一編の作品が選ばれて作品集『蓮霧の庭』ができていることになります。

ところが、先に引いた「あとがき」のなかで、「私の作品の大部分は、ほとんど本書に収められてゐる」と述べ、収録しなかったのは、「パパイヤのある街」「知られざる幸福」「村娘みまかりぬ」「黒い少女」の四編の作品であると断っています。ところが、上記のように詳細にみてみますと、この四編の作品以外にも、他に「白い鬼」、「趙夫人の戯画」、「朝やけ」、「白い山脈」、「猿飛佐助」、「青雲」、「辻小説『街にて』」の七編の未収録作品があることがわかります。龍瑛宗は、なぜこのように書いたのでしょうか。作家一流の言い回しなのか、それとも作品名があがっていない七編の作品は、龍瑛宗先生にとってそれほど大切な作品ではなかったのでしょうか。そうではないはずです。「新鋭中編小説」特輯のために書かれた「趙夫人の戯画」や田園小説の趣のある「朝やけ」、そして花蓮時代を描いたオムニバス形式の「白い山脈」などは優れた作品であり、作者に忘れ去られるような作品ではありません。なぜ作品名があがっていないのか不明です。いずれにしましても、デビュー以来六年間で小説集を編むだけの十分な量の作品を書いていたことがわかります。龍瑛宗先生は戦前すでに作品の質・量ともに揃った実力ある文学者であったのです。

ところが龍瑛宗先生を襲ったのは、検閲による『蓮霧の庭』の発禁処分です。日本統治期台湾での「検閲」については、河原功氏の『翻弄された台湾文学　検閲と抵抗の系譜』（研文出版、二〇〇九年六月）に詳細な研究があります。それによりますと、検閲で発禁となった台湾人作家の個人の単行本には、他に楊逵の『芽萌ゆる』があります。河原氏は次のように書いています。

○楊逵の短編集『芽萌ゆる』（一九四四年）

日本文小説「芽萌ゆる」「笑はない小僧」「無医村」「鵞鳥の嫁入」「犬猿隣組」を収める。楊逵は度々の逮捕、そして家宅捜査を受けたが、ゲラ刷りの短篇集『芽萌ゆる』は没収からなんとか免れたのだった。」（二百六十九頁）

ところが、なぜ発禁になったかが述べられていません。

『蓮霧の庭』の場合は、ゲラ刷りが没収を免れて龍瑛宗先生の手元に残り、ゲラ刷りには発禁の要因となった作品が特定されています。その作品は先に述べた「夕影」ですが、この「夕影」のタイトル頁にバツ印が引かれ、さらに「取消」と肉筆で書かれています。バツ印は、二百九頁から二百十六頁まで全頁に引かれています。

筆者は『蓮霧の庭』の発禁については、前述しましたように龍瑛宗先生がお亡くなりになったあと、「龍瑛宗先生から聞いたこと」（前掲、戴嘉玲訳「聆聽龍瑛宗先生的教益」）という文章のなかで書いたことがあります。そこで筆者は『蓮霧の庭』が発禁になったのは「夕影」が原因であったことをはじめて公にしました。龍瑛宗先生は「夕影」についてこう話されたのです。

　『夕影』には社会主義の思想があるというんですね。

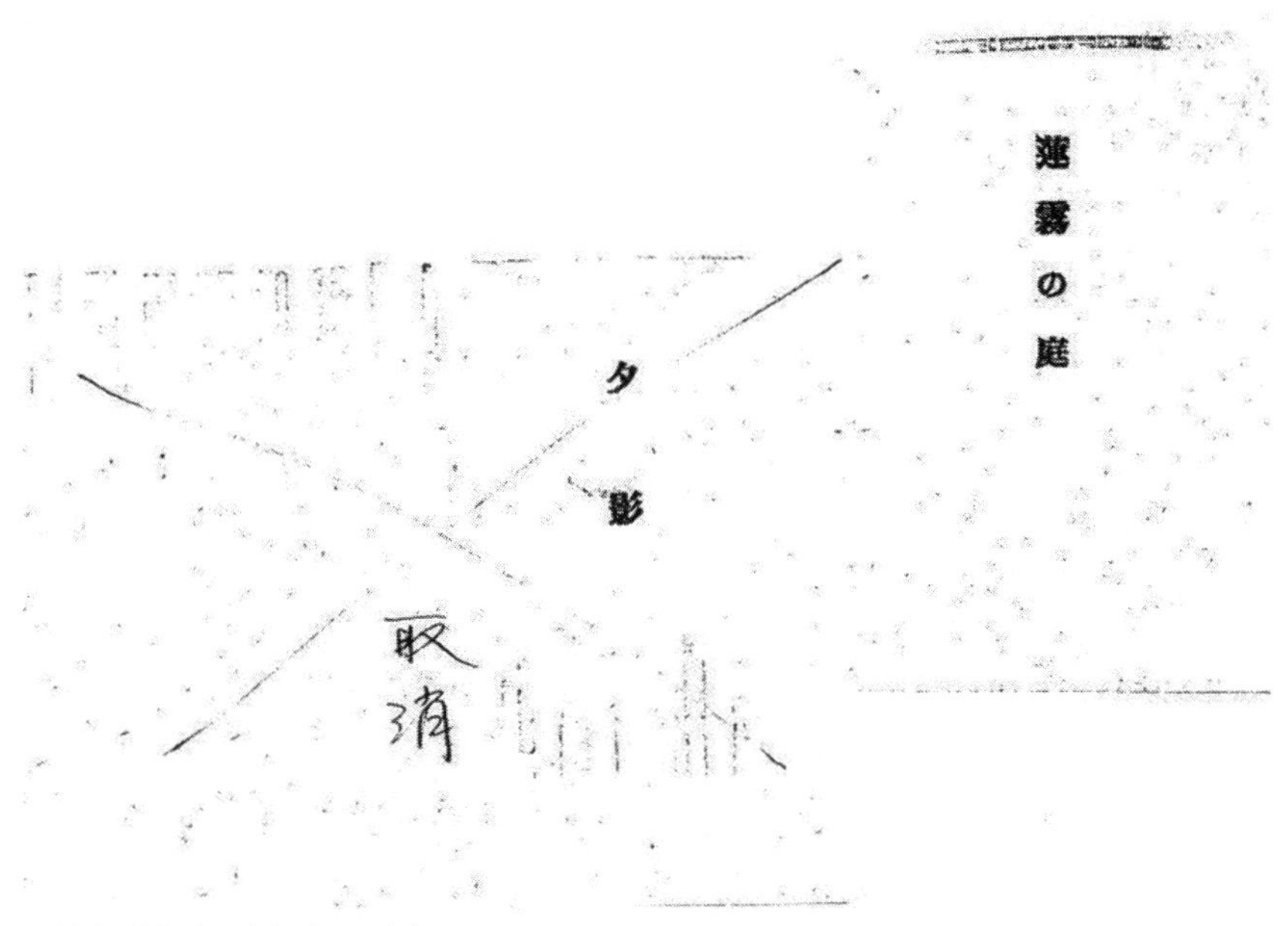

発禁書『蓮霧の庭』（1943 年）

実は龍瑛宗先生からその言葉を聞いたときは、筆者は『蓮霧の庭』という作品集が発禁に遭っていたことを知りませんでした。それが『《龍瑛宗全集》資料輯（十二）被禁止出版的小説集・《蓮霧的庭院》』で「取消」の二字を見たときに、龍瑛宗先生が言われた言葉の意味が瞬時に氷解したのでした。

こうして『蓮霧の庭』の発禁については、ゲラ刷りにみる「取消」の二字と龍瑛宗先生が残された証言によって、発禁の原因がつきとめられました。しかし、「『夕影』には社会主義の思想がある」と発禁の処分を下した総督府の検閲する側の資料はいまのところ出てきていません。

「夕影」は社会の底辺に生きる「老婆」を描いた短編小説ですが、もし龍瑛宗先生の言葉を聞くことがなければ、なぜこの作品が「取消」となっていて、そのために『蓮霧の庭』が発禁となったのか理解するのは不可能であったと思います。「夕影」は『大阪朝日新聞』「台湾版」に新しく開設された「南島文芸」欄に掲載された作品であり、龍瑛宗先生ご自身もまさかこの作品で『蓮霧の庭』が発禁となるとは考えもしなかったことだろうと思います。社会から見捨てられた「老婆」の悲惨な孤独死を、貧富の明暗のコントラストのなかで描き、弱者への同情が描かれているということで、検閲官の目には「社会主義の思想がある」と映ったのでしょうか。「夕影」は、「パパイヤのある街[14]」に次ぐ二作目の作品であり、まだ一九三〇年代の時代的雰囲気を残しています。この点は、日中戦争に突入して台湾も戦時体制下に入り、戦争色が次第に色濃くなるなかで、皇民化運動が推し進められるようになった一九四〇年代の作品とは作風が異なっています。しかし、文学作品として芸術的に凝縮度の高いリアリズムの短編小説だと言えます。

龍瑛宗先生にとっては、「夕影」は「社会主義の思想」を宣伝するプロパガンダの作品では毛頭ありませんし、しかも先に見たように先生のお手紙のなかで、『南島文芸』欄のカットは塩月善月が描いたものだと触れられていることからも想像がつくように、『大阪朝日新聞』の「南島文芸欄」に掲載された愛着のある作品の一つだったのだろうと思います。[15] それだけに「夕影」によって、初めての作品集『蓮霧の庭』が発禁処分にされたことは悔しい思いだったに違いありません。

最後に「仮面を被った偽文学」について考えてみたいと思います。

筆者は龍瑛宗先生の文学を考えるとき、いつも「絶望と希望」という言葉が浮かんできます。「絶望の虚妄なることは正に希望と相同じい（絶望之為虚妄，正與希望相同）」と言ったのは魯迅ですが、龍瑛宗先生は作風のうえでは魯迅の作品の影響を受けているように思います。

佐藤春夫は、増田渉先生と共訳で『魯迅選集』（岩波文庫、一九三五年）を出しました。龍瑛宗先生たちは、この本によって魯迅の作品を読んでいます。[補3] 佐藤春夫は「月光と少年―魯迅の芸術―」という随筆のなかで魯迅の作品の特色を、次のように述べています。

　　魯迅の作品を少し注意して読むと、阿Q正伝や故郷、孤独者などの如き比較的長いものは申すまでもなく村芝居などの小品のやうなものでさへ、きっとどこかに月光の描写と少年の生活とが表れているのは不思議なばかりである。

事実、処女作「狂人日記」の第一章は「今天晩上，很好的月光（今夜とてもいい月だ）」からはじまります。龍瑛宗先生の作品を読んでいますと、すぐに気がつくのは月がよくあらわれるということです。処女作の「パパイヤのある街」には次のように描写されています。陳有三が洪天送の案内で町を見学し、公園に立ち寄ったときの場面で、その場面だけで三度月が描写されています。

……前の芝生の横にパパイヤが一群れ、折からの沖天の弦月の光りを静かに吸ひとつてゐた。そして薄い樹影を地上に落してゐた。」

（略）

月光に青む夜気は沈々とふけていつた。

（略）

公園の垣に沿ひ、のろのろ歩きながら、ふと空を仰ぐと高い椰子の葉さきに、月がさわやかに、そよいでゐた。

これ以外にもたくさん描かれています。

それからまた「植物」もよくあらわれます。「パパイヤのある街」の「パパイヤ」、「蓮霧の庭」の「蓮霧」、さらに「龍舌蘭と月」になると「龍舌蘭」も「月」も出てきます。日本文学は花鳥風月をよく謳い、描く文学だと言われていますが、近代の台湾文学のなかでは龍瑛宗が月や植物、そして自然風景を作家の心象風景に重ね合わせながら描く作家として際立った特色を持っているように思います。なお、ここで言う花鳥風月とは、日本的な風流のみを尊ぶ文学を指しているのではないことをお断りしておきます。

少し脱線しました。本題に戻り、「仮面を被った偽文学」とは何かについて述べたいと思います。

この言葉は、龍瑛宗先生が戦後に「文学」（『新新』創刊号、一九四五年十一月）のなかで述べられた言葉です。すなわち戦前の台湾文学はすべて「仮面を被った偽文学」であったという意味です。

龍瑛宗先生はまた、戦後すぐ『新風』（創刊号、一九四五年十一月）に「青天白日旗」（『杜甫在長安』

聯経出版、一九八七年七月収録）を書き、中国への祖国復帰の喜びを描きました。いまから見ますと、宗主国「日本」から祖国「中国」への復帰へと、実に開放感に溢れています。まるで「仮面」を脱ぎ去り、本当の顔を表したかのようです。しかし、戦後の台湾作家をめぐる時代状況は決して平坦ではありませんでした。その後、二二八事件、戒厳令、白色テロ、独裁……と続き、龍瑛宗先生をはじめとする台湾作家たちは、五〇年代以降、「沈黙」するか、文学から「離脱」するか、あるいはまた「仮面」を被ることになりました。

　龍瑛宗先生は戦後すぐに、日本統治時代の自己の文学をこのように「仮面を被った偽文学」と述べ、自己批判しました。しかし、今日から振り返ってみると、龍瑛宗先生の言う「仮面」とは一体何なのでしょうか。仮面は「日本語」なのでしょうか。さらに「偽文学」とはまた一体何なのでしょうか。楊逵の「新聞配達夫」、呂赫若の「牛車」、龍瑛宗の「パパイヤのある街」、張文環の「父の顔」、周金波の「志願兵」……果たして日本統治時代の文学、とりわけ日本語文学はすべて「偽文学」だったのでしょうか。龍瑛宗先生は、戦後の一時期、戦前の台湾文学について「偽文学」とまで考えたかもしれません。しかし、それは長続きしませんでした。戦後の台湾文学をめぐる状況は、龍瑛宗先生が思い描くような理想的な世界にはなりませんでした。

　こうしたなかで、戦後の龍瑛宗文学はどのような文学であったのでしょうか。再び「仮面」を被ったのでしょうか。『杜甫在長安』（聯経出版、一九八七年七月）は、戦後はじめて中国語で発表された作品だと言われますが、龍瑛宗先生にとってはこうした「中国語」の作品だけが「真の文学」であったのでしょうか。

　龍瑛宗文学は、結局は日本語文学であったということになりそうです。戦後の一時期、日本統治下の自己の文学を「仮面を被った偽文学」と自己批判した龍瑛宗先生は、戦前の文学を「偽文学」としましたが、それは必ずしも「日本語」によって書かれたからというわけではないようです。もちろん中国語で表現することは、戦後の台湾人作家の望みだったことは間違いのないところですが、それを実現することの困難さは当人たちの熟知するところでした。

戦後、中国語が強要されて日本語作品は陽の目を見なくなりましたが、こうした状況を迎えるようになり、龍瑛宗先生の「偽文学」観は変化していったのではないでしょうか。すなわち、中国語で書かれた作品だけが「真の文学」だというわけではない、そして日本語で書いた文学は必ずしも「仮面を被った偽文学」とはならない、との思いを持つに至ったのではないでしょうか。

それが『紅塵』出版への思いだったと考えられます。しかしながら、龍瑛宗先生の台湾文学への絶望はかなり深いものがあったと思います。筆者は何度か龍瑛宗先生にお尋ねしました。

「先生は台湾文学に何を期待しますか」

先生は、決まってこう答えられました。

「何も期待していません」

龍瑛宗先生は、一九三七年の「パパイヤのある街」での文壇デビューから戦後を経て一九九〇年代まで、生涯現役の作家としてその生活を送りました。筆者はかつて「解題　龍瑛宗の長編小説『紅塵』について」[16]のなかで、龍瑛宗先生が「作家として活躍した時期は三度あった」として、次のように時期区分をしましたが、これは間違いでした。

「一度目は、処女作『パパイヤのある街』が、改造社の『改造』第九回懸賞小説賞を受賞した一九三七年から日本敗戦までの、日本統治時代八年間である。」
「二度目は、台湾が中国に復帰した戦後初期の一時期である。」
「三度目は、勤めていた合作金庫を七六年に退職して、徐々に執筆を再開した七九年以降である。」

王恵珍さんの学位論文『龍瑛宗研究―台湾人日本語作家の軌跡―』（二〇〇四年）[補4]に収録された「龍瑛宗著作目録」によりますと、龍瑛宗先生が長期間筆を擱いたのは一九五五年から一九六二年の八年間と一九七〇年から一九七三年の四年間に過ぎません。こうしてみると、龍瑛宗先生は一時期、筆を擱くことがありましたが、生涯を通してみますと、戦前から戦後初期、そして中華民国時代を通じて作家として生き抜いた稀有の台湾人作家だということができると思います。しかしながら、台湾文学には「何も期待していません」という龍瑛宗先生の言葉にあらわされているように、先生の台湾文学への絶望は深いものがありました。まさしく「翻弄された台湾文学[17]」そのものが、龍瑛宗文学だったと言えるのではないでしょうか。

龍瑛宗文学は、多くのチャンネルを持った、優れて今日的な文学です。龍瑛宗文学研究がますます発展することを願って筆者のまとまりのない講演を終わらせていただきます。ご清聴ありがとうございました。

【注】

（1）中島利郎「『南島文芸欄』を探す」（『台湾文学研究会会報』七号、一九八四年七月十五日所収）

参照。

（2）王恵珍「《大阪朝日新聞》台湾版の〈南島文芸欄〉を探す」（『中国文芸会会報』第二百三十九号、二〇〇一年九月三十日）参照。

（3）張文環訳『可愛的仇人』（台湾大成映画公司、一九三八年八月）に収録された許炎亭の「序」に見る言葉。

（4）博士論文「四章《台灣新民報》的「新鋭中篇創作集」」。

（5）許維育『戦後龍瑛宗及其文学研究』（国立清華大学碩士論文）参照。

（6）『アジアの孤児』は、一九七三年四月に新人物往来社からも出版されている。なお、余談だがこの新人物往来社版『アジアの孤児』は、『台湾原住民文学選』全九巻を出した草風館の内川千裕氏が、新人物往来社に勤めていた時代に手掛けたものだということです。もう一度草風館から出したいという希望を持っていたが実現しませんでした。

（7）葉歩月の「七色の心」は、一九六〇年代初期に執筆された日本語長編小説である。作者は、一九六七年に日本での出版を望んだが、実現しないままに一九六八年に旅先のカナダで交通事故に遭い亡くなった。「七色の心」は、『日本統治期台湾文学集成19　葉歩月作品集二』（緑蔭書房、二〇〇三年七月）に収録している。該編は、その後中国語に訳されて出版された。葉歩月著、下村作次郎・陳淑容編、劉肖雲・葉思婉訳、黄玉燕審訂『七色之心』（春暉出版社、二〇〇八年二月）。

（8）龍瑛宗「TOKYO・あかげつと」（『文芸』一九三七年八月号）参照。

（9）呉坤煌は、二〇年代末期から三〇年代にかけて最も朝鮮人作家や中国人作家と交流した台湾人文学者の一人である。本書第Ⅱ部参照。

（10）陳萬益編集代表『龍瑛宗全集　日本語版　第五冊　詩・劇本・随筆集』（南天書局、二〇〇八年四月）収録。
（11）本文に前出「聆聽龍瑛宗先生的教益」参照。
（12）龍瑛宗「創作せむとする友へ」（『台湾芸術』一―二、一九四〇年五月）参照。
（13）陳萬益主編『龍瑛宗全集』、中国語巻八冊、日本語版五冊、国立台湾文学館、二〇〇六年十一月、二〇〇八年四月。
（14）紅野謙介著『検閲と文学　一九二〇年代の攻防』（河出ブックス、二〇〇九年十月）によると、改造社の山本實彦旧蔵資料が「川内まごころ文学館」（鹿児島県薩摩川内市）に所蔵され、そのなかに「改造社に関わった文学者や思想家およそ九十人の直筆原稿」が含まれているとある。筆者は、この文学館に電話し担当者に尋ねたところ、残念ながら「パパイヤのある街」の原稿はそのなかにないということであった。
（15）「夕影」は一九九三年に出版された『日漢対照　夜の流れ・夜流』（本文前掲）にも収録されている。龍瑛宗先生の思い入れの深い作品であることがこのことからもわかる。
（16）『日本統治期台湾文学集成1　台湾長篇小説集一〈紅塵〉』（注1参照）所収。
（17）河原功『翻弄された台湾文学　検閲と抵抗の系譜』（本文前掲参照）に見る言葉。

【補注】
（1）この国際シンポジウムは「戦鼓声中的歌者　龍瑛宗及其同時代東亜作家国際学術研討会」で、二〇一〇年九月二十四日に国立清華大学で開催された。なお、陳淑容さんに「日本語読書大衆に向きあって：一九三〇年代後期「新鋭中篇創作集」の歴史的考察」（一橋大学大学院言語社会研究科紀要『言語社会』第七号、二〇一三年三月）がある。

（2）『咿唖』十三号で組まれた「台湾文学特集1」の目次は次の通りである。
張良沢「戦後の台湾文壇――台湾文学の史的考察」／塚本照和「日本統治期台湾における文学管見」／「〈台湾小説再録〉『風水』（呂赫若）」

『咿唖』二十四・二十五号で組まれた「台湾文学特集2」の目次は次の通りである。
塚本照和「『益壮会』とその人々」／龍瑛宗「幾山河越えて」／鍾肇政著・中島利郎訳「台湾文学試論」／中島利郎「張我軍について――その略歴と著作」／葉石濤「植民地時代の楊逵――その日本経験と影響」／張恒豪著・野間信幸訳「突きすすむ渓流――陳虚谷先生とその新詩」／許達然著・下村作次郎訳「捕虜の島――陳千武著『猟女犯』の主題について」／下村作次郎「戦後初期台湾文芸界の概観――一九四五年から四九年」／夢花著・中島利郎訳「陳若曦その人――陳若曦散文初探」ほか

（3）龍瑛宗は、『大魯迅全集』全七巻を所蔵していたが、『魯迅選集』を読んでいたかどうか不明である。I部第二章補注（4）参照。

（4）博士論文は、二〇一四年六月に王恵珍著『戦鼓声中的殖民地書写――作家龍瑛宗的文学軌跡』として国立台湾大学出版中心より出版された。

第四章　台湾大衆文学の成立をめぐって

はじめに

台湾大衆文学とはなにか。はたして、通俗文学とはどう違うのだろうか。近代における台湾文学の発展史を通観すると、ここにも中国文学にはない戦前の台湾文学の特質がみいだせる。

台湾における大衆文学あるいは通俗文学に関する研究史は、まだ十年あまりにしかならない。出版物からみると、一九九九年八月に下村作次郎・黄英哲編「台湾大衆文学系列」第一輯全十巻（台北・前衛出版社）が刊行されたのが、台湾大衆文学研究の端緒だと言えよう。[1]全十巻には、次の八冊の単行本が収録されている。

阿Q之弟著『可愛的仇人』（台湾新民報社、一九三六年二月）、同『霊肉的道』（台湾新民報社、一九三六年六月）、呉漫沙著『韮菜花』（台湾新民報社、一九三九年三月）、同『黎明之歌』（南方雑誌社、一九四二年七月）、同『大地之春』（南方雑誌社、一九四二年九月）、林輝焜著・邱振瑞訳『命運難違』（林輝焜自費出版、一九三三年四月）[2]、建薫『京夜』（中央書局、一九二七年十二月）、林萬生『運命』（捷発書局、一九四一年十月）

次に出版されたのは、中島利郎編『台湾通俗文学集』全二巻（緑蔭書房、二〇〇二年十一月）、同編

『台湾探偵小説集』全二巻（緑蔭書房、二〇〇二年十一月）、下村作次郎編『葉歩月作品集二』（緑蔭書房、二〇〇三年七月）、黄美娥・黄英哲編『台湾漢文通俗小説集』全二巻（緑蔭書房、二〇〇七年二月）、下村作次郎編『「呉鳳」関係資料集』全二巻（緑蔭書房、二〇〇七年六月）、同編『「サヨンの鐘」関係資料』（緑蔭書房、二〇〇七年六月）である。[3]

また、ゆまに書房より刊行された「日本植民地文学精選集」のなかでも、河原功によって次のような大衆文学あるいは通俗文学が復刻されている。

山部歌津子『蕃人ライサ』（銀座書房刊、一九三一年。二〇〇〇年九月復刻）、『可愛的仇人（あいすべきあだびと）』[4]（台湾大成映画公司、一九三八年）、林熊生（金関丈夫）『船中の殺人』（東都書籍、一九四三年）、同『龍山寺の曹老人』第一輯・第二輯（東寧書局、一九四五年）（以上の三冊は、二〇〇一年九月復刻）

台湾における大衆文学あるいは通俗文学に関する研究は、上記のような作品の復刻によってようやくその基盤を整えつつある。さらに、これらの復刻書には詳しい解説が書かれていて、台湾大衆文学あるいは台湾通俗文学の通史に関して大まかな流れを知ることができるようになった。

一方、魯迅の「狂人日記」（一九一八年）以来、白話文（口語体）による中国新文学の研究が主流であった中国でも、いわば傍流の位置にあったこの分野の研究が、これまで考えられなかったような評価のもとに本格的な研究が行われている。

範伯群著『中国近現代通俗文学史』[5]上・下（江蘇教育、二〇〇〇年四月）や範伯群ほか著『20世紀中国通俗文学史』（高等教育、二〇〇六年三月）、『中国現代通俗文学史（插図本）』（北京大学、二〇〇七年一月）などが著わされている。

また台湾では、劉秀美著『五十年來的台灣通俗小説』（文津出版社、二〇〇一年十一月）が刊行されている。[6]

以上、近年の研究動向をみたうえで、以下、戦前から戦後初期にかけて出版された単行本を中心に、台湾大衆文学の誕生とその問題性、および台湾通俗文学との関係に的を絞って記述してみよう。

一　日本語台湾大衆文学はどのように誕生したか

台湾大衆文学が書かれるまえに、台湾では中国語による通俗文学が存在した。そのような台湾の文学状況を明らかにしたのは、黄美娥・黄英哲編『台湾漢文通俗小説集』全二巻（前掲）であり、その解説である。(補)

該書には、次のような作品が収録されている。

第一巻には、文言文による長編小説の李逸濤「俠鴛鴦」（『台湾日日新報』一九一三年一月十一日―六月十三日、全一一四回連載）と「蛮花記」（同一九一四年二月十三日―一九一五年八月七日、全百三十一回連載）の二編が収録されている。いずれも、『台湾日日新報』に掲載された連載小説である。

第二巻には、文言文による長編小説一編と中編小説二編、短編小説四編、さらに白話文による長編小説と中編小説の各一編および短編小説六編が収められている。

収録作品のうち、著名な作家の作品をあげると次の通りである。

〔文言長編小説〕魏清徳「傾国恨」（『台湾日日新報』一九一七年九月十九日―一九一八年三月十五日、全八十八回連載）

〔文言中編小説〕魏清徳「金龍祠」（『台湾日日新報』一九一七年五月五日―七月二十九日、全五十四回連載）、謝雪漁「日華英雄伝」（『風月報』一九三七年七月号―一九三八年十二月号、全二十九回連載）

〔文言短編小説〕李逸濤「留学奇縁」上・下（『漢文台湾日日新報』一九〇六年五月十三日、十五日、全二回連載）、魏清徳「歯痕」（『台湾日日新報』一九一八年六月十九日―二十六日、全六回連載）、謝雪漁「小学生椿考」（『風月報』一九三七年十一月号、十二月号、全二回連載）

〔白話長編小説〕呉漫沙「桃花江」（『風月報』一九三七年十一月号下巻―一九三九年七月号上巻、全二十五回連載）

〔白話中編小説〕呉漫沙「心的創痕」（『南方』一九四二年七月号―八月号、全四回連載）

解説によると、これらの作品には、武侠もの、探偵もの、児童もの、漂流の果ての異民族との遭遇、戦争と恋愛、政界の暴露、新しい女性像の描写、新時代の恋愛などがあり、娯楽性の追求だけではなく、時代を反映した作品や時代に先駆ける作品など多様なテーマが選ばれている。

これらの作品の発表舞台は、『台湾日日新報』や『風月報』[7]（『南方』は『風月報』の後身の誌名）などの新聞や雑誌である。ほかに中国語の通俗文学の掲載誌としては『三六九小報』などがある。[8]

上記にみる中国語の通俗作家、李逸涛、謝雪漁、魏清徳の三人は、いずれも『台湾日日新報』の記者でもある。また呉漫沙は『台湾新民報』や『風月報』、『南方』を拠点に文学活動に従事した、マスコミに深い関わりを持った作家であった。

以上は、中国語による通俗作家の文学活動である。ここで眼を転じて、「大衆文学」についてみてみよう。

「大衆文学」はどのような文学形態なのか。端的に述べると、「大衆文学」とは日本発の文学ジャンルであり、同様に日本発の「純文学」と並び称される文学用語である。では、どのようにして「大衆文学」は生まれたのか。

尾崎秀樹は、『大衆文学』（紀伊國屋書店、一九六四年四月）のなかで、次のように述べている。

日本において狭義の大衆文学が成立したのは関東大震災の一、二年あとにあたる。メディアのうえでいえば、それは大衆雑誌『キング』の創刊を指し、書き手の自覚からみれば、大正一四年秋の二十一日会[9]の結成にはじまるといえる。これは日本のマス・メディア成立の時期とほぼ見合っている。

筆者は成立に到るプロセスを三つに分けて考える。
まず第一に大正一三年六月の春陽堂『読物文芸叢書』の刊行の時期だ。第二は大正一四年一月に創刊された『キング』登場の前後を指し、さいごに二十一日会の結成と、そのグループによる同人雑誌『大衆文芸』（大正一五年一月発刊）の段階に到る。この過程は大衆文学が「読物文芸」から「大衆文芸」へ、さらに「大衆文学」へと呼称を改め、それにつれて主体的な条件を整備して行く形と並行している。（十九頁）

関東大震災は一九二三年九月一日に発生したが、復興の過程で日本社会にどのような変化が起こったのか。鈴木貞美の言葉を借りれば、「復興が進む中で資本の独占・寡占化傾向に拍車をかけ、産業の合理化・機械化を飛躍的に進めて、大量生産／大量消費システムが成立して」、マス・メディアが発達し、都市大衆社会が形成されていった[10]。新聞では大阪・東京『朝日』や『東京日日』（毎日新聞東京本社の前身）を中心に、新聞の読者向けに娯楽性の強い小説を掲載して発行部数を飛躍的に伸ばし、その過程で「物語文芸」、「大衆文芸」、そして「大衆文学」という文芸ジャンルが生れていったということである。中里介山の『大菩薩峠』（一九二五年から大阪毎日新聞、東京日日新聞連載）や谷崎潤一郎の『痴人の愛』（一九二四年から大阪朝日新聞連載）、吉川英治の『鳴門秘帖』（一九二六年から大阪毎日新聞連載）ほか多数の名作が生みだされている。このような背景にはまた、当然、学校教育の普及による識字率の上昇があり、広範な読者層が形成されていたことがある。

こうしたなかでいわゆる円本ブームが起こった。再建のために改造社が一九二六年末に出した『現代日本文学全集』が火付け役となって、新潮社『世界文学全集』、春秋社『世界大思想全集』など、各社が競ってさまざまな全集を出したが、そのなかに平凡社や春陽堂の『現代大衆文学全集』も混じっていた。そうして、これらの円本はまた台湾にも入っていった。[11]

しかし、当時の台湾は「大衆文学」を受容する環境にはなかったと言わざるをえない。一九二七年と言えば、台湾新文学の黎明期である。『台湾民報』に頼和の「闘鬧熱」と楊雲萍の「光臨」が発表されたのは、前年の一九二六年一月のことである。

こうしてみてくると、「大衆文学」という概念が台湾にもたらされるのは一九三〇年代に入ってからということになるだろう。管見するところ、最初に「大衆文芸」について取りあげたのは、『南音』第一巻第二号（一九三二年一月十五日）に載った奇「巻頭言・『大衆文芸』待望」である。[12]（原文は中国語）

日本内地で今日言うところの『大衆文芸』とは、一般に文化の教養が比較的低い大衆のために書いた通俗文芸である。その発生原因はもちろん文学と社会の関係に基づく。―なぜなら、文学はすでに一部の特殊階級の専有物ではないからであり、それがもし全体の社会と人生に寄与するところがなければ、意義がないのである。それゆえ、文芸がひとたび発せられると、大衆に接近し、大衆に娯楽と慰安を与え、彼ら自身の本当の姿、思想、感情を切実に観賞せしめるのである。

大衆の趣味と品性を涵養し、彼らの人生を十分に芸術化させようとするならば、文芸はいっそう通俗化しなければならないのである。

と書かれている。そして、「われわれ台湾自身の大衆文芸」として、例えば鄭成功父子の事績や朱一貴、林爽文、劉銘伝等々、台湾の歴史上の英雄に素材を採った大衆文芸の出現に期待を寄せている。これ以降しばらく「大衆文芸」あるいは「大衆文学」を取りあげる批評、評論はあらわれない。その一方で、同じく日本発の「純文学」が台湾の文学界をにぎわすことになる。

一九二〇年代後半、日本の文学界でプロレタリア文学運動が壊滅的打撃を受けると、時代の閉塞感を破るように、一九三三年ころより文芸復興の声がかまびすしくなった。こうした雰囲気のなかで、台湾人のプロレタリア運動と一線を画し、「合法無難」な純文芸雑誌として、一九三三年七月に『フォルモサ』が東京で創刊された。『フォルモサ』が創刊されると、台湾島内の文学運動家に影響を与え、全島的規模の台湾文芸聯盟が成立、一九三四年五月六日に第一回台湾全島文芸大会が開催された。そして、この年十一月に『台湾文芸』が創刊された。楊逵が「新聞配達夫」で『文学評論』（一九三四年十月）入選第二席を受賞したのはちょうどこのころである。

ここで一九三三年と三四年について、劉捷と楊逵の評論についてみてみよう。二人は台湾文芸聯盟の文学活動のなかで論敵となっていくが、新進気鋭のジャーナリストとしてマス・メディアを重視する劉捷と、プロレタリア文学の旗手として台湾新文学の牽引車たらんとする楊逵の間の文学観は、この二編の評論に微妙に反映されている。(13)

劉捷は「一九三三年の台湾文学界」（『フォルモサ』第二号、一九三三年十二月）のなかで、次のように一九三三年を位置づけている。

一九三三年に於ける台湾の文芸界は頗る有意義に展開された。これは前年からの連続だと見られるが分けて空前の大躍進を遂げたと言ふべく台湾においては輝しい文芸史の一頁である。

ここで劉捷が大躍進の原因としてあげるのは、一九三二年四月十五日からの『台湾新民報』の日刊化と、『フォルモサ』、『南海文学』の創刊である。さらに作品の収穫としては、『台湾新民報』に連載された、林輝焜の「争えぬ運命」と連載中の頼慶の「女性の悲曲」をあげている。

一方、楊逵は「台湾文壇　一九三四年の回顧」（『台湾文芸』第二巻第一号、一九三四年一二月）のなかで、次のように一九三四年を位置づけている。

文壇とは文学的活動の舞台である。この舞台の基礎を堅めたと言ふ点で、一九三四年は台湾文学史上特筆さるべき年である。（略）回顧すれば、評論界に於ても、創作界に於ても、はた又、文学活動の組織化問題についても、この年の我々の活動は空前であつた。伍人報、黄水報（ママ）、赤道報、南音、台湾文学等に於ける我々の活動を偵察戦とすれば、この年に於ける我々の活動は前哨戦とも言ふべく、著しく本格的になつて来たのである。

ここで楊逵があげた『伍人報』、『黄水報』（ママ）（正しくは『洪水報』）、『赤道報』は一九三〇年、『南音』は一九三二年、『台湾文学』は一九三二年と、いずれも一九三四年以前に出ており、「偵察戦」とはその意味である。そして、一九三四年が「台湾文学史上特筆さるべき年」である意義として、一九三三年末の台湾文芸作家協会、翌年の台湾文芸聯盟の成立をあげている。またこの年の問題作としては、頼慶の「女性の悲曲」、呉希聖の「豚」、楊逵の「新聞配達夫」があがっている。
このようにとくにふたりの評論を取りあげたのは、これ以降、ふたりはお互いを意識しながら批評活動を展開するが、同じく日本の文学動向に強く影響されながら異なった文芸思潮を台湾の文学界に持ちこんでいるからである。
劉捷はジャーナリストとして社会主義リアリズムなどにも理解を示しながら、文芸復興を唱える日本の文壇の動向に強い関心を示していた。したがって、純文学や大衆文学への関心も深かったと言える。一方の楊逵は、日本のプロレタリア文学への関心が強く、「文芸の大衆化」に文学の使命をみいだしていた。「文芸時評　芸術は大衆のものである」（『台湾文芸』第二巻第二号、一九三五年二月）のなかで、次のように述べる。

今日の作家は、純文学の諸君は机上の文学といふ小芸のなかに逃避しており、創作の対象を読者よりも自分の心境に置き、（中略）大衆文学（通俗小説）の諸君は、読者に迎合して、笑つて拍手して貰へればいゝといふやうな、エロチツクな、グロテスクな、トンチンカンな猿芝居か手品を演じ続けて居り、どちらも、本来の意味に於ける芸術から離れてゐる。（傍点は原文のママ）

このように楊逵は純文学や大衆文学について手厳しく批評している。一方、劉捷は翌年「台湾文学の史的考察」（『台湾時報』一九三六年五月／六月）のなかで「本島人の大衆文学」という項目を立てて正面から取りあげ、次のように述べている。

本島人間の大衆文学を評する前に大衆文学とは何ぞやの概念を明かにせねばならぬ。

大衆文学の規定は目下中央文壇に於ても各人によりその説は区々として統一がない。所詮大衆文学と純文学や通俗文学との区別ははつきりと一定の境界線を以て分けられる性質のものはなく、これを対立的に見るよりも、相互的に理解しなければ、その本質は摑めないのである。大衆文学の立場から純文学を眺めると共に純文学の立場から大衆文学、通俗文学を批判すべきである。今こゝに記そうとする本島人の大衆文学の概念本質も、同様に台湾に行われてゐる新文学運動や、未だ記録にならない民間文学との相互関係に立つて、大衆の姿を眺めると分かりやすいものである。

劉捷はこのように大衆文学を台湾新文学との関係のなかでとらえ、台湾の大衆文学について次のように述べる。

（略）日本文壇に於ては、純文学の読まれる範囲が極少数のインテリーに限られてゐると同じく、台湾に於ても新文学は一部新進のインテリーに限られ、大多数は大衆文学によつてその渇を医されてゐる。その社会的影響の大きいことは否定できないのだ。台湾では漢文を読むもの、大多数がこの大衆文学の愛好者であり、従つてその旧勢力は相当大きいものがある。又その下には之に幾倍する文盲大衆が居て、彼等は大衆小説の一翼をなしてゐる講古や各種演劇によつて、直接間接大衆文学を支持してゐる。故に本島人の芸術的関心及び思想の傾向を知る為にはこの大衆文学の愛好ぶりから考察するのが一番の捷径でないかと考へられる……

以上のように、劉捷は台湾の通俗文学を大衆文学の概念のなかで捉えかえし、「今日の台湾の大衆文学は支那伝来のものであり、大衆小説は支那小説のそれと同一淵源又はそれに繫がつてゐる」として、いわゆる中国の演義小説、志怪小説などの通俗白話小説をあげている。

ここで振りかえると、台湾には『台湾日日新報』に発表された、李逸涛や魏清徳の台湾生まれの通俗小説があることが知られるようになったが、なぜかそれらの作品は取りあげられていない。さらには、中島利郎によって発掘され明らかにされた、「内地人」の探偵小説や通俗小説は一顧だにされていない。[14]

さてここで、中島が提起した台湾大衆文学の問題について考えてみよう。中島は「日本統治期台湾の『大衆文学』[15]」のなかで、台湾大衆文学は成立しなかったと述べている。その大きな要因は、「読者側に言語の問題――言語の不統一という障壁があった」ため、「大衆文学」の読者としての「大衆」が存在しなかったこと、さらには「『大衆文学』が『文学的大衆』を獲得するためには、その作品を提供するためのジャーナリズムの介在と発達が必須である」が、その規模は「大衆文学」が誕生した当時の日本のジャーナリズムと比べ比較にならないくらい小さかったと指摘している。この点については、本稿でも関東大震災後のマス・メディアの発達にみた通りである。

ジャーナリズムの未発達については、当時から指摘する人がいた。一人は川崎寛康である。川崎は「台湾の文化に関する覚書（二）」（『台湾時報』一九三六年二月）のなかで、「台湾に於ける文学を、内地人と本島人とに」区別して、「内地人の文学」は「台湾在住二十万の内地人の中幾人かゞ文学に直接的関心を有つたとしてもその人たちの目は大半が、中央の文壇に向けられ、台湾そのものに文芸人としての関心を有してゐるものは稀である」として、「要するに内地人の文学活動は、広汎なる全島の大衆を目安にしたものではなく、少数の内地人の間にすら大した地盤があるわけではなく、極少数のグループの自己満足の表現に外ならぬもので、芸術評価の基準を当はめる事に困難を感じさせる」

と述べている。そして、「本島人の文学」に強い共感を寄せて、「その文学は必ずしも成熟した形を有たない」が、「それにも拘らずこの文学は、未来性に富み、進歩的方向を示し、豊富な問題を包含して」おり、「台湾に於ける文学の主流はこゝにあり」と述べている。

さらに、川崎は該文で『台湾文芸』と『台湾新文学』に掲載された小説について述べたあと、台湾のジャーナリズムの不在について言及している。

台湾に於ては厳密の意味に於けるジャーナリズムは存在せず、多かれ少かれ官庁の御用を承つてゐる事は認められるが、それだからといつて日刊新聞が全然ジャーナリズムと別個のものであるわけではなく、この日刊新聞が、台湾の文芸問題に無関心でゐてよいといふ理由は無い筈である。（中略）

台湾の日刊新聞の方針を見て一番諒解に苦しむのは、本島人の手になる唯一の日刊紙『台湾新民報』が文芸問題に全く無関心で、相当多数の本島人文芸愛好家に一顧も与へない事実である。台湾に於ける文学の主流が本島人を中心としたものである以上、本島人の手になる最も強力な発表機関であり文学に十分の活動舞台を与えるべき新民報がこれについて無関心であることは、新聞経営者の頭脳が疑はれるものといはねばなるまい。

このように『台湾新民報』を厳しく批判する一方、「日刊新聞の中で文学に最も多く紙面を提供し、台湾の文芸発展に功績の多いのは台湾新聞である」として、台中で発行されていた『台湾新聞』(16)を高く評価している。しかし、結語では次のように述べ、総督府発行の『台湾日日新報』(17)と台湾人の新聞『台湾新民報』の役割を強調し、次の如くジャーナリズムの発達を促している。

いづれにしろ台湾の文化的発展に最も有力な舞台を与へ得るものは台日と台湾新民報である。前者は台湾に於ける支配的要素たる内地人の文化的水準を高め、内地中央の文化的情勢を伝へる点に於て有力な立場を有し、後者は広汎なる本島人大衆の文化的発展の最強力のモメントとなり得る。

両紙が台湾文学の発展に関する自己の役割を理解し正しき方向に立向ふ事は、新な飛躍を前にした本島の文学運動にとつて強力な拍車とならう。

もう一人、ジャーナリズムについて語っているのは劉捷である。劉捷は「台湾のジヤナリズム」を書いている。

ところで、これは該文のなかで劉捷も触れていることだが、台湾の新聞事業には特殊事情があった。すなわち、『台湾新民報』の前身である『台湾民報』に島内発行許可が出たのは、一九二七年七月以降であり、それまでは東京で発行されていた。『台湾新民報』の日刊化が許可されたのは、それから約五年後の一九三二年四月十五日からである。台湾人の唯一の言論機関紙がこのような状況である以上、総督府の下にあって台湾のジャーナリズムは発展しようがなかった。その一方で総督府の機関紙としての日本人主幹の新聞は、先述した『台湾日日新報』（台北市）や『台湾新聞』（台中市）、さらに『台南新聞』（台南市）、『新高新報』（高雄市）などがあった。劉捷は、これらの新聞は「経営が安全で台湾統治と特殊関係にあるからその新聞本来の面目たる報道の使命や島民の指導啓発の上に於る活動状態も大体推して知るべく或一定の範囲に限られてゐることは疑へない」と述べ、さらに「斯様に近代の新聞事業の経営の根底はその資金関係に依つて色彩を異にするものであるが台湾も亦然り、され

林輝焜著『争えぬ運命』

ばその新聞としての存在活動言ひ換へれば紙上に現はれる大衆の輿論といふのは又経営者の事情に依つて規定されそこに反映されるものは必ずしも大衆ではなかつたのである」と、鋭い指摘を行っている。

さて、劉捷は、台湾のジャーナリズムは『台湾新民報』の日刊化が実現したことにより、「本来の真面目を発揮すべき時機が到来した」と述べている。ところで、先述した川崎寛康は、『台湾新民報』が「文芸問題に全く無関心」で、「文学に十分の活動舞台を与え」ないことを批判していた。ところが実は、日刊化が実現した当初に限って言えば、該報は文学に舞台を提供していたのである。それが一九三二年に「百七十六回連載」され、翌年四月に単行本として出された林輝焜の『争えぬ運命』である。該報では引きつづき頼慶の「女性の悲曲」が連載されたという。

ここで林輝焜の『争えぬ運命』が、どのような経緯で掲載されたのかみてみよう。作者の「筆後記」によると、「台湾人が台湾を材料にして、日本文で小説をかくといふ難問題を引受けた動機を申しますと、実は親友呉三連君との雑談中に、『書いてやらうか』『書いて呉れ』。といふ笑談から出来た真実であつた」と述べられている。林輝焜については、京都帝大経済学部を卒業し、淡水信用組合で勤めていたことぐらいしかわかっていない。しかし、該報社長の呉三連の「衷心より感謝」によれば、作者について「新聞小説に対し学生時代から非常な興味を持たれて創作に多大な関心を持ち、研究された」と述べられていて、文学愛好者であったことが伝えられている。

林輝焜の新聞小説はこのようにして書かれたものだが、読者に対して次のような不満を表わしている。

（略）小生は、作者としてでなしに、一台湾人にして全台湾の同胞に云ひたいことがある。それは何かと申しますと、もすこし、台湾人は全てのことに関心を持つて欲しいものである。その訳は、約百七十回もかきつゞけ、七箇月間も費したこの台湾で始めての新聞連載長編小説に対して、批判的投書がなかつたことである。実に残念である。小生はわざと、城隍爺祭や芸者女郎の提燈をもつた。台湾人の無自覚を罵倒した。しかし、これに憤慨し、小生の不見識を詰るものがなかつた。この調子では、台湾の文化は永久に発達する見込がないと云つてい丶。お願いです。今後、誰の作が載るか、分らないがも少し、作者を励まし、刺戟を与えて欲しいものである。

ここにみる林輝焜の作家としての姿勢は、まさに大衆文学の作家のそれである。純文学の作家が自己の内面との対話を通じて作品を創造していくのに対して、大衆文学の作家は自己の内面にのみ固執せず、読者との対話も作品に取りこみながらストーリーを展開するとすれば、林輝焜は本編で日本内地留学中に出会った新聞小説の連載を夢見てチャレンジしたことがわかる。しかし、ジャーナリズムが未発達な台湾の読書界ではなんの反応もなく、大衆文学の読者であるはずの「大衆」の沈黙に出くわすことになったのである。

中島が指摘するように、台湾の大衆文学は、成立条件としての十分な土壌ができていなかった。しかし、その萌芽は林輝焜の新聞小説『争えぬ運命』にみられるといえよう。管見するところ、当時、台湾文学界で『争えぬ運命』を台湾大衆文学だと述べたものはない。劉捷は該編を高く買っているが、「郷土文学」として扱っている。

とすると、台湾大衆文学は、文学史的に架空の存在であったのだろうか。しかし、劉捷は台湾新文学や純文学以外の通俗小説をすべからく台湾大衆文学の範疇に入れたが、日本で大衆文学が生れたころの文学状況を考えると、『台湾新民報』の日刊化によって新聞小説が可能になり、そのなかで発表された『争えぬ運命』は、台湾大衆文学の誕生として位置づけることが可能ではないだろうか。

先述したように、『台湾新民報』は、次に頼慶の「女性の悲曲」を連載し、さらには、台湾のロングセラー小説として著名な阿Q之弟「可愛的仇人」（中国語小説）が、「三五年春」（『可愛的仇人』「自序」）から連載された。そして、「新聞社の幹部さへびつくりしたほどに非常な人気を呼」んだと伝えられている。[19]なお、該編は一九三六年二月に台湾新民報社から単行本として出版され、それが後に、張文環訳『可愛的仇人（あいすべきあだびと）』（大成映画公司、一九三八年八月）として出版されている。

以上、台湾大衆文学の成立について文学史的に振りかえってみた。[20]日本統治時期の台湾文学は、一九一〇年代より発展した中国語による通俗文学、二〇年代下半期より起こった日本語および中国語による台湾新文学、さらには三〇年代の純文学や大衆文学、そして内地人の日本語文芸や探偵小説など多種多様な文学が存在した。創作言語も北京語、台湾語、そして日本語がせめぎ合いながら存在し、四〇年代には日本語が広範に台湾社会に普及して、圧倒的な優勢言語となっていた。

四〇年代に入り、皇民化運動が強力に推進されるようになると、時代に迎合し、大政翼賛体制を謳歌する通俗的な大衆文学が求められた。そうしたなかで恋愛小説もののほか、黄得時が書いた中国通俗小説の『水滸伝』[21]、西川満執筆による『西遊記』[22]、原住民族に素材を採った『呉鳳』[23]や『サヨンの鐘』[24]、さらには、葉歩月の探偵小説や科学小説[25]など、かなりの数の大衆文学が書かれていった。但し、こうした通俗的な文芸をすべて日本発の文芸用語である大衆文学で括ることは問題があるかもしれない。台湾文学史の大きな流れとしては通俗文学として捉え、その系譜のなかに、日本統治時期のある時期、大衆文学が流入していったとみるのが妥当ではないだろうか。

【注】

（1）第一輯とあるが、第二輯は刊行されなかった。
（2）原文は日本語で『争えぬ運命』である。
（3）なお、これらの復刻集はいずれも「日本統治時期台湾文学集」（第一期二十巻、第二期十巻）のなかに入っており、さらに詳しくみれば、中島利郎編『「台湾鉄道」作品集』全二巻（二〇〇七年二月）、同編『「台湾新報・青年版」作品集』（同）にも通俗文学が収録されている。
（4）該書は一九三八年に張文環が翻訳して好評を博した、阿Q之弟著『可愛的仇人』の翻訳書の復刻である。中国語版の原書は、前衛出版が復刻出版した阿Q之弟著『可愛的仇人』（台湾新民報社、一九三六年二月）である。
（5）『中国近現代通俗文学史』の新版は、二〇一〇年四月に上梓された。
（6）本書は戦後一九四五年以降の台湾通俗小説に関する研究書だが、前史としての中国通俗文学や日本統治時期の台湾の通俗文学についても言及がある。
（7）『風月報』に関する研究には、柳書琴「《風月報》到底是誰的所有？：書房、漢文讀者階層與女性識字者」（東亜現代中文文学国際学会『台灣文學與跨文化流動：東亞現代中文文學國際學報』第三期、二〇〇七年四月）がある。

（8）『三六九小報』は三〇年代（一九三〇年九月九日―三五年九月六日）の出版である。『三六九小報』に関する研究には、柳書琴「通俗作為一種位置：《三六九小報》與一九三〇年代的台灣讀書市場」（『中外文学』二〇〇四年十二月号）ほかがある。

（9）白井喬二が結成して『大衆文学』を創刊した。

（10）鈴木貞美「大衆文学の展開」『時代別日本文学史事典　現代編』（東京堂出版、一九九七年五月）参照。鈴木貞美は近刊の『入門日本近現代文芸史』（平凡社新書、二〇一三年一月）においても、第三章一節「大正から昭和へ」のなかの「1、大衆文化の幕開き」において大衆文学の項目を立てている。そこには「『大衆』は、もと仏教用語で大勢の衆生、『一山の大衆』のように大勢の僧侶の意味で用いられ、明治後期から、ときたま一般民衆（people）の意味の用例も見かけるが、一九二〇年ころ、マルクス主義運動に mass（ドイツ語 madden）の訳語として導入され、これを時代小説家の白井喬二が転用、同人雑誌『大衆文芸』を創刊（一九二六年）した。週刊誌『サンデー毎日』（大阪毎日、一九二二年創刊。大阪毎日の『週刊毎日』は当初は旬刊）も懸賞募集や特集号に用い、一九二七年、平凡社の円本『現代大衆文学全集』の宣伝で一挙に定着した。」とある。

（11）円本とは、「大正一二年の関東大震災は、第一次大戦の終結に伴う戦後恐慌に追打ちをかける震災恐慌をまねき、出版界も一大不況に見舞われた。第一次大戦の社会改造の気運に改造社を興した山本実彦は、出版界の不況に遭い、起死回生の苦肉の策として、一五年十一月、『現代日本文学全集』全三十八巻（当初）を、予約出版法に則り予約申込金一円とする出版に乗出した」（『日本近代文学大事典　第四巻事項』講談社、一九七七年）、とあり、これが円本のはじまりである。その後、一九二七年に『世界文学全集』（新潮社）、『明治大正文学全集』（春陽堂）、『現代大衆文学全集』

（平凡社）、一九二八年に『世界大衆文学全集』（改造社）、『新興文学全集』（平凡社）、『現代長編小説全集』（新潮社）、『新選傑作小説全集』（平凡社）、『日本戯曲全集』（春陽堂）、『近代劇全集』（第一書房）、『世界戯曲全集』（近代社）などの全集が出て、円本合戦が繰りひろげられた。この円本が台湾に舶載され、当時の世界文学やプロレタリア文学をはじめ新興文学などさまざまな現代日本文学が、比較的容易に台湾の青年や知識人に読まれるようになった。このことについては、本稿冒頭にあげた「台湾大衆文学系列」（前衛出版社）の「序言」に、巫永福が台中師範学校の寮で読んでいたことなどを例にあげ、円本の台湾読者に与えた影響について論述した。

（12）本「巻頭言・『大衆文芸』待望」はじめ、本稿で引用した大衆文学に関する評論は、中島利郎・河原功・下村作次郎編『日本統治期台湾文学　文芸評論集』（全五巻、二〇〇一年四月）に収録したものを利用した。

（13）楊逵「台湾文学運動の現状」（『文学案内』第一巻第五号、一九三五年十一月）に、「文聯第二回大会席上では劉捷が『楊逵除名』の議案を提出し、（略）最後には大同団結の必要から、悪龍之助氏（注、『台湾新聞』編集者、田中保男の筆名）の斡旋で握手した」とある。但し、『台湾新聞』で交わされた論争についての詳細は不明である。

（14）中島利郎「日本統治期台湾探偵小説史稿」（『台湾探偵小説集』緑蔭書房、二〇〇二年十一月）参照。

（15）中島利郎編『台湾通俗文学集　一』（緑蔭書房、二〇〇二年十一月）参照。

（16）目下、一九三三年から三七年ころまでの『台湾新民報』や『台湾新聞』を所蔵している機関が不明であり、台湾文学研究の大きな障壁となっている。

（17）一八九八年五月六日から一九四四年三月三十一日まで発行された。

（18）江賜金・劉捷共著『台湾文化の展望』（中央書局、一九三六年二月）所収。但し、該書は発禁に遭う。劉捷『台湾文化展望』（春暉出版社、一九九四年一月）は該書の翻訳書である。

（19）張文環訳『可愛的仇人（あいすべきあだびと）』所収の許炎亭著「序」にみる。

（20）台湾大衆文学については、別稿でも少し論じているので参照されたい。「『外地』における大衆文学の可能性—台湾文学の視点から」（神谷忠孝・木村一信編『〈外地〉日本語文学論』（世界思想社、二〇〇七年三月）所収。（本部第五章参照）なお、本稿は台湾で張政傑訳「外地大衆文学の可能性—従台湾文学的視点出発」として翻訳され、呉佩珍主編『中心到辺陲的重軌与分軌 日本帝国与台湾文学・文化研究（中）』（台大出版中心、二〇一二年九月）に収録されている。

（21）『水滸伝』全六巻。但し、出版に関する詳細は不詳。筆者が確認しているのは、昭和十八年六月に清水書店から出された第三巻のみである。

（22）出版に関する詳細は不詳。筆者が確認しているのは、昭和十八年九月に台湾芸術社から出された「大の巻」のみである。

（23）『呉鳳』に関しては、筆者編『日本統治期台湾文学集成　呉鳳」関係資料集』（全二巻）、緑蔭書房、二〇〇七年六月参照。

（24）『呉鳳』に関しては、筆者編『日本統治期台湾文学集成　呉鳳」関係資料集』（注23参照）。

（25）葉歩月に関しては、筆者編『日本統治期台湾文学集成　葉歩月作品集』（全二巻）、緑蔭書房、二〇〇三年七月参照。

【補注】

黄美娥に羽根次郎訳「一九三〇年代台湾漢文通俗小説の『場』における徐坤泉の創作の意義」（一橋大学大学院言語社会研究科紀要『言語社会』第七号、二〇一三年三月）がある。

第五章　「外地」における「大衆文学」の可能性——台湾文学の視点から

一　読者不在の大衆文学

日本統治時期の台湾における大衆文学の研究は一九九〇年代にはじまり、二〇〇〇年代に入って詳細な作品研究や作家研究が行われるようになった。本稿では、そうした研究成果をふまえ、筆者がこれまで台湾大衆文学について考えてきたことを概括し、あらためて台湾大衆文学をめぐる問題について論じてみたいと思う。

台湾の大衆文学とはなにか。そもそも台湾に大衆文学は存在したのか。厳密な定義から述べると、日本統治時期の台湾に大衆文学が存在したかどうかは検討を要する課題である。この点については筆者の場合は、作品が、いわゆる純文学とは異なり、通俗文学の範疇に属すれば、大衆文学として取りあげるというものである。大衆文学を論ずるにあたってもっとも重要なことは、大衆文学を受容する読者の存在であることは言うまでもない。しかしながら、台湾における大衆文学について、読者という基準にあてはめると先に進めなくなる。なぜなら、台湾には大衆文学を受容する読者が存在しなかったからである。大衆文学はそれを享受する大衆の成熟によって成り立つものであり、その定義によれば、台湾の大衆文学は読者不在の、性格不明の文学となる。言い換えれば、非「大衆」である知識人のための「大衆文学」という変則的な文学とならざるをえない。

したがって、日本統治時期に台湾で真の意味での大衆文学が存在しえたかどうかについては疑問とせざるをえない。本稿では、こうした読者不在の「大衆文学」をその内容から検討し、しかるのちに台湾という「外地」で大衆文学は可能であったかどうかについて言及してみたいと思う。以上の観点から、本稿では特別な場合を除いて「大衆文学」の用語を括弧をはずして使用することにする。

二 流入する日本語――『争えぬ運命』と『可愛的仇人』

台湾における大衆文学について筆者は、一九三〇年代に発行された林輝焜の『争えぬ運命』と阿Q之弟著・張文環訳の『可愛的仇人』を取りあげ、『争えぬ運命』を台湾で最初に出版された日本語大衆文学として論じた。ここで、この作品が書かれるまでの台湾文学史について簡単に述べてみる。

台湾文学は中国近代文学から数年遅れて二〇年代に生まれ、頼和を中心とする中国語作家、当時の呼称で言えば漢文作家の白話文学が主流となって発展した。しかし、白話文学と同時に謝春木の「彼女は何処へ?（悩める若き姉妹へ）」（一九二二年）といった日本語による純然たる近代文学も誕生していた。謝は、社会運動家として日本留学の経験を有するが、こうした日本留学生（当時にあっては日本「内地」留学生）が行った創作が台湾島内の文学のありように、大なり小なり影響を与えたことは否定できない。とりわけ、三〇年代に台湾芸術研究会が東京で発行した日本語純文芸雑誌『フォルモサ』（一九三三年七月創刊）は、わずか三号しか出なかったにもかかわらず、台湾文芸界に大きな影響を与え、一九三四年五月六日には全島を統一する最初の文芸組織である台湾文芸聯盟の創立を促すほどであった。

こうして三〇年代になると、台湾でも日本語による文学が一気に台頭することになるが、当時台北の『台湾新民報』編集部にいたジャーナリストの劉捷は、『改造』、『文芸』、『中央公論』といった雑誌で、当時日本「内地」文壇に起こりつつあった文芸復興などの新興の文芸潮流を知り、次第に該報の「漢文欄」を古臭いものに感じはじめていた。「漢文欄」は、漢文作家の白話文学運動の牙城であり、劉捷が古臭いものに感じはじめたというその時期に、頼和は代表作として名高い「惹事」（一九三二年）を発表している。と同時にこのころ、中国で起こった大衆文芸化論争の影響も受け、台湾人の母語である台湾語を提唱する郷土文学論争が起こり、中国白話文、台湾話文（台湾語による白話文）、日本語の三種の言語が相剋する状況が生まれた。しかしながら、その後の展開をみると、白話文学は次第に衰退し、台湾話文も中国白話文に代わる創作言語となるにいたらなかった。そのようななかで「内地」からの日本語の流入が、白話文学の退潮現象を加速させる結果を生んだ。いわば「内地」留学による日本語の輸血が急速に行われた結果、一気に中国語の貧血を引き起こすことになったのである。ちなみに、台湾ではこのころ、「国語」（日本語）の普及はほぼ二五％に達していたといわれる。

台湾の大衆文学が生まれたのもまたこのような時期で、しかも、日本「内地」留学経験者によって書かれた。それが先にあげた林輝焜の『争えぬ運命』であり、一九三三年四月に自費出版の形で出版された。

作者の林輝焜に関する情報はほとんどない。『争えぬ運命』に収録された呉三連の「衷心より感謝」によると、林は京都帝大経済学部を卒業している。東京留学以外の「内地」留学生で台湾文学史に残る作家はほとんどいない。前掲の謝春木をはじめとして、留学先はみな東京である。主だった人々をあげてみると、王白淵、張文環、巫永福、楊逵、呂赫若、翁鬧、陳垂映、王昶雄、周金波たち、みなそうである。そうした中にあって、林輝焜は異色の存在であった。

また『争えぬ運命』の「筆後記」によると、この作品は『台湾新民報』に「七ヶ月間」にわたって連載された、台湾人による最初の新聞連載長編小説である。

『台湾新民報』でこのような長期にわたる新聞小説の連載が可能になったのは、一九三二年四月十五日からの日刊発行が実現したことによる。該報は週刊『台湾民報』（一九二三年一月創刊。一九三〇年三月二十九日『台湾新民報』と改称）が、二七年七月に東京発行から台湾発行への移行が可能となり、その後約四年九か月をへてようやく日刊紙『台湾新民報』として台湾島内での発行が実現した。しかしながら、その一方で編集方針は「漢文が紙面の三分の二で、日文が三分の一」（該報四一〇号、同年四月九日）となっており、漢文の衰退は隠せない状況に直面していた。

このような文化状況について、劉捷は「恰も昨年中（一九三三年）は中央文壇に於て文芸復興の声高く、台湾芸術研究会も直接その刺激を受けたであらう。一方島内にても台湾民報の日刊許可と共に当時の編輯者は思ひ切つて紙面を開放した。」（「台湾文学の鳥瞰」『台湾文芸』創刊号、一九三四年十一月）と述べている。

台湾の大衆文学が生まれたのは、このように「内地」に類似したかたちで長編小説の新聞連載が可能になったことがまた大きな要因である。こうして擬似「内地」の形で、台湾という「外地」に台湾大衆文学が「内地」留学生によってもたらされた。林輝焜は前掲の「筆後記」で『争えぬ運命』の執筆動機を、「台湾人が台湾を材料にして、日本文で小説を書くという難問題を引き受けた」と語っているが、封建社会にある台湾人中産階級の恋愛悲劇を描いた名作は、このような背景から生まれたのである。

本節の冒頭にあげたもう一編の作品、『可愛的仇人（あいすべきあだびと）』は張文環の翻訳で、原著者は阿Q之弟のペンネームで活躍した徐坤泉である。中国語で書かれた原作『可愛的仇人』（台湾新民報社、一九三六年二月）は、先の『争えぬ運命』から二年ほど遅れて「三五年春」（「自序」）以降、『台湾新民報』に連載された長編小説で、未亡人秋琴と志中との悲恋を描く。両書は競うように日本語と中国語で書かれ、いずれも台湾人の唯一の言論機関紙と称された『台湾新民報』に連載された。なお、徐はこのころ台湾新民報社の編集部に在籍していた。

筆者は先に中国語の貧血を指摘し、その退潮現象を述べた。だが、台湾の言語状況はそれほど単純ではない。翻訳書に収録された許炎亭の「序」によれば、「（筆者注、漢文で書かれた）『可愛的仇人』が一度台湾新民報に連載されるや新聞社の幹部さへもびつくりしたほどに非常な人気を呼んだ。この作品のどこに惚れたか、夫々読者によつて違ふのは勿論であるが、大衆向きな筆致で巧みに本島人の内部的生活を描写したのと頽廃せる東洋婦女の道を復興させようとした作者の意欲、それに物語のヒロイン秋琴と志中の恋愛を、あくまで永遠の幻、云はゞプラットニック・ラブに止めて、これを肉体的なものにまで発展せしめなかつた美しい人間性の一面、つまり純化された情熱と聖らかな純真素朴な愛情をキヤツチしたのが一般に買はれたのではないかと思ふ」とある。

当時、台湾で漢文が理解できたものは、書房や私塾で漢文を学ぶことができた階層である。したがって、これらの読者は裕福な知識階級であって、いわゆる大衆レベルの階層とは言いがたい。さらにまた、張文環も日本語版の「訳者序」の中で「漢文版は忽ち三版を重ねたと云ふのである。台湾に於ける文学書の出版成績としては稀有であると云はなければならない」と述べている。『可愛的仇人』は、その後「単行本として纏めた時には島内だけで和文版と漢文版を合せて一萬部も売れたそうである」（高芳郎「徐坤泉と黄得時」『台湾公論』一九四三年九月）と伝えているように、空前の読者を獲得した大衆文学である。しかしながら、中国語版あるいは日本語版の読者のいずれを見ても、必ずしも

「大衆」とは言いがたく、台湾社会のエリート層だと目されるのである。但し、日本語の普及は一九四〇年代に入ると飛躍的に進み、日本語理解者は六〇%を超えるようになっていた。

三　「内地」発信の大衆文学――「サヨンの鐘」

日本「内地」留学生が、台湾における文学の発展に果たした役割について、台湾近代文学の誕生に際しては日本語文学を創作し、さらに一九三〇年代には日本語大衆文学を生み出したことを述べた。ところが、一九四〇年代になると様相が一転する。戦争の拡大によって台湾の南方基地としての重要性が増し、「外地」の役割が正面に打ち出されると、台湾文学は日本文学の周縁としての位置から脱して、「外地文学」としての地位が強調されるようになり、台湾そのものの描写に関心が向かうようになる。そうした中で台湾では、「外地文学」をめぐる論争が起こり、外地二世の文学についても論じられるようになった[1]。

このような時代状況の中で、「内地」発信の大衆文学が「外地」としての台湾に持ち込まれ、さまざまに物語られた文学が生まれた。それが「サヨンの鐘」である。「サヨンの鐘」は戦争末期には「呉鳳」同様に自己犠牲の愛国物語として利用される末路を辿るが、最初の物語が作られたのは日本「内地」においてであった。

物語はどのようにして作られたのだろうか。この物語が生まれた背景には、一九三七年に勃発した日中戦争とそれにともなって敷かれた台湾の戦時体制がある。具体的には八月十四日から台湾が日本の戦時体制下に組みこまれると、「内地人」すなわち在台日本人にはじめて台湾軍司令部から召集令状が出されることになった。これが物語「サヨンの鐘」が生まれるための重要な時代背景である。「サヨンの鐘」は、戦争という大きな時代背景のなかで、大衆文学として創造され、さまざまに物語られていく。

物語の主人公となったタイヤル族リヨヘン社の少女サヨン・ハヨンは、一九三八年九月二十九日に台風で増水した南澳渓で水難事故に遭う。応召する「恩師」の出征に際して荷物を運んでいる途中、丸木橋から足を滑らせ、激流にのまれて行方不明になったのである。太平洋に流されて遺体が見つからなかったため、葬儀は二か月後にリヨヘン社青年団葬として行われた。これ以降のサヨンをめぐる行事等を追っていくと、台北州藤田倶治郎知事がサヨンの遭難を追悼して十二月六日にはサヨンの墓に参り、一九三九年一月にも山地巡視の際に墓参して歌を詠んだ。さらにこの年の一月には「サヨン乙女の碑」をリヨヘン社の教育所の庭に建立している。

その後、しばらくはサヨンのために特に目立ったことは行われていない。ところが、一九四一年二月二十一日に台湾全島の高砂族青年団幹部会および皇軍慰問学芸会が台北市公会堂で開催され、リヨヘン社出身の松村美代子（ラハ・モヘン）が「サヨン乙女を憶ふ」を唱うと、前年十一月に第十八代総督に就任したばかりの長谷川清総督がこの歌に感動し、二か月後の四月十四日には総督室で「愛国乙女サヨンの鐘」と刻んだ釣鐘をリヨヘン社に贈った。これがサヨンの水難事故が国策にあわせて、一気に美しい物語に作りあげられていく大きな契機となるのである。

総督が「愛国乙女サヨンの鐘」を贈ったというニュースは、四月十七日に『朝日新聞』「台湾版」で「感激の『サヨンの鐘』授与式」として、四月十五日には『台湾日日新聞』に「愛国少女の篤行へサヨンの鐘を贈る　長谷川総督褒辞と共に」として報道され、「内地」と島内に喧伝された。こうして報道された「愛国乙女サヨンの鐘」の話に感動した渡辺はま子は、サヨンをテーマにした曲を作ってレコードにすることを総督に申し込み、塩月桃甫はリヨヘン社を訪ねてサヨンを描いて、作品「サヨンの鐘」を東京で開催された第二回聖戦美術展に招待出品し、四月十九日に設立されたばかりの皇民奉公会は、「サヨンの鐘」の紙芝居(補)を制作して普及に乗り出した。

このようにして脚光を浴びるようになった「サヨンの鐘」が一編の物語に作られたのは、村上元三による劇本「サヨンの鐘」(『国民演劇』一九四一年十二月)が最初である。村上元三は、『佐々木小次郎』、『水戸黄門』、『大久保彦左衛門』といった大衆文学で著名な小説家で、劇作家としても知られ、また後述する劇団中央舞台での劇作活動開始後まもなく、海軍関係で徴用作家として南方に赴いている。

村上元三はなぜ「サヨンの鐘」を劇化することになったのか。それはやはり長谷川総督と関係する。村上は、一九四一年八月に大林清、濱田秀三郎らと劇団中央舞台を結成するが、劇団を立ち上げるに先立って、その夏、「長谷川伸先生に大林清君と共に随行して台湾へ旅行し」その「時に、長谷川総督から伺った「サヨンの鐘」の実話を、材料として演劇化した」(前掲『国民演劇』「作者附記」)という。こうして「内地」で生まれた「サヨンの鐘」が完成して、劇団の旗挙げ公演用脚本となった。矢田彌八「椰子の島」、大林清「志願兵」、菊岡久利「彌次北防諜道中記」とともに上演されて、劇団活動は第一歩を踏み出したのである。一九四一年十一

呉漫沙著・春光淵訳『サヨンの鐘』(1943年)

月初旬からの群馬県下での移動公演を振り出しとして、一二月には、「外地」台湾への移動公演が行われた。

「サヨンの鐘」はその後の太平洋戦争開戦後も、しばらくは皇民奉公会の皇民化運動のなかで、紙芝居や歌などが宣伝されるだけで、特に目立った展開はなかった。ところが、一九四二年三月に高砂義勇隊が生まれ、翌四月に陸軍で特別志願兵制度が実施されるようになると再び「サヨンの鐘」が物語られるようになる。

一九四三年には、呉漫沙著『莎秧的鐘　愛国小説』(南方雑誌社、三月)、映画脚本「サヨンの鐘」(『台湾時報』五月号)、呉漫沙著・春光淵訳『サヨンの鐘』(東亜出版社、七月)、長尾和男著『純情物語愛国乙女　サヨンの鐘』(皇道精神研究普及会、七月)が立て続けに出され、そして李香蘭主演で清水宏監督の映画「サヨンの鐘」が七月に東京で封切られるにいたる。

「サヨンの鐘」は戦争末期の一九四五年になると教科書に掲載される物語となった。タイヤルの娘サヨン・ハヨンは愛国乙女となり、まるで「呉鳳」のように神格化された、美しい物語に作られていった。しかし、「サヨンの鐘」の物語は、日本の敗戦とともにサヨンの故郷リヨヘン社と映画のロケ地桜社(かつての霧社群ホーゴー社跡地)の人々に複雑な記憶を残したまま終焉を迎えたのである。

四　舞台を失った大衆文学――『白昼の殺人』と『長生不老』

台湾の大衆文学で欠かすことのできない作家に葉歩月がいる。ところが近年まではほとんど知られず、埋もれた作家であった。理由は、葉は生前二冊の単行本を上梓したが、出版は戦後の混乱期で、しかも一九四六年一月二十五日に日本語が禁止された直後の出版であったために、普及する機会もないまま散佚して市場から消えてしまったことによる。(2) 葉歩月の文学もまた読者不在の「大衆文学」と言わざるをえない。

二冊の単行本とは、科学小説『長生不老』と探偵小説『白昼の殺人』である。いずれもそれぞれ一九四六年の十一月と十二月に台湾芸術社から出版された日本語作品である。

葉歩月の文学は台湾文学史のなかで異彩を放っている。『長生不老』は台湾人作家が書いたおそらく空前の科学小説であり、『白昼の殺人』もまた稀有な探偵小説である。台湾大衆文学のなかでは『長生不老』のような科学小説はほとんど見当たらないが、探偵小説については林熊生こと金関丈夫の探偵小説が知られている。

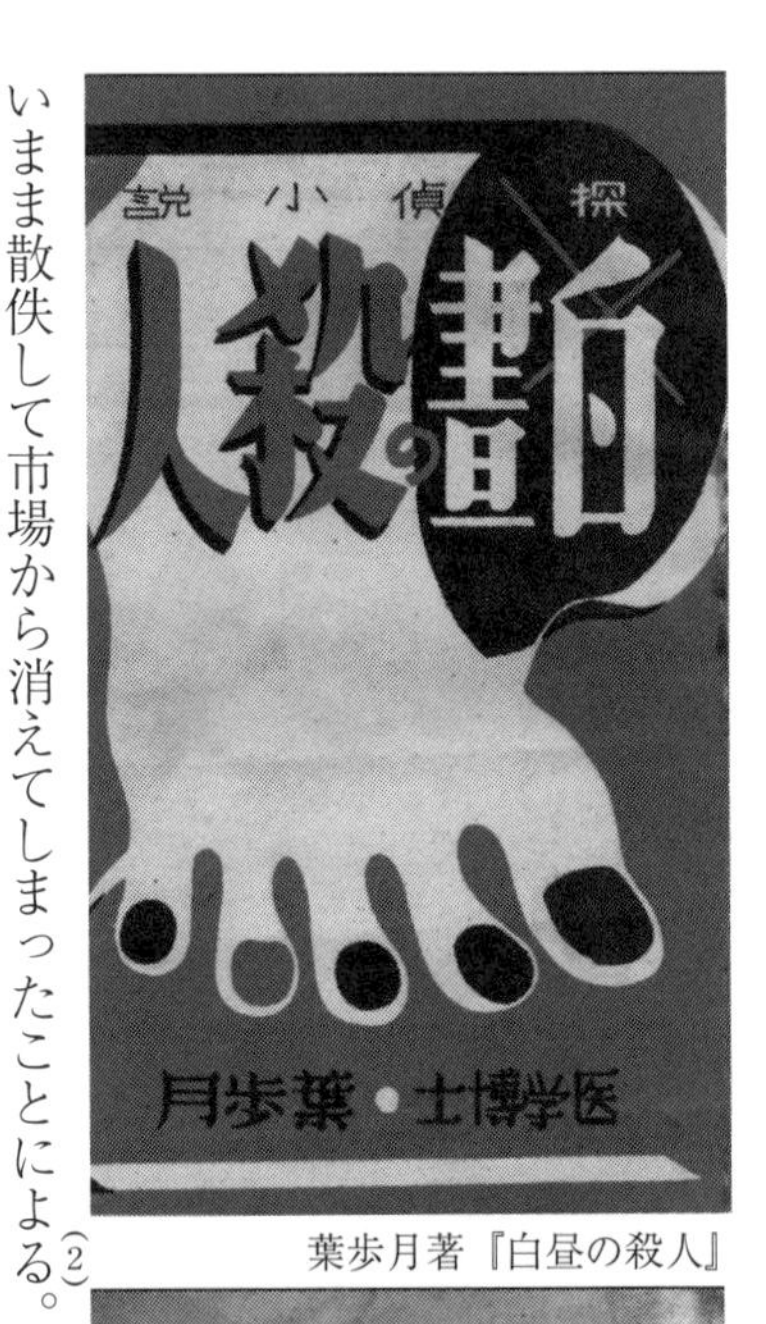

葉歩月著『白昼の殺人』

葉歩月著『長生不老』

台湾の探偵小説については、中島利郎が「日本統治期台湾探偵小説史稿」をまとめて、体系的な研究を行った。(3) 中島の研究によると「台湾における『探偵小説』史は、日本と同様に『探偵実話』から始まり」、「その第一作は、大正三年（一九一四）一一月に台北の杉田書店から出版された座光東平の『士林川血染の漂流船』」だという。その後、台湾の探偵小説は、台湾総督府の『台法月報』や『台湾警察協会雑誌』、『台湾警察時報』などに発表されて発展した。読者のほとんどは「司法及び警務関係者――それも大半が日本人に限定されていた」という。台湾の探偵小説は、このように日本人の司法や警察関係者の読者を中心にして発展し、ようやく「昭和一八年、日本統治期中唯一の本格的『探偵小説』が、台北の東都書籍より刊行され」た。この作品が、金関丈夫の最初の探偵小説集『船中の殺人』（一九四三年十月）である。

台湾文学史において最初に近代探偵小説を著したのは「内地人」の金関丈夫である。同時期には江肖梅の『捕物帖　包公案』（台湾芸術社、同年十一月）が出ているが、作品内容は中国の名裁判物語『包公案』の翻案で、近代探偵小説とはほど遠い。こうした観点からすると、葉歩月は、金関に次いで本格的な近代探偵小説を書いた最初の台湾人作家と評することができる(4)。

金関と葉のふたりはどうして探偵小説を書くようになったのだろうか。この点について中島は、「金関がどのようなきっかけで探偵小説執筆を思いたったのかは解らない。ただ」、「野田牧泉の『捜査秘話シリーズ』の中に、台北帝大の金関に白骨の鑑定を依頼する一場面があるので、金関はおそらくしばしばこのような形で警察の捜査に協力していたのではないかと察せられる。それが執筆動機の一端になったのかもしれない。」と推測している。中島は、金関が京都帝国大学医学部解剖学科出身の人類学者であったことから、このように推論しているわけだが、葉もまた台北医学専門学校出身の医学博士であった。そして、興味深いことに、葉にもまた金関と同じような経験があったことが、知られている。

（筆者注、父葉歩月が）開業した医院は祖父の残した建物で、それは淡水河の第九水門近くにあった。それ故に淡水河の飛び込み自殺や溺死体があるとすぐ法的検察医として委託検屍報告などをした。これが契機となり推理探偵小説を書く様になった。これが後年〝白昼の殺人〟、〝長生不老〟などとして現れたわけです。(5)

葉歩月の作品を知る人は少ない。ここで二作品について紹介すると、『長生不老』のストーリーは次の通りである。

不老長寿の研究に没頭する章国欽博士とその助手の蕭秀郎は、若返り薬とその方法を発見し、章博士は自らの肉体でそれを証明してみせ、七〇を超えていた博士は二〇代の青年に若返る。その博士の研究で一儲けを企んでいるのは製薬会社社長王友麟と貴金属商呉智堅であるが、ふたりの娘の詠雪と妙々が父親たちの思惑とは異なるところで、助手の蕭秀郎をめぐって恋の火花を散らす。もともと相思相愛だった妙々と蕭秀郎だが、詠雪の策略で失恋したと思い込んだ妙々は、養生していた草山の温泉旅館で、若返った章博士と出会って恋に落ち、結婚することになる。花嫁の父の呉智堅の願いを受け入れ、若返りの治療を行なう病院を開設しようとしていた章博士は、自らの脳も若返りを果たしたために、薬の製法その他すべて忘れてしまったことに気づく。一方、かつての恋人であった妙々と博士との結婚を知り、科学だけでは人は幸福になれないと悟った蕭秀郎は、自らの命を絶ち、彼を熱愛しながら、その愛を勝ち得ることができなかった詠雪もその後を追う。台北から高雄へ、高雄からシャム行きの客船に乗った妙々と章博士は、デッキに出て寄り添い、大自然のなかの人間の卑小さに気づくのであった。

もう一編の『白昼の殺人』は、次のような作品である。

登場人物はすべて台湾人という特色を持つが、場所や時間には特に台湾色はない。謎を解いていく名探偵の謝福文は、長身でひげをはやしているところなどは、ヨーロッパの探偵の風貌である。実業家の羅大成は、他社の社長の王俊南と契約をめぐって口論となり、その数分後、無残な姿で発見された。羅大成を殺した犯人は王俊南と、誰もが疑わなかったが、その殺害方法に不審を抱いた警察は、探偵謝福文に依頼し、真犯人をつきとめようとする。羅大成がいなくなることによっていったい誰が利益を得るのか、という線で推理を進めていくうちに、一人息子の羅東海が浮かんでくる。現在の「名探偵コナン」ばりの洗練された近代探偵小説である。

以上のように、葉歩月の作品は良質の大衆文学であり、日本統治時期に発展した日本語台湾文学のなかでは稀有の作品である。だが、先にも述べたように、戦後の日本語禁止により、このような大衆文学もその存在基盤を失った。「外地」における大衆文学は、擬似「内地」や擬似「中国」のなかで非「大衆」の知識人層を読者にしつつ、その可能性が追求されて優れた大衆文学を生み出すまでになったが、日本統治すなわち帝国の崩壊とともにその舞台を失い、終焉を迎えた。台湾には読者に支えられた大衆文学は存在しなかったといわざるをえないが、しかしながら「大衆文学」はまぎれもなく存在した。そして、仔細に観察すると、日本語文学は、「中華民国」体制の今日の台湾においてもなお根強く生きつづけているのである。[6]

【注】

（1）井手勇「戦時下の在台日本人作家と『皇民文学』」（『台湾文学研究の現在』緑蔭書房、一九九九年三月）参照。

（2）『葉歩月作品集』全二巻。緑蔭書房、二〇〇三年七月。

（3）『台湾探偵小説集』（緑蔭書房、二〇〇二年一一月）収録。ほかに浦谷一弘「植民地統治期〈台湾〉の探偵小説─林熊生『龍山寺の曹老人』─」（『花園大学国文学論究』第三二号、二〇〇四年一二月）がある。

（4）葉歩月には、『白昼の殺人』以外に、「傴僂心中」（上）（『新大衆』六巻六号、一九四五年一〇月）と「指紋」（『藝華』七巻一号、一九四六年一月）の二編が残されている。

（5）葉歩月の娘の葉思婉・周原七朗夫妻からのご教示による。

（6）台湾では今日でも台湾俳句・短歌や現代詩が日本語文学として存在し、さらに黄霊芝のような現代作家がいまなお日本語で創作をつづけている。国江春菁著・岡崎郁子編『宋王之印』（慶友社、二〇〇二年二月）参照。また、葉歩月は一九五九年に日本語大河小説「七色の心」を書き、龍瑛宗は一九七八年に日本語長編小説「紅塵」を書いている。この二編の小説は、それぞれ『葉歩月作品集』（前掲）と『台湾長篇小説集』（緑蔭書房、二〇〇二年八月）に収められている。ふたりの戦後の日本語作品は上記の二編にとどまらないが、未発表である。

【補注】

「サヨンの鐘」の紙芝居は未だ発見されていない。

第六章　佐藤春夫の台湾——日月潭と霧社で出会ったサオ族とセデック族のいま

一　佐藤春夫と中国・台湾

一九二〇年、文学的な行き詰まりから失意にあった佐藤春夫を、台湾に誘ったのは、台湾の高雄で歯科医院を開業していた新宮中学以来の友人東熙市（ひがしきいち）でした。三か月余りにわたって台湾に滞在し、各地を巡ります。その際、旅の行程を作成し、台湾理解に様々な指南を与えたのが台湾総督府博物館に勤めていた森丑之助（もりうしのすけ）でした。（補1）その時総督府の民政長官であったのは和歌山県出身の下村宏です。春夫の代表作『女誡扇綺譚（じょかいせんきたん）』が下村海南（宏）や森丙牛（へいぎゅう）（丑之助）に献じられているのはそんなわけです。これは佐藤春夫記念館が二〇〇八年に出した『新編図録佐藤春夫』の解説文です。この方が東哲一郎さんのお爺さまにあたります。色々調べているうちにこの東哲一郎さんのブログに出くわし、ここに拝借させていただきました。私は初めて東熙市さんのお顔を見ました。今の東哲一郎さんにどこか似ておりませんか。目元が大変似ているように思います。佐藤春夫は一九二〇年代から一九三〇年代にかけて「台湾もの」、これは台湾文学と考えていいと思いますが、台湾を素材に取った作品を二十数編書いております。ここでは「日月潭（じつげつたん）に遊ぶ記」「旅びと」「霧社（むしゃ）」「女誡扇綺譚」を中心に感ずるところをお話ししてみたいと思います。

佐藤春夫と台湾に関する研究を振り返ってみますと、まず戦前に大きな佐藤春夫研究があります。それは一九三九年に比較文学研究の大家でありました東大教授の島田謹二が台北にいる頃に書いた論文です。「女誡扇綺譚」について論じた「佐藤春夫の『女誡扇綺譚』」で、これが大きな佐藤春夫論の一つであります。同年九月の『台湾時報』に発表されました。(補2)戦後の佐藤春夫研究は、一九七〇年代に始まります。それはなぜかと言いますと、戦後、植民地に関わる研究というのは肯定的に研究されない時期があり、それが七〇年代まで続くんですね。佐藤春夫研究も、そういう大きな影響を受けています。そういう中で、蜂矢(はちや)宣朗(のぶあき)先生、この方は天理大学の元国文の先生で、万葉学の学者でありました。蜂矢先生は花蓮にありました移民村の吉野村にお父さんが僧侶であった関係で、そこでお生まれになったいわゆる台湾生まれの湾生です。哲一郎さんのお父さんも湾生だそうですが、そういう方です。蜂矢先生は一九六九年から七〇年にかけて一年間、天理大学の交換教授として中国文化大学に赴任されましたが、その時に霧社事件や佐藤春夫の「台湾もの」の現地調査を行われたと思います。私は八〇年以降、先生から台湾の色んな話をお聞きしました。ただその頃はまだ勉強不足で、先生のおっしゃられている話の内容がよく分からないことがたくさんありました。今回この講演に際してあらためて読んでみますと、「『霧社』覚書―佐藤春夫と台湾」(『天理大学学報』一九七三年三月)など大変すぐれた論文が書かれていることがわかりました。それから台湾文学研究者の河原功さんですね、「佐藤春夫の『植民地の旅』をめぐって」(『成蹊国文』一九七四年十二月)を同じ頃に書いています。この方も大変早い時期から研究を始めた人です。台湾研究がマイナーな研究であった頃から高校の恩師の影響を受けて始められました。それから蜂矢先生のお弟子さんであります台湾人の邱若山さん。邱先生は佐藤春夫記念館にもいらっしゃっていると思いますが、台湾では第一人者だと思います。佐藤春夫の小説を翻訳した人は台湾ではこの人しかいません。(補3)邱先生にはこれからもますます研究していただいて、台湾における佐藤春夫研究をおおいに普及させていただきたいと思っております。さらには中上健次の作品も訳してほしいと思っています。

二　一九九〇年末の研究方法

新しい研究方法はその後、一九九〇年代末になって起こります。一九九八年に藤井省三さんの佐藤春夫の台湾文学論、「大正文学と植民地台湾、佐藤春夫「女誡扇綺譚」」(『台湾文学この百年』東方書店）が発表されます。それと二〇〇二年六月に開催された日本台湾学会第四回学術大会において「台湾文学における佐藤春夫とその系譜」というテーマで佐藤春夫が大きく取り上げられました。これも大きな意義を持っていると思います。それから、台湾における佐藤春夫研究をネットで調べて見ますと、それほどないなあという印象です。気になるのは博士論文を書いた人はいるのだろうかということ。博士論文を書く人が出てこないといけないと思いますが、日本では河野龍也さんが東京大学で博士号を取られたようですが、台湾人ではまだいないようです。中国人研究者では果たしてどうかですが、秦剛さんに後程お伺いしたいと思っています。日中の研究を見てみますと、九州大学の秋吉收さんの統計によりますと、中国での研究の方が盛んなようです。それと、芥川龍之介研究と佐藤春夫研究を比べますと、圧倒的に芥川龍之介の研究が多いという事です。

それから新しい動向として、文化人類学者の笠原政治さんの佐藤春夫研究があります。これは大きな意義があると思います。それは佐藤春夫の「台湾もの」を研究する時に、台湾におけるエスニックグループつまり族群についての関心・理解が十分でないと、佐藤春夫の文学をよく理解できない。それはなぜかと言いますと、森丑之助という人の影響がかなり濃厚にあるからであります。この森丑之

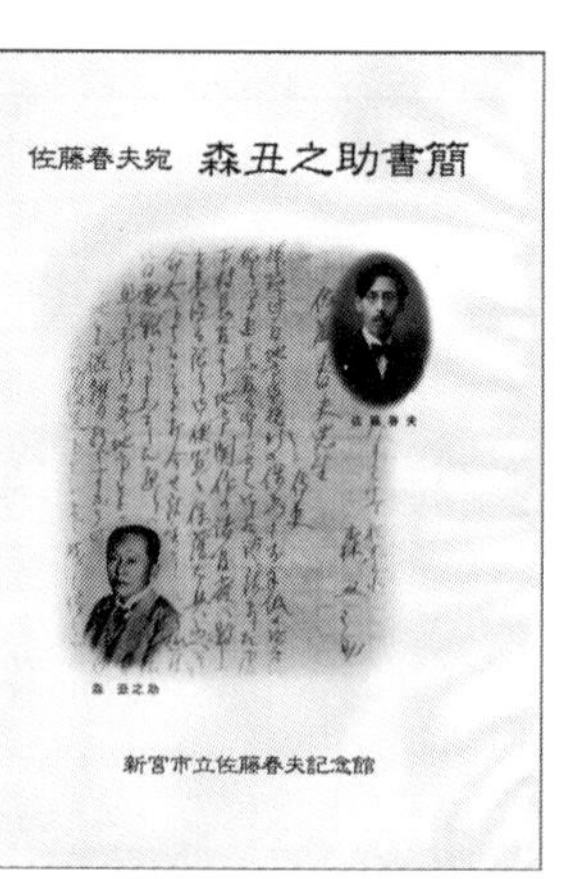

佐藤春夫記念館『佐藤春夫宛森丑之助書簡』

助の研究はようやく最近出てきました。この方は大変不幸な方でありまして、一九二六年に自殺しております。戦後も一九八〇年代まで文化人類学者ですら森丑之助はどういう人か、知らない人が多かった時期があります。ところがこの人の残した功績は大変大きなものである事が近年、文化人類学者によって発掘されておりまして、これは佐藤春夫研究と大いに関わるところであります。佐藤春夫記念館も二〇一三年に『佐藤春夫宛森丑之助書簡』を出しておりますし、もっともっと調べないといけない人です。自殺する直前、佐藤春夫の所に二十日余り泊まり込んでいたような時期もありますので、森丑之助に関する研究も今後大事だろうと思います。

そして新しい研究としては河野龍也さんの研究があります。(補4) それから、一橋大学で博士号を取った島田謹二研究の、橋本恭子さんの『『華麗島文学志』とその時代』（三元社、二〇一二年）も出ております。このように昨年の十二月以来少し勉強してまいりましたけれども、かなりの研究が出てきている事が分かりました。再評価への視座の一つは、中国の文学者、田漢や郁達夫や魯迅との交流。近代作家として、近代中国に深い関心を持ったナンバーワンはやはり佐藤春夫だろうと思います。その後の戦争との絡みの中で色んな問題があり、色んな角度から見られる文学者でありますけれども、やはりもう一度見直して、当時の近代中国で今何が生まれているのだろうか、どのような文学作品が生まれているのだろうかという事に心から関心を持っていた、その代表的な近代作家は佐藤春夫であるという事をもっと強調していくべきだろうと思います。

三「女誡扇綺譚」について

ここで、作品を三編ほど見てみたいと思います。まず「女誡扇綺譚」ですが、これは一九二五年の作品です。「女誡扇綺譚」が名作である事は誰もが肯定する所です。舞台は台南の廃港の安平(アンピン)港です。港の最も奥に位置する禿頭港(クツタウカン)、これは台湾語読みですが、ここに建つ台湾南部では第一の富豪・沈(シン)家の幽霊屋敷という噂のある廃屋で起こった、若い男の首吊り事件をミステリアスに描いた小説です。この作品に島田謹二が、典型的な異国情緒の文学、つまりエキゾティスムの文学として高い評価を与えます。この方はフランス文学の研究者ですから、フランスが植民地にした国々で生まれた文学、いわゆる外地文学という文学理論から佐藤春夫の文学を見ようとしました。そういう面からこの作品は異国情緒の名作であると評価をしております。その一方で外地文学として見た場合、フランスで生まれている大きな長編小説などと比べるとそこまで届かない。世界文学に覇を争うような大文学ではないということを言っています。島田謹二は、異国情緒で佐藤春夫の文学を論じ、それが権威を持って一人歩きしてきましたが、しかし島田の文学論をよく読み直してみますと、佐藤春夫のこの作品を、優れた文学作品として評価しているという事は言えると思います。これに対して、藤井省三さんは、これに異論を唱え、つまり反異国情緒論を展開し、島田謹二の異国情緒論は間違いであると反論しました。つまり佐藤春夫の「女誡扇綺譚」は異国情緒文学として島田謹二によってこれまでずっと貶められてきたが、そうではなくて、台湾ナショナリズムの誕生を高らかに謳う文学であるという風に捉えなおしました。

四　春夫作品にみる原住民族像

次に、佐藤春夫の作品に描かれた原住民族像についてお話ししていきます。

一つの疑問として訪台前の佐藤春夫は台湾について、さらには原住民族についてどの程度知っていたんだろう、と勉強しているうちにそう思いました。そして色々読んでいるうちに、新宮中学の同級生の東熙市の影響で新宮から神戸へ、そして備後丸に乗ってその間色んな話を東熙市から聞きながら台湾に渡ったんだと思いますが、そういう中で河野さんの論文にぶつかりました。河野さんはこう仰っているんです。「東熙市は春夫を窮地から救った人物である」と。僕はこれを読んだ時に目を開かれて、素晴らしい事を言っているな、本当にそうだと思いました。何かに悩んでいる佐藤春夫に会って、東熙市は友人として台湾に遊びに行こうと誘ったわけでありますけれども、佐藤春夫の悩める時代を救った人物として東熙市に新たに光をあてたのは大変大きな仕事だと思います。佐藤春夫はこのようにして台湾に行きます。一九二〇年六月二十三・二十四日頃、新宮を出発しますが、途中広島に寄ったあと下関から出発します。一九二〇年六月末のことで、約一週間船に揺られて、七月五日基隆港に入港します。そしてその日、社寮島（現、平和島）を見学し、その夜、夜行で台北に行き、台北である大事な人物に会います。それから翌日の六日に高雄に行きます。七月五日に基隆に着いてから、十月十五日に基隆港から日本に帰るまで、軽い気持ちで行った旅行が、ほぼ一〇〇日、三か月以上台湾に滞在する旅になりました。当時、大変な旅行だったと思います。東熙市も大変迷惑したかもしれませんけれど、佐藤春夫がそこまで台湾に長く滞在したという事は、我々が軽い気持ちで台湾に行く、一週間行ってくるつもりで行ったのに一〇〇日にもなるという事はどういう事なんだろうかと考えますと、改めてこの佐藤春夫の台湾時代は面白い問題がいっぱいあるなという風に感じます。

佐藤春夫は、先ほど言いましたように、七月六日東熙市の案内で総督府博物館を訪ね、そこである人物、すなわち民族学者である森丑之助を紹介されます。これは東熙市の大きな功績だろうと思います。その後、佐藤春夫は高雄の東熙市宅に滞在しますが、その間森丑之助は盛んに手紙を書きます。この書簡は佐藤春夫記念館に残されていて、先にあげました『佐藤春夫宛森丑之助書簡』に収録されていますが、森丑之助からは、阿里山に必ず行きましょう、日月潭に行きましょう、霧社に行きましょう、といって勧められています。ただ、凄まじい暴風雨のために、これは九月三日、台北にある台北橋が落ちるような大暴風雨があったようですが、これに阻まれて、結局は阿里山には行けませんでした。後は日月潭と霧社の旅は決行しております。

こうして森丑之助との出会いによって「蕃地」すなわち原住民族居住地への興味が増していきます。当時二人の年齢差は、春夫は二十八歳、丑之助は四十三歳と、かなり離れていますが、森丑之助は佐藤春夫をさかんに蕃地に誘います。その時に森丑之助が出版して三年ほどの『台湾蕃族志』第一巻を提供いたします。それからもう一人大事な人物として下村宏民政長官がいます。この人は和歌山県の出身で、当時の台湾総督府のナンバーツーです。この人のある面で庇護の元にと言いますか、この人の紹介の元で困難な所の旅も実現できたんですね。佐藤春夫は道行く人がどんな偉いさんが通ってんのかと思うくらいの旅の仕方をしたようです。それはこの下村宏民政長官、この頃は総務長官と言いましたけども、その人のおかげです。下村宏はまた歌人という性格を持っていましたので、藤井省三さんの研究によりますと、当時文学者芸術家観光団の招聘プランをこの下村宏民政長官は持っていたようです。それが実現しなかったので、同郷の和歌山県人であるからという事で、佐藤春夫を大変篤く世話したという事があります。

九二一大地震前夜の霧社

なお、その時に下村宏が招聘しようとした人物には与謝野夫妻、永田衡吉、沖野岩三郎、西村伊作という人達がいましたが、永田衡吉と西村伊作は新宮人です。沖野岩三郎は新宮人とは言えませんけれども、新宮に大変縁の深い文学者です。これら、新宮と関係ある人たちを台湾に招聘しようという計画があったことはまた興味深いことです。

森丑之助が佐藤春夫に送ったのは『台湾蕃族志』ですが、実は森丑之助は全十巻出す予定でした。しかしこれ一巻しか出ませんでした。ですから森の中には大変悲しい思いがあっただろうと思います。関東大震災のために資料がすべて焼けてしまいました。それが自殺の原因の一つだろうと思いますけれど、この『台湾蕃族志』はタイヤル族だけが書かれたものです。もう一冊、旅行中に森丑之助は佐藤春夫に『台湾名勝旧跡誌』を送ります。作品「日月潭に遊ぶ記」にもこの本に書かれた案内の言葉がそのまま引用されています。このように『台湾蕃族志』であるとか、『台湾名勝旧跡誌』であるとか、こういうものを下地にして、さらにもう一つ発見したのは、伊能嘉矩が『大日本地名辞典続編』というのを出しておりますけれども、「殖民地の旅」の胡蘆屯（コロトン）などの描写や紹介はこの伊能嘉矩の文章から取ったものであることが分かりました。つまり佐藤春夫は台湾に行って大変勉強しながら台湾を旅していることがわかります。森丑之助は盛んに「蕃地」に行くことを勧めております。「蕃地」というのは当時原住民が住んでいた所です。それは彼が民族学者であることと同時に、勧めている「蕃地」は当時にあってはかなり開かれた所を紹介しています。阿里山ではツォウ族が住んでいます。ツォウ族の達邦社（タッパン）という所からは、一九三〇年に高一生（こういっせい）という、民族名はウオグ・ヤタウユガナという人ですが、台南師範を出るようなエリートが出てくるような村です。それから日月潭、ここには当時「化蕃」と言われたサオ族が住んでいます。かなり開化された民族が住んでいるという意味ですね。

それから、霧社を紹介します。霧社は当時はタイヤル族と呼ばれたセデック族が住んでおり、当時は蕃社第一の都会でした。ですから、森丑之助はまだまだ一般の人が入ってはいけないような所には紹介していないことがわかります。一般の人でも十分注意して、心構えを持っていけば行けるような「蕃地」を紹介しています。ですから森が紹介しようとした民族は、ツォウ族、それからサオ族、セデック族という風に考えていいと思います。相当な思い入れを持って紹介したと思います。台湾の中央山脈は二千メートル、三千メートル級の連峰ですが、この中央山脈には森丑之助の時代には六族と言っておりましたけれども、その後九族と分類され、今は十六族と言われますけれども、山地にはそういう民族が住んでいます。森丑之助はそういう山々を、何らの武器も持たずに、学者として研究して歩いた人であります。佐藤春夫は「霧社」の中で「踏査の間終始身には寸鉄さへ帯びなかった」と伝えています。

春夫の日月潭・霧社・能高山行を見ますと、日月潭には九月十九日に行っています。台湾縦貫鉄道で嘉義(カギ)から民雄(ミシュウ)、民雄から二八水へ、そして製糖会社の私線に乗り、その後暴風雨の影響で私線が動かないという事で途中から徒歩で行き、それから台湾電力会社の、この会社は日月潭を開発するためにできた株式会社ですが、そこのトロッコに乗って、集集(シュウシュウガイ)街に行きます。佐藤春夫にとっては大変な旅だったと思いますけれども、そういう所を森丑之助に勧められて行ったわけです。その後集集街を発って日月潭に行きます。翌日の二十日に日月潭から霧社に行き、それから能高越えというような事をしますけれど、こういうふうに山地に入っていったという事です。日月潭は、七六〇メートルくらいの高さの所にあって、風光明媚な観光地として有名ですが、実は日月潭は、佐藤春夫が行った頃はまだまだ観光地として始まったばかりでした。観光地としてようやく観光行政の中で脚光を浴びるようになってきた場所。一九一八年に台湾電力会社ができて、そして日月潭の水力発電工事を始めましたが、そういう事が佐藤春夫の日月潭見学には大きく影響をしていると思います。この一九一九年に始まった日月潭のダム工事はその後順調に進むのではなくて、一九二三年の関東大震災でお金が無くなり、しばらく頓挫してしまいます。結局十五年かかって、一九三四年に完成します。長い年月をかけて作ったダムですが、今、台湾の人たちには大変喜ばれているダムであります。「日月潭に遊ぶの記」は、この時の事が書かれています。この涵碧楼(ハンピーロウ)の所に疑問符を打っていますが、この涵碧楼は戦後、蒋介石がそこを避暑地にしたということで有名な旅館なんですけれども、佐藤春夫が泊まった時に涵碧楼という名前がついていたのだろうかという疑問を持っていました。昨夜、河野さんに尋ねますと、その二年ほど前に涵碧楼という名前の元に建てられていたので、春夫が泊まったのは涵碧楼という名前の旅館であると考えて間違いないという風に言われましたので、この疑問符はここで削除させていただきます。

当時のサオ族が住んでいるのは、この珠仔嶼(ラル島)です。佐藤春夫は涵碧楼に着くとすぐに、お酒なんかを持って船に乗ってここに遊びに行きます。サオ族の正月はちょうど旧暦の中秋の名月の頃なんですね。佐藤春夫が行った時はちょうどお正月で、みんなお酒を飲んでるというような描写があります。ところでここはその後ダムが完成しそのため増水して人が住めなくなります。完全に埋没してませんが、人が住めなくなって、対岸のここに徳化社という地名で住むようになります。ずっと後ですが一九九九年に、九一八台湾大地震が起こった時ここは壊滅的打撃を受けて、今はさらに奥の方の伊達邵（イタサオ）という所に住んでいます。サオ族は日月潭の山奥から白い鹿を追ってここへやって来たという伝説を持っています。佐藤春夫はここを舞台に二編の作品「日月潭に遊ぶの記」と「旅びと」を書いていますが、蜂矢先生はこの二編の作品についても大変優れた論文を書いています。蜂矢先生は「日月潭に遊ぶの記」を小説化したのが「旅びと」だと言っています。肝心な所だけ読みますと、佐藤春夫も旅人だけれど、ここに描かれた女性、滋賀県出身の女性ですが、この人も旅人であると。そして日月潭に関わる色んな人々も皆、植民地にとっては旅人であるという事を描いたものである、という言い方をしておられます。佐藤春夫の台湾関係の作品では優れた作品として「女誡扇綺譚」を挙げる人が多い。しかし、一本筋の通った抒情という点に比重を置くと、台湾の旅から得た作品の中では「旅びと」が第一級の作品であるという風に言っております。邱若山さんも「旅びと」を論じた「旅びとの世界─その抒情の原点と創作事情[補5]」でその説を支持しております。

五　「日月潭に遊ぶ記」の解釈

最近河野さんが書かれた論文「紀行から批評へ─佐藤春夫が台湾を描くとき[補6]」を入手して読みました所、この「日月潭に遊ぶの記」は、当時「特集　変つた避暑地」というのが一九二一年七月夏季臨時号『改造』で特集され、その特集に応じて書いた紀行文であるという風に書いています。ですから蜂矢先生の言っている事を支持するような、蜂矢先生の言っている事は間違いないというような、河野先生の新しい見方だと思います。これは大変大事な事だと思います。それからまた、陳萱さんも大事な事を言っております。[補7] 日月潭が「内地」の日本人も訪れる観光名所になった背景には、台湾における総督府の植民地統治政策があるという風に言っています。だから、一九二〇年代頃にようやく日月潭が観光地として脚光を浴びるようになってきていた。その頃に春夫が森丑之助の紹介で日月潭に行ったということになります。

佐藤春夫が出会った民族・サオ族というのはどういう人達か。これらは『台湾蕃族図譜』にとられているもので、これは丸木舟ですね。彼らは魚を取っていますが、これは魚を捕るための丸木舟であります。これは最近の写真です。

もう一編「霧社」という作品を紹介したいと思います。これは蕃界第一の都会と言われた霧社での出来事を描いた作品なんですけれども、時代背景には「サラマオ事件」があります。サラマオ事件とはどういう事件かと言いますと、一九一九年ぐらいから、サラマオ近隣で病気がはやります。それは一説には、当時地球の人口が十八億であったうちの三分の一、六億の人たちがかかったという、スペインかぜが台湾にも伝わったと言われていますが、この伝染病でかなりのタイヤル族の人たちが死んでいく。それは外部から入ってきた人達が持ち込んだものだ、その祟（たた）りを断つためには出草（しゅっそう）せんといかんというわけです。出草というのは首狩りです。首狩りをし

霧社の口琴（ロボ）今昔

てお祓いをせんといかんという事で、いろんな出草事件が起こります。日本人も警察やその家族が殺されたり首切られたりしました。そういう中で一九二〇年九月十八日に大きな事件として発生したのがサラマオ事件です。当時、サラマオの椚岡(くぬぎおか)駐在所と、合流点の分遣所が襲われ日本人七人が殺されます。それで霧社で日本人が皆殺しになったという噂が立つんですね。そういう事件で日本人が皆殺しになったという所から始まる作品が「霧社」という作品です。この事件を佐藤春夫は霧社に入る前の宿泊地、集々街で聞きました。

当時は台湾蕃界第一の都会だと言われた霧社の町というのはこういう街です。これが霧社の大通りで、警察署はここにあります。佐藤春夫が泊まった宿は、ここにあって、郵便局はこの前にあります。これは十五年ほど前に私が撮った霧社の写真です。サラマオ事件から十年後の一九三〇年十月二十七日に霧社事件というのが起こりますが、ここが事件が起こった公学校です。霧社は標高一一四八メートルでありますから、日本の気候とあんまり変わりません。ですから、春になると桜が咲きますけれども、それは一月に咲きます。一月に赤い桜、緋桜が咲きます。作品には口琴(ロボ)が出てきますが、アイヌ民族にも口琴があります。これは私が撮った現代の口琴です。当時のセデック族は、森丑之助の撮影から取りますとこういう様相をしています。会った女性も、おそらくこういう恰好をしていたか、あるいは日本人の和服を着ていたかです。その後佐藤春夫は霧社から能高越えの峠まで行きますが、こんな山深い所まで森丑之助の勧めで行っています。これは濁水渓(ダクスイケイ)ですが、深く切り立った渓谷です。台湾の山は高く、すべて渓流となって流れますけれども、山中はこんなに深い渓流で、佐藤春夫はこのような風景を見ながら霧社を見学したという事です。

六「霧社」に出てくる女性をめぐって

次に「霧社」には一人の人物、女性が描かれていますが、この人物を巡って述べてみたいと思います。顔には刺青があり、男にも勝る背丈があるという女性が描かれているんですけれども、佐藤春夫が描いたこの奇異な女性は誰かという問題があります。佐藤春夫が描く作品にはモデルがいます。必ずモデルはいるんだけれども、この人物にはどこかにフィクションすなわち作家の想像があると考えた方がいい人物像です。作品ではその女性の娘たち二人に佐藤春夫が誘われる場面があり、どうも売春しているような娘たちのような印象で作品が書かれてるんですね。そのお母さんが、その背の高い人らしいという書き方をしています。ではこの人物のモデルは誰かということで特定しようという研究がありますが、テワス・ルーダオだという研究者が多いようです。テワス・ルーダオはモーナ・ルーダオの妹ですね。日本人の近藤儀三郎という警察官に嫁いでいました。その近藤儀三郎が花蓮に赴任したあと、花蓮の断崖から落ちて死んだ、あるいは逃げたと二つの説がありますが、結局、その夫を失ったモーナ・ルーダオの妹が、「蕃地」に帰ってくることになります。その女性が「霧社」に描かれた「あの女」のモデルだという風にはっきりと断定しています。ところが、そのテワス・ルーダオは、年齢を計算しますと当時二十七歳位です。さらに大きな子供はいなかったという事があります。これが一つですね。それからもう一つはその実像ですね。テワス・ルーダオの実像というのは、近藤儀三郎と結婚して、この近藤が花蓮に赴任後失踪します。その後、テワス・ルーダオは霧社に帰って数年後に同じ原住民族の人と結婚します。その後一男三女をもうけます。こういう事が分かってきたのは最近の『清流部落生命史』（二〇〇二年）の出版によりますが、セデック族の人々が口述筆記で語った中に書かれている事で、テワス・ルーダオの息子と娘は霧社事件の時に四人とも自殺しています。こういう事を考えますと、テワス・ルーダオ説はやはり言い過ぎで、実像に似てる所はありますけれども、事実とは違う。だからテワス・ルーダオと断定する事はいい事ではないと思います。佐藤春夫もどこかでぼかして書くはずです。その点、蜂矢先生はこのような断定はしていません。当時、和蕃結婚といいまして実は政略結婚なんですが、当時よく知られた和蕃結婚が五つくらい例があります。一つは近藤勝三郎で、彼は近藤儀三郎の兄で警察官ではありませんが、商売で山に入っていって、「生蕃近藤」なんて言われて「蕃通」として知られていました。この人もやはり勢力者の娘を奥さんにしていた。それから下山治平という、マレッパ駐在所の警察官もピッコ・タウレというマレッパの総頭目の娘をお嫁さんにもらっていました。あと数例ありますが、下山治平の場合は退職する時に日本人妻だけ連れて日本に帰ります。現地妻のピッコ・タウレを捨てて帰るんですね。だから当局はそれに配慮して、それでは可哀想だという事で、嘱託として駐在所や公医診療所で働かせます。こういう計らいをしていますが、佐藤春夫が描いた人はそういう待遇を受けた人のように描かれています。とすると、実像としては、そういう待遇を受けた人としてピッコ・タウレがふさわしい。そのふるまいであるとか、容姿からすると、テワス・ルーダオのようなイメージがあると。しかし、ピッコ・タウレが嘱託として霧社で働きだすのは、下山治平が一九二三年に退職して以降のことです。そんな事で蜂矢先生の考えは、この三つの例を総合して描いたような人物像として捉えております。私はこういう方向の捉え方の方が佐藤春夫の「霧社」のモデルを考える時にいいと思いますし、もしこの人だと突き詰めるんであれば、もっとしっかりと根拠をもって押さえていかないといけないと思っています。

七「サラマオ事件」について

ここで少し佐藤春夫が遭遇した「サラマオ事件」について触れておきます。佐藤春夫はおそらく森丑之助と、その後台北や日本で会った時にサラマオ事件について話し合ったと思います。森丑之助は総督府の仕事を辞めて日本に戻って来た時、下里にまで行っていろんな話をして、遂には自殺してしまいますけども、おそらく佐藤春夫にはいろんな事を語って死んでいったんじゃないかと想像できます。サラマオ事件にしても、森丑之助にとってはとっても痛ましい、彼の心を痛めつけるような事件だったと思います。佐藤春夫は、霧社では七人の日本人が殺されたと聞いただけで帰ってきてますけれども、サラマオ事件というのはその後二か月戦役が続き、日本側につけたほぼ千人のいわゆる「味方蕃」を出動させてサラマオを討伐するわけです。これはあんまり見せたくないんですけれど、この霧社の原住民の足下に首が並んでいますが、これは敵の首です。つまりサラマオの人々から取ってきた首で、二十五の首を取って帰ってきました。お前ら首刈るようなそんな野蛮な事したらあかんぞ、と言っていた日本警察がですね、同じようにこういう習慣を持っている人々を使って、「夷を以て夷を制す」といいますが、首を狩らして持って帰らせて、こうして並べさせ、記念写真まで撮っています。教育を説き、制圧しながら、片一方ではこういう彼らの手法を使う。こういうやり方を日本の警察は一番やっていた、そういう事の一つでもあります。ですから、このサラマオ事件については、森丑之助との話の中では色んな事が語られていたという風に想像できます。こういう面での研究は、まだ十分行われていないという風に考えられます。

ちょっと時間が無くなりましたので飛ばしていきますが、台湾には原住民族と呼ばれる人達がいま

高永清さん夫妻

す。オーストロネシア語族系の民族で、今日では原住民族という呼称が正式呼称として使われるようになっています。今は十六族になっています。この写真は現在の原住民族の人々です。今年も学生を連れてこのイタサオというサオ族が住んでいる所を訪問しました。佐藤春夫は日月潭のサオ族の部落に行き、杵搗きの歌を聞いていますが、この時の描写では佐藤春夫はこのサオ族の事をあまりいいように書いていませんけれども、おそらく佐藤春夫の理解も不充分であった可能性があります。これは彼らが大事にしている正月のお祭りです。サオ族はこうして今でもお祭りをして伝統を継承しているから、彼らは今日新たに原住民族として認められたんですね。佐藤春夫にちょっとと揶揄されながら、お前らちょっとだらしないぞと言われながらでも、自分たちの祭りだけはやり続けてきたお陰で、こうして今日のサオ族は一民族として認められているということであります。

サラマオ事件からちょうど十年後に霧社事件が起こります。これは私が一九八〇年に霧社を訪ねた時の写真です。この女の人が花岡二郎の奥さんです。花岡初子（のち高彩雲）さんと言います。この人は中山清さん―高永清（コウエイセイ）さんですね、子供の時霧社事件を知っております。お二人はのちに結婚しました。これは現代の霧社ですね。これは今私が付き合っている霧社事件の生き残りの子孫の人々です。毎年私は九月に彼らと会ってですね、色々な話をしています。この写真は佐藤春夫記念館を訪ねた台湾原住民の作家、シャマン・ラポガンです。彼は、これは私の義理の兄ですけども、日本の漁船の船に乗せてくれという事で大島の須江（すえ）で乗せてもらいました。

八『魯迅選集』のこと

最後に「佐藤春夫、増田渉（ますだわたる）そして魯迅」については割愛しますが、一言だけ述べておきたいと思います。佐藤春夫と増田渉先生が出された岩波文庫の『魯迅選集』は十万部売れたといわれています。それを最初に訳したのは誰か、それは佐藤春夫なんですね。これをちょっと見てください。魯迅の「故郷」の翻訳が最初に『中央公論』に掲載されました。当時の中央文壇における『中央公論』に魯迅の作品が発表されたのは大きな意味があります。その時佐藤春夫が訳したというのが大きな意味を持っています。日本では当時魯迅よりも佐藤春夫の方が有名だったという事であります。この佐藤春夫のお陰で増田先生は魯迅に出会う事ができて、その後大きな仕事をしていく事になります。

台湾の人たちも魯迅を読んでいます。台湾は戦後一九四五年十月二十五日に「光復節」を迎え、その後四七年に二・二八事件が起こります。当時台湾の人たちはもうすっかり日本語世代となっていて、北京語がほとんど話せませんでした。大陸から来た人たちから大変蔑まれます。台湾人は日本語しか喋られんだろう、台湾人は日本の奴隷化教育を受けたなどと言われたりするんですけれども、当時の台湾の文学者達は、いや、我々は日本語を通じて世界の文学を学んだんだと激しく反論します。あなたたちよりも魯迅の文学についてもよく知っている。その魯迅の文学についてよく知っていると言って読んだ本は、おそらく佐藤春夫が増田先生と一緒に訳した岩波文庫のこの『魯迅選集』だと思います。(補8)

九　台湾の原住民族を近代文学の素材に初めて取り上げた佐藤春夫

こういう事を最後に佐藤春夫についてまとめさせていただきたいと思います。

佐藤春夫は文学を通じて同時代の中国に関心を持っていた日本で最初の文学者であるということ。それからこれは島田謹二が言っていることですが、植民地台湾に生きる台湾人の思想生活感情を初めて近代文学のテーマに挙げた文学者だということです。さらにこれは竹内好が言っていることで、佐藤春夫は当時の魯迅研究の第一人者であったということです。魯迅の小説をすぐれた近代小説と認めて日本の中央文壇に初めて紹介した文学者と高い評価をしています。そして台湾原住民族を近代文学の素材に初めて取り上げた文学者であるということです。佐藤春夫は今まさに、今後は河野龍也さんを中心にして、佐藤春夫のいわゆる国際人としての、あるいは国際文学者としての佐藤春夫研究を改めて努力してやっていきたいと思います。(補9)私の基調報告をこれで終わります。ありがとうございました。

【補注】

（1）近年の森丑之助研究に、楊南郡著、笠原政治・宮岡真央子・宮崎聖子編訳『幻の人類学者　森丑之助　台湾原住民の研究に捧げた生涯』（風饗社、二〇〇五年七月）がある。

（2）本編は、島田謹二著『華麗島文学志―日本詩人の台湾体験―』（明治書院、一九九五年六月）に収録されている。

（3）翻訳書に邱若山訳『佐藤春夫――殖民地之旅』（草根出版、二〇〇二年九月）、その修訂・増補版に佐藤春夫原作・邱若山訳『殖民地之旅』（前衛出版社、二〇一六年十一月）がある。他に次の二冊の研究書がある。『佐藤春夫台湾旅行関係作品研究』（致良出版、二〇〇二年九月）、『佐藤春夫と台湾　台湾旅行関係作品研究続編』（樺豊出版社、二〇一七年二月）。

（4）辻本雄一監修、河野龍也編著『佐藤春夫読本』（勉誠出版、二〇一五年十月）、河野龍也『佐藤春夫と大正日本の感性――「物語」を超えて』（鼎書房、二〇一九年三月）がある。

（5）邱若山著『佐藤春夫台湾旅行関係作品研究』（注3参照）収録。

（6）張季琳主編『日本文学における台湾』中央研究院人文社会科学研究中心、二〇一四年十月収録。

（7）陳萱「表象の中の『日月潭』―植民地時代の日本人作家による表現から」、張季琳主編『日本文学における台湾』（注7参照）収録。

（8）詳細は、Ⅰ部第五章参照。

（9）この佐藤春夫没後五十年国際シンポジウムでの基調講演は、二〇一五年一月三十一日に行ったが、その後このシンポジウムでの成果を踏まえて、二〇一六年六月四日・五日に、国立台湾文学館で、国立台湾文学館主催、日本歌謡学会、佐藤春夫記念館共催のもとに「台日『文学と歌謡』国際シンポジウム」が開催された。

【初出一覧】

Ⅰ　台湾における頼和と魯迅、そして高一生

（第一章）「日本人の印象の中の台湾人作家・頼和」、『よみがえる台湾文学』東方書店、一九九五年十月収録

＊（頼和及其同時代的作家――日拠時期台湾文学国際学術会議、於国立清華大学、一九九四年十一月二十五日―二十七日、発表原稿）

（第二章）「虚構・翻訳そして民族――魯迅「藤野先生」と頼和「高木友枝先生」――」、『中国文化研究』第二十四号（天理大学中国語コース）、二〇〇八年三月

＊（彰化文学国際学術研討会、於国立彰化師範大学国文学系暨台湾文学研究所、二〇〇七年六月八日、発表原稿）

（第三章）「文学から台湾の近代化をみる――頼和そして高一生――」

＊（二〇〇七年台日学術交流国際会議「殖民地與近代化――検視日治時代的台湾」、於台北、二〇〇八年九月九日、発表原稿）

（第四章）「戦後初期台湾文壇と魯迅」、『台湾新文学と魯迅』東方書店、一九九六年九月収録

（第五章）「戦前日本における魯迅の翻訳と戦後初期台湾」、「一枚の写真から――戦前日本における魯迅の翻訳と台湾――」と題して、『天理大学学報』第二百五十輯、二〇一九年二月に発表

＊（国立政治大学台湾文学研究所「陳芳明人文講座」、二〇一八年五月二十三日、講演原稿。原題「従一張照片談―在早期日本的魯迅翻譯與台灣」）

Ⅱ　台湾人「内地」留学生たちの文学――『フォルモサ』――

（第一章）「台湾芸術研究会の結成――『フォルモサ』の創刊まで――」、『左連研究』第五輯、一九九九年十月

（第二章）「台湾芸術研究会の解体――台湾文芸聯盟への合流から終焉まで――」

＊（博士学位論文『台湾近代文学の諸相―一九二〇年から一九四九年―』、関西大学、二〇〇五年九月収録）

（第三章）「台湾人詩人の東京時代（一九二九年―一九三八年）――朝鮮人演劇活動家金斗鎔や日本人劇作家秋田雨雀との交流をめぐって――」、『中国文学紀要』、第二十七輯（関西大学中国文学会）、二〇〇六年三月

（第四章）「現代舞踊と台湾文学――と崔承喜の交流を通して――」、『「磁場」としての日本　一九三〇、四〇年代の日本と「東アジア」』第一集、二〇〇八年三月

（第五章）「フォルモサは僕らの夢だった――台湾人作家の筆者宛書信から垣間見る日本語文学観とその苦悩――」、『中国文化研究』第二十九号（天理大学中国語専攻）、二〇一三年三月

＊（台湾日本語教育学会創立20周年記念大会、於静宜大学、二〇一二年十二月一日）

Ⅲ　日本語文学――純文学と「大衆文学」――

（第一章）「戦前期台湾文学の風景の変遷――試論龍瑛宗の「パパイヤのある街」――」

＊（博士学位論文『台湾近代文学の諸相―一九二〇年から一九四九年―』収録）

（第二章）「龍瑛宗「宵月」について――『文芸首都』同人、金史良の手紙から――」、『台湾文学の諸相』、緑陰書房、一九九八年九月

（第三章）「龍瑛宗先生の文学風景――絶望と希望――」、『中国文化研究』第二十七号（天理大学中国語専攻）、二〇一一年三月

＊（戦鼓声中的歌声：龍瑛宗及其同時代東亜作家国際学術研討会、於国立清華大学、二〇一〇年九月二十四日、講演原稿）

（第四章）「台湾大衆文学の成立をめぐって」、『中国文化研究』第三十号（天理大学中国語専攻）、二〇一四年三月

＊（静宜大学台湾文学系・日本語文学系主催「大衆文学與国際学術研討会」、於静宜大学、二〇一三年五月二十六日、講演原稿）

（第五章）「『外地』における大衆文学の可能性――台湾文学の視点から――」、『〈外地〉日本語文学論』、世界思想社、

二〇〇七年三月収録

〈第六章〉「佐藤春夫の台湾――日月潭と霧社で出会ったサオ族とセデック族のいま――」、『講演記録集』、新宮市立佐藤春夫記念館、二〇一六年十月収録

＊〈佐藤春夫没後五十年国際シンポジウム「佐藤春夫と〈憧憬の地〉中国・台湾」展に寄せて、於新宮市、二〇一五年一月三十一日、基調講演〉

あとがき

本書は単行本としては二冊目の著書である。最初の本は『文学で読む台湾　支配者・言語・作家たち』である。一九九二年十一月に田畑書店より出版したが、私は該書の「あとがき」を書くときに、『未知の土地』からのメッセージ」という題をつけた。当時、共訳で出した『バナナボート　台湾文学への招待』（JICC出版局、一九九〇年）を、大学の同僚が学内情報誌に紹介してくれたときに使ったことば「未知の土地（テラ・インコグニタ）」を利用して書いたものであった。

台湾は、当時はまさに「未知の土地」であった。しかし、一九八七年七月十五日の戒厳令解除以降、一九九一年五月一日の反乱鎮定動員時期臨時条項（反乱対策臨時措置法）終結宣言、一九九二年五月十六日の中華民国刑法第百条（国体の破壊や転覆活動を取り締まる法律）廃止を経て、海外への逃亡を余儀なくされていた人々もようやく帰国し、政治犯として投獄されている人々も皆無となった。そうしたなかで、一九二〇年代の誕生以来ずっと正式には存在できなかった、あるいは在野の文学であった「台湾文学」が正式に認められるようになった。一九九七年八月には真理大学に台湾文学学科が創設され、台湾文学がアカデミズムの研究対象となるに到ったのである。さらに二〇〇〇年代に入ってからは、成功大学、清華大学、台湾大学、政治大学と、国立大学にも次々に台湾文学の教育・研究機関が設立され、台湾文学は「未知の土地」の文学ではなくなった。

私が、このように百年にわたって紆余曲折の道を歩んできた台湾文学に出会ったのは、一九八〇年八月からの二年間の台湾滞在中のことである。この台湾経験こそ私の台湾文学研究の原点であり、それがなければここまで深く台湾文学に関わることにはならなかっただろう。そのきっかけをつくってくださった亡き恩師・塚本照和先生に、あらためて感謝の気持ちをお伝えしたい。そして、博士論文をご指導くださった北岡正子先生の学恩に深く感謝申し上げたい。

さて本書は、これまで発表してきた研究論文や講演記録をまとめたものである。今回、本書を編むに際して、一部修正を行なったり、新しい研究について補注を加えたりした。しかし、台湾文学研究がアカデミズムの一角を占めるようになった今日、日台における修士論文や博士論文を網羅することは難しく、管見した論考の範囲に限られていることをお断りしたい。

さらに、本書には台湾人作家の写真や、作家の書簡の写し、書影などを載せた。数は多くないが、本文と関係のあるオリジナルなものに限った。

台湾人作家の写真は私が撮ったものから選んだ。名前をあげると、楊雲萍、王詩琅、黄得時、龍瑛宗、王昶雄、『フォルモサ』グループの施学習、呉坤煌、巫永福、劉捷の方々である。私は幸せなことに、これらの台湾文学者の謦咳に接することができた。

叶わぬことながら、もしいまひとたびお会いできるなら、黄得時先生に『台湾文学史』構築への思いを聞かせていただきたい。お会いした当時は、先生の仕事を具体的に理解できていなかった。同じように、施学習さんに『フォルモサ』創刊をめぐるイデオロギー問題について訊ねたい。さらに残念なのは、呉坤煌さんには二度会ったが、やはり質問するだけの知識がなかったことである。当時は本書で述べたような呉坤煌さんの文学活動についてほとんど知らず、ましてや日本名のペンネームを使って中央の演劇雑誌に文章を発表していたことなど、つゆ知らなかった。いまなら、一九三〇年代の東京時代のこと、一九四〇年代の北京時代のこと、そして戦後初期台湾でのことなど聞きたいことがたくさんあるし、それはより正確な台湾文学史構築に資すること大なるものがあったはずだ。私は、これらの著名な台湾人作家に会うことができたが、その仕事を充分に理解するには至らなかった。その後の研究の歩みのなかで、こうした少数の台湾人作家たちの文学に少しずつ光をあてることができたに過ぎない。

ここに二枚の写真を載せたいと思う。かつて「台湾新文学の父」と呼ばれた頼和と、台湾原住民エリートの高一生の墓の写真である。

頼和の墓は、頼和の故家がある彰化の郊外にある。頼和は一八九四年に生まれ、一九四三年に亡くなった。私は二〇〇〇年九月から翌年の三月まで、国立成功大学台湾文学研究所で初代客員教授として教鞭をとったが、そのときに院生たちと一緒に墓参した。頼和の次男の頼洝さんに案内していただいたのである。二〇〇〇年十二月のことだった。

高一生の墓は、阿里山のツォウ族のトフヤ部落の故家の近くにある。高一生は、民族名をウオグ・ヤタウユガナ（戸籍上の表記）、日本名を矢多一生と呼ぶ。一九〇八年に生まれ、一九五四年に亡くなった。五〇年代の白色テロのなかで、林瑞昌（ロシン・ワタン。タイヤル族）たち五名と共に、台北で処刑されたのである。

高一生については、高一生の次男の高英傑さんを顧問に、二〇〇五年七月五日に高一生（矢多一生）研究会をはじめたが、その準備のためにトフヤを訪れた。この写真はそのときに撮ったもので、二〇〇五年二月二十五日の日付がある。

頼和は台湾新文学史を考えるとき、避けて通るわけにはいかない作家である。しかしながら、日本ではほとんど顧みられることがなかった作家だと言わざるを得ない。

高一生は原住民エリートとして、原住民族と「文字」、そして創作を考えるとき、花岡一郎（ダッキス・ナウイ。セデック族）、林瑞昌、陸森宝（バリワクス。プユマ族）らと共に広く知られなければならないエリートである。次の詩は、高一生が牢獄にあって、故郷で自分を待つ妻を想ってつくった歌「春の佐保姫」である。第一節を引いておきたい。

誰か呼びます　深山（みやま）の森で
静かな夜明けに　銀の鈴のような
麗しい声で　誰を呼ぶのだろう
ああ佐保姫よ　春の佐保姫よ

台湾文学研究をはじめて約四十年、この間多くの方にお世話になってきた。先に台湾人作家の名前をあげたが、その他、鍾肇政先生や故葉石濤先生、昨年十一月二十六日に亡くなった林瑞明さん、成功大学台湾文学研究所でお世話になった陳萬益さんや呂興昌さん、そして、アメリカで出会った陳芳明さん……あげきれないほど多くの台湾人研究者のお世話になってきた。また大学院時代からの研究仲間の中島利郎さんや安本實さん、野間信幸さん、澤井律之さんからは日常的に励ましをいただいてきた。

他にも多くの人々がいるが、田畑書店の故石川次郎さんのお名前はあげておきたい。冒頭にあげた『文学で読む台湾』は、石川さんのお蔭で世に出た著書であり、私の研究者としての道を大きく切り拓いてくださったのである。当時の編集者の徐邦男（福島邦男）さんも忘れられない方である。

本書もまた私には縁が深い田畑書店から出版することができた。これは大きな喜びである。出版を快諾してくださった社長の大槻慎二さんには心よりお礼申し上げたい。

本書は平成三十一年度（二〇一九年度）科学研究費助成事業（科学研究費補助金）（研究成果公開促進費）「学術図書」（ＪＳＰＳ科研費　ＪＰ１９ＨＰ５０４３）の助成を受けた。ここに記して謝意を表したい。

二〇一九年七月十一日

下村作次郎

台湾文学の発掘と探究

2019年8月20日　第1刷印刷
2019年8月30日　第1刷発行

著　者　下村作次郎

発行人　大槻慎二
発行所　株式会社 田畑書店
〒102-0074　東京都千代田区九段南3-2-2　森ビル5階
tel 03-6272-5718　fax 03-3261-2263
装幀・本文組版　田畑書店デザイン室
印刷・製本　中央精版印刷株式会社

ISBN978-4-8038-0363-1 C0095
定価はカバーに表示してあります
落丁・乱丁本はお取り替えいたします

下村作次郎（しもむら　さくじろう）

1949年和歌山県新宮市生まれ。関西大学大学院博士課程修了。博士（文学）。現任、天理大学名誉教授。1980年8月から2年間、中国文化大学交換教授。2000年9月から半年間、国立成功大学台湾文学研究所客員教授。主要著書は『文学で読む台湾』（田畑書店、1994年）、『よみがえる台湾文学』（共著、東方書店、1995年）、『台湾文学研究の現在』（共著、緑蔭書房、1999年）、『台湾近現代文学史』（共著、研文出版、2014年）、その他、資料集『日本統治期台湾文学台湾人作家作品』（共編、全5巻・別巻、緑蔭書房、1999年）など。翻訳書に呉錦発編著・監訳『悲情の山地』（田畑書店、1992年）、『台湾原住民文学選』全9巻（共編訳、草風館、2002年～2009年）、孫大川著『台湾エスニックマイノリティ文学論』（同、2012年）、シャマン・ラポガン著『空の目』（同、2014年）、同『大海に生きる夢　大海浮夢』（同、2017年）、陳芳明著『台湾新文学史』（共訳、上・下、東方書店、2015年）ほかの出版がある。

人名索引

あ

い

う

え

お

か

き

く

け

と

な

に

ね

の

は

ひ

や

ゆ

よ

ら

り

ろ

わ